KB161906

하

박정선 장편소설

殉國 하

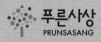
푸른사상
PRUNSASANG

차례

순국 하

16

곧 나라를 찾으리라

합니하에서 만나는 세 개의 강은 아담한 마을처럼 고요하고 평화로웠다. 그 가운데 혼강은 태극기의 태극 모양을 그리며 흐르는 특별한 강이었다. 동지들은 감격하여 어쩔 줄 몰랐다.

"세상에 내걸 수 없는 우리 태극기를 이국만리 낯선 땅에서 강이 그려주고 있다니!"

"이건 결코 우연이 아닐 것이오."

"그렇소. 이건 필시 하늘의 뜻일 것입니다."

"생각해보니, 『삼국사기』 「고구려본기」에 고구려 시조 주몽이 부여에서 도망 나와 비류수(沸流水) 가에 초막을 치고 그것을 고구려라고 칭했다는 기록이 있습니다."

상동학원에서 발해사를 가르쳤던 장유순의 동생 장도순이 『삼국사기』의 기록을 떠올렸다.

"그럼, 그 비류수가 혼강이란 말이오?"

"틀림없을 것입니다."

"맞습니다. 혼강은 고구려 주몽이 나라를 세울 때 비류수라고 불렀다는 말을 우리 할아버지로부터 들은 적이 있습니다. 환인에 가면 그때 쌓았다는 졸본산성이 아직도 남아 있으니까요. 또 혼강은 조선 땅 압록강의 지류에서 흘러나온 강이라고 하셨지요."

옆에서 듣고 있던 박삼사가 들뜬 목소리로 거들고 나섰다. 장도빈과 박삼사의 말대로 『삼국사기』 「고구려본기」를 보면, 천제의 아들인 주몽은 부여의 금와왕 슬하에서 성장했지만 활 솜씨가 뛰어나고 용맹하여 금와의 일곱 아들에게 질투를 산다. 그리고 어느 날, 금와의 맏아들 대소가 죽이려고 하자 부여를 도망쳐 나와 만주로 간다. 그때 주몽은 대소를 피하기 위해 만주에서 가장 험지인 혼강 주변의 병풍 같은 절벽을 이용하여 산성을 쌓고, 혼강 주변에 토성을 쌓아 나라를 세운 것이다.

그런데 혼강 상류에 비류국이 있었고 비류국의 왕은 송양이란 자였다. 주몽은 송양과 활쏘기를 겨루어 비류국을 정복하게 되고, 혼강은 그때 비류국 이름을 따 비류수라고 불렀다. 고대 주몽이 천혜의 요새를 방패 삼아 나라를 세웠던 것과 지금 애국지사들이 일본을 피하기 위해 만주에서 가장 험지를 찾아와 독립운동 기지를 세우고 무관학교를 설립하는 것은 비슷한 일이었다.

추가마을에서 백 리나 떨어진 합니하에 학교 부지가 마련되자 희망이 솟구쳐 올랐다. 애국지사들은 합니하에 교사 건축을 시작하고, 석영은 앞으로 살아갈 새 집을 짓기 시작했다. 집짓기는 박경만이 맡았다.

"대감마님, 아흔아홉 칸 집은 못 짓더라도 추가마을에서 제일 큰 집을 지어드릴 테니 조금만 참으세요."

박경만은 김준태와 함께 추가마을 사람들을 고용하여 두 달 동안 집을 지었다. 건물 세 동을 짓고 안채와 바깥채로 구분했다. 안채는 방 세 칸에 대청마루 두 개를 넣었다. 대청마루 하나는 가족들이나 손님들을 위한 것이고 하나는 제사를 모실 곳이었다.

두 채는 행랑채로 각각 방 다섯 칸과 대청마루 하나를 넣었다. 앞으로 들고나는 손님들과 박경만과 김준태가 거처할 곳이었다. 박경만은 석영을 위해 안채 옆으로 정자식 사랑채도 하나 지었다. 창고는 줄지어 네 개를 지었다. 땅을 많이 샀으므로 앞으로 거두어들일 수확을 염두에 둔 것이었다. 그리고 마당 끝에 남녀를 구분하여 두 칸짜리 측간을 지었다. 경만의 말대로 집은 추가마을에서 가장 큰 집이 되었다. 아흔아홉 칸은 아니지만 창고까지 합해 열아홉 칸이었다. 학교보다 먼저 완공을 마치고 새집으로 이사를 했다. 추가마을 원주민들은 새로 지은 석영의 집을 왕의 집이라고 하며 석영을 '만주왕'이라고 불렀다.

석영을 왕이라고 부른 것은 집보다도 많은 땅을 사들인 것 때문이었다. 석영은 추가마을 들녘에 많은 땅을 매입하여 내방청과

외방청 두 가지로 구분했다. 내방청은 만주로 들어오는 동지들이 자립할 때까지 농사를 지어 먹고 살 수 있도록 돕는 정착지원용 이었다. 정착할 때까지 도조(賭租) 없이 농사를 짓게 하고 정착한 다음에 도조를 받기로 했다. 석영은 새로 들어온 동지들에게 농 지뿐만 아니라 거주할 집과 양식도 1년 치를 마련해주었다.

외방청은 소작인들이 농사를 지어 일정량의 도조를 내는 것이 지만 1년 수확에서 3분의 1을 받기로 했다. 외방청이든 내방청이 든 한인촌을 건설하는 것이 궁극의 목적이었다. 수십 리, 수백 리 밖에서 중국 사람들 땅을 소작하면서 힘들게 살아가는 한인들이 소문을 듣고 추가마을로 찾아들기 시작했다. 만주로 이주한 한인 들은 모두 소작을 해야 하고, 중국 지주들에게 3분의 2를 내고 있 었다. 중국말과 글을 모르는 한인들은 계약할 때 속기 마련이고, 때로는 농사지어놓은 것을 모조리 빼앗겨버리고 쫓겨날 때도 있 었다.

한인들이 계속 추가마을로 들어오자 한인마을이 형성되어 가 기 시작했다. 애국지사들은 추가마을에 들어온 한인들을 불러 모 아 군중대회를 열었다. 옥수수밭 노천에 3백여 명 한인들이 모여 앉았다. 이동녕이 의장이 되어 단에 올라 연설을 했다. 한인촌을 건설한 석영에게 먼저 한 말씀 하기를 권했지만 극구 사양한 탓 에 의장이 먼저 단에 오른 것이었다.

"동포 여러분, 이제부터 여기를 우리 터전으로 삼아 우리 조국 을 찾을 때까지 하나로 뭉쳐야 합니다."

순국 하

두 번째로 이상룡이 단에 올랐다.

"지금은 우리가 고통 속에 있지만, 반드시 그 끝이 있을 것이니 끝까지 나라를 찾아야 한다는 마음으로 서로 의지하면서 다 함께 힘을 합쳐 애써야 할 것이오."

세 번째로 회영이 단에 올랐다.

"낮에는 밭을 갈고 밤에는 공부하면서 반드시 나라를 찾겠다는 일념으로 하루하루를 살아야 합니다. 잘 먹고 잘 살기 위해서 배워야 하고, 나라를 찾기 위해서도 배워야 합니다."

세 사람이 그렇게 한마디씩 하고 나자 이상룡이 다시 석영에게 "그래도 우리 한인촌을 건설한 촌장님인데 동포들에게 짧게라도 한마디 해주시지요. 우리가 백 마디 하는 것보다 영석 장께서 한마디 하시는 것이 동포들에게 큰 힘이 될 것입니다."라고 간곡히 권했다. 평소 앞에 나서기를 꺼리는 석영이었지만 하는 수 없이 몸을 일으켜 단에 올랐다. 동포에게 힘이 될 것이라는 말에 설득이 된 것이었다.

"공자께서 말씀하시기를 '생이지지자는 상야요(生而知之者上也), 학이지지자는 차야요(學而知之者次也), 곤이학지는 우기차야니(困而學之 又其次也), 곤이불학이면 민사위하의(困而不學 民斯爲下矣)'라' 하셨소이다. 무슨 뜻인고 하니, 날 때부터 아는 사람은 가장 으뜸이고, 배워서 아는 사람은 그다음이고, 어려운 처지에서도 배우는 사람은 또 그다음이고, 어려운 처지에서도 배우지 않는 사람은 가장 밑이라는 말씀이오. 이 말은 어려운 처지라 하여 배우기를 꺼리는

사람은 어떤 사람인가를 잘 말해주고 있으니 이것을 가슴에 묻고
앞으로 잘 배워서 훌륭한 동포들이 되어주기를 바라오. 알아야 나
라를 찾을 것이오."

간단하게 공자의 말을 인용한 석영의 말은『논어』계씨편에 나
온 말로, 어려울수록 배워서 알아야 한다는 말을 강조한 것이었
다. 만주왕으로 추앙받는 석영의 말이 끝나자 노천에 앉아 있는
한인들이 울기 시작했다. 이제는 의지할 데가 있다는 희망의 눈
물이었다.

지도자들은 이주민들의 정착을 돕고 농지 개척과 농업을 지도
하는 조직을 만들기로 했다. 일하면서 배운다는 의미로 이름을
경학사(耕學社)라고 지었다. 경학사는 농사와 배움을 병행해 농업
을 지도하는 본부 역할을 하면서 교육을 하자는 것이었다. 남녀
노소를 가리지 않고 한인들을 교육할 것과 기존의 군인과 군관을
재훈련하여 기관 장교로 삼고 애국청년들과 청소년들을 교육하
여 국가의 인재로 키운다는 것을 사업 목표로 결정했다.

교육은 일단 학교 교사가 완성될 동안 경학사에서 실시하기로
했다. 교실은 임시로 수백 명이 앉을 수 있는 옥수수 창고를 빌렸
다. 강습소 이름은 신민회의 정신과 목적을 잇기로 하고 신민회
의 '신' 자와 새롭게 시작하는 구국 투쟁을 의미하는 '흥' 자를 따
'신흥강습소'라고 지었다. 낮에는 청소년들을 가르치고 밤에는 농
사일을 마친 성인들을 가르치기로 했다. 교육과정은 소학부터 중

등 과정까지 개설하고 특별반으로 군사훈련을 첨가했다. 성인들은 평생 책을 접한 적이 없고 연필 한 번 잡아보지 못한 문맹자들이 대부분이었다. 하루 종일 땅을 개간하거나 들일을 하고 지친 몸으로 연필에 침을 발라가며 글자를 한 자, 한 자, 꼭꼭 눌러쓰는 모습은 서러우면서도 가슴 뿌듯한 풍경이었다. 피곤을 못 이겨 대부분 코를 골며 잠들기 일쑤였다. 교사들은 차마 깨우지 못한 채 측은하게 바라볼 때가 많았다.

그런데 성인반은 남자뿐이었다. 여자들은 그림자도 비치지 않았다. 여자들은 야밤에 남자들과 함께 앉아 공부한다는 것은 천부당만부당한 일이라며 아무도 나서지 않았다. 구습에 몸서리를 치는 회영이 "지긋지긋한 구습 귀신이 만주까지 따라붙은 것"이라며 통탄했다. 있는 힘을 다해 여자들을 설득해봤지만 소용없는 일이었다. 노비 출신 남자들의 아내들도 마찬가지였다. 회영이 벌컥 화를 냈다.

"다른 사람은 몰라도 자네들 안사람들이라도 설득하여 내보내야 할 것 아닌가."

"야심한 밤에 남정네들과 함께 앉아 있다가는, 옥수수밭은커녕 우물 근처에도 못 나간다면서 말도 안 되는 소리 말라고 합니다."

"아무리 말을 해도 요지부동입니다."

"소라면 코를 꿰어서라도 끌고 가겠지만, 소인들도 애통 터지는 일이지 뭡니까요."

회영은 생각다 못해 교사들을 가가호호마다 파견하여 방문수업을 시키기로 했다. 그것 역시 남선생이라는 이유로 받아들이지 않았다. 그중 한 가정이 용기 있게 받아들였다가 여자들 입방아에 올라 한동안 외톨이가 된 사태가 발생한 탓이었다. 그렇다면 여선생을 내세우기로 했다.

신학문을 배운 여성들이라야 가능한 일이었다. 지사들 부인들 중에도 신학문을 배운 여성들이 없었다. 호영의 아내와 소실 안동댁, 규룡의 아내와 소실 송동댁이 상동학원에서 신학문을 배웠으므로 선생으로 내보내기로 했다. 여선생들이 나서자 여자들이 수업을 받기 시작했다. 송동댁이 가장 잘 가르친다는 소문이 자자해지면서 효과가 나타났다. 여자들은 교육을 받으면서 처음으로 자신의 이름을 쓰고 구구법을 배워 셈을 할 줄 알게 되자 기쁨을 감추지 못했다. 그때부터 더 배우고 싶은 마음이 불타올라 너도나도 강습소에 나오기 시작했다.

여자들까지 강습소에 나오게 되자 배움의 열기가 한층 더 타올랐다. 남자들은 여자들 앞에 체면을 세우려고 더욱 열심을 내고 여자들도 배움에 있어서는 남자들에게 질 수 없다는 경쟁심이 발동했다. 남자들은 셈법과 한문에 뛰어나고 여자들은 어문과 역사에 뛰어났다. 배움의 경쟁은 열기를 더할수록 좋은 법, 그들은 날마다 달라져가기 시작하면서 배움에 대한 기쁨을 서로 고백하기에 바빴다.

"세상이 다 내 것인 것만 같아. 자네들은 어떤가?"

"한 자, 한 자, 알 때마다 왕이 부럽지 않다니까."

"사람은 배우지 않으면 금수와 마찬가지라고 했는데, 그 말 이제야 알 것 같지 뭔가."

"맞아, 지난날 우리가 살았던 세월은 사람이 사는 게 아니었어. 그저 일하고 밥 먹고 잠이나 자는 짐승이었지."

"생각할수록 끔찍하구만."

소문은 바람 같은 것이었다. 신흥강습소 소문이 유하를 거쳐 길림성 전역으로 퍼지면서 한인들이 너도나도 자녀를 신흥강습소에 보내기를 원했다. 자녀들뿐만 아니라 어른들도 배우고 싶었으나 거리상 올 수가 없어 안타까워했다. 그런 현상은 누구보다도 독립운동 기지를 건설하는 데 자본을 댄 석영을 기쁘게 해주었다. 그리고 새로운 희망을 갖게 했다. 석영은 하루빨리 조선 사람들을 배움으로 개화시키면 그만큼 나라를 찾는 일도 빨라진다는 생각이 들어 회영을 불렀다.

"우당, 우리 한인들이 사는 곳마다 강습소를 세우자꾸나."

"저도 형님과 똑같은 생각을 하고 있었습니다. 우리 한인들이 사는 곳마다 강습소를 세워 백성들을 가르친다면 한인들의 애국심도 한층 더 높아질 것입니다."

"사람은 아는 만큼 생각하는 법이니 옳은 말이다. 너는 내일부터라도 당장 길림성을 돌면서 강습소를 세워나가거라."

석영의 지시를 받은 회영은 곧 일을 실행에 옮기기 시작했다. 막내 호영과 박경만이 회영을 따랐다. 호영은 학교를 관리하는 교장을 맡기로 하고 박경만은 석영이 내준 자금을 맡았다. 회영은 유하현, 통하현, 환인현에 가옥 여덟 채를 구입하여 학교 여덟 곳을 설립했다. 호영이 교장을 맡아 학교 전체를 통괄하고, 교사들은 애국지사들 가운데 교사 경험이 있는 사람들로 구성하여 각처로 파견했다.

신흥강습소 교육이 그렇게 진행되어갈 동안 합니하 교사 신축도 계획대로 잘 진행되어갔다. 회영과 이동녕 등 지도자들은 수리사업 전문가 장유순의 지도에 따라 설계도를 그리고 기초공사 방법을 세웠다. 장유순은 건축 설계와 토목에도 일가를 이룬 사람이었다. 노비 출신 남자들은 먼저 높고 낮은 땅을 평지로 만든 다음, 산에서 수백 년 묵은 나무를 베어다가 재목을 다듬는 것과 흙을 이겨 벽돌을 굽는 일을 담당했다. 신흥강습소 학생들은 방과후에 괭이와 낫을 들어 풀을 베고, 나무뿌리를 캐냈다. 여자들은 신경피, 황경피, 갈매나무 열매를 따다 가열하여 물을 들인 흑갈색, 황갈색 무명으로 군복이나 다름없는 교복을 만들었다. 총감독인 회영이 그들의 등을 다독이며 격려를 아끼지 않았다.
"자네들 힘이 크네."
"나으리, 제가 무어라 했습니까. 우리도 어딘가 쓸모가 있을 것이라고 말씀드렸지요."
홍순이 회영을 향해 의기양양하게 말했다. 홍순을 따라 다른 남자들도 이구동성으로 한마디씩 하고 나섰다.

"몸으로 하는 일은 소인들이 다 해낼 테니 그리 아십쇼, 나으리."

"나으리라는 말을 빼라고 몇 번을 일렀는가. 대답도 짧게 하라 했네."

"예이! 나으리."

"자네들은 이제 노비가 아니라 당당한 독립투사들이란 말일세."

"태어나면서부터 입에 밴 것이라 쉽게 고쳐져야 말입죠."

"앞으로 또 예이, 하거나 나으리, 말입쇼, 라고 하면 엄벌하겠네."

"예이. 하지만 소인들은 그렇게 말하는 것이 편합니다요, 나으리."

노비 출신 남자들은 조상 대대로 내려온 그 엄중한 습관을 좀처럼 버리지 못했다. 회영이 엄벌에 처하겠다고 으름장을 놓자 그들도 고민이 되어 호칭 문제를 두고 서로 의논이 벌어졌다.

"그렇다면 나으리들을 뭐라고 부르지?"

"동지 나으리라고 하면 어떤가?"

"나으리라고 부르면 엄벌할 것이라고 하지 않았는가."

"그럼 동지님?"

"동지님이라고 부르는 사람이 어디 있던가. 나으리들은 그냥 김 동지, 이 동지라고 부르지 않던가."

"그렇다고 나으리들을 어찌 '아무개 동지'라고 부른단 말인가. 나는 죽었다 깨어나도 그리는 못 하겠네. 차라리 엄벌을 받고 말지."

"나도 마찬가질세."

노비 출신 남자들은 의논 끝에 나으리는 도저히 고칠 수가 없어 계속 나으리로 부르기로 하고, '예이'라는 긴 대답이나 '말입죠' 같은 말은 하지 않기로 했다.

신흥무관학교 건축이 순조롭게 진행되어가면서, 한편으로는 경사가 났다. 석영이 나이 57세에 늦둥이를 본 것이었다. 석영의 아내 또한 같은 나이였고 젊어서도 낳지 못한 아이였으므로 모두 기적이라고 입을 뗐다. 그렇지 않아도 양부 이유원 가문은 자식이 귀한 데다 하나밖에 없는 장남 규준이 15세였으므로 석영의 기쁨은 하늘에 닿았다. 석영은 새로 얻은 아들 이름을 규준의 홀 규(圭) 자를 이어 '규서'라고 짓고 잔치를 베풀어 추가마을 원주민들과 한인들 수백 명에게 쌀밥과 고깃국을 먹였다.

경사는 또 겹쳤다. 규서가 태어나고 4개월 뒤 회영이 아들을 얻었다. 이름을 '규창'이라고 지었다. 양쪽에서 각각 아들을 얻었고 드디어 교사 신축도 마쳤다. 모든 것이 다 잘되어갔다. 첩첩이 둘러친 산을 업고 세 개의 강을 수족처럼 끼고 들어선 학교는 그야말로 엄숙한 광복군의 면모를 띠었다.

"우리가 이국만리에 무관학교를 세우다니. 꿈만 같습니다, 우당 동지."

군사기지 답사부터 함께한 이동녕이 회영의 손을 잡고 감격했다. 동지들과 학생들이 피땀으로 지은 교사는 어디에 내놔도 손색이 없었다. 학교는 교실 여덟 개와 드넓은 운동장과 기숙사를 갖추었다. 각 학년별로 널찍한 교실과 강당과 교무실을 들였고 내무반 내부에는 사무실과 숙직실, 편집실, 나팔반, 식당, 취사장, 비품실을 갖추었다. 가장 큰 교실에 총기류를 두는 시렁을 설치하고 총기마다 생도들의 이름을 부착했다.

1912년 6월 7일, 드디어 낙성식이 거행되었다. 동지들과 학생들 그리고 수백 명 한인들이 모여 눈물바다를 이루었다.

"형님께서 이 뜻깊은 역사(役事)를 이루어내셨습니다."

회영 형제들이 감격하여 땅을 매입하고 건축 비용까지 담당한 석영에게 찬사를 보냈다.

"이 일이 어디 나 혼자만의 힘이던가. 따지고 보면 우당 아우의 노고가 가장 컸다. 우당이 원세개를 생각해내지 않았다면 땅 한 평 구할 수 없었을 테니. 또 안동의 이상룡 선생과 김대락 선생의 지극한 정성도 잊어서는 안 된다."

학교 명칭은 신흥강습소에서 '강습소'를 없애고 '신흥무관학교'로 명명했다.

학교 설립에 거금을 투척한 이석영을 '교주(이사장)'로 추대하고 교장에는 셋째 철영을 추대했다. 교감에는 윤기섭을 임명했다. 교사로는 건영의 장남 이규룡, 시영의 장남 이규봉, 장유순의 동생 장도순, 이갑수, 서웅, 관화국 등이 임명되었다. 이갑수는 상동학원 출신이고, 서웅과 관화국은 중국인으로 중국어 선생이었다. 군사훈련 교관은 대한제국 무관학교 출신인 이관직, 이장녕, 김창환, 김형선 등을 임명했다.

신흥무관학교는 군관을 기르는 것이 목적이었으므로 최하 18세 이상 25세 미만으로 신체가 좋고 건강한 청년들을 선발하기로 했다. 학생들 학비와 기숙사비는 전액 무료로 했다. 기숙사가 넘쳐 들어가지 못한 학생들은 석영의 집과 형제들이 분담하여 맡기로 하고, 교사들 보수는 중국인 두 사람 외에 단 한 푼도 받지 않기로 했다. 학칙과 교과는 신흥강습소 것을 재정비하여 3년제 중등 과정을 본과로 하고, 1년제 군사과를 부설했다. 본과 과목으로 국어, 중국어, 영어, 불어 등 외국어와 한문, 한국역사, 세계역사, 과학, 지리, 산술, 창가, 총검술 등을 개설했다. 군사과는 1년제 외에도 6개월, 3개월짜리 속성반을 따로 병설하여 운영하기로 했다.

학교는 개교하자마자 명문으로 소문이 나면서 여기저기서 학생들이 몰려들었다. 국내에서도 군사교육을 받기 원하는 애국청년들이 찾아왔다. 엘리트 장교 출신인 이관직, 이장녕, 김창환, 김형선 등이 실시하는 무관 교육이 그들에게 동경의 대상으로 떠오른 탓이었다.

그런데 국내에서 군관 교육을 받겠다고 15세 소년 장지락(『아리랑』의 저자 김산)이 찾아와 떼를 썼다. 그는 신흥무관학교에 입학하고 싶어 수만 리 길을 물어물어 찾아왔지만 교칙상 18세 미만은

순국 하

받아들일 수가 없었다. 장지락은 하늘이 무너지는 심정으로 크게 소리치며 울기 시작했다. 그는 평북 용천 출신으로 러일전쟁 때 태어나 일경의 난폭함을 목격하며 자랐다. 일곱 살 때 일경이 주먹으로 어머니의 얼굴을 때려 입술이 터진 것을 보고 일경에게 달려들자 어머니는 절대로 안 된다고 말렸다.

일경은 걸핏하면 주먹질 발길질을 하며 행패를 부리고, 그때마다 어린 장지락이 일경에게 맞서려고 하자 어머니는 목숨 걸고 말렸다. 장지락은 왜? 라는 의문을 품기 시작했다. 왜 조선 사람은 일경에게 맞아도 말을 할 수 없는지 고민하며 자랐다. 그리고 언젠가는 복수를 하고 말 것이라 다짐했다. 그는 어려서부터 자존심이 강하고 고집이 센 탓에 죽는 한이 있어도 누구에게 지지 않으려 했고 하고자 하는 일은 반드시 해내고야 말았는데, 그러한 고집은 그의 인생을 바꿔놓고 말았다.

그는 열한 살 때 친구를 때려 코피를 터지게 만든 일로 아버지로부터 호된 꾸지람을 듣고 집을 나와 다시는 집으로 가지 않겠다고 결심했고, 정말 집으로 돌아가지 않았다. 장지락은 집을 나와 둘째 형의 도움으로 공부하여 일본으로 조기 유학을 떠났다. 둘째 형의 소망은 똑똑한 장지락이 도쿄대학 의과에 들어가는 것이었다. 그런데 장지락은 마르크스주의와 아나키즘의 크로포트킨을 탐독하면서 거기에 매료되어 도쿄대 진학을 포기하고 말았다. 그는 지적 욕구에 목말랐고 도쿄는 그의 욕구를 충족시켜주지 못한 탓이었다. 그의 생각에 도쿄는 단지 2류의 지적 중심지일 뿐 1류는 아니었다. 장지락은 똑똑하지만 아직 어린 탓에 아나키즘과 공산주의를 혼동하면서 소련 모스크바야말로 새로운 사상의 원천이라고 생각했다. 천재 소년 장지락은 새로운 세계를 향해 압록강을 건넜다. 하얼빈행 기차를 탔으나 전란(제1차 세계대전) 중인 탓에 모스크바로 가는 길이 막혀버리고 말았다.

그렇다면 명문으로 떠오른 합니하 신흥무관학교를 찾아가 무관 교육을 받기로 마음먹었다. 혼자 7백 리 길을 걸어 통화현 통화읍에 도착했다. 그곳에서 신흥무관학교로 가기 위해서는 소개장을 받아야 했으므로 김현주라는 목사를 찾아갔다. 장지락은 김 목사와 함께 3개월을 살면서 소학교 선생을 했다. 김 목사가 남다른 장지락에 반해 그를 양아들로 삼을 욕심으로 선생을 시킨 것이었다. 그러나 장지락은 꿈이 있다면서 단호하게 뿌리쳤고, 김 목사는 하는 수 없이 그를 신흥무관학교로 보내주고 말았다.

구구절절한 장지락의 고백을 들은 신흥무관학교 실무자들은 일단 시험을 칠 수 있는 기회를 주기로 했다. 지리, 수학, 국어, 역사는 만점에 가까운 높은 점수를 받았으나 나이가 3년이나 미달되었으므로 신체검사에서 떨어지고 말았다. 그럼에도 장지락은 물러나지 않았다. 생떼를 썼다. 학교 측은 장지락의 고집도 고집이지만 그의 비범한 혁명가 기질을 높이 사 결국 입학을 허락해주었다.

어렵게 입학한 장지락은 서너 살 위인 학생들의 무쇠 같은 팔다리에도 기가 죽지 않았다. 학교 생활이 시작되었다. 학교 생활은 곧 병영 생활이었다. 새벽 6시에 기상 나팔 소리가 울려 퍼지면 3분 이내에 옷을 단정히 입고 자리를 정리하고 검사장으로 뛰어가 인원 점검을 받고 보건체조를 시작했다. 살인적 추위, 영하 40도의 한겨울에도 윤기섭 교감은 홑겹 무명저고리를 폭풍 같은 만주 바람에 팔락팔락 날리며 학생들을 점검하고 체조를 지도했다. 애국정신을 따로 강조하지 않아도 그것으로도 충분했다. 체조를 끝내고 세수를 하고 각 내무반 나팔 소리에 따라 식탁에 둘러앉아 옥수수밥이 주식인 식사를 시작했다. 아침 식사 후에 애국가 제창을 하고 나면 교장이 망국의 한을 토하는 눈물의 훈화를 하고, 학생들은 애국심이 충천하여 주먹을 불끈 쥐고 몸을 부르르 떨었다. 훈시가 끝나면 학생들은 흑갈색, 황갈색 제복에 총을 메고 구령에 맞춰 행진을 시작했다.

학교는 중등교육 본과 3년과 무관 훈련을 하는 군사과로 나누고, 본과도 군사훈련을 기본으로 받았다. 훈련용 총은 나무를 깎아 만든 목총에 쇠로 방아쇠를 달았다. 넓은 연병장에서 김창환 교관이 우렁차게 구령을 하면 학생들은 한 점 흐트러짐 없이 일사불란하게 움직였다. 훈련은 실전과 똑같은 전투 상황에서 이루어졌다. 험한 산을 따라 고지를 찾아 헤맨 끝에 가상의 적을 찾아내어 공격과 방어를 하는 치열한 싸움이 벌어졌다. 길고 긴 강을 헤엄쳐 건너는 상륙작전도 실전을 능가했다. 칠흑 같은 밤중에 비상 나팔 소리가 울리면 학생들은 죽은 듯이 잠들었다가도 총알

같이 몸을 일으켜 총가로 달려가 틀림없이 자기 총을 찾아냈다. 체육 시간 역시 체력 단련을 넘어선 강행군이었다. 엄동설한 야간에 등에 돌을 짊어지고 강을 따라 수십 리 길을 달리기하고, 꽁꽁 언 빙상에서 평지처럼 달리고 걷기, 격검, 춘추대 운동으로 몸과 정신을 단련시켰다. 똑똑하고 고집 센 장지락은 모든 과정을 무사히 마치고 합니하를 떠났다.

학교에는 학생들뿐만 아니라 많은 지사들이 찾아왔고 가끔 어려운 일이 발생하기도 했다. 장지락이 떠난 후 스님 한용운이 찾아왔다. 35세 한용운은 한일병합의 슬픔을 이기지 못해 만주 지역의 독립운동 기지를 찾아다니며 힘을 얻던 중, 신흥무관학교 소식을 듣고 추가마을로 들어온 것이었다. 한용운은 충청도 홍성에서 태어나 16세 때 동학혁명에 가담했지만 실패로 끝나자 설악산 오세암으로 들어가 수도 생활을 하다가 간도 지역을 돌며 광복운동을 한 경력을 갖고 있었다. 그러다 27세 때 다시 입산하여 설악산 백담사에서 연곡(蓮谷)을 은사로 득도하고 만화(萬化)에게 법을 받아 정식으로 승려가 된 인물이었다.

학교 보안을 위해 누구든지 신흥무관학교에 올 때는 반드시 신분을 확인할 수 있는 소개장을 들고 오도록 규칙을 정해놓았고 규칙은 엄격했다. 그런데 한용운은 소개장 없이 무작정 들어온 탓에 학생들이 마음을 놓지 못했다. 학생들은 계속 의심을 풀지 못했지만, 석영과 회영은 그의 언행을 통해 믿어도 좋다고 판단했다. 나라를 잃은 슬픔을 안고 독립운동 기지를 순방한다는 것이 마음에 들었다.

"학생들이 한 선생을 의심한 것은 학교 보안 탓이니 너무 섭섭하게 여기지 마시오."

"섭섭하다니요. 믿음직합니다. 벌써 신흥무관학교의 빈틈없는 무장 정신을 눈치챘습니다."

"이해를 해주시니 고맙소."

"그런데 과연 천연 요새입니다. 넓고 넓은 만주 땅에서 이 험한 오지를 어떻게 찾아내셨는지요?"

"한 선생께서도 그리 보시오?"

"간도에서 활동할 때 여러 곳을 돌아다녀봤지만 이렇게 험한 곳은 만나보지 못했습니다."

"이런 곳을 택한 건 일본을 피하자는 최선의 방책이었지만 험한 만큼 우리 학생들도 강인한 광복군이 될 것이오."

"한편으로는 아름다운 곳이기도 합니다. 힘든 훈련을 받다 보면 몸과 마음이 지칠 때가 있을 텐데 강이 탁 트여 있으니 말입니다. 강은 물이고, 물은 부드러움과 낮아짐의 속성을 품고, 목적지를 향해 앞만 보고 흘러가는 도도(滔滔)함으로 사람의 정신을 다스려 주는 스승이지요."

"훌륭한 설법입니다."

한용운은 석영의 집 행랑채에서 한 달여를 머물고 추가마을을 떠났다. 석영은 여비를 내주었고, 회영은 마을 밖까지 전송해주면서 헤어짐을 아쉬워했다.

한용운은 통화읍을 향해 걸었다. 20리나 걸어 끝없는 옥수수밭을 지나 고개를 넘어야 하는 산이 나왔다. 깊은 나무가 우거진 숲길이었다. 바람 소리만 들릴 뿐 인적은 없었다. 길의 중간쯤 첫 번째 고개, 쿨라재를 넘을 무렵 탕, 하는 소리와 함께 어디선가 총알이 날아왔다. 한용운은 어깨에 총을 맞고 쓰러졌다. 신흥무관학교 학생들이 끝내 첩자일 것이라는 의심을 풀지 못한 것이었다. 회영이 소식을 듣고 펄쩍 뛰었다. 황급히 마차를 몰고 달려가 병원으로 이송했다. 다행히 경상이었다.

"우당 선생님, 마음이 놓입니다. 왜놈들이 귀신이라도 신흥무관학교는 넘보지 못할 것입니다."

"하마터면 목숨을 잃을 뻔하지 않았소. 나도 우리 학생들이 그 정도로 보안 의식이 투철한 줄 짐작하지 못했소이다."

"만약 내가 죽었다면 나는 조국을 위해 순국한 것이니 더 영광이었을 것입니다. 신흥무관학교 학생들이 한용운이라는 개인에게 총을 쏜 것이 아니니 말입니다."

"역시 한 선생은 대인이오. 앞으로 오늘의 일을 이야기하면서 웃을 날이 꼭 올 것이니 오늘의 일을 잘 간직해두시오."

"예, 영석 어르신과 우당 선생님의 따뜻함과 신흥무관학교의 애국정신을 잘 간직하겠습니다."

17

위기

　학교는 순조롭게 운영되었다. 1년제 군사과는 벌써 졸업생을 배출하여 독립군으로 속속 진출했다. 유하현, 환인현 등에 설립한 작은 학교들도 하루가 다르게 성장해가고 있었다. 그 가운데 매하구시의 중심학교(중심소학)와 환인현의 동창학교가 가장 번성했다. 동창학교는 해룡현, 신빈현, 통화현, 청원현, 산성진 등에서 청년 학생들이 모여들어 성황을 이루었다. 그러자 이제는 학교가 다시 학교를 세우면서 한인 자녀들 가운데 학교에 다니지 않는 아이가 없었다. 이대로만 잘 나가준다면 몇 년 안에라도 나라를 찾을 수 있을 것만 같았다. 교장을 맡고 있는 호영이 더 이상 감당할 수가 없어 각 학교마다 새로 교장을 선정하고 호영은 학교 하나만을 맡기로 했다. 학교 자금 문제도 학생들이 늘어나면서 자연스럽게 해결되어가기 시작했다. 일이 그렇게 잘되어가자 호영은 추가마을에 올 때마다 흥분을 감추지 못했다.

"형님, 요즘엔 아침마다 눈을 뜨면 독립이 문밖에서 기다리고 있는 것만 같습니다."

"그들이 머지않아 우리 독립군이 될 테니 더 열심을 내야 한다."

"이게 다 형님께서 뿌린 씨앗 덕분입니다."

"나보다 우당의 노고가 컸다는 것 하늘이 아느니라. 훗날 세상이 우당의 노고를 알아줄 날이 있을 것이다."

석영은 신흥무관학교에 대한 공을 아우 회영에게 돌렸듯이 이번에도 회영에게 그 공을 돌렸다.

그런데 만주는 무엇이든지 독했다. 여름엔 햇살이 만주벌판을 모조리 태워버릴 것처럼 작열했다. 겨울엔 영하 40도 추위가 땅속 2미터까지 얼려버렸다. 전염병, 가뭄, 마적 떼가 복병처럼 숨어 있었다. 전염병이 습격했다 하면 풍토에 적응하지 못한 한인들이 파죽지세로 죽어나갔다. 마적 떼는 주로 한인마을을 쑥대밭으로 만들어버렸다. 가뭄은 만주벌판을 사막으로 만들어버렸다. 시련은 가뭄부터 찾아왔다.

가뭄은 무시무시한 산불 같았다. 풀포기 하나 없는 땅은, 밟을 때마다 연기처럼 먼지가 풀풀 피어올랐다. 형제들이 가지고 온 독립자금도 바닥이 난 상태였다. 독립자금의 수혈이 절박했다. 처음에 신민회에서 결의할 때, 만주에 학교를 세워 독립운동 기지를 건설하면 국내에서 독립자금을 모아 보내기로 했었다. 석영과 형제들이 돈을 모아 신흥무관학교를 세우고 동지들의 망명을 도와 한인마을을 건설하면, 그다음부터는 독립자금을 모아 학교를 운영한다는 계획이었다.

그런데 국내에서는 총독부가 105인 사건에 이어, 평안도와 황해도 등 서북 지역 독립운동가들을 일망타진할 작정으로 데라우치 총독 암살미수 사건을 만들어 애국지사들을 잡아들이고 있었다. 독립자금은커녕 한 발자국도 운신할 수 없는 상황이 전개되고 있었다. 신흥무관학교 운영이 날로 어려워져갔다. 그래도 믿을 곳은 국내밖에 없으므로 서둘러 자금을 구하러 동지 몇 명을 국내로 파견한 다음 석영이 금고를 열어놓고 2백 명이 넘는 학생들과 교사와 교관들을 먹이고 있었다. 금고는 마치 수문을 열어놓은 것처럼 돈이 빠져나가기 시작했다. 가장 먼저 발을 구른 건 석영의 금고지기 박경만이었다.

"어르신, 이제는 금고를 닫아야 합니다. 이러다가는 금고가 바닥이 나고 말 것입니다. 언제까지 어르신이 이렇게 해야 하는지, 답답하기 짝이 없습니다."

박경만이 석영을 어르신이라고 부르기 시작했다. 박경만과 김준태뿐만 아니라 한인들도 모두 석영을 대감마님이라고 불렀던 것을 고친 것이었다. 서간도 교민들이 추가마을로 찾아든 것은 땅도 땅이지만, 실은 조선의 지체 높은 가문이 옮겨왔다는 것 때문이었다. 그들은 석영 형제들이 조선의 삼한갑족이라는 것을 알았을 때 마치 조국을 만난 것처럼 눈물겨워하면서 석영을 과거 신분에 맞게 대감마님이라 불렀고, 회영과 다른 형제들은 '판서댁

나리'라고 불렀다.

회영이 신분의 벽을 허물기 위해 노비 출신 남자들에게 '나으리'라는 호칭을 고치라고 했을 때만 해도 석영은 호칭을 고쳐야 한다는 생각은 하지 않았다. 그런 면에서는 회영과 석영이 달랐다. 회영은 처음부터 관직에 진출하지 않은 자유인이었고 석영은 고위층 관료 출신답게 아직까지는 보수적인 탓이었다. 그런데 차츰 옛날 호칭이 불편하다는 것을 느끼기 시작했다. 또 독립운동가의 입장과도 맞지 않다는 걸 느꼈다. 그래서 과감하게 앞으로는 대감마님이라고 부르지 말 것을 주문했다. 박경만과 김준태 그리고 노비 출신 남자들은 대감마님 대신 어르신이라고 부르고, 학교 교사들과 동지들, 그리고 한인들은 '교주님'이라 불렀다.

"내가 하지 않으면 누가 하겠느냐. 국내에서 소식이 올 때까지는 도리가 없는 일이다."

석영의 금고 걱정을 하는 박경만은 만주에 와서도 석영의 재산 관리를 맡았고, 상황이 나빠져가자 불안을 느꼈다. 네 개나 되는 창고도 점점 비어가고 있었다.

박경만은 돈을 아끼기 위해 주식인 옥수수 대신 중국인들이 오랫동안 저장해둔 묵은 좁쌀로 양식을 대체하기로 했다. 통화읍에 나가면 퀴퀴한 냄새가 나는 좁쌀이 산더미처럼 쌓여 있었다. 옥수수 값 3분의 1이면 살 수 있었다.

"묵은 좁쌀밥이라니, 그게 말이 되느냐."

"이대로 가다가는 묵은 좁쌀도 어렵게 될 것입니다."

순국 하

"장정들이 그걸 먹고 어찌 산을 오르내리고 강을 헤엄칠 수 있
단 말이냐."

이만 석지기 부자로 살아온 석영은 금고가 빈다는 것에 대하
여 별 감각이 없었다. 그걸 잘 아는 박경만은 금고 문제에 있어서
는 석영의 말을 듣지 않기로 했다. 박경만은 자기 계산대로 묵은
좁쌀로 식량을 대체하고 반찬은 콩장으로 버티기로 했다. 채소는
금값이라 손도 댈 수가 없었다.

학생들과 교관들은 묵은 좁쌀밥과 콩장을 먹고도 높고 험한 산
을 빠르게 오르기 연습을 하고 강변을 따라 달리는 연습을 했다.
구령 소리도 평소와 전혀 다르지 않았다.

"저 훌륭한 나무들에게 물을 공급해주어야 할 텐데!"

굶주린 배를 움켜쥐고도 열심히 가르치는 교사들과 열심히 배
우는 학생들을 바라보며 회영은 탄식을 금치 못했다. 자금을 구
하러 간 동지들도 소식이 없었다. 회영은 고심 끝에 직접 국내로
잠입하리라 마음먹고 석영 앞에 뜻을 밝혔다.

"형님, 아무래도 제가 국내로 들어가야 할 것 같습니다."

"나에게 아직은 버틸 힘이 있으니 그럴 것까지는 없다."

"경만이 말대로 형님에게만 계속 이 짐을 지게 할 수는 없습니
다."

"가뭄이 끝나면 다 해결될 일이니 조금만 더 참고 견뎌보자꾸
나. 일제는 독립자금을 차단하는 데 모든 것을 집중하고 있을 것
이다. 그러니 지금 국내로 간다는 것은 위험하기 짝이 없는 일이

아니냐. 아무튼 국내로 가는 것은 너무 위험한 일이니 제발 가지 말거라."

석영의 간절한 만류에도 회영은 국내로 갈 결심을 굳혔다. 가뭄이 풀린다 하더라도 어차피 신흥무관학교 문제는 대책을 세워야 할 것이었다. 동지들도 이구동성으로 섶을 지고 불 속으로 들어간 격이라며 펄쩍 뛰었다. 105인 사건으로 신민회가 일망타진된 상황에 신민회 중심인물이 국내로 간다는 것은 일경에게 붙잡히러 가는 거나 마찬가지라는 염려였다. 그러면서도 동지들은 끝까지 말리지 못했다. 현실적으로 무슨 일이든 대책을 강구하여 어려움을 타개해야 할 것이었다. 가뭄은 2년 차였다.

"그렇다면 나도 함께 가겠소이다."

이동녕이 함께 가겠다고 나섰다.

"그건 더욱 위험한 일이오. 숨어다니는 데는 혼자가 낫지 않겠소."

"우당 선생님 말씀이 맞습니다. 소문에 의하면 지금 일본이 압록강 국경지대 경비를 두세 배로 강화했다고 합니다."

장유순이 손을 저으며 회영의 생각이 옳다고 주장했다. 장유순 말대로 일본은 만주로 넘어가는 애국지사들을 잡기 위해 눈에 불을 켜고 있었다.

"그렇다면 단단히 변장을 하셔야 합니다."

"지금까지 해온 대로 장사꾼으로 변장할 수밖에요."

"장사꾼 변장은 어림없는 일입니다. 우리가 국내에 있을 때는

32

통했지만 이젠 망명자로 판명이 났으니 전혀 딴판으로 변장하지 않고서는 그들을 속이기 어렵게 되었습니다.”

“민망한 일이지만 박수무당으로 꾸미는 것이 가장 안전할 듯합니다.”

동지들이 마음이 놓이지 않아 무속인 변장을 들고나왔다. 만주에는 박수무당이 흔하고 그들은 몸에 갖가지 치장을 하는가 하면 얼굴에 하얀 분을 바르고 점을 찍는 등 화장까지 하고 다녔다.

“그렇지, 보기에 괴이한 박수무당으로 꾸밉시다. 가다가 누가 점을 봐달라고 청하면 점도 봐주고요. 하, 하.”

꽉 막힌 숨통을 트듯 회영이 농을 하며 잠깐 웃었다. 회영은 만주에서 흔히 볼 수 있는 박수무당으로 변장을 하고 망명 3년 만에 고국으로 잠입하기 위해 안동으로 향했다.

압록강에서 다시 배를 탔다. 첸징우의 배였다. 이제 막 해빙이 시작된 강은 여전히 압록수의 푸른 물을 자랑하고, 배는 천천히 신의주를 향해 흘러가기 시작했다. 첸징우는 처음 본 점쟁이 손님을 태우고 노를 저었다. 박수무당치고 너무 잘생겼다는 생각이 잠깐 스쳤을 뿐 무당 따위엔 관심이 없었으므로 강물을 바라보며 묵묵히 노를 저었다. 배는 강 중간쯤으로 접어들었고, 노 젓는 소리만 삐익, 삐익, 귀에 거슬린 소리를 냈다.

“녹이 슬었나 보오.”

회영이 먼저 입을 열었다.

"요놈의 놋좆은 기름 먹는 귀신이라오. 하루가 멀다 하고 기름 칠을 해도 보채니 말이오."

"그건 그렇고 사공 양반, 점을 봐주겠소."

"뱃사공이 점은 봐서 무얼 하오. 됐소이다."

뱃사공도 무당을 낮추어 보았으므로 시큰둥했다.

"사공은 장차 큰 배를 갖고 싶지 않소? 저 유명한 상해 황포강을 가로지르는 그런 배 말이오."

"그 유명한 황포강에 아무나 배를 띄우는 줄 아시오? 말도 안 되는 소리 마시오."

"내 점괘가 그리 나오니 하는 말이오. 지금부터 그런 꿈을 꾸면 충분히 그런 배를 가질 수 있다는 점괘이니 꿈을 꾸어보시오."

"됐소이다. 송충이는 솔잎을 먹어야 명대로 사는 법이오."

"첸징우는 여전히 착하고 겸손하기 짝이 없구만."

"뉘시오?"

첸징우가 노를 멈추고 획, 뒤돌아봤다. 그리고 회영을 뚫어져라 바라보던 끝에 소스라치게 놀랐다.

"혹시 우당 선생님 아니신지요?"

"이제 알아보겠는가?"

"선생님을 뵙다니요. 그런데 고매하신 선생님께서 어찌?"

첸징우는 반가움과 놀라움이 교차해 무슨 말을 해야 할지 몰라 허둥댔다.

"나를 정녕 몰라보았는가?"

"그랬으니 제가 함부로 말을 했지요. 죄송합니다, 선생님."

"죄송하긴. 내 그걸 시험해본 걸세. 일본 수비대들도 틀림없이 속아넘어가겠지?"

"속다뿐이겠습니까. 죄송하지만 무당으로도 고수로 보이십니다."

"수비대 감시가 어느 정도인가?"

"숫자가 배로 늘었습니다. 신의주 뱃머리에 나와 있는 시간도 훨씬 잦아졌지요. 서너 달 전에는 강을 건너려다 부지기수로 잡혀간 걸 봤습니다. 제가 구하려고 했지만 불가항력이었습니다."

"갈수록 발악을 하는 게로군."

"부디 조심하셔야 합니다, 선생님."

첸징우는 그동안 망명자들을 태워주면서 겪은 갖가지 이야기를 자랑하고 싶었지만 독립운동 상황이 좋지 않은 것 같아 입을 다물고 말았다.

첸징우는 지난해 그 일을 생각하면 언제나 가슴속이 뜨끈했다. 첸징우는 회영이 망명을 떠나면서 부탁한 대로, 그해 겨울이 다 가도록 망명자들을 건네주기에 바빴다. 망명자들 가운데는 치밀한 계획도 없이 끓어오른 분노만으로 무턱대고 강을 건너는 사람들이 많았고 그런 사람들은 십중팔구 압록강 수비대의 사냥감이었다. 돈이 없어 꽁꽁 언 강을 걷다가 동사하기도 했다. 첸징우는 그런 사람들을 발견할 때마다 얼음 위를 걸어가는 사람과 죽어 있는 시신을 거두어 안동으로 부지런히 날랐다. 수비대는 죽은 사람도 산 사람을 잡은 거나 마찬가지로 취급하여 경무청으로 넘긴 탓이었다.

그해 겨울 건네준 애국지사들이 수백 명이었고 시신만 해도 수십 구였다. 첸징우는 산 사람을 건네주든 죽은 시신을 거두어주든 언제나 "우당 선생님 부탁입니다."라고 말했다. 도망자를 태우고 가다 수비대가 쏜 총에 맞은 적도 있었다. 2년 전 겨울이 끝나가는 1월 말경 다섯 명의 청년들이 얼음 위를 달리고 있었다. 일경에게 쫓기는 사람들이었다. 첸징우가 날쌔게 썰매를 몰고 달려가 앞을 가로막았다.

"어서 타세요."

"일없소. 다른 데로 가보시오."

"안동까지 천 리 길이 넘는데 이대로 걷다가는 수비대가 쏜 총에 맞거나 동사하고 맙니다. 삯은 받지 않습니다."

"그게 참말이오?"

일행 중 가장 어려 보이는 청년이 혹했다.

"안 된다. 잘못하다간 일본 놈들에게 넘겨질지도 몰라."

"우당 선생님이 부탁하셨기 때문이오."

"그분이 누구요?"

"항일투사신데 지체가 매우 높은 분이십니다."

"존함을 말해보시오."

"그냥 우당 선생님이라고만 알고 있소이다."

비밀리에 조직한 신민회의 우당 이름을 그들이 알 리가 없었다.

순국 하

그래도 첸징우의 말에 믿음이 간 청년들이 썰매를 탔다. 청년들이 올라타자마자 등 뒤에서 수비대가 탄 썰매가 뒤쫓고 있었다. 그리고 몇 발의 총알이 날아왔다. 그중 한 발이 첸징우의 종아리를 스치면서 한 줌 살점이 떨어져 나갔다. 줄줄 피를 흘리면서도 첸징우는 날쌔게 썰매를 몰아 수비대를 따돌리는 데 성공했다. 안동에 닿자 남자들이 꽁꽁 얼어 있었다. 두툼한 솜옷을 입어도 견디기 힘든 추위에, 급히 피하느라 허술한 옷차림이었다. 첸징우는 얼음덩어리로 변해버린 사람들을 안동 땅에 내려주는 것으로 끝내버릴 수가 없었다. 죽을 게 뻔했다. 자기 집으로 데려갔다.

"네가 마치 조선독립군이라도 된 듯하구나."

첸징우의 아버지가 아들이 입은 상처를 안타까워하며 한탄했다. 발이 언 청년들은 당장 걸을 수가 없었다. 동상을 입은 것이었다. 첸징우 집에서 달포를 머물며 치료를 받고 나서야 겨우 길을 나설 수 있었다.

"살려준 은혜를 무엇으로 갚아야 할지 모르겠소. 자자손손 복이나 많이 받기를 바라오."

"내가 한 게 아닙니다. 우당 선생님께서 부탁하신 일이니 그분께 고마워하시오."

청년들이 첸징우를 향해 고맙다는 인사를 하자 첸징우는 어김없이 또 그렇게 말했다.

뱃사공 첸징우가 몰라볼 정도로 완벽한 변장 덕분에 회영은 전혀 의심받지 않고 압록강 변의 철통 같은 감시를 벗어나 서울로 잠입했다.

"아, 내 조국. 내 고향 냄새!"

도성 정중앙을 바라보는 종현 산마루는 변함없이 그 자리에 있었다. 그립고 그리웠던 서울 땅, 흙냄새가 가슴 깊이 그윽했다. 사람이라면 와락 끌어안고 얼굴을 비비고 싶었다. 회영은 어느새 종현성당(명동성당) 언덕에 서 있었다.

조선 초기 종현고개는 북을 매달아놓고 백성들이 왕에게 하고 싶은 말이 있을 때 북을 치게 했던 곳이었다. 그리고 임진왜란 이후부터는 종을 매달아놓고 야간 통행 금지와 해제를 알리는 인정(人定)과 파루(罷漏)를 치는 곳이었다. 그런 연유로 종현고개라 불렀고 성당도 종현성당이라고 했다. 종현성당 언덕에서 본가 저동 집을 내려다보았다. 총독부가 접수했다는 집은 나라 잃은 모습을 적나라하게 보여주고 있었다. 대문은 출입을 못 하도록 나무를 대고 못을 쳐버린 상태였다. 집은 고요했다. 후원에 서 있는 나무들과 검은 오죽 숲이 서러운 듯 애절하게 몸을 흔들었다. 사당으로 한달음에 달려 내려가 "아버님 어머님, 저 왔습니다." 하고 엎드려 통곡하고 싶었지만 어림없는 일이었다. 앞뜰에 서 있는 은행나무가 보였다. 은행나무가 별 탈 없이 있어준 것만 해도 다행이었다.

석영 형님 집이 궁금했다. 정동으로 갔다. 아흔아홉 칸 석영 형님 집도 마찬가지로 대문을 폐쇄해놓은 상태였다. 석영 형님 집은 안을 들여다볼 수가 없어 안의 사정은 알 수가 없었다. 허탈한 심정을 가누지 못한 채 하늘을 우러렀다. 하늘은 무심하게 구름만 흐를 뿐 말이 없었다. 묵묵히 기다려야 한다는 명령 같기도 하고, 한편으로는 위로 같기도 했다.

집을 둘러본 회영은 일본 형사들의 감시 대상에 있는 동지들에게 함부로 접근할 수 없어 어디론가 걸었다. 전덕기에게 가고 싶은 마음이 간절했지만, 신민회 105인 사건으로 상동교회는 특급 사찰 지역이 되어 일경의 눈 안에 있었다. 그걸 알면서도 발길은 어느덧 상동교회로 향하고 있었다. 내심 완벽한 무당 변복을 믿는 탓이었다. 상동교회 정문이 바라보이는 곳에서 발걸음을 멈추었다. 헌병들이 조선총독부 정문을 지키듯 단단히 지키고 있었다. 생각해보니 무당 차림으로 교회에 들어간다는 것은 말이 되지 않았다. 그렇다고 본색이 드러나는 옷을 갈아입고는 얼씬도 할 수 없는 일이었다. 당장 보고 싶은 전덕기 대신 상동교회 지붕에 세워져 있는 십자가만 바라보고 발길을 돌렸다.

해가 졌다. 종현성당에서 저녁 미사를 위한 종소리가 울려 퍼지고 있었다. 불빛이 돋아나기 시작했다. 가난한 사람들이 모여 사는 익량골로 향했다. 상동학원 제자 윤복영의 초가집 싸리문을 밀고 작은 마당으로 들어섰다. 개가 짖어댔다. 봉창을 열고 내다보던 윤복영이 소스라치게 놀라며 맨발로 뛰어나와 영접했다.

"우당 선생님이 아니십니까?"

"놀랄 줄 알았네."

미리 독립자금을 구하러 국내에 들어와 있는 이관직이 소식을 듣고 달려와 펄쩍 뛰었다.

"어쩌자고 사지로 오셨단 말씀입니까?"

"걱정하지 말게. 일경이 나를 체포한다 하더라도 나에게서 신민회 회원이든 무엇이든 증거를 찾기란 어려울 걸세."

회영이 서울에 잠입했다는 소식을 들은 이상재와 젊은 이덕규, 유기남, 유진태가 달려왔다. 이상재는 원로였고 젊은 사람들은 모두 상동학원 출신으로 회영의 제자였다.

"저들이 지금 우당 선생님 가문의 망명을 막지 못한 것을 한탄하고 있습니다."

"영석 어르신의 정동 집과 저동 집도 토지조사사업을 시행할 때 총독부에서 접수하면서 사당을 철거해버렸지 뭡니까. 사당을 헐어버리기는 영석 어르신 집도 마찬가지입니다. 가문의 맥을 끊어놓겠다는 심산이라고 합니다."

회영은 이미 집을 보고 왔지만 가슴이 아렸다.

"듣지 않는 것만 못하시지요?"

"나라도 빼앗겼는데 집이 무슨 소용인가. 어차피 버리고 간 집이었네."

모두 원통한 심정을 누르느라 잠시 말이 없었다.

"어떻든 국내는 위험합니다."

"너무 걱정들 마시게. 저들이 우당을 함부로 건드리지는 않을 걸세."

회영보다 17년이나 연상인 이상재가 젊은 동지들을 안심시켰다.

"정말 그럴까요?"

"독립운동은 상것들이나 하는 것이라고 선전하기 위해서지. 그러나 조심 또 조심은 해야지."

"내 안위보다는 신흥무관학교 운영이 큰일입니다. 더 이상 형님을 의지할 수도 없는 일입니다."

"제아무리 큰 부자라도 곶감 빼먹듯이 쓰는데 견딜 재간이 없지."

이상재가 한숨을 쉬며 답답한 가슴을 쓸어내렸다.

"큰일입니다. 국내에서는 지금 신민회가 거의 일망타진이 되다시피 하여 독립자금을 주고받기란 하늘의 별 따기입니다. 게다가 자금을 모아야 할 전덕기 목사님조차 몸져눕고 말았으니."

"목사님이 눕다니?"

"주일 목회를 할 수가 없어 교회는 이미 후임자가 담임을 이어받았습니다."

"목회를 할 수 없을 지경으로?"

"놈들에게 사흘이 멀다 하고 불려가 독한 고문을 받았으니 몸이 견뎌낼 재간이 있어야지요. 고문으로 쇠약해진 몸에 결핵이 덮치더니 이젠 늑막염까지 겹쳐서 살기는 틀렸습니다."

회영이 자리를 박차고 일어섰다.

"가시면 안 됩니다. 상동교회 주변에는 헌병대만 지키고 있는 게 아니라 형사들이 구석구석에 숨어 한시도 떠나지 않는다고 합니다. 목사님이 가택연금을 당한 것입니다."

전덕기를 만나보고 싶은 마음을 겨우 눌러 참으며 회영은 차일피일 시간을 보내고 있었다. 그리고 어려운 윤복영의 집에 오래 있을 수 없어 보름 만에 소격동 유진태의 집으로 옮겼다. 그때 전덕기 목사가 위독하다는 소식이 날아들었다. 더 이상 참을 수가 없었다. 회영이 동지들의 만류를 뿌리치고 일어섰다. 수요일 밤 예배 시간을 이용해 용케 목사관으로 숨어들었다.

전덕기는 마른 갈대처럼 누워 있었다. 결핵으로 폐가 망가진 데다 늑막염으로 옆구리에서 농이 흐르는 것을, 열두 살 어린 아들이 환부에 난 구멍에 약수를 받는 대롱처럼 버들잎을 말아 넣고 흘러내린 농을 받아내고 있었다.

"아, 우당 선생님!"

전덕기가 탄식에 가까운 반가움을 토했다. 회영은 꺼져가는 전덕기 앞에서 전신이 마비된 듯했다. 남달리 튼튼한 체격과 잘생긴 이마와 눈망울이 허깨비로 변해 있었다. 전덕기가 아들에게 의지해 일어나려고 몸을 움직였다. 회영은 전덕기를 말리며 탄식했다.

"목사님을 지켜드리지 못한 이 사람을 용서하십시오."

"험한 만주 땅에서 고생하신 것과 비교나 되겠습니까. 자금 때문에 오셨군요. 자금 한 푼 보내드리지 못한 죄를 범했으니 장차 하나님 앞에 어떻게 서야 할지 두렵습니다."

"목사님께서는 지금까지 열 사람 몫, 백 사람 몫을 하셨습니다. 그러니 지금은 아무 생각 마시고 그저 쾌차하셔야 합니다. 후일을 생각하셔야지요."

"못 뵙고 가는 줄 알았는데 이렇게 뵈었으니 이제 여한이 없습니다."

"가시다니요. 나랑 함께 나라를 찾아야지요."

"우당 선생님, 이제는 내가 할 일은 없습니다. 신민회 뿌리가 뽑혔으니 내 육신도 필요가 없어져, 하나님께서 데려가시려고 한 것입니다."

회영은 눈물을 참느라 안간힘을 썼다.

"그나저나 우당 선생님을 뵈니 기뻐서 미칠 것만 같습니다. 몸이 붕붕 떠오르지 뭡니까."

"이 사람도 그렇습니다. 그러니 힘을 내세요."

불면 날아갈 것만 같은 몸을 회영이 겨우 상체만 그러모아 안았다. 뼈만 남은 몸이 불덩이로 끓고 있었다. 전덕기와 함께 상동학원을 운영했던 일이며 헤이그 밀사를 모의하던 일들이 눈에 선했다.

"목사님, 우리가 학원을 운영하고 신민회를 만들었던 일들을 기억하시면서 부디 힘을 내셔야 합니다."

"비록 슬픈 현실이지만 그때 일이 자랑스럽습니다. 신민회가 해체되어 우리 동지들이 뿔뿔이 흩어졌다 하더라도 그 뿌리는 영원할 테니까요."

전덕기는 그날을 떠올리며 무척 흡족한 미소를 지어 보였다. 그리고 유언하듯 말했다.

"선생님께서는 부디 몸을 잘 보존하셔야 합니다. 그리고 광복을 맞이한 날 기쁨을 제 것까지 누리셨다가 후일 저에게 전해주세요. 참 제 큰아이는 이승만 선생이 미국으로 데려갔는데 제법 심부름도 잘하고 공부를 잘해 교민들 사이에 칭찬이 자자하다고 합니다. 그래서 마음이 놓이는데 내가 떠나고 나면 둘째 아이와 내자를 어떻게 해야 할지 걱정입니다. 선생님께서 만주로 데려가시면 얼마나 좋을까, 하는 생각도 듭니다만."

"환자의 명을 재촉하는 것은 병이 아니라 좋지 않은 생각이라고 합니다. 이 사람은 목사님이 쾌차하시기 전에는 서울을 떠나지 않을 작정입니다. 아시겠습니까?"

전덕기 목사는 애써 고개를 끄덕여 보이고 회영은 기회를 틈타 또 올 테니 부디 건강만 생각하라는 당부를 남기고 한밤중 어둠을 틈타 목사관을 빠져나왔다.

다음 날 벚꽃이 하염없이 떨어져 날았다. 무슨 축제 같기도 하고 슬픔이 휘몰아친 것도 같았다. 이관직이 비보를 들고 달려왔다. 끝내 전덕기 목사가 죽었다는 소식이었다. 일경들이 떼 지어 상동교회로 달려갔다. 전국에 숨어 있는 애국지사들이 상경할 것

44

을 대비해서였다. 장례는 상동교회장이었다. 상동장터 일대를 중심으로 명례방 사람들이 모두 거리로 쏟아져 나와 인산인해를 이루었다. 상여 행렬이 가도 가도 끝없이 이어지면서 펄럭이는 만장이 강물처럼 흘렀다. 사람들의 울음은 조국을 슬퍼하는 눈물로 장안을 적시고 총독부는 바짝 긴장한 눈으로 전덕기 목사의 마지막 가는 길까지 호시탐탐 감시하기에 바빴다.

회영은 거지 형상의 변복을 하고 행렬에 섞여 전덕기를 전송하며 울었다. 이상재, 윤복영, 이경학, 유기남, 유진태 등도 모두 변복을 하고 멀리서나마 39세 젊은 동지와 이별을 하고 있었다. 회영은 마지막으로 전덕기를 향해 '당신이야말로 우리 신민회의 시작이고 종말입니다.'라고 속으로 소리쳤다. 전덕기를 태운 꽃상여는 슬픈 시대의 한을 안고 상동장터를 유유히 빠져나가고 있었다.

전덕기도 떠나고 5월이 끝나갈 무렵 105인 신민회 사건 판결 공판에서 윤치호, 양기탁, 이승훈, 안태국 등 여섯 명에게 징역 6년을 선고하고 나머지 사람들에게는 무죄를 선고했다는 신문 기사가 났다. 일본은 계속 신민회를 단 한 명도 남김없이 잡아내겠다고 벼르고 있었다. 면회를 갈 수도 없는 동지들 생각에 회영은 답답한 가슴을 안고 유진태 집에서 다시 이경혁의 집으로 옮겨 살면서 1년여를 무사히 보냈다.

국내로 온 지 1년이 지나갔지만 자금을 마련하는 길은 속수무책이었다. 숨어 있는 어려운 동지들이 십시일반으로 몇 푼씩 모아준 것으로는 학교 운영에 보탬이 되지 못했다. 생각다 못해 난을 그리기로 했다. 문장과 명필로 손꼽힌 유창환이 제안한 일이었다. 석파란을 그리기로 했다.

"선생님께서는 난만 그려주십시오. 그러면 유진태와 내가 알아서 얼마가 됐든 자금을 만들어볼 작정입니다."

회영은 아예 유창환의 집으로 거처를 옮겨 난을 치기 시작했다. 회영이 삼전지묘법으로 난을 친 다음 직접 전각을 파 낙관을 찍으면 명필가 유창환이 화제(畵題)를 썼다. 그리고 유진태가 은밀히 명문가나 부잣집을 돌면서 팔았다. 그들은 독립자금 명목으로 한 폭 당, 백 원 혹은 2백 원씩을 내주었다. 백 원이라면 쌀 열 가마 값이므로 적은 돈이 아니었다. 한용운이 난 그림을 손에 넣자마자 당장 달려왔다.

"선생님, 이렇게 뵙게 되다니요. 사정이야 어찌 됐든 반갑기 짝이 없습니다. 선생님을 뵐 욕심에 몇 푼 안 되지만 그림 값을 직접 가지고 왔습니다."

"나 또한 한 선생을 만나니 반갑기 짝이 없소. 그런데 내 그림이 멀리 있는 한 선생에게까지 들어갔던가 보오."

"선생님의 난이 지금 애국지사들 사이에 신흥무관학교를 살리자고 외치고 있습니다."

"벌써 그리 되었단 말이오?"

"일경들 귀에 들어갈까 걱정입니다. 철석같이 믿었던 애국자가

자고 나면 일본 끄나풀이 되어가는 세상이니 말입니다."

한용운은 백 원을 내밀며 학교 일을 크게 걱정하고 돌아갔다. 회영이 그린 난은 왕에게도 들어갔다. 왕은 석영의 동생 회영이 국내로 잠입했다는 것도 반가웠지만 난 그림을 보자 마치 석영을 보는 것처럼 기뻐했다. 내관 안호형을 통해 신흥무관학교에 대한 소식을 전해 듣고 할 수 있는 데까지 자금을 보내려고 애썼다. 가끔 안호형이 한밤중에 유창환의 집으로 찾아와 왕이 내준 몇백 원의 자금을 전해주곤 했다.

총독부가 왕조를 별도로 관리하는 이왕직을 만들어놓고 왕의 입출금에 촉각을 세우고 있는 탓에 왕도 운신의 폭이 좁다고 안호형이 안타까워했다. 그런 처지에서도 왕은 용돈을 최대한 절약하여 회영의 생활비로 얼마씩 따로 보내주는 것도 잊지 않았다. 그런데 비밀은 오래가지 못했다. 난 그림은 마치 암호처럼 은밀히 애국자들 사이에 퍼져나가면서 지사들을 하나둘 연결하기 시작하고 한용운이 걱정한 대로 회영이 경찰서로 연행되고 말았다.

"선생은 조선 땅을 버리고 만주로 떠난 것으로 알고 있는데 무슨 볼일이 있어 다시 들어온 것이오?"

"조국을 버리고 가다니. 나는 예전부터 사업가요. 그래서 사업상 만주를 부지런히 오간 사람이오. 그리고 내 나라에 선영이 있고 일가친척이 있으니 가끔 와서 둘러보는 것이 사람의 도리가 아니겠소?"

그렇게 변명을 하면서 회영은 "그렇다. 너희들과 함께 같은 하늘 아래 숨 쉬는 것도 싫거니와 내 나라를 찾기 위해서 떠났노라."
라고 말하지 못한 것이 한스러웠다. 그러나 지금은 변명을 해야
할 것이었다.

"흠, 말은 그럴듯하지만 속셈은 따로 있는 게지요. 민중을 현혹
시켜 일본에 반기를 들라고 부추긴단 말이오. 아니 그렇소?"

"천만에, 나는 단지 사업을 하고 싶을 뿐이오. 충분히 견문을 넓
힌 다음 우리 조선에서 대사업장을 벌일 작정이란 말이오."

"귀족이 대사업장이라. 거참 흥미 있는 일이군. 하긴 선생은 청
년 시절에 수만 평 인삼밭을 일군 적이 있었지요?"

"그걸 어떻게?"

회영이 소스라치게 놀랐다.

"그때 경무청 후쿠다 요시모토 고문이 내 할아버지였소. 내 할
아버지께서 평생 잊을 수 없는 모욕을 당하셨다고 돌아가실 때까
지 말씀하셨지. 정말 우리 할아버지께서 선생을 잘 기억해두라고
당부하셨는데 이렇게 만나다니. 반갑기 짝이 없소이다."

회영을 맞은 건 인삼밭을 망쳐버린 후쿠다 요시모토의 손자 후
쿠다 오시이 주임이었다.

"나도 잊지 않고 있소이다. 후쿠다 요시모토를, 그는 대도였소.
2만 평 6년 근 인삼을 모조리 도적질한 범법자였단 말이오!"

회영은 그날을 생각하며 흥분하고 말았다. 흥분하면서도 후쿠
다 주임이 후쿠다 요시모토의 손자라는 것과 인삼밭 사건을 손자
에게 기억할 것을 당부했다는 것이 마음에 걸렸다.

"또다시 그따위로 악질적인 말을 뱉을 시는 고인의 명예를 훼손한 죄로 구속 조치할 것이오. 그건 그렇고 오늘 부른 것은 선생이 그린다는 그림 때문이오. 난을 그려서 은밀히 돌리고 있다는데 무얼 하자는 암호인지 알아야겠소."

"암호라니. 난은 말 그대로 그림이오."

"그렇소. 난은 그림이지. 그런데 그림이 하는 일이 따로 있으니 묻는 것이오."

"그림은 눈으로 바라보는 것이잖소. 바라보면서 마음으로 말을 주고받는 것일 뿐이란 말이오."

"대체 무슨 말을 주고받느냔 말이오?"

"그렇다면 나는 할 말이 없소이다. 그림을 그림으로 볼 줄 모르는 문외한과 어떻게 그림을 이야기한단 말이오."

"좋소. 사업장을 벌리든 난을 그리든 앞으로 꾸준히 지켜볼 것이오."

"마음대로 하시오. 나는 반드시 사업을 성공하여 이거외다, 하고 보여줄 테니."

사업은 독립운동을 말한 것이고 성공은 해방을 말한 것이었다.

"흠, 두고 봅시다. 누가 누구에게 무엇을 보여주는지."

확실한 증거를 포착하지 못한 채 회영을 취조한 후쿠다 주임은 그런 식으로 신경전을 벌이다 하는 수 없이 풀어주고 말았다.

회영이 경찰서에서 나오자 블라디보스토크에서 이상설이 보낸 청년이 은밀히 찾아와 소식을 전해주었다. 이상설은 블라디보스토크에 대한광복군 정부를 설립할 것이고, 상해의 영국 조계 내에 배달학원을 설립하여 민족교육을 하고 있는 박은식, 신규식과 만나 신한혁명당을 조직하여 무력으로 독립을 쟁취해나갈 계획이라고 했다. 그런데 놀라운 것은 왕과 의친왕 이강을 망명시켜 무력투쟁을 본격화한다는 계획이었다.

회영은 폭탄을 가슴에 품은 듯 떨리고 기뻤다. 성공만 한다면 국내외적으로 세상을 뒤집어놓을 것이었다. 그런데 다시 후쿠다 주임이 회영을 경찰서로 불러들였다.

"선생께서도 독립운동을 하고 싶은 것이지요? 천민이나 상것들이나 하는 그런 무식한 짓거리 말이오."

"독립운동을 하는 것은 자식이 부모를 섬기는 일이나 마찬가지니 이 나라 백성이라면 마땅히 해야겠지요. 그런데 나는 그러질 못하니 조국 앞에 부끄러울 따름이오."

"그런데 선생 눈빛을 보면 자꾸 혁명가라는 생각이 드니 어쩌지요? 우리 할아버지께서 선생을 주시해야 할 인물이라고 당부하신 대로 말이오."

"나는 그런 인물이 되지 못한 것이 한이라고 하지 않았소."

"거짓말하지 마시오."

"생각은 제 마음에서 우러나오는 것이니 그걸 누가 막겠소. 좋을 대로 생각하는 수밖에."

회영은 몹시 기분 나쁜 인연 앞에서 잠시 상을 찌푸렸다. 후쿠다는 단도직입적으로 나오기 시작했다.

"이상설을 알지요? 선생의 죽마고우 말이오."

"그렇소. 나와는 어려서부터 함께 수학한 벗이오. 그런데 수만 리 밖에 있는 그를 왜 나에게 묻는 것이오?"

"선생의 죽마고우가 심상치 않다는 첩보요. 그리고 선생은 국내에 체류 중이고. 뭔가 이상하지 않소?"

"당신들 눈에는 조선 사람이 기침만 해도 이상한 법 아니오."

"오늘 선생을 부른 것은 이런 식으로 말싸움이나 하자는 것이 아니란 말이오. 죽마고우를 설득해주어야겠소. 이상설에게 지금이라도 우리 일본에 귀화하면 헤이그 밀사 문제로 사형선고 받은 죄를 모조리 사멸시켜줄 뿐만 아니라 부귀영화를 보장한다고 전하시오. 전에 성균관장을 거쳐 참찬으로 있었으니 총독부에서 그 이상의 대우를 충분히 한다고 말이오."

"이상설을 모욕하지 마시오, 후쿠다 주임."

"그렇다면 이상설이 무엇을 하는지 밝혀질 때까지 선생을 여기에 모셔야겠으니 그리 아시오."

후쿠다는 회영을 마치 인질처럼 유치장에 가두어버렸다.

블라디보스토크에서는 상황이 급하게 돌아가고 있었다. 회영과 소식을 주고받을 수 없게 되었으므로 이상설이 전 외교부장 성낙형을 국내로 파견했다. 의친왕 이강이 장인 김사준과 함께 성낙형을 왕 앞으로 데려가 구체적인 계획을 세울 작정이었다.

그런데 준비가 너무 허술했다. 궁 곳곳에 깔려 있는 밀정들에

의해 비밀이 새어 나가고 말았다. 정보를 포착한 총독부에서 잠자리를 잡듯 살금살금 다가가 의친왕의 장인 김사준과 주변 인사들을 소리소문없이 잡아들였다. 왕의 망명 음모라는 중차대한 소문이 세상으로 퍼져나가는 것을 막기 위한 철저한 보안작전이었다. 총독부는 사건을 비밀에 부친 채 조선보안법 위반 사건이라는 엉뚱한 것으로 꾸며 체포한 관련자들을 적당히 처리하고 말았다. 상부의 지시에 따라 후쿠다도 회영을 풀어줄 수밖에 없었다. 무언가 잡힐 듯하면서도 잡히지 않자 후쿠다가 신경질을 부렸다.

"지금은 이쯤에서 보내주지만 언젠가는 다시 만나게 될 것이오. 언젠가는."

3개월 만에 풀려나 돌아온 회영이 원통하여 발을 굴렀다. 실패한 거사를 그렇게 흘려보낼 수 없어 머리를 싸맸다. 무슨 수를 써서라도 왕을 망명시킨다면 왕이 나서서 나라 찾기 운동의 선봉에 선 것이 될 것이었다. 그러면 외국의 주목을 끌 것이고, 친일파 귀족들에게는 큰 충격을 줄 것이었다. 뿐만 아니라 그동안 산발적으로 일어났다가 바람 앞에 촛불처럼 사라져버린 의병 봉기도 대대적으로 일으켜 세울 수 있을 것이었다.

문제는 일본이 철통같이 에워싸고 있는 왕과의 밀통이었다. 이상설이 진행해온 거사를 실패한 것도 바로 그것이었다. 그러나 뾰족한 묘안 없이 시일만 가고 일본은 왕의 주변 감시를 더욱 강화하여 개미 새끼 한 마리 얼씬 못 하도록 봉쇄하는 데 주력하고 있었다.

　고민 중에 2년이란 시간이 흘러가고 또 벚꽃이 피어 한창인데 비보가 날아들었다. 이상설이 러시아 니콜리스크에서 피를 토하며 사망했다는 소식이었다. 전덕기를 보내고 꼭 3년 만이었다. 두 사람이 마치 약속이라도 하듯 같은 달인 3월에 세상을 떠난 것이다. 전덕기가 갈 때처럼 벚꽃이 함박눈처럼 날고 있었다. "내 혼도 불사르라!" 했다는 이상설의 유언을 전해 들었다. 회영은 밤새워 통곡했다. 전덕기는 그나마 품에 안아봤으나 이상설은 만져볼 수도 바라볼 수도 없는 머나먼 러시아 땅이었다. 회영은 러시아 쪽으로 흘러가는 구름을 바라보며 이상설이 이루지 못한 거사를 가슴에 품었다.

18

사투

　　국내로 간 회영은 좀처럼 돌아오지 못하고, 만주는 여전히 불안불안했다. 석영은 회영이 없는 상황이라 모든 것을 혼자 감당해야 할 처지에 놓이고 말았다. 만주에서는 가뭄이 지나가고 잠시 숨을 돌릴 만하자 이번에는 마적 떼가 출몰했다. 마적의 속성을 잘 아는 만주 원주민 지주들은 매년 일정한 돈을 상납하면서 화를 면했다. 그래서 마적들은 돈을 상납하지 않는 한인들을 표적으로 삼았다. 때마침 석영은 만주의 왕으로 불릴 만큼 유하현 일대에서 큰 지주로 소문이 나 있었고, 마적 떼들이 이를 포착했다.

　　겨울에 석영이 회갑을 맞아 가족들과 신흥무관학교 교사들이 석영의 집에 모였다. 만주에 온 지 5년 차에 맞이한 생일이었다.

　　"오늘은 어르신을 위해 돈 좀 팍 쓸 생각이네."

　　박경만은 김준태를 데리고 멀리 통화읍에 나가 장을 보면서 기쁜 마음을 감추지 못했다. 그동안 학교를 살리느라 금고를 열어 놓고 돈을 물 쓰듯 했던 일을 생각하면 장거리를 아무리 많이 사도 아깝지 않았다.

모처럼 석영의 집은 전 부치는 냄새와 고깃국 냄새가 퍼졌다. 떡시루에서는 무럭무럭 김이 올랐다.

"이렇게 모여 음식을 장만하니 고향에 온 듯합니다."

여자들도 음식을 장만하면서 모처럼 행복한 시간을 가졌다. 갖가지 음식을 차려놓고 맏이 건영이 축사를 하고, 철영, 시영, 호영 아우가 함께 절을 하면서 만수무강을 빌었다. 회영은 국내에 있으므로 그 자리에 없었다. 다음으로 조카며느리들과 자식들이 절을 올렸다. 그다음은 신흥무관학교 교사들이 절을 올리며 건강을 축원했다. 마지막으로 박경만과 김준태가 절을 올렸다. 박경만은 만수무강을 빌면서, 그만 펑펑 눈물을 쏟아냈다.

"어르신, 가오실이나 정동 집에서 받으셔야 할 회갑상을 만주에서 받다니요. 도대체 이게 말이 되는지요."

박경만 때문에 갑자기 눈물바다가 되고 말았다. 맏이 건영도 셋째 철영도 다섯째 시영도 막내 호영도 모두 눈물을 흘렸다. 송동댁은 크게 소리 내어 엉엉 울었다.

"오늘은 영석 어르신께서 회갑을 맞이하신 기쁜 날인데 우리가 어르신을 기쁘게는 못 해드리더라도 울어서는 안 됩니다. 모두 마음을 가라앉히시기 바랍니다."

교감 여준이 정리를 하고 나섰다. 여준도 한바탕 눈물을 흘린 뒤였다.

만리타향 험한 만주 땅에서 차린 눈물의 회갑 잔치였지만 모처럼 행복한 시간이기도 했다. 잔치가 끝나고 모두 각자 처소로 돌아갔지만 은숙은 아이들을 데리고 남았다. 석영이 며칠 더 머물다 가라고 한 탓이었다. 석영은 회영이 국내로 간 다음부터 은숙과 아이들의 보호자 노릇을 했다.

잔치가 끝나고 3일째 되는 날 은숙은 이른 새벽, 측간에 가느라 마당으로 나갔다. 그때 어디선가 섬뜩한 바람이 몰려오고 있었다. 만주벌판을 달릴 때 들었던 바로 그 말발굽 소리였다. 등골이 오싹했다. 아무래도 이상하다는 생각이 들어 되돌아 방으로 들어가려는 순간 수십 명 마적 떼들이 마당으로 들이닥쳤다. 마당에서 맞닥뜨린 마적 떼가 은숙을 향해 총을 쏘았다. 총알이 왼쪽 어깨를 관통하면서 은숙은 그 자리에 쓰러지고 말았다. 박경만이 번개처럼 석영의 방으로 뛰어가 금고를 안고 달아났다. 박경만은 정신없이 뛰고 또 뛰면서 "큰사랑 대감마님(영의정 이유원), 그리고 조상님네들 제 목숨을 잃을지언정 이것만은 지켜주소서!"라고 빌었다.

은숙을 쏜 마적 떼들이 우르르 방으로 쳐들어가 일부는 석영을 묶고 일부는 방마다 다니며 현금이나 마찬가지로 통하는 옷가지와 물건들을 자루에 쓸어 담았다. 어린아이들 울음소리가 터져 나왔다. 안방에서는 석영의 어린 아들 규서가 울고, 건넌방에서는 회영의 아이들이 울었다. 다섯 살짜리 규숙은 구석으로 도망가 공포에 질린 채 울고 세 살배기 규창은 마적 떼 발길에 차이며 울었다. 아이들이 울자 마적들이 소리를 지르며 공포탄을 쏘아댔다.

들짐승처럼 방마다 우르르 몰려다니는 발길에 규창이 밟힐 듯 말듯 아슬아슬하게 스쳤다. 마적들 발길에 화로가 넘어져 이글거리는 불이 쏟아졌다. 울면서 방을 기던 규창이 불을 짚고 넘어지고 말았다. 뺨이 불에 닿고 손으로는 불을 쥔 아이가 자지러지게 울었다. 자지러진 아이의 울음이 혼미한 은숙의 의식을 흔들어 깨웠다. 은숙이 필사의 힘으로 방을 향해 기었다. 피가 낭자한 몸으로 불에 엎어져 있는 아이를 들어내어 안았다. 아기는 엄마가 왔지만, 울음을 그치지 못했다. 은숙의 몸에서 흘러나온 피가 아이를 물들였다.

온 집안을 휘저으며 난장판을 친 마적 떼는 석영과 행랑채에서 기거하는 학생들과 김준태 등을 납치하여 산속으로 사라졌다. 마적 떼는 잡아간 인질의 몸값을 만족할 만큼 주지 않으면 귀를 잘라 보내고, 그래도 만족할 만큼 돈을 주지 않으면 손가락을 잘라 보내고, 끝내 만족하지 못할 때는 목을 잘라 보낸다는 소문이 있었다. 사람들은 그런 소문을 생각하며 공포에 떨었다. 불과 두 달 전만 해도 추가마을에서 40리쯤 떨어진 한인마을에 마적 떼가 출몰하여 어린아이들을 인질로 잡고, 한 아이 당 얼마씩을 책정해 돈을 가져오는 대로 풀어준 일이 있었다.

박경만은 금고에 들어 있는 금을 가지고 가 석영을 구해와야 하는지 아니면 기다려야 하는지 판단하기 어려웠다. 일단은 그쪽에서 협상해 올 때까지 기다리는 수밖에 없었다. 한편으로는 석영을 믿었다. 그의 인품이라면 마적 떼들을 설득시킬 수도 있을 것이었다. 마적 떼들에게도 한 가지 철학이 있었다. 그들은 선비를 숭상한 탓에 선비는 공격하지 않았다.

총을 맞은 은숙은 혼수상태에 빠졌다. 신흥무관학교 선생들과 학생들이 달려와 일부는 총알이 뚫어놓은 상처에 치약을 욱여넣어 지혈을 시키고, 일부는 통화읍에 있는 적십자병원으로 말을 달렸다. 통화읍 적십자병원 원장은 서울 세브란스병원에서 명성을 날리던 김필순 박사였다. 김필순은 석영, 회영 형제들과 가까운 사이로 형제들 가문을 따라 만주로 망명하여 한인들을 치료하면서 독립운동 기지 중간 역할을 하고 있었다.

김필순 박사가 소스라치게 놀라, 험준한 고개 세 개를 넘어 2백 리 길을 밤새워 말을 달렸다. 김필순 박사의 신고로 통화현에서 파견한 백 명이나 되는 군인들도 함께 출동했다. 백 명의 군인을 보내준 것은 석영의 명성을 알고 있는 통화현 현장이 특별히 베푼 배려였다. 군인들은 서둘러 석영 일행을 구하러 마적 떼가 은거하고 있는 산으로 출동하고 김필순 박사는 혼수상태에 빠져 있는 은숙과 화상을 입은 아기를 병원으로 이송했다. 김필순 박사는 두 모자를 살리는 데 모든 것을 걸었다.

군인들이 도착하자 마적 떼들은 이미 석영을 석방한 상태였다. 석영이 선비라는 것을 안 마적 두목이 보내주라고 명령한 것이었다. 그런데 군인들이 출동하자 두목이 무릎을 꿇고 앉아 용서를 비는 것이었다. 그렇게 석영은 무사히 구조되어 집으로 돌아왔고, 은숙 모자는 6개월 만에야 상처가 아물었다. 은숙은 무사히 생명을 건졌으나 건강이 말이 아니었다. 석영은 박경만을 시켜 보약을 지어 오게 하면서 은숙을 돌봐주었지만 마음이 놓이지 않았다. 아예 은숙과 아이들을 집으로 들여서 함께 살기로 했다.

"우당이 쉬 돌아오지 못할 것 같으니 아이들 데리고 집으로 들어오세요."

한집에서 살아가게 된 아이들은 날마다 뒤엉켜 놀면서 싸우기도 했다. 석영이 나이 육십을 바라보며 얻은 규서가 4개월 늦게 태어난 규창을 늘 제압하려고 했다. 석영 부부가 눈에 넣어도 아프지 않을 만큼 너무 애지중지한 탓이었다. 석영은 늦둥이 자식 사랑에 혼을 빼앗겨, 어떤 일이 있어도 규서에게만은 쌀밥을 먹여야 했다. 박경만은 규서를 위해 자주 통화읍에 나가 제일 좋은 쌀을 골라 사 왔다.

"이래서 공자님께서 부모에 대한 효를 그리 애타게 당부했던가 보구나."

석영은 하얀 쌀밥을 맛있게 먹는 규서를 바라보며 늦둥이 규서에 흠뻑 빠진 자신의 심정을 스스로 말했다. 옆에서 박경만이 규서의 머리를 쓰다듬으며 한마디를 했다.

"규서야, 넌 이다음에 크면 남보다 열 배로 효도해야 한다. 다른 사람들은 다 옥수수밥, 조밥을 먹어도 너에게는 쌀밥을 먹이는 아버님이시다."

규서는 머리를 끄덕였다. 규서는 여섯 살에 『동몽선습』을 뗄 정도로 총명해 더욱 사랑을 받았다.

복병은 언제나 문밖에서 차례를 기다린 듯했다. 이번에는 전염병이 습격했다. 만주열(장질부사)과 홍역이 만주 전역을 휩쓸었다. 가장 먼저 시영의 가족들이 죽어나기 시작했다. 큰아들 규봉의 두 아이가 홍역으로 죽고, 아이들 뒤를 따라 시영의 부인 박씨도 만주열로 목숨을 잃고 말았다. 회영의 가족들도 전염병을 피하지 못했다. 은숙, 규숙, 규창이 모두 홍역에 걸렸다. 은숙은 홍역에다 만주열까지 겹쳐 살기가 어렵다고 가족들이 발을 굴렀다. 석영은 충격을 받고 토혈하며 쓰러지고 말았다. 홍역과 장질부사도 모자라 천연두까지 겹치면서 만주는 죽음의 땅으로 변해가고 있었다.

신흥무관학교 학생들과 동지들도 자고 나면 누군가 죽어나갔다. 석영은 다행히 별일 없이 털고 일어났지만 은숙과 아이들은 좀처럼 좋아지지 않았다. 쓰러졌다가 겨우 몸을 추스른 석영은 어떻게 해서라도 회영 가족들을 살려야 한다는 일념으로 경만과 김준태가 약을 달이는 것을 지켜보면서 밤새도록 약탕관을 맴돌았다.

순국 하

"저희들이 할 테니 어르신께서는 눈 좀 붙이시지요. 이제 겨우 쾌차하셨는데, 그러다가 또 병을 얻을까 두렵습니다."

"병은 약으로만 고치는 게 아니다. 지성이면 감천이라고 했느니라."

석영의 정성은 하늘을 감동시키고 말았다. 은숙과 아이들이 무사히 회복되었다. 석영은 기쁨을 감추지 못한 채 이번에는 체력을 보충해야 한다면서 고깃국을 끓이고 쌀밥을 먹이도록 했다. 철없는 규창이 며칠 동안 고깃국과 쌀밥을 먹게 되자, 또 아프면 안 되느냐고 엄마에게 물었다.

1918년 신흥무관학교를 설립한 지 7년 차를 맞았다. 그동안 배출한 학생들은 모두 독립군으로 투입되었고, 일본군과의 크고 작은 전투에서 혁혁한 공을 세우고 있었다. 여러 독립운동 기지 가운데 무관교육을 정식으로 받은 독립군을 배출하는 곳은 그때까지 신흥무관학교 학생들이 유일했고, 그들은 대고산, 소고산이 둘러쳐진 곳에서 대한제국의 무관들에게 정식으로 교육을 받은 탓이었다.

그런데 독립자금은 도무지 들어오지 않았다. 가뭄에 콩 나듯이 들어온 것도 회영이 국내에서 융통하여 보내준 것이었다. 석영은 도리 없이 계속 금고를 열어야 했다. 아무런 기약도 없이 날마다 금고가 줄어들자 박경만이 애가 탔다.

"금고의 돈이 봄눈 녹듯 녹아내리고 있습니다."

박경만은 마치 전쟁 중 군량미가 떨어져가는 것을 장군에게 보고하는 부관처럼 날마다 보고를 하면서 어쩔 줄을 몰랐다. 사정이 그쯤 되자 애국지사들도 고민이 깊어졌다. 맨 처음 추가마을에 입성하여 부지를 구하지 못해 난관에 처했을 때처럼 동지들이 하나둘 다른 활동처를 찾아 떠나기 시작했다. 이상룡, 김대락을 중심으로 한 영남 사람들이 줄지어 유하로 떠난 다음 이동녕, 장유순도 추가마을을 떠나겠다고 선언했다. 이동녕, 장유순이 누구던가. 맨 처음 독립운동 기지를 세울 때부터 만주 서간도를 헤매며 온갖 어려움을 함께한 동지들이었다.

"어르신, 이젠 우리도 떠나야 할 때가 온 것 같습니다."

"망명자의 처지가 이런 것인 줄 몰랐네. 어딜 가든지 몸조심들 하시게."

"어딜 가든지 어르신의 거룩한 정신을 가슴에 묻고 살겠습니다."

보내는 사람들이나 떠나는 사람들이 모두 눈물을 흘렸다. 다섯째 시영도 아들 규봉과 함께 봉천으로 떠났다. 석영의 장남 규준도 신흥무관학교를 졸업했으므로 활동처를 찾아 추가마을을 떠났다. 규준은 의열단에 가입하기 위해 길림으로 갔다.

의열단은 삼일운동이 끝날 무렵 김원봉을 단장으로 하여 열세 명 열혈 청년들이 모인 급진적 단체였다. 어린 나이에 억지를 부려 신흥무관학교를 졸업한 김산 등 신흥무관학교 출신들로 이루어진 의열단은 나라가 독립을 쟁취하지 못한 이유를 지금까지 독

순국 하

립운동이 소극적인 탓으로 규정하고 이젠 보다 적극적인 방법을 시도하기로 했다. 의로운 일을 맹렬히 실행한다는 뜻을 품은 그들은 국내의 주요 인물 암살과 주요 기관 폭파를 목표로 삼았다. 암살 대상은 조선총독부의 총독, 고관들, 친일파 매국노들, 밀정, 반민족행위를 하는 귀족과 대지주와 조선에 주둔하고 있는 일본군 수뇌들이었고, 폭파 대상은 조선총독부, 종로경찰서, 밀양경찰서, 부산경찰서, 식산은행, 동양척식주식회사, 일본 왕궁 등이었다. 규준이 의열단에 가입했을 때는 이미 숫자가 30여 명에 육박해 있었다.

그들은 피나는 체력 훈련과 저격(사격) 연습으로 밤낮을 쪼개듯이 살았다. 목적을 이루기 위해서는 명사수가 되어야 하고 몸은 강철처럼 단단하고 비호처럼 빨라야 했다. 그들은 종교 생활을 하듯 언행을 매우 경건하고 매우 진지하게 하면서 수영, 테니스 치기, 철봉, 역기, 마라톤, 공중회전 등 과업을 수행하는 데 필요한 모든 훈련을 쌓았다.

그들은 '조선총독부 총독이 부임해오는 대로 연이어 대여섯 명만 죽이면 그 자리에 올 자가 없을 것'이라는 생각이었다. 그러기 위해서는 목숨을 내놓아야 했다. 성공한다는 보장이 없을 뿐만 아니라 성공하지 못해도 위협적인 것이며, 총독은 언제 죽을지 모르는 공포에 시달리게 될 것이었다. 그들은 임무를 수행하기 위해 서로 국내로 들어가려고 했다. 그것은 서로 목숨을 버리려고 경쟁하는 것과 똑같은 일이었다.

학교는 결국 존폐 위기를 맞았다. 국내에서 회영이 어렵게 몇백 원씩 보내주는 자금으로는 어림없는 일이었다. 아직 떠나지 못한 동지들 사이에서 폐교를 해야 한다는 주장과 어떤 일이 있어도 유지해야 한다는 의견이 나왔다.

"지금까지 학교를 유지해온 것만 해도 기적입니다. 그게 다 영석 어른의 금고를 털어 바친 덕이었는데 어른의 금고가 돈이 솟구쳐 오르는 샘이 아닌 이상 한계가 있지요."

"옳은 말씀입니다. 사실 우리 신흥무관학교는 지금까지 3천 5백 명 독립군을 길러냈으니 그것만으로도 커다란 업적을 남긴 것입니다. 그러니 이제 폐교를 해도 된다고 봅니다."

"독립군단마다 우리 신흥무관학교 출신들의 활약이 눈부시지만 그중에서도 김춘식, 오상세, 박영희, 백종렬, 강화린, 최해, 이윤강 같은 수재들이 김좌진(북로군정서) 장군, 홍범도(대한독립군단) 장군 휘하에서 뛰어난 교관으로 활약하고 있는 것이야말로 우리의 커다란 업적이니, 이제 폐교를 해도 된다고 생각합니다."

"업적이 뛰어나다고 해서 간단히 폐교를 결정해서는 안 됩니다. 그건 너무 성급한 생각입니다. 각 현의 한인 대표들을 만나 학교 유지회를 조직해보면 어떨까요?"

"만주 지역 어디든 한인들이 어렵기는 마찬가진데 학교 유지회라니요, 어림없는 소립니다."

"그렇다고 노력도 해보지 않고 어찌 폐교부터 한단 말입니까. 어떻게 세운 학곤데……."

교감 여준이 화를 냈다.

"교감 선생님 말씀이 일리가 있습니다. 폐교할 때 하더라도 일단 시도라도 해보는 것이 먼저일 것 같습니다."

교사 김탁이 여준을 거들고 나섰다.

"모두 마찬가지겠지만 나는 아직도 우리 학교 첫 졸업생들과 고생했던 백서농장을 잊을 수가 없소이다."

여준이 처절했던 백서농장 이야기를 꺼내자 자리가 숙연해지고 말았다. 여준은 누구보다도 백서농장에 대한 감회가 깊었다. 신흥무관학교 첫 졸업생을 배출한 교사들은 감격에 겨웠다. 그때 윤기섭 교감과 교사 여준, 김동삼이 첫 졸업생들을 중심으로 '신흥학우단'을 만들었다.

신흥학우단은 백두산 서쪽 첩첩산중 밀림고원에 신흥무관학교에 이어 제2군영을 만들기로 하고, 특별훈련대를 편성하여 정예 부대를 양성하기 위해 그곳에 백서농장을 건설했다. 백서는 백두산 서쪽이라는 뜻이었다. 백두산은 사방으로 2백여 리 어디를 둘러봐도 길이 없었다. 사방 어디서부터 오르든지 여러 개 산을 넘어 장장 250리쯤 올라가면 전혀 딴 세상인 고원 평야가 펼쳐졌다. 산에는 곰, 노루, 산돼지 등 산짐승들이 설치고 마적 떼도 간간이 출몰하여 부딪쳐 싸워야 했다. 신흥학우단은 그곳에 우물을 파고 집을 짓고 땅을 개간하면서 수천 명의 병력을 수용할 수 있는 군영인 백서농장을 건설했다. 농장을 건설하는 데 꼬박 1년이 걸렸다.

처음 입영한 숫자는 380명이었다. 380명 중에는 각 지역마다 지도자가 포진해 있었다. 다만 함경도와 전라도 지역 출신만 빠져 있었다. 망명할 때 함경도 지역 지도자들은 대부분 북간도와 연해주로 갔고 전라도는 의병 활동으로 지도급 인사들이 모두 일본군에게 목숨을 잃은 탓이었다. 백서농장은 김동삼이 장주가 되었다. 입영자들이 계속 늘어나 5백여 명에 육박했다. 10대 소년 입영자들도 부지기수였다. 열 살도 채 안 된 아이들도 아버지를 따라 독립운동을 하겠다고 입영했다. 입영자들은 일본과 무장투쟁을 준비하기 위해 세상을 등지고 밀림 속에서 오직 훈련에 전력투구했고 자급자족을 하기 위해 농사를 지었다.

거기에도 예외 없이 복병이 도사리고 있었다. 굶주림으로 오는 영양실조와 무서운 전염병이었다. 아버지를 따라온 아이들이 먼저 죽어가기 시작했다. 열병, 위장병, 심장병, 천식, 폐병이 속출했다. 병사들 방마다 앓는 소리가 그치지 않게 되자 철벽 같은 의지가 약해지기 시작했다. 2년 차가 되자 병을 치료하기 위해 매일 병영을 떠나는 사람이 늘어가면서 빈방이 늘어갔다. 동쪽 막개동, 서쪽 만리관, 북쪽 망원치, 남쪽 오리저에서 보초를 서는 병사도 없어지고 말았다. 5백 명 중 최후로 30명 정도가 남게 되면서 본부 병사를 유지해나가기도 어렵게 되었다. 해산해야 한다는 주장이 나왔다.

김동삼 장주와 훈독 양규열, 총무 김완제, 의감 김환, 외무 정선백 등이 해산에 대한 문제를 놓고 의논을 거듭했다. 그런데 교관

허식이 "실망했소이다. 무슨 낯으로 동포들을 대면할 생각이오. 다 나가시오. 나 혼자라도 끝까지 이곳을 지킬 작정이오."라고 벌컥 성을 내며 해산을 반대했다. 허식의 발언에 의견이 분분한 가운데 김동삼, 양규열 외에 병사 20여 명이 남고 병에 걸려 치료를 받아야 할 사람들만 산을 내려갔다. 그런데 해산을 강력하게 반대하던 허식이 열병에 걸려 자리에 눕고 말았다. 허식은 병을 용납하지 않았다. 악성 전염병과 허식의 싸움이 시작되었다. 세 번 회복되었고 세 번 재발한 끝에 허식이 반신불수가 되고 말았다. 동지들 등에 업혀 용변을 봐야 하는 허식이 사경을 헤매게 되자 김동삼이 간절히 출영 치료를 권고했지만 그래도 듣지 않았다. 허식은 결국 혼절하고 말았다. 병사들이 혼절한 허식을 업고 통화읍 적십자병원 김필순 박사에게 데려갔다. 병원에서 1년 동안 입원 치료를 받아야 했다.

사정이 그 지경에 이르자 백서농장을 폐지하기로 결의했다. 4년 동안 손톱이 빠지고 목숨 바쳐 만든 백서농장을 떠난다는 것은 혈육과 이별한 것 이상으로 서럽고 원통했다. 마지막까지 남아 있던 장주 김동삼과 지도부들은 겨레 앞에 백서를 발표하고 통곡하며 산을 내려왔지만 그 정신은 아직도 면면히 흐르고 있었다.

"백서농장 건설 정신은 신흥무관학교의 정신일 뿐만 아니라 장차 우리 민족정신으로 이어질 것이라 믿네."

석영은 백서농장을 만들 때도 자금을 댔으므로 그때를 생각하며 여준을 위로했다. 석영은 백서농장 건설이 정신력으로 워낙에 유명한 것이었으므로 그런 정신이라면 한민족이 망하지 않는다고 믿었다.

"그때 목숨 바친 동지들을 생각하면서 지금까지 학교를 지켜왔습니다."

여준이 주장한 대로 회의 끝에 한인 대표들을 만났다. 한인 대표들은 학교를 살리는 모금 운동을 해보자고 했다. 결국 신흥무관학교를 살리자는 모금 운동이 시작되었고, 소문이 입에서 입으로 전해지면서 놀라운 일이 벌어졌다.

"신흥무관학교는 우리가 가장 어려울 때 우리에게 의지가 되어주었고 희망이 되어주었어요. 그러니 이제는 우리가 학교를 살려야 합니다."

"어디 그뿐이오. 통화현, 유하현, 환인현 일대에 맨 처음 학교를 세워준 사람이 누구요. 우리 아이들이 누구 덕에 공부했느냐 말이오. 그걸 모르면 사람이 아니지요."

한인들의 눈물 어린 호소는 눈물로 이어졌다. 기다렸다는 듯이 갓 결혼한 새색시부터 주부들이 깊숙이 숨겨둔 금반지, 은반지 등을 아낌없이 내놓았다. 패물이 없는 여자들은 머리채를 잘라 팔거나 비녀를 내놓았다. 환자들은 먹고 있는 약을 중단하고 약값을 내놓기도 했다. 어떤 이들은 옷을 내다 팔고, 어떤 이들은 신을 삼아 팔고, 나무를 해다 팔기도 하고, 된장을 퍼다 팔기도 하면서 학교를 살리기 위해 온갖 방법을 동원했다.

　석영은 비상금으로 간직하고 있는 금붙이를 생각했다. 그에게는 금거북 한 쌍, 금가락지 한 쌍, 마고자 단추 한 쌍, 금팔찌, 금비녀가 있었다. 양부와 양모님이 물려준 유물이었다. 석영이 박경만을 불렀다.

　"금거북 한 쌍을 갖다 주어라."

　"어르신, 더 이상은 안 됩니다."

　박경만은 울고 싶은 심정으로 소리쳤다.

　"지금까지 바친 것만 해도 차고 넘치는데 그것도 모자라 물려받으신 유물까지 바치려고 하시다니요."

　박경만은 마구 대들었다.

　"이번이 마지막이다."

　"앞으로 어떻게 살아 가시려구요. 마님과 규준이, 규서는 생각지 않으시는지요."

　"학교를 살리겠다고 모두 발 벗고 나섰는데 가만히 앉아 있으란 말이냐. 나는 명색이 교주가 아니냐."

　경만의 말대로 지금까지 바칠 만큼 바쳤으므로 가만히 앉아 있다 하여 누가 뭐라고 할 사람은 없었다. 그렇다고 학교 교주로서 가만히 있을 수는 없었다.

　두 사람은 그 문제로 한참을 다투었다. 박경만은 결국 "어쩌면 그리도 큰사랑 대감마님 고집을 쏙 빼닮으셨습니까."라고 중얼거리며 금을 내는 것은 막지 않되 양을 줄이기로 합의를 보았다. 금거북 한 쌍 중 한 짝만 내기로 했다.

　모금 운동으로 학교는 일단 살려냈지만 얼마나 더 버틸지 알 수 없는 일이었다. 독립자금은 계속 들어오지 않았다. 석영은 회영과 서신으로 학교 문제를 주고받았다. 국내 사정도 자금을 모으기는 힘든 일이니 차라리 학교를 한인 단체에 넘겨주는 것이 좋겠다는 의견을 보내왔다. 회영은 석영에게만 그 뜻을 전하는 게 아니라 교장 철영과 교감 여준에게도 그 뜻을 전했다. 다시 학교 문제를 의논하기 위해 모였다.
　"우당 선생님의 생각이 옳은 줄 압니다."
　교감 여준이 먼저 입을 열었다.
　"한인 단체에 학교를 넘겨주는 것이 최선의 선택인 줄 압니다."
　이번에는 교사 김탁이 생각을 말했다. 그러면서 김탁이 울먹였다. 분위기가 숙연해지고 말았다. 아직 결정된 일도 아닌데 모두 눈시울이 붉어졌다. 속으로 눈물을 삼키고 있던 석영이 입을 열었다.
　"일은 빠르면 빠를수록 좋으니 서둘러 한인 단체 대표를 부르세요."
　며칠 후 통화현에서 한인 단체 대표들과 모임을 갖고 학교 문제를 일사천리로 매듭지었다.
　학교를 인계하고 나자 때마침 국내에서 삼일운동이 불붙고 있었다. 그리고 만주와 조선의 국경지대로 독립군들이 모이기 시작했다. 그동안 만주 각처마다 독립군이 형성되었고, 각처의 독립군마다 신흥무관학교 출신들이 지휘관으로 포진하고 있었다. 그렇게 독립군이 승승장구하자 국내외에서 수많은 청년들이 독립군에 가담하기 위해 국경지대로 몰려들었다. 독립군은 그들에게 군사훈련을 시켜 속속 독립군으로 편입시키기에 바빴다. 그렇게 하여 국경지대에 모여든 독립군들은 대규모 군대를 이루었고 그들은 국경지대에서 일제와 크고 작은 전투를 수십 차례 치렀다. 전투를 치를 때마다 독립군이 승리하면서 독립군 일부는 국내로 진입하여 일본의 중요 기관을 파괴하고 중요 인사를 사살하면서 일제의 간담을 서늘하게 만들었다.

일제는 지금까지 관심을 두지 않았던 만주를 주목하기 시작했다. 만주에는 한인들이 몰려 있을 뿐만 아니라 무장투쟁을 할 수 있는 독립군이 만주에서 배출된다는 것에 촉각을 세운 것이었다. 만주에서 활동하는 독립군을 잡아야 한다는 소문이 퍼지기 시작했다. 추가마을은 너무 멀고 험한 지역이라 일본의 관심이 좀처럼 미치지 못해 그나마 다행이었지만 형제들을 누가 언제 밀고할지 알 수 없는 일이었다. 형제들은 불안하여 더 이상 추가마을에 있을 수가 없었다. 그렇지 않아도 학교를 정리했으므로 추가마을을 떠날 작정이었다.

경술년(1910) 고국을 떠날 때처럼 경신년(1920) 봄, 만주로 망명한 지 꼭 10년 만에 형제들이 다시 석영의 집에 모였다. 건영, 석영, 철영, 호영 등 4형제가 모였다. 회영은 국내로 갔으므로 없었고, 시영도 아들 규봉과 함께 봉천으로 떠났으므로 없었다. 이제 만주에는 4형제가 남아 있었다. 가족들이 모두 한자리에 모여 회의를 열었다. 박경만과 김준태, 노비 출신 남자들 열세 명도 자리를 함께했다.

"우리가 경술년에 고국을 떠날 때는 몇 년만 투쟁하면 나라를 찾을 줄 알았는데, 이제 그날이 언제인지 앞이 보이지 않게 되었습니다. 사정이 이러한즉 큰형님께서는 칠십 고령이시니 고국으로 돌아가셔서 가문의 제사를 받들다가 고국 땅에 묻히셔야 합니다."

석영의 말이 끝나자 여기저기서 울음소리가 새어 나왔다.

"영석 아우도 환갑, 진갑 다 넘긴 고령이야. 그러니 나와 함께 이제 그만 고국으로 돌아가는 게 어떤가?"

"큰형님 말씀이 맞습니다. 영석 형님 연세가 올해 예순여섯이십니다. 큰형님과 함께 돌아가시지요. 이제 나라 찾는 일은 젊은 사람들이 해야지요."

"저도 같은 생각입니다. 형님은 그렇지 않아도 관절염에 기관지 천식을 앓고 있는데 치료도 하시고 들어가셔야 옳은 줄 압니다."

셋째 철영과 막내 호영도 석영이 귀국하기를 권했다.

석영은 눈을 감은 채 생각에 잠겼다. 경술년에 조국을 떠날 때 결심했던 것은 가문의 모든 것을 던져 나라를 구하겠다는 비장한 선택이었다. 그렇다면 지금은 두 번째 선택의 기로인 셈이었다. "나라는 언젠가는 선택해야 할 때가 올 것이고, 그럴 때는 너의 일신과 가문을 생각해서는 안 될 것"이라는 양부의 유언을 다시 떠올렸다. 그리고 눈을 뜨고 좌중을 둘러보며 말했다.

"나는 나의 길을 갈 것이니 너희들도 각자 생각대로 하길 바란다. 여기 모인 사람들 모두 돌아가고 싶으면 얼마든지 돌아갈 수 있다는 말이다."

아무도 말이 없었다. 울음소리도 뚝 그치고 말았다. 긴 침묵이 흐른 다음 셋째 철영이 나섰다.

"우리가 처음에 조국을 떠날 때 맹세한 대로 끝까지 영석 형님과 함께할 것입니다."

"저도 조국이 해방되는 그날까지 함께할 것입니다."

막내 호영 역시 귀국할 의사가 없으며 끝까지 함께할 것을 다짐했다.

건영은 석영의 권유에 따라 선영이 있는 장단으로 돌아가기로 하고, 석영과 호영은 천진으로 가기로 했다. 셋째 철영은 시영과 규봉이 있는 봉천으로 가기로 했다. 박경만은 석영을 모시기로 하고, 김준태는 열세 명 노비 출신 남자들과 함께 추가마을에 남아 석영이 사들여놓은 땅에서 농사를 짓기로 했다. 그런데 건영의 큰아들 규룡의 소실 송동댁이 장단으로 가지 않겠다고 했다.

"네 남편이 가는데도 혼자 남겠다는 것이냐?"

건영이 며느리를 향해 이해할 수 없다는 표정을 지으며 물었다.

"저는 본가 아버님을 따르겠습니다."

본가 아버님은 회영을 가리킨 말이었다. 규룡은 본래 회영의 장남이었으므로 송동댁에게는 시아버지가 둘인 셈이었다. 송동댁이 고향으로 가지 않겠다는 말에 모두 어리둥절한 채 잠시 말문을 열지 못했다. 당연히 남편을 따라 국내로 갈 줄 알았고 또 국내로 가면 고생을 덜 할 것이었다. 송동댁은 슬하에 딸린 자식 하나 없으므로 본가 시아버지 회영을 도와 무엇인가를 해야 한다는 생각을 품고 있었다.

"그럼 뜻대로 하게."

규룡이 결론을 내려 송동댁 거취 문제는 그렇게 마무리를 지었다.

다시 형제들의 이동이 시작되었다. 추가마을로 들어올 때와 반대로 이제는 뿔뿔이 흩어져야 하는 쓸쓸한 이동이었다. 망명 초기에는 가슴 가득 해방을 꿈꾸며 희망이 끓어넘쳤지만 이제는 막연하고 슬펐다. 석영은 형님 건영과 아우 철영에게 여비를 내주면서 다시 만날 때까지 몸조심해야 한다고 당부했다. 그들은 이후 다시는 만날 수 없다는 것을 아무도 알지 못했다.

순국 하

19

서울 하늘의 먹구름

　　서울에 체류 중인 회영은 편지로 만주 사정을 다 알고 있었다. 석영 형님이 마적에게 납치를 당했고 마적이 쏜 총을 맞고 아내가 사경을 헤맬 때 김필순 박사가 나서서 생명을 구해주었다는 소식도 들었다. 그리고 형제들이 추가마을을 떠났으며 가족은 석영 형님이 돌보고 있다는 것을 알았다. 그렇다고 가족에게 당장 돌아갈 수가 없었다. 이상설이 이루지 못하고 간 계획, '왕을 북경으로 망명시키는 거사'를 꼭 이루어야 하기 때문이었다. 그런데 왕과의 교신을 만들지 못해 고민에 빠져 있었다.

　'부재는 나에게 거사를 이루어달라는 유언을 남기고 가질 않았는가!' 그런 생각을 하면서 차일피일 시간만 가고 있었다. 다행히 조정구(조대비의 조카)의 장남 조남승이 옆에서 늘 위로해주었다. 그리고 어느 날 조남승이 한 가지 청이 있다고 했다.

　"청이란 무엇인가?"

"우당 선생님의 장남 규학 군과 제 누이동생 조계진을 혼인시키면 어떨까 합니다."

낯선 말은 아니었다. 조남승은 옛날부터 회영을 존경하며 따랐고 회영도 조남승을 좋아한 터라 망명 전부터 거론했던 말이었다.

세상이 다 알다시피 철종이 후사가 없이 죽자 조대비는 흥선군 이하응의 둘째 아들 이명복을 왕으로 봉한다는 전교(1863.12)를 내렸다. 대신 왕비는 조대비 가문에서 들인다는 조건을 달았다. 이명복은 겨우 열두 살이었으므로 조대비가 수렴청정을 맡았다. 그런데 이명복이 왕위에 오른 지 3년 만에 대원군은 조대비와의 약속을 깨고 아내와 같은 여흥 민씨 가문 민치록의 딸을 왕비로 간택한 것이었다.

대원군은 일을 그렇게 저질러놓고, 천길만길 뛰는 조대비를 달래기 위해 자기 둘째 딸을 조대비의 조카 조정구와 결혼시키자고 제안했다. 조대비는 분했지만 도리가 없는 일이었다. 질녀를 왕비로 삼으려다 실패한 조대비는 궁여지책으로 왕의 누이동생과 조카를 결혼시키는 것으로 분을 달래야 했다. 조정구는 대원군의 딸과 혼인하여 조남승, 조남익, 조계진, 3남매를 낳았다.

"조 동지의 누이라면 대원군 대감의 외손녀에다 전하의 질녀인데 우리 가문이 예전 같으면 모르되 지금 이런 형편으로 어찌 왕실 며느리를 맞이할 수 있단 말이오."

"그때나 지금이나 달라진 것은 없습니다. 지금도 또 앞으로도 우당 선생님 가문은 영원한 삼한갑족입니다."

"나라가 없는데 가문이 무슨 소용이란 말인가. 그리고 조 동지 누이는 학생이라고 하질 않았소?"

"지금 경성여자고등보통학교에 다니고 있습니다."

"혼인을 하게 되면 만주로 가야 할 텐데, 학교는 어쩔 작정이오?"

"어차피 식민지 교육입니다. 혼인날을 잡는 날부터 그만두고 말아야지요."

귀족층과 고급 관료 자녀들이 다니는 경성여자고등보통학교 (경기여고 전신)는 처음에는 관립한성고등여학교(1908년 개교)로 3년제였다. 그런데 일본이 한일병합을 하고 1년 만에 조선교육령 (1911.8)을 선포하면서 경성여자고등보통학교로 이름을 바꾸었고 학제도 예과 2년에 본과 3년, 5년제로 만들었다. 조계진은 4학년 재학 중이었다.

조남승의 제안을 생각하며 여러 날 고민하던 회영이 무릎을 쳤다. 서둘러 조남승을 만났다.

"조 동지, 부재가 이루지 못한 일을 우리가 해야겠소."

"전하의 망명 말입니까?"

"그렇소. 조 동지의 누이와 내 아이 혼사를 빙자해 전하와 다시 밀통하여 북경에 망명정부를 세우는 것이오. 때마침 세상에 민족 자결주의 바람이 불고 있으니 시기적절하지 않은가."

세상은 1차 세계대전이 끝나고 미국 윌슨 대통령이 14개 조 강령을 통해 모든 민족은 정치적으로든 어떤 이유로든 다른 민족을 간섭할 수 없고 간섭받지 않을 자유가 있다고 천명한, 민족자결주의(1918.1)에 고무되어 있었다.

"그럼 제가 즉시 보현사에 계시는 아버님과 전하께 말씀드려 일을 추진하도록 하겠습니다."

"그런데 단단히 놀란 전하께서 받아들이실지 걱정이오."

"받아들이시다마다요. 부재 선생의 실패를 천추의 한으로 여기고 계십니다. 그때부터 감시가 더 심해진 탓에 어떻게 하면 놈들의 손아귀에서 벗어날 수 있을까, 하는 생각만 하고 계신데 뵙기가 민망하기 짝이 없습니다."

"그렇다면 속히 전하께 말씀드려주시오."

조남승은 지체하지 않고 보현사에 은거 중인 아버지 조정구와 의논을 한 다음 왕을 알현하여 뜻을 말했다. 왕은 조카의 손을 덥석 잡아끌어 당기며 속삭이듯 물었다.

"이석영 아우가 정녕 그런 계획을 꾸미고 있다는 것이냐?"

"그렇사옵니다, 전하."

때마침 왕은 이은의 결혼 문제로 가슴앓이를 하고 있었다. 비록 나라가 일본 손아귀에 있다 하더라도 일본 황실 사람을 며느리로 들일 수는 없었다. 순종이 후사가 없어 이복동생 이은을 왕세자로 봉했고 일본은 이은을 일본 황족 이방자와 결혼시키기 위해 일을 추진하고 있었다.

이은의 결혼 문제는 5년 전부터 불거져 나왔다. 1915년 가을 초대 총독 데라우치가 이완용을 불러 일본 황실에서 혼인을 의논 중인데 이 고문은 어떻게 생각하느냐고 물었다. 이완용은 즉시 대답을 하지 못한 채 고개를 갸웃거렸다.

"왜 그러시오?"

"이은은 이미 정혼을 해놓은 처지인지라."

이은은 열 살에 민영돈의 딸을 간택한 처지였다. 왕실에서는 이은이 귀국하면 혼례를 올릴 계획이었다. 이완용으로서도 조금 고민이 되는 문제였다. 그러나 필요할 때 변역(變易)을 해야 한다는 것을 금과옥조로 간직하고 있는 이완용은 데라우치에게 말했다.

"그렇기는 하나, 안 될 것도 없지요. 일선융화를 위한 가장 훌륭한 방법을 놓칠 수가 있나요."

"과연 이 고문입니다."

이완용은 당장 왕을 찾았다.

"민영돈은 염려하지 않으셔도 됩니다. 소신이 잘 해결할 것이니 태왕 전하께서는 모른 척 가만히 계시면 됩니다. 이 혼사 문제는 일본 황실이 태왕 전하께 극진한 배려를 베풀어주는 그야말로 천운입니다."

왕은 찬성도 반대도 하지 않았다. 반대를 한다고 하여 이완용이 들을 리가 없었다. 왕은 애초에 그를 함부로 신뢰했다는 것을 후회했지만 이제는 돌이킬 수 없는 일이었다.

조남승을 통해 왕의 동의를 받아낸 회영은 즉시 천진으로 아내 은숙에게 장남 규학과 함께 귀국하라는 편지를 보냈다. 그리고 아우 시영에게 사람을 보내 자초지종을 말하고 북경으로 가 있으라고 일렀다. 조남승은 조남승대로 보현사에 은둔하고 있는 아버지 조정구와 왕을 북경으로 망명시키는 문제를 의논하면서 혼사 준비를 서둘렀다.

천진에서 남편 소식을 학수고대 기다리던 은숙은 장남 규학과 딸 규숙과 아들 규창을 데리고 기차를 타고 장단에 내렸다. 나라를 떠난 지 8년 만이었다. 우뚝 선 삼각산이 어서 오라는 듯 품을 벌리고 있었다. 6월의 산천은 마냥 푸르고 고국의 바람은 꿀맛처럼 달고 시원했다. 회영은 만주를 떠난 지 5년 만에 가족을 만나게 되었다.

은숙이 아이들을 풀어놓았지만 아이들은 아버지에게 선뜻 다가가지 못했다. 규숙은 여덟 살이고 규창은 여섯 살이었다. 아이들을 바라본 회영이 반갑기도 하고 기가 막히기도 했다. 불쑥 커버린 아이들 모습은 5년 전과 전혀 딴판이었다. 규창의 뺨에는 붉은 목단 꽃잎 같은 흉터가 있었다. 은숙의 왼쪽 어깨에는 물 한 종지를 부을 만큼 움푹 팬 총구멍이 나 있었다.

"그 지경에서 살아나다니! 과연 혁명가의 아내에 혁명가의 자식이 아닌가."

규창의 화상 흉터를 안쓰럽게 어루만지며 회영이 낮게 중얼거렸다.

스물두 살인 장남 규학이 아버지에게 절을 올렸다. 회영은 혼기

순국 하

가 찬 아들 얼굴을 처음으로 유심히 바라보았다. 규학은 신흥무관학교를 졸업하고 독립투사가 된 사내대장부로 변해 있었다. 잘생기고 당당해 보였다.

"편지에 쓴 대로 혼처는 대원군 외손녀이고 전하의 질녀이니라. 아비 뜻대로 정한 일인데 할 말이 없느냐?"

"아버님께서 심사숙고 끝에 결정하신 일인데 제가 감히 무슨 말씀을 드리겠는지요."

"그렇지 않다. 나는 너의 뜻을 존중할 것이니 혹여 불만이 있거든 기탄없이 말해보아라."

"왕실 사람이라 부담이 없는 것은 아니지만 제 혼사가 국익을 위한 일이니 어찌 불만이 있을 리 있겠는지요."

"이 혼사는 국익을 생각하기 이전부터 논의되었던 일이다. 너도 알다시피 조남승 동지는 예전부터 나를 따랐던 사람으로 그동안 이 혼인을 수차 권했음에도 내가 미루었더니라."

"소자도 소년 시절 조남승 선생님으로부터 가끔 그런 말을 들었던 기억이 나긴 합니다. 제가 아버님을 쏙 빼닮았다는 말도 자주 하셨지요."

"그랬었지. 조남승 동지 말대로 혼기에 찬 너를 보니 젊은 시절 나를 보는 것만 같구나."

회영은 모처럼 자신을 쏙 빼닮은 아들과 마주 앉아 많은 이야기를 주고받으며 아들의 혼사를 치른다는 기쁨과 한편으로는 나라의 운명이 걸린 거사를 치러야 하는 긴장감이 교차했다.

조계진이 혼인을 한다는 말에 궁중 사람들이 화들짝 반가워했다. 왕도 오랜만에 기뻐하며 딸을 시집보내듯 적극적으로 마음을 쓰기 시작했다.

"나라가 비운을 맞은 탓에 궁중의 예법을 다 갖출 수는 없더라도 할 수 있는 데까지 정성을 다하여 혼례를 치러야 한다."

왕의 지시에 따라 혼례는 순조롭게 진행되어가고 조남승 외에도 홍증식, 이득년, 조정구의 동생 조완구 그리고 남작 작위를 거부한 민영달(민비의 사촌 동생)이 거사에 합류했다.

혼례일이 잡히자 궁에서 나인들이 혼수품을 내어오느라 오고 갔다. 조남승은 혼례를 핑계로 궁에 자주 드나들면서 왕과 은밀히 거사 계획을 짜나갔다. 민영달은 왕의 망명 자금으로 거금 5만 원을 내놓았다. 조정구 대감도 북경에 행궁을 구하는 데 보태라며 자금을 내놓았다. 왕도 만 원을 보내주었다. 회영은 이득년과 홍증식을 파견하여 자금을 북경에서 기다리고 있는 시영에게 전달하여 왕이 거처할 행궁을 마련하게 했다.

다행히 왕실을 관리하는 총독부 산하 이왕직에서도 조선 왕실의 혼례에 대해서는 민감한 반응을 보이지 않았다. 일이 순조롭게 진행되어 나갔다. 세상이 험하기는 하지만 왕실 분위기에서 성장한 조계진은 왕실 사람답게 잘 닦여 있고 잘 갖추어져 있었다. 아직 여학생의 앳된 티가 세상모르는 듯 해맑았다. 동그란 이마와 갸름한 얼굴의 수밀도 고운 뺨이 꽃처럼 빛났다. 규학은 문득 만주의 험한 생활을 떠올리며 저토록 고운 사람이 어떻게 그

험한 독립운동가의 아내로 살아갈 수 있을까? 하는 생각이 들었다.

"나는 험한 길을 가야 하는데 왕가에서 곱게 자란 몸으로 나를 따라올 수 있겠소?"

"나라를 찾는 일이 험하기만 하겠는지요. 목숨도 제 것이 아닌 줄 압니다."

조계진의 말은 확실하고 분명했다. 규학은 비로소 마음이 놓였다.

회영은 조남승, 민영달과 함께 왕이 궁을 빠져나와 북경으로 가는 방법을 연구하기 시작했다. 궁을 빠져나가는 날은 기미년(1919) 1월 27일 새벽으로 잡았다. 꼭 한 달이 남아 있었다. 왕을 중국으로 모셔가는 방법은 인천에서 배를 타는 것과 압록강을 건너는 두 가지 방법이 있었다. 인천에서 여객선을 타는 것은 편한 방법이긴 하지만 위험 부담이 컸다. 힘들더라도 압록강을 건너기로 했다. 압록강을 건너는 일은 압록강을 잘 아는 회영이 맡기로 했다. 변장을 놓고 고민을 거듭했다. 상인으로 변장하자니 구중궁궐에서만 살아온 왕의 얼굴이 너무 희고 고운 데다 감출 수 없는 기품이 문제였다. 황송하고 민망하기 짝이 없지만 회영이 국내로 잠입할 때처럼 박수무당 행색으로 꾸미기로 했다. 해가 바뀌고 1919년 기미년 정월, 점점 날짜가 다가오자 회영을 비롯한 거사 준비자들은 가슴이 떨렸다.

왕도 준비하느라 떨린 마음을 종잡을 수가 없었다. 북경에 망명 정부를 세우자면 자금이 있어야 할 것이었다. 조카 조남승을 불렀다.

"후원에 묻어둔 금괴 단지를 궁 밖으로 들어내야 하지 않겠느냐?"

"그것은 위험한 일입니다. 금괴 단지가 묻혀 있는 후박나무 근처에서 놈들이 한시도 떠나지 않으니 근접할 수조차 없지 않습니까."

"무슨 수를 써서라도 그것을 가지고 가야 한다."

"전하, 그건 아무리 생각해도 어려운 일입니다."

"안 된다. 우리 왕실의 마지막 재산이 아니냐. 10년 전, 백만 마르크에 해당한 금괴를 빼앗긴 것만 해도 한이 맺혔는데, 이것마저 빼앗길 순 없다."

"땅속에 있는 것을 놈들이 알 까닭이 없질 않사옵니까. 후일 나라를 찾아 환국하는 날까지 두는 수밖에 없을 것 같습니다."

"그때까지 어찌 견디란 말이냐. 또 그때가 언제란 말인고!"

왕은 눈을 감으며 거친 숨을 내뿜었다.

을사늑약 직후 왕은 헐버트를 통해 독일 아시아은행(덕화은행)에 비자금 백만 마르크를 예치해두고 조남승이 극비리에 관리를 맡고 있었다. 그러나 외교권을 빼앗은 통감부는 교묘히 서류를 꾸미며 왕의 비자금 전액을 가로채버렸고(1908), 왕과 조남승과 헐버트 세 사람만 벙어리 냉가슴을 앓아야 했다.

"그럼 금괴 단지를 파내는 묘안을 연구해보겠습니다."

조남승은 일단 왕을 안정시킨 다음 다시 묘안을 짜보기로 했다. 그러나 놈들이 금괴를 묻어둔 후박나무 주변에서 마치 도사견처럼 빙빙 도는 한, 묘안이 있을 수 없었다.

"포기하도록 잘 설득해야 합니다. 금괴까지 가지고 간다는 것은 과한 욕심이 아니오? 전하께서 북경 땅에 도착하는 날이면 모든 것이 달라질 것이라고 달래야 해요."

회영과 민영달이 지나친 욕심이라고 펄쩍 뛰었다.

"전하께서는 그 금괴를 왕실의 마지막 자존심으로 보신 탓입니다."

"그래도 안 됩니다. 몸만 빠져나가기에도 힘든 일 아니오."

궁 후원에서 가장 무성한 잎을 자랑하는 후박나무는 왕이 거처하는 함녕전에서 빤히 내다보였다. 왕은 그 아래 묻혀 있는 금괴를 생각하며 평소에도 습관처럼 문을 한 뼘쯤 열거나 혹은 문틈으로 후박나무 아래를 바라보았다. 그런가 하면 궁을 지키는 일본 군인들은 왕을 감시하기에 가장 좋은 후박나무 아래서 함녕전을 향해 눈을 떼지 않았다. 햇살이 쏟아지는 한여름엔 일본 군인들이 무성한 후박나무 그늘을 즐기며 하필이면 금괴가 묻혀 있는 그 자리를 밟고 서서 장검 자루로 흙을 갉작일 때마다 가슴이 뜨끔뜨끔 저리고 애간장이 타들었다.

그런 불안이 다시 엄습했다. 거사를 앞두고 왕은 더 자주 문을 열고 후원을 내다봤다. 잎이 다 떨어져버린 후박나무 아래를 왔다 갔다 하는 일본 군인들이 더 가까이 보였다. 두 명씩 짝을 지어 서로 교차하면서 돌고 있었다. 교차하면서 돌던 일본 군인들이 발걸음을 멈추고 후박나무 아래를 또 칼자루 끝으로 긁적이는 것이었다.

"저놈들이 지금 무슨 짓을 하는 게야."

"전하, 자꾸 그쪽으로 눈길을 주시면 안 됩니다."

옆에 있던 조카 조남승이 걱정이 되어 막았다.

"내 것을 내 마음대로 하지 못하다니."

"저놈들은 전하의 용안만 살피는 임무를 띠고 있는 데다 개처럼 냄새를 잘 맡고 여우처럼 민첩하다고 합니다. 부디 태연하셔야 합니다."

조남승 말대로 틈이 없었다. 그렇다고 포기할 수는 없었다. 자꾸 한숨만 터져 나오고 그때마다 시중을 드는 박 상궁이 고개를 갸웃거렸다.

왕의 일거수일투족을 감시하는 총독부는 갈수록 왕을 위험한 존재로 주시하고 있었다. 고민 끝에 총독부와 친일파들은 마지막 결단을 내리기로 했다. 이번에도 골수 친일파들에게 중책이 맡겨졌다. 총독부 중책자 모리를 중심으로 어의(御醫)와 이왕직의 장시국장과 새로 임명한 시종관 등이 모여 은밀한 작전을 짜기 시작했다. 어의가 독(毒)을 연구하는 데 몰두했다.

"독은 맛이 있어야 하고, 빨라야 하고, 확실해야 하고, 겉으로 드러나는 외상을 최소화해야 한다."

　총독부와 친일파들의 명령에 따라 어의는 1년 동안 온갖 실험을 시도한 끝에 최종적으로 만들어낸 독은 달콤하고 향기로웠다. 독을 맛있게 먹은 개가 1분 내에 깨끗하게 숨이 끊어졌다. 그 정도면 충분할 것이었다.

　왕을 향한 극한의 운명이 양쪽에서 다가오기 시작했다. 한쪽에서는 하루하루 숨 막히게 망명의 날을 기다리고, 한쪽에서는 그들의 음모가 점점 다가오고 있었다. 왕은 망명할 날을 잡고 나자 잠을 이루지 못했다. 지난날 아관파천을 할 때와는 비교가 되지 않았다. 궁을 떠날 날이 불과 6일이 남아 있었다. 불안하고 두려우면서도 한편으로는 가슴이 설렜다. 이제야 지긋지긋한 일본의 감시를 벗어나 자유롭게 살 수 있다는 것을 생각만 해도 가슴이 터질 것 같았다.

　예순일곱의 나이를 먹었으므로 앞으로 살날이 얼마인지는 알 수 없지만 단 하루를 살더라도 마음 놓고 음식을 먹을 수 있고, 잠을 잘 수 있고, 말을 할 수 있다는 것이 꿈만 같았다. 북경으로 하루라도 빨리 가고 싶어 하루가 천년 같았다.

　그러면서도 문득문득 "과연 성공할 수 있을까?" 하는 불안이 엄습했다. 조카 조남승이 태연하게 기다려야 한다고 일렀지만 태연할 수가 없었다. 조금만 눈여겨봐도 안절부절못하는 모습이 뚜렷했다. 시중을 드는 박 상궁이 왕을 살피느라 한시도 눈을 떼지 않았다. 박 상궁은 6개월 전만 해도 왕의 측근이었다. 총독부에서 이왕직의 총책 장시국장을 내세워 왕의 수족을 하나하나 잘라내기 시작했다. 내관 안호형도 나이가 많다는 이유로 잘라버렸고, 왕에게 충성을 바치던 박 상궁은 그들의 위협을 받으며 하루를 버티던 끝에 장시국장 발아래 엎드려 충성을 맹세했다. 말을 듣지 않으면 사가의 부모 형제들이 무사하지 못할 것이라는 협박에 마음을 바꾼 것이었다. 그들과 하나가 된 박 상궁은 졸졸 따라다니는 새끼 상궁을 포섭하여 왕의 행동을 장시국장과 총독부 모리에게 낱낱이 고해바치기 시작했다.

"추운데도 문을 자주 열어보는 등 점점 안절부절못하고 잠도 못 잔다?"

"그러하옵니다."

"그런 행동을 보인 지가 벌써 달포가 되어간다?"

"그러하옵니다."

"조카 조남승이 뻔질나게 드나들며 귓속말을 나눈다?"

"그러하옵니다."

"뭔가를 시작하고 있소. 분명히."

"더 이상 미룰 이유가 없질 않습니까."

"그럼, 우리가 먼저 선수를 칠 수밖에."

"사실은 늦어도 한참 늦었습니다."

1919년 1월 20일, 왕은 새벽녘에야 겨우 잠들어 꿈을 꾸었다.

통한의 얼굴을 한 왕비를 만났다. 대례복을 갖춰 입은 왕비가 큰 절을 올리며 울고 있었다. 마음이 아픈 왕이 왕비를 달래주려고 몸을 일으켰다. 왕비는 절을 올리고는 어디론가 사라져버리고 말았다. "가지 마시오!"라고 소리치며 잠에서 깨었다. 좀처럼 꿈에 보이지 않았던 왕비였다. 왕은 온종일 꿈속의 왕비를 생각하며 왜일까? 라는 의문에 시달렸다. 점심 때쯤 민영달이 들어와 알현했다. 왕이 꿈 이야기를 해주었다. 민영달은 "날짜가 코앞에 닥쳐온 탓입니다. 심기를 굳건히 하셔야 합니다."라고 낮게 속삭였다. 해가 지고 경운궁에도 밤이 찾아왔다. 느닷없이 이완용과 이기용이 함녕전으로 들어와 숙직을 하러 왔노라고 했다.

"그대들이 정녕 밤잠을 자지 않고 나를 지켜주러 왔단 말이냐?"

"그러하옵니다, 태왕 전하!"

이기용이 대답했다. 이완용은 가만히 있었다. 왕은 가만히 있는 이완용을 바라보며 '저자로부터 왜 이리도 서늘함이 느껴지는 것일까?'라고 혼자 속말을 했다. 그를 가까이하면서 지금까지 단 한 번도 느껴보지 않았던 묘한 것이었다.

아관파천의 은인으로 골수에 새겨둔 사람이었다. 그래서 그가 주장하는 일이라면 다소 내키지 않더라도 무엇이든지 따라주었다. 심지어 나라의 운명까지도 맡기다시피 했는데, 오늘의 느낌은 아관파천 직전 궁에 갇혀 일본군의 감시를 받던 때와 흡사했다. 그런 생각을 하자 몸이 떨렸다. 민영달이 태연해야 한다고 일렀던 말을 떠올리며 태연하려고 애썼다.

"그것참, 별스러운 일이 아니냐. 느닷없이 과인의 잠자리를 지켜주겠다니."

"태왕 전하께서 요즘 옥체가 불편하시다고 하여 신들이 왔나이다."

이번에도 이기용이 대답했다.

"아무래도 오늘 밤 무슨 특별한 일이 있는 게로군. 하긴 이 나라가 그대들 손안에 있으니 이런들 어떠하며 저런들 어떠하겠느냐. 아무튼, 오늘 밤 내가 잠을 모로 자는지 큰 대 자로 자는지 잘 살폈다가 총독부에 보고해야 할 터이니 그대들도 잠자기는 틀렸구나."

"고정하소서. 역정을 내시면 옥체에 해롭습니다."

왕은 태연하려고 애쓰고, 두 사람은 공손하기 짝이 없는 태도로 방을 나갔다. 그들이 방을 나가고 나자 왕은 답답증이 몰려왔다.

그들 앞에서 태연한 척은 했지만, 느닷없이 숙직을 하겠다고 나타난 그들 속셈을 도무지 짐작할 수가 없었다. 한편 생각해보면 밤이나 낮이나 그들 감시에서 벗어난 적이 없었으니 특별한 일도 아니었다. 그런데 문득 꿈에 본 왕비의 눈물이 떠올랐다. 좀처럼 나타나지 않던 왕비가 현몽하여 눈물을 흘린 것은 저들을 조심하라는 간절한 당부일 거라는 생각이 들었다.

밤이 깊어갈수록 답답증이 더해가면서 땀이 흘렀다. 그들이 만약 천만 분의 일이라도 눈치를 챘다면 2년 전 이상설이 실패한 것처럼 또 실패하고 말 것이었다. 그리고 이번엔 단순히 실패로 끝나지 않을 것이었다. 생각만 해도 아찔했다. 속이 타들어 뜨거운 심호흡을 거푸 퍼냈다. 박 상궁에게 식혜를 청했다. 겨울밤 서늘한 식혜는 타들어가는 속을 식혀주기에 그만이었다. 박 상궁은 그렇지 않아도 식혜를 올릴 작정이었다. 겨울이면 왕은 거의 매일 밤 식혜를 청했다. 박 상궁은 평소처럼 수라간으로 가 식혜를 준비하기 시작했다. 새끼 상궁이 옆에서 망을 보느라 두리번거리고 박 상궁은 평소처럼 직접 식혜를 뜨고 식혜 그릇에 어의가 준 물약을 넣고 잘 섞었다. 쟁반 중앙에 식혜 그릇을 놓고 왕이 전용으로 사용하는 수저와 검식용 은수저를 나란히 놓았다. 박 상궁은 떨리는 손을 진정시키며 정성껏 쟁반을 들고 왕의 방으로 들어가 왕 앞에 조심스럽게 쟁반을 내려놓았다. 그리고 검식 절차를 밟기 위해 은수저를 들었다. 독을 머금은 뭉글한 찹쌀 식혜가 불빛에 더욱 윤기를 발했다.

"그만두어라. 이젠."

왕은 난데없이 검식을 제지하면서 본인의 수저를 들어 올렸다. 그리고 속으로 이 짓도 얼마 남지 않았다는 생각을 하며 수저를 식혜 그릇에 넣으려고 했다.

"태왕 전하, 아니 되옵니다. 잠시만 기다려주시옵소서."

박 상궁이 급히 왕을 제지했다. 그녀는 평소대로 은수저를 식혜에 담가 잠시 저은 다음 꺼내기를 세 번 반복했다. 은수저는 아무런 변화도 보이지 않았다. 왕은 상궁이 하는 걸 무관심하게 바라보고 상궁은 속으로 가슴을 쓸어내렸다. 비록 수십 차례 연습을 거친 가짜 은수저일망정 죽을 운명을 맞으려면 갑자기 이변이 일어날 수도 있다는 두려움이 마음 한구석에 남아 있었다.

왕은 배가 고픈 사람처럼 급하게 식혜를 먹기 시작하고 상궁은 숨을 죽이며 지켜보았다. 문밖에서 서성거리는 그림자가 문에 어렸다. 왕은 그림자를 의식하면서도 모른 척 열심히 식혜를 먹으며 고개를 끄덕였다.

"오늘은 단맛이 더 깊구나."

물약 같은 독은 다른 독과 달리 단맛이 있다는 말을 어의로부터 들었으므로 상궁은 곧 알아차렸다. 왕은 식혜 그릇을 비웠고 상궁이 빈 그릇을 들고 종종걸음을 치며 방을 나갔다.

문밖에서는 그림자들이 어우러지고 있었다. 누군가 고개를 끄덕였고 서너 개의 그림자가 한데 어우러졌다 떨어졌다. 왕은 문에 비치는 그림자를 보면서 상을 찌푸렸다. 왕은 상이 자꾸 찌푸려졌다. 가슴이 꽉 막히듯 조여오면서 자꾸 상이 찌푸려진 것이었다. 왕은 문밖의 그림자 탓이라고 생각했다. 10여 분이 지났을 무렵 상궁이 다시 들어와 "침수 드실 시간입니다."라고 하며 침구를 펴주고 나갔다. 왕은 답답한 가슴을 쓸어내리며 잠자리에 누웠다. 그리고 눈을 감았다. 또 어젯밤 꿈속에서 본 왕비가 떠올랐다. 눈물이 흐르면서 가슴이 답답해지는 것을 느꼈다. 왕은 "가슴 답답한 일이 어디 한두 번인가." 하고 참으려고 애썼다. 그런데 평소와 달랐다.

상황이 갑자기 변하기 시작했다. 왕은 두 손으로 목을 움켜쥐었다. 목에서는 숨이 막히고 몸은 경련을 일으키듯 오그라들었다. 배와 가슴이 쥐어짜듯 복통이 일기 시작했다. 고함을 지르며 몸을 구르기 시작했다. 박 상궁이 번개같이 달려와 왕을 부축하며 울부짖었다.

"전하! 아니 되옵니다! 돌아가시면 아니 되옵니다!"

막상 왕이 죽음에 직면하게 되자 박 상궁이 부지불식간에 발을 굴렀다. 박 상궁은 더 크게 울부짖었다. 밖에서 상황을 주시하고 있는 이기용이 뛰어 들어와 박 상궁을 밀쳐내며 욕을 퍼부었다.

"이년, 태왕 전하께 무슨 짓을 한 게냐?"

박 상궁이 놀라 울음을 뚝 그치고 물러났다. 정신이 번쩍 든 박 상궁이 급히 방을 나가려고 몸을 돌리자 시종관이 달려와 박 상궁의 팔을 거세게 낚아챘다. 시종관이 박 상궁의 뺨을 후려치고는 개 끌듯 질질 끌고 밖으로 나가버렸다. 박 상궁이 뒤뜰로 끌려 나가자 벌써 새끼 상궁이 끌려와 묶여 있었다. 옆에는 시커먼 자객이 붙어 있었다. 박 상궁은 모든 것을 체념한 채 왕을 위해 마지막 눈물을 흘렸다.

"전하, 이년을 죽여주시옵소서!"

입에 재갈이 물려 있는 새끼 상궁도 박 상궁을 향해 눈물을 줄줄 흘리고 있었다. 자객이 번쩍 팔을 들어 올리는 순간 박 상궁과 새끼 상궁의 목이 무참히 나가떨어지고 말았다. 곧 검은 복면을 한 사내들이 달려들어 시신을 자루에 담아 떠메고 어디론가 사라져버렸다. 그리고 아무 일도 없었다는 듯이 밤은 고요해졌다.

왕은 방구석을 헤매며 몸을 굴렀다. 독을 제조한 어의가 들어와 최후를 지켜보고 있었다. 왕은 가슴을 움켜쥐고 이가 부러지도록 이를 갈며 목 안으로 말려드는 혀를 끌어내기 위해 손으로 혀를 잡아 뜯었다.

"1분이면 끝난다던 일이 왜 이리 더딘가?"

장시국장과 모리가 어의를 향해 화를 냈다.

"워낙 강건한 체질이라서."

"황소만 한 개도 1분에 끝났다고 했느니라. 개보다 예순일곱이나 된 노인이 더 강하단 말이냐?"

"사람이 짐승보다 훨씬 독한 법입니다."

"일이 되긴 되는 건가?"

"조금만 더 지켜봐주십시오. 늦어도 30분이면 끝날 것입니다."

"뭣이, 30분이나."

"아무래도 박 상궁이 약을 다 쏟아 넣지 못한 것 같습니다."

"그렇다면 큰일 아닌가?"

"양이 다소 부족하더라도 효력이 조금 늦게 나타나는 것일 뿐, 일은 분명히 성사되고 남을 것입니다. 믿어주옵소서."

어의가 진땀을 빼면서 왕의 몸부림을 애타게 지켜보았다. 왕은 천길만길 뛰면서 문밖으로 나가려고 문을 흔들었다. 문이 밖에서

순국 하

단단히 잠겨 있는 탓에 꼼짝하지 않았다. 왕은 문밖의 일행들을 향해 "이놈들! 천벌을 면치 못할 놈들!"이라고 고함을 쳤다. 그러나 처참한 비명 소리만 터져 나올 뿐이었다. 어의의 말과 달리 왕은 한 시간쯤 방 안을 헤매며 몸부림을 쳤다. 몸부림을 칠 뿐 비명 소리는 함녕전을 벗어나지 못했다. 새벽 4시경이 되자 왕은 방문을 붙잡고 쓰러진 채 고요해지기 시작했다.

"이제 끝나갑니다."

밖에서 기다리던 일행들의 얼굴에 비로소 회심의 미소가 돌기 시작했다. 눈이 펄펄 내리는 미명에 경운궁 기와지붕 위에서 왕이 승하했다는(1919.1.21) 초혼(招魂)이 서럽게 울려 퍼졌다.

왕을 따르던 늙은 시종관이 왕이 생전에 즐겨 입던 명주 저고리를 흔들며 "대한제국 대군주 폐하 승하!"라며 비통하게 외쳤다. 대한제국 대군주 폐하!라는 호칭은 강제로 황위를 폐위시키면서 금지시킨 것이었으므로 조선총독부의 신경이 날카로워졌다. 백성들이 길거리마다 엎드려 "대군주 폐하!"를 외치며 울부짖기 시작했다. 그러나 조선총독부는 목적을 달성했으므로 거기에 대한 제재는 가할 생각이 없었다.

왕실 사람들과 측근들이 궁으로 달려가기 시작하고 비보를 들은 민영달과 조남승이 새파랗게 질린 채 함녕전으로 달려갔다. 회영의 며느리 조계진도 급히 달려갔다.

"덕혜가 있지만 넌 내 딸이나 진배없었느니라. 그런데 이제 혼인을 하게 되니 서운하기 짝이 없구나. 망국이라도 너의 시대은 조선 제일의 명문가니 언제 어디서나 왕실 사람답게 법도를 잊어서는 아니 되느니라."

불과 2개월 전 혼례를 치를 때만 해도 자상하게 일러주었던 말씀이었다. 그때 용안에 모처럼 기쁨이 가득했던 모습이 눈에 선했다.

사흘 뒤 입관이 시작되었다. 입관을 하려고 시신을 만지던 사람들이 악, 하고 뒤로 물러났다. 앞니가 부러져 있고 혀는 잡아 뜯어 흐물흐물했다. 목에서부터 복부까지 띠 같은 검은 줄이 선명하게 드러나 있었다. 몸이 퉁퉁 부어오른 탓에 입고 있던 옷을 가위로 잘라내야 했다.

"아, 하늘이시여. 어찌 이리 가혹하신지요!"

궁에서 돌아온 며느리 조계진에게 상황을 전해 들은 회영은 하늘을 향해 탄식을 쏟아냈다. 북경에 망명정부를 세우겠다는 마지막 희망이 무너져버린 것도 절망이지만 왕의 한 많은 생애가 너무나 비통했다. 도무지 비분강개하여 눈 못 뜬 채 망연자실하고 있는 회영을 동지들이 흔들어 깨웠다.

"전하의 억울한 죽음을 방치할 수 없는 일이니 서둘러 대책을 세워야 합니다."

그렇지 않아도 달포 전부터(1918.11) 동경 유학생 학우회 망년회와 웅변대회에서 독립운동을 결의한 유학생들이 독립운동을 추진하기 시작했고 여기에 충격을 받은 국내 독립운동 지도부에서도 본격적인 운동 준비에 돌입하는 중이었다. 기독교, 천도교, 불교 등 각 종교 대표들과 학생 대표들이 전국의 운동단체 대표들과 연합전선을 구축하느라 분주히 움직이기 시작했다. 회영은 급히 기독교계 이승훈, 불교계 한용운, 천도교계 오세창 등과 만나 운동 방향을 의논했다.

"만세운동에 불을 지르자면 장작과 불씨를 준비해야 합니다. 조직 말입니다."

"기독교, 불교, 천도교 등 종교단체와 학교를 움직여야 합니다."

"그러나 어떻게 사람을 모으느냐, 이게 문젭니다. 교회는 일요일마다 모이기 때문에 가장 좋은 조직입니다만 불교나 천도교는 주기적으로 모이는 것이 아니니 말입니다."

"교회를 중심으로 조직을 확장시켜나가야 할 것입니다. 이를테면 교인들과 기독교계 학교 학생들을 이용하는 겁니다."

"맞습니다. 교회 조직을 이용하면 전국적으로 연결이 가능할 것입니다. 여기에 종교인들이 가세하면 거국적인 불을 일으킬 수 있을 것입니다."

"그리고 결정적인 날을 언제로 잡느냐가 중요합니다. 장작에 불이 잘 붙을 수 있는 아주 딱 들어맞는 날을 찾아야 합니다."

"그렇다면 3월 3일 인산일이 어떻겠습니까. 그날엔 온 백성이 일손을 놓고 모두 한곳으로 집중할 테니 말이오."

"옳습니다. 왕의 인산일이라면 온 백성의 슬픔이 충천할 테니 만세 소리가 봇물처럼 터져 나올 것입니다."

만세운동은 국내와 해외에서 동시다발적으로 벌이기로 하고 국내는 국내대로 해외는 해외대로 지역마다 동지들을 안배했다. 회영은 왕의 북경 망명을 위해 북경으로 가 있는 시영에게 돌아가 북경 교민들의 거사를 맡기기로 했다. 그러자면 인산일 전에 서둘러 북경으로 가야 했다.

만세운동은 처음에 계획했던 것과 달리 왕의 인산일보다 이틀이나 빠른 3월 1일에 불이 붙었다. 그렇게 시작된 만세운동은 국내에서 해외까지 들불처럼 번져나가면서 그칠 줄을 몰랐다. 총독부가 발칵 뒤집혔다. 총독부 중추원 고문 이완용은 만세를 부르는 국민을 폭도들로 규정하고 급히 천도교 주임 정광조(손병희의 사위)를 찾아가 엄포를 놓았다.

"이런 걸 두고 당랑거철(螳螂拒轍)이라 하는 것이오."

"무엇이라, 이 엄숙한 만세운동을 당랑거철로 보다니?"

당랑거철은 사마귀가 앞다리를 쳐들고 수레바퀴에 덤벼든다는 뜻으로 제 분수를 모르고 함부로 덤비는 것을 가리키는 말이었다.

"어떻든 당장 폭도들을 잠재우시오. 그렇지 않으면 천도교 장래도 평탄치 못할 것이오."

"폭도라니요? 갈수록 듣지 못할 말만 하시는구려."

"그렇소. 이건 폭도들이 일으킨 폭력 사태요."

"당신은 도대체 어느 나라 백성이란 말이오?"

전국에서 각 단체별로 조선 독립을 요구하는 청원서를 총독부에 보내기 시작했다. 전 중추원 의장 김윤식도 뜻을 같이하는 사람들과 함께 총독부에 청원서를 보냈다. 이완용이 김윤식 집을 찾아가 배신자를 질타하듯 소리쳤다.

"어전회의에서 합방에 동조할 때는 언제고 이제 와서 새삼스럽게 이런 짓을 한단 말이오. 대감은 조선 민족을 소멸시키는 짓을 했다는 것을 아시는지요. 한시바삐 달려가 하세가와 총독에게 사죄하시는 것이 좋을 것입니다."

"이 고문이야말로 만세 부른 백성들에게 사죄하시오."

백발이 성성한 김윤식이 이완용을 꾸짖었다. 김윤식은 이완용보다 나이가 무려 23년이나 위인 원로였고, 중추원의 선배였다. 김윤식은 나라를 합방시킬 때는 눈치를 보느라 거부하지 못했지만 살아갈수록 가슴을 치는 후회가 밀려들었다. 이완용은 분이 풀리지 않아 계속 꾸짖듯이 퍼부었다.

"명색이 중추원 의장을 지내신 어른이 폭도들을 꾸짖을 생각은 하지 않고, 폭도들을 감싼 것은 나라에 대한 반역이라는 걸 왜 모르신단 말씀이오."

"폭도라니, 우리 백성들이 자기 권리를 주장하는데 폭도라니."

"자기 권리라니요? 조선인에게 무슨 권리가 있다는 말씀입니까."

"이 고문, 어서 나가시오. 내 집에서 어서 나가란 말이오."

김윤식은 몸을 떨며 이완용을 내쳤다. 이완용은 서둘러 총독부로 달려가 하세가와 총독과 함께 김윤식과 이용직이 보낸 청원서를 불사르며 더 이상 그런 청원서가 들어오지 못하도록 방법을 강구했다. 유림들의 교육기관인 전국 경학원에 "선생들은 언행에 각별히 조심해야 할 것이며 경거망동한 자는 섶을 지고 불 속으로 들어가는 것과 같은 것"이라는 경고문을 보냈다.

경고문을 보내고 협박을 했는데도 만세운동이 전국으로 번지자 이완용은 경고문을 총독부 기관지 『매일신문』(『대한매일신보』를 빼앗은 것)에 연이어 세 차례나 게재하기 시작했다.

지금 몰지각한 폭력배들이 벌이고 있는 조선 독립이라는 선동은 허설이며 망동에 불과한 것이다. 무지한 아동배들이 망동하고, 이어서 각 지방에서 풍문을 듣고 일어나 치안을 방해하는 탓에 당국에서 즉시 엄중히 진압하려고 하면 어찌 방법이 없겠는가. (······)

하세가와 총독님에게 관대하게 대처해줄 것을 요청했으나 총독님은 국법에 관한 중대 사건이므로 용서할 수 없다고 말씀하시고, 또 일본 육군성에서 조선의 소요 진압을 위해 군대를 보낸다는 방침이 발표된 것을 알고 동포의 충정으로 참을 수 없어 이 경고문을 발표하게 되었노니 상식이 있는 자들은 빨리 해산하길 바란다. (······)

순국 하

이번 조선독립지설은 구주대전(歐洲大戰, 세계대전)의 여파로 최근에 수입된 소위 민족자결주의라는 말이 제군들로 하여금 동요케 하는 원인이 된 것은 명백한 사실이다. 그러나 민족자결주의가 조선에 부적당함은 내가 말하지 않아도 모두 아는 일이다. 대저 일본과 조선은 상고 이래 동종동족이며 동종동근(同種同根, 같은 핏줄)임은 역사에 있는 바다. 그런즉, 일한병합으로 말하면 당시에 내(內)로는 구한국의 사세와 외(外)로는 국제관계로 천만 번 생각할 때 역사적인 순리와 세계적 대세의 순리에 의하여 단행된 것으로 우리의 행운이었다.

우리 조선은 국제 경쟁이 과격하지 않던 시대에도 일국의 독립을 완전히 유지하지 못했음을 제군들도 아는 바이다. 오늘날과 같이 구주대전으로 인하여 전 세계를 개조하려는 시대에 우리가 이 삼천리에 불과한 강토와 모든 정도가 부족한 천만에 불과한 인구로 독립을 고창함이 어찌 허망된 꿈이 아니겠는가.

첫 번째와 두 번째 경고문은 협박이었고, 세 번째는 합병의 타당성을 설명하면서 달래는 내용이었다. 세 번째 경고문은 일제의 무자비한 탄압으로 만세운동이 진정되기 시작할 때였고, 이완용은 이 기회를 놓치지 않고, 독립은 허망한 것임을 백성들에게 확실히 깨닫게 해주기 위해 올린 글이었다.

그렇게 삼일운동이 지나가고 육군 대장 출신 하세가와 대신 조금 부드러운 모습을 가진 사이토 마코토가 총독으로 부임했다. 사이토는 해군 대장 출신이었다. 이번에도 이완용은 삼일운동을 진정시키는 데 공헌했다는 이유로 일본 천황으로부터 후작이라는 작위를 하사받았다. 후작은 일본에서도 몇 안 되는 작위였고 백작보다 권위가 높았다. 이완용의 아들 이항구도 남작을 받았다. 조선 사람으로서 부자(父子)가 나란히 귀족 작위를 받은 것은 이완용 가문이 유일했다. 이완용은 조선을 뛰어넘어 일본에서도 고관대작이 된 것이었다. 이완용은 이제 꿈이 있다면 일본에서 최고가 되는 일이었다. 일본에서 최고라면 천황을 제외하고, 총리대신이었다. 나이만 젊다면 자신 있었다. 그는 나이를 아쉬워하며 장손을 통해 그 꿈을 이루고 싶었다.

이완용은 지난 1913년, 메이지 천황의 뒤를 이은 다이쇼 천황에게 뛰어난 필체로 "해저(海底)를 벗어나지 못하니 온 세상이 어두웠는데 천중(天中, 천황의 은혜)에 이르니 만국이 밝아지도다"라고 쓴 글을 바쳐 크게 칭찬을 들은 적이 있었다.

"우리는 이 공을 하늘이 일본에 보내준 선물이라고 말하는데, 과연 맞는 말이오. 나이만 젊다면 내 곁에 두고 싶은 욕심이오."

"천황 폐하의 뜻을 받들지 못해 황송합니다. 그러나 폐하께서는 젊으시니 신의 손자에게 폐하의 은공에 보답하도록 가르칠 것입니다."

"좋은 생각이오. 손자를 잘 키우시오."

이완용은 손자의 장래를 그려보았다. 새로 즉위한 천황 다이쇼에게 지극한 충성을 바치면 손자 대에 가서는 일본 내각을 향해 붕새의 날개를 펼칠 수도 있을 것이었다. 이완용은 일본으로 조기 유학을 가는 손자를 불러 앉혔다.

"너는 장차 무엇이 되고자 하느냐?"

"할아버지처럼 되고 싶습니다."

"할아버지 정도 가지고 되겠느냐. 사람은 꿈을 크게 꾸어야 하느니라."

"조선에서 할아버지보다 더 높은 사람도 있어요? 이태왕 전하나 이왕 전하도 할아버지 앞에서 쩔쩔매는데."

"너는 할아버지보다 더 높은 사람이 되어야 한다."

"할아버지보다 더 높은 사람이 누군데요?"

"조선에는 없지만 일본에는 있느니라."

"그럼 천황 폐하요?"

"천황 폐하는 아무나 되는 것이 아니니, 천황 폐하 다음가는 사람쯤은 되어야겠지."

"그럼 총독님이겠네요."

"총독보다 더 높은 사람이 총리대신이다. 앞으로 네가 어른이 되었을 때는 일본 땅에 이씨 성을 가진 일본 총리대신이 나와야 하지 않겠느냐."

"그럼 이토 히로부미님 같은 사람이 되란 말씀이군요?"

"옳지, 그분께서는 일본 제일의 총리대신이셨다. 그런 분을 흠모하면 세상을 보는 안목이 크게 달라질 것이야."

서울 하늘의 먹구름

"그럼 저도 할아버지처럼, 이제부터 이토 히로부미님 사진을 제 방에 걸어놓고 날마다 바라보며 존경하겠습니다."

"좋은 생각이다. 그분은 할아버지의 스승님이시고 은인이시다. 우리 가문을 일으켜 세우게 해주신 분이니 결코 잊어서는 안 된다."

이제 열두 살 먹은 아이는 크게 결심을 한 듯 고개를 끄떡이고 이완용은 그런 아이를 기대에 찬 눈으로 바라보았다. 그리고 아이는 잠시 말이 없더니 고개를 갸우뚱하며 물었다.

"그런데 왜 조선 사람들은 이토 히로부미님과 할아버지에게 욕을 하는지요?"

"그건 못 가진 자들의 반란이니라. 그리고 욕은 암만 해봐야 뱃속으로 들어가는 게 아니니 걱정할 것 없다. 구더기가 무서워 장을 담그지 않아서야 되겠느냐."

20

공허

삼일운동이 산불처럼 조선팔도를 휩쓸고 지나간 다음, 국내든 해외든 독립운동 본부가 있는 각처마다 나라와 민족을 대표할 임시정부를 세우기 시작했다. 국내외에서 경쟁적으로 여덟 개 임시정부가 세워졌고 혼란 끝에 대한국민의회, 상해임시정부, 한성정부, 세 곳으로 압축되었다. 대한국민의회는 만주와 노령에 산재해 있던 지사들이 블라디보스토크에 모여 만든 임시정부였다. 대통령에 손병희, 부통령에 박영효, 탁지총장 윤현진, 군무총장 이동휘, 내무총장 안창호, 산업총장 남형우, 참모총장 유동렬, 강화대사 김규식 등을 내정했다.

한편으로는 삼일운동 이후 국내외에서 활동하던 독립운동가들이 너도나도 상해로 모여들었다. 김구도 그동안 국내 활동을 접고 상해로 망명했다. 상해에서도 임정 설립을 위한 집회를 열었다. 첫 집회에 모인 애국지사들은 이회영, 이시영, 이동녕, 조완구, 신채호, 현순, 손정도, 신익희, 조성환, 이광, 이광수, 최근우, 백남칠, 조소앙, 김대지, 남형우, 김철, 선우혁, 한진교, 진희창, 신철, 이영근, 신석우, 조동진, 여운형, 여운홍, 현창운, 김동삼 등 28명이었다. 사실 상해에서는 1년 전부터 대동단결선언을 하면서 임시정부 수립안을 내놓은 적이 있었으므로 임시정부 수립이 다른 지역보다 갑작스럽지가 않았다. 상해임시정부는 만세운동을 할 때 선언했던 독립선언서를 각 나라 공관에 이미 보내놓은 상태였다.

모일 사람이 다 모이자 지역별로 대표들을 뽑아 임시정부 수립을 위한 회의(1919.4.10)를 열었다. 임시 의정원을 먼저 구성하고 의장에 독립운동의 원로일 뿐만 아니라 나이가 최고령인 회영을 선출했다. 그러나 앞에 나서는 것을 용납하지 않은 회영이 이를 거부했다. 열 번 스무 번을 권했지만 결코 받아들이지 않았다. 회원들은 하는 수 없이 다음 고령자인 이동녕을 선출했다. 상해 임시 의정원은 처음엔 내각책임제를 택하여 국무총리에 이승만, 내무총장에 안창호, 외무총장에 김규식, 재무총장에 최재형, 법무총장에 이시영, 군무총장에 이동휘, 내무차장에 신익희 등을 내정했다.

한성정부는 국내에서 만든 임시정부였다. 이만식, 이용규, 유식, 김명선 등 13도 대표 24명이 인천 만국공원에 모여 국민대회를 열고 집정관 총재에 이승만, 국무총리에 이동휘, 내무 이동녕, 외무 박용만, 군무 노백린, 재무 이시영, 법무 신규식, 학무 김규

순국 하

식, 교통 문창범, 노동 안창호, 참모에 유동렬 등을 내정했다. 임명된 사람들 모두 해외 망명자들이었다. 한 사람이 두 곳 또는 세 곳까지 중복 임명되기도 했다. 이승만은 상해임정과 국내 한성부에서 최고 책임자로 선임되었고, 안창호와 김규식은 세 곳에서, 이시영과 이동휘는 두 곳에서 선임되었다.

그런데 세 곳 모두 민족을 대표할 수가 없으므로 세 임시정부들이 싸우기 시작했다. 국내 한성정부에서 강경하게 상해임정을 취소할 것을 요구하고 나섰다. 블라디보스토크 대표들과 간도 일대 대표들도 상해임시정부를 인정할 수 없다고 천명했다. 4개월이나 싸웠지만 모든 조건이 상해를 따라올 곳이 없다는 데 공감하지 않을 수 없었다. 그렇게 해서 상해임시정부가 민족을 대표하게 되자 이번엔 상해임정 내에서 서로 기선을 잡으려고 싸움이 벌어졌다.

이제 정부가 서는 것이 확실하고, 정부를 세우면 권력이 생기므로 기선을 잡기 위한 각축전이 벌어진 것이었다. 상황을 지켜보던 회영이 깜짝 놀라 임정 설립 자체를 반대하고 나섰다.

"나라도 없이 권력 싸움을 하고 있다니요. 이 모두가 정부를 세우려고 한 탓이오. 처음부터 이게 아니었소이다. 지금은 정부를 세우는 것이 아니라 독립운동 총본부를 조직해야 합니다. 힘을 하나로 결집해야 한다는 말이오."

분위기가 싸늘해졌다. 잔뜩 부풀어 오른 꿈에 찬물을 끼얹어버린 것이었다. 그렇다고 원로에게 대뜸 불만을 표시할 수도 없었다. 그러나 곧 분위기는 전환되고 말았다.

"우당 선생님께서는 세상 흐름을 파악하지 못하고 계시군요. 오히려 늦었습니다."

이제 막 상해로 들어와 합류한 젊은 애국지사가 용감무쌍한 표정으로 말문을 열었다.

"그렇습니다. 광복이 눈앞에 다가왔지 않습니까. 서둘러 임시정부를 조직하여 광복을 맞이할 준비를 해야 할 때라는 걸 아셔야지요."

"우당 선생님 말씀은 노파심에서 하신 말씀으로 여기겠습니다."

한 사람이 물꼬를 터주자 줄지어 목소리를 높였다. 회영은 더욱 강경하게 나갔다.

"광복이 어디에서 어떻게 오고 있는지 말해보시오."

서로 쳐다보며 아무도 대답하지 못했다.

"그럼 항일투쟁은 이제 끝이 난 게요?"

아무도 대답하지 못했다.

"일본이 물러가기라도 했단 말이오?"

역시 대답하지 못했다.

"우리의 모든 힘을 끌어모아도 부족한 형편에 난데없는 권력 싸움이라니요. 지금 독립운동 단체가 산발적으로 흩어져 있소이다. 하루속히 한곳으로 연합하여 힘을 길러야 한다는 걸 왜 모르신단 말이오."

회영이 계속 답답한 심정을 토해냈지만 그들은 여전히 꼼짝하지 않았다.

"우당 선생님이 보황파라는 말이 있는데 세상을 다시 왕조 시대로 만들자는 것 아닌지요?"

앞에서 분위기를 전환시켰던 동지가 다시 침묵을 깼다. 정면대결을 할 태세였다.

"그렇습니다. 그 소문은 이미 자자합니다."

또 한 사람이 맞장구를 치고 나섰다.

"보황파라니? 그대들이야말로 세상 흐름을 전혀 파악하지 못한 사람들이 아닌가. 지금이 황제를 받들어 보황을 할 시대냔 말이오."

그들은 이미 부풀어 있는 꿈을 포기할 수 없었다. 선을 긋기 시작했다. 원로든 누구든 따돌려버리면 그만이라는 생각이었다.

"뭐가 문젭니까. 임정 설립을 반대한 사람은 표면적으로 우당 한 사람이니 사람 하나쯤 무시해버리면 그만입니다."

"제아무리 잘난 사람도 숫자에는 당할 재주가 없는 법. 절이 싫으면 중이 떠나야지요."

"그렇소. 한 사람이라도 더 확산되기 전에 미리 막는 것이 상책이오."

"사실 따지고 보면 우당 선생님은 보황파라는 말을 들을 수밖에 없질 않소이까."

"맞는 말이오. 왕실과 사돈을 맺은 분이고. 왕께서 신흥무관학교 자금뿐만 아니라 풍문에 매달 생활비까지 보내주었다는 말이 있었소."

"지금 고집을 부린 것도 명문가의 자존심이지 뭐겠소."

회영은 무려 한 달 동안 있는 힘을 다해 막아보았지만 중과부적이었다. 함께 신민회를 만들고 만주 군사기지를 세웠던 사람들마저 모두 침묵하고 있었다.

신흥무관학교를 세우느라 처음부터 끝까지 함께 갖은 고초를 겪었던 이동녕과 아우 이시영도 묵묵부답이었다. 회영은 충격과 실망을 안고 상해에서 발길을 돌렸다. 배를 타기 위해 황포 강으로 나갔다. 그는 강가에 서서 "부재가 없는 탓이오!"라고 장탄식을 했다. 이상설에 대한 그리움이 뼈에 사무쳤다.

회영은 멍해지고 말았다. 독립운동이 길을 잃어버렸다는 허탈을 감당하기 어려웠다. 지금까지 수많은 어려움을 겪었지만 지금처럼 허탈한 적이 없었다. 석영 형님을 생각하며 천진으로 갔다. 추가마을을 떠난 후 5년 만이었다.

"우당!"

석영이 반가움에 어쩔 줄 몰랐다.

"너무 늦었습니다. 형님!"

"이게 얼마 만이냐! 그건 그렇고, 상해에 있어야 할 사람이 여긴 어쩐 일이냐?"

"사람들이 모두 변했습니다. 상해에서는 지금 권력 싸움을 하는데 혼이 팔려 있습니다."

"그게 무슨 말이냐? 나라도 없는데 권력 싸움이라니!"

"상해에서는 내일이라도 해방이 될 것처럼 생각하고 있습니다. 그래서 서로 권력을 차지하려고 눈에 불을 켜고 있는 것이지요."

"그럼 아우는 장차 어쩔 셈이냐?"

"북경으로 갈까 합니다. 북경에는 아직 운동 본부가 없으니."

"그래도 상해로 돌아가 그들을 설득하는 것이 좋지 않겠느냐?"

"그건 불가능합니다. 우리를 보황파라고 몰아붙이는 사람들입니다."

"뭣이라, 보황파라니. 그따위를 말이라고 한다더냐?"

"상해에서는 오직 권력을 키울 뿐. 이제 더 이상 순수한 독립운동은 없을 것입니다."

"그럼 성재(이시영의 호)는?"

"상해에 남았습니다. 이동녕과 함께."

"성재는 우당과 뜻을 함께하지 않고, 우당이 몹시 힘들겠구나. 나는 아무 영문도 모르고 그저 잘 되기만을 바랐더니라."

회영은 석영을 만나 한참 회포를 푼 다음 집안을 둘러봤다. 집안이 쓸쓸하기 짝이 없었다. 만주에서만 해도 큰집에서 살던 석영의 살림이 형편없이 변해 있었다. 방 두 칸짜리 허름한 집을 얻어 아들 규준, 규서와 송동댁, 다섯 식구가 살고 있었다. 함께 천진으로 왔다는 박경만은 없었다.

"경만이는 어딜 갔는지요? 형님과 함께 천진으로 왔다고 들었는데."

"그놈 말은 하지도 말거라."

회영이 경만에 대해 묻자 석영이 벌컥 화를 냈다. 경만은 천진에서 석영의 집을 나가고 말았다. 규준이 활동하는 독립단체에 또 자금을 대겠다고 한 것 때문이었다.

규준이 어느 날 아버지에게 자금을 요청하자 석영이 흔쾌히 그러마고 대답한 것을 들은 경만은 서둘러 금을 모조리 훔쳐내어 불을 때지 않는 아궁이에 감추어버렸다. 석영이 금을 내주려고 금고를 열었지만 금이 통째로 사라지고 없었다. 집안을 다 뒤졌지만 금을 찾을 수가 없었다. 석영은 박경만을 전혀 의심하지 않았다. 도둑이 든 것이라고 여기며 한탄하고 있었다.

그런데 석영이 보기에 경만이 이상한 구석이 있었다. 금이 사라졌는데도 찾을 생각을 하지 않는 것이었다. 뭔가 보이지 않는 서먹함이 감돌 무렵 경만은 고국에 다녀오겠다면서 집을 떠나버렸다. 그런 다음 박경만으로부터 편지를 받은 건 두 달이 훨씬 지난 뒤였다. 석영은 회영에게 경만이 보낸 편지를 보여주었다.

어르신, 이놈이 죄를 지었습니다. 그러나 소인은 그렇게밖에 할 수가 없었습니다. 금은 불 때지 않는 아궁이에 넣어두었습니다. 소인은 어르신을 놀라게 해드렸을 뿐만 아니라 독립운동을 방해한 죄인이 되고 말았습니다. 소인, 다시는 어르신 앞에 나타나지 못할 것입니다. 소인은 앞으로도 죄인으로 그냥 살아갈 것입니다. 그래도 한마디만 하렵니다.

그 금은 어떤 일이 있어도 넘겨주지 마시고, 제발 간직하셨다가 너무 어려울 때 쓰시기를 부탁드립니다. 날이 갈수록 어려움만 닥칠 것이니 부디 그것만은 제발, 아무쪼록 어르신의 만수무강을 빕니다.

편지를 읽고 난 회영이 눈시울이 붉어졌다. 그동안 석영 형님에게 너무 무관심했다는 자책이 밀려든 탓이었다. 망명 때 56세였고 지금 10년 세월이 지났으니 석영의 나이 칠십을 향해 가고 있었다. 얼굴엔 벌써 초로의 쓸쓸함이 가득했다. 회영은 형님을 살피지 못한 것을 죄송해하면서 석영을 위로했다.

"갸륵하기 짝이 없는 사람입니다. 지금 이 시국에 경만이 아니면 누가 형님을 그토록 염려하겠는지요."

"그건 맞는 말이다."

석영은 겉으로는 경만을 나무랐지만 속으로는 허탈함을 감출 수가 없었다. 경만이 집을 떠난 후 그가 그리웠다. 서른 살에 이유원 대감 양자로 갈 때부터 지금까지 함께 살았으니 30여 년 세월이었다. 더욱이 항상 그림자처럼 보살펴주면서 그동안 단 한 번도 실망시킨 적이 없었다.

"경만이 꼭 돌아올 것입니다. 그 사람 성격에 돌아오지 않고는 못 견딜 것이니 너무 서운해하지 마시고 기다리세요."

"사람의 정이란 참 무섭구나. 가슴속이 텅 빈 것 같지 뭐냐. 있을 때는 그저 당연하게 여겼더니."

석영이 결국 속내를 드러내고 말았다.

"경만이 수십 년을 한결같이 충직한 사람이었으니 형님 속이 오죽하시겠습니까."

회영이 꼭 돌아올 거라고 위로를 했지만 경만은 충직한 만큼 고집도 세다는 걸 석영은 잘 알고 있었다.

"경만이 돌아오지 않을 것이다. 한 고집 하지 않느냐."

경만은 한 번 아니라고 하면 끝까지 거부하는 성품이었다. 그렇더라도 석영은 회영의 말대로 제발 돌아와주기를 바랐다.

석영의 집을 나온 경만은 마치 고향을 찾아가듯 만주로 향했다. 만주야말로 제2의 고향이었다. 먼저 한인 단체로 넘어간 신흥무관학교는 어떻게 돌아가고 있는지, 한인들은 어떻게 살아가고 있는지 그런 모든 것들이 궁금했다. 만주 유하에 닿자 망명 초기부터 함께했던 이상룡이 깜짝 놀라면서 반갑게 맞이했다.

"자네가 어쩐 일인가? 영석 어른 심부름으로 오셨는가?"

이상룡이 석영의 안부를 물으며 눈에 눈물이 맺혔다. 이상룡은 석영과 나이가 비슷했으므로 60대 후반의 고령이었다. 석영이 이상룡보다 3년 연상이었다.

"학교는 지금 어떤가요?"

경만은 가장 먼저 학교 소식을 물었다. 학교를 살리기 위해 온갖 애를 썼던 일을 생각하자 가슴속이 먹먹했다. 다행히 신흥무관학교는 한인사회를 대표한 한족회가 그대로 운영하고 있었다.

"합니하는 너무 멀고 험한 데다 이젠 교사도 비좁아 한인들이 많이 사는 고산자로 옮겼다네. 그리고 합니하 학교는 분교로 운영하고 있지. 어른께서 들으시면 서운해하실 걸세. 가뭄에 학교가 어려울 때 금고를 열어놓고 학교를 살리려고 애쓰신 어른이 아닌가."

"한인들이 많이 사는 곳으로 학교를 옮긴 것은 백번 잘한 일입니다. 그때는 독립군을 기르기 위한 교육이 목적이었지만 지금은 순수한 교육이 필요한 때가 아니겠습니까."

"돌아가면 어른께 그렇게 전해주시게. 이제 군사교육은 독립기지마다 하고 있으니 우리는 순수한 교육만 하고 있다고."

경만은 한족회란 이름이 더욱 믿음직스러웠다. 그만큼 한인들이 많이 모였다는 증거였고 함께 뭉쳤다는 증거였다. 무엇보다도 학교를 한족회가 담당한 것이 반가운 것은, 삼원포 추가마을에서 맨 처음 옥수수 창고를 빌려 교실 삼아 한인들을 대상으로 교육을 펼치던 경학사의 후신인 탓이었다.

망명 초기 설립했던 경학사는 죽음의 땅으로 변해버릴 지경으로 대흉년과 전염병이 망명지를 초토화시켜버리자 어쩔 수 없이 시들어버렸지만, 한인들은 그 맥을 이어 부민단을 조직했다. 부민단은 한인들과 중국 사람들 사이에 분쟁이 나거나 중국 관청을 드나들어야 하는 행정적인 일들을 맡아 처리하면서 한인자치단체들을 통합시킨 한족회를 발족한 것이었다.

"이청천 장군이 이끄는 우리 서간도 독립군(서로군정서)이 요즘

함남, 함북, 평북 지역에서 치른 국내 진공유격전을 합하면 수백 건에 이른다네. 우리 신흥무관학교 출신들이 해낸 것이지 뭔가."

이상룡은 얼굴에 자부심이 가득했다.

"서간도는 영석 어른과 그 형제들이 개척한 맨 처음 독립운동 기지이고, 여기에 가문의 모든 것을 바친 곳이니 자네도 감회가 남다르겠지."

"그렇고말고요. 그런데 어르신께서는 항상 독립운동가에게 앞뒤가 어디 있으며 모든 것을 바쳤다고 해서 그것이 자랑스럽거나 내세울 일이 아니라고 하시지만 그 일을 아무나 할 수 있는 것은 아닌 줄 압니다. 그래서 어르신 금고는 이제 텅 비고 말았는데 아직도 바치려고만 하시니."

"그러면 천진에서 다시 운동을 펼치셨단 말인가?"

"이젠 장남 규준을 내세워 새로운 조직을 만들려고 하십니다. 제가 그걸 방해하다가 집을 나오고 말았습니다. 마지막 남은 재산을 마저 털어 바치게 되면 앞으로 살아갈 일이 걱정이 돼서요. 지금까지 풍족하게만 살아오신 어르신은 아직도 금고가 돈 낳는 물건인 줄 아십니다."

이상룡이 관심 있게 묻자 경만은 그만 자초지종을 모조리 이야기하고 말았다. 이상룡은 잠시 말이 없었다. 박경만이가 잘한 것인지 석영이 잘한 것인지 분간하기 어려운 탓이었다.

"그럼 앞으로 자네는 어쩔 셈인가. 조국으로 돌아갈 셈인가?"

"저도 일제가 물러가기 전에는 조국에 발 딛지 않을 것입니다."

순국 하

경만은 일단 이상룡이 있는 유하에 머물면서 장차 일을 생각하기로 하고 추가마을로 향했다. 김준태를 비롯하여 그때 추가마을에 남은 사람들을 만나기 위해서였다. 그런데 노비 출신 남자들 두 가정만 남고 모두 떠나고 없었다. 그동안 죽은 사람도 있었다.

"모두 추가마을을 떠나 봉천으로 이주했지요."

회영이 가장 아낀 홍순이란 노비는 1년 전에 죽고, 홍순의 아내가 외아들 하나 있는 걸 데리고 상해로 갔다고 했다. 정작 만나고 싶었던 김준태는 독립군에 가담하겠다면서 봉천으로 떠났다고 했다.

경만은 준태에게 그런 용기가 있었다는 것에 놀라며 준태를 찾아 봉천으로 가려고 하는데 이상룡이 경만을 붙들었다.

"경만이 자네는 『사서삼경』을 읽었고, 영석 장의 재산 관리를 했던 사람이니 이곳 학교 행정을 맡으면 어떻겠나."

통화현, 유하현, 환인현 등에 세운 8개 학교는 10년 동안 학교가 학교를 낳으면서 30여 개 가까이 늘어나 있었다. 학교 이름도 바뀌고 규모도 크게 발전하여 이전과 전혀 딴판이었다. 그 가운데 가장 융성한 학교는 환인현의 동창학교와 매하구시에 있는 중심학교(현 완전중학교)였다. 경만은 석영이 준 자금을 챙겨 들고 회영을 따라 학교를 세울 집을 사러 다녔으므로 감회가 새로웠다. 학교 일을 보는 것도 애착이 가는 일이기는 하지만 그것보다는 김준태가 있는 봉천으로 가기로 마음먹었다. 경만은 며칠 후에 유하를 떠났다.

21
새로운 출발

　　북경으로 온 회영은 자금성 북쪽 '후고루원' 근처에 방 여섯 칸짜리 큰 집을 얻었다. 며느리를 봤으므로 가족이 늘어난 데다 동지들이 오가며 묵을 방을 염두에 둔 것이었다. 고국에서는 왕을 제거한 일본이 기고만장한 데다 만세운동으로 충격을 받은 일본이 휘두르는 칼날을 피해 국내에서 독립운동을 하던 사람들도 상해로 북경으로 줄을 이었다. 국내에서 은숙이 아이들을 데리고 북경으로 들어오고 회영의 사돈 조정구도 보현사 은둔 생활을 청산하고 아들 조남승, 조남익과 동생 조완구 등 가족을 이끌고 북경으로 망명했다.

　　천진으로 석영을 따라갔던 호영도 북경으로 이주하여 소경창에서 한인들을 상대로 하숙을 치기로 했다. 천진에서 송동댁도 북경으로 들어와 회영 가족과 합류했다. 왕의 매제인 조정구 가족은 왕을 위해 마련해둔 행궁으로 입주했다. 북경 귀족들의 거

118　　순국 하

주구역에 있는 행궁은 현대식 2층 건물로 넓은 집이었다. 적절한 시기에 처분하여 독립자금으로 사용하기로 했으므로 팔릴 때까지만 살기로 했다.

새로 시작한 북경 생활은 보안이나 언어에 여러 가지로 어려움이 따랐다. 상해나 만주는 마치 조선으로 착각할 정도로 조선 사람들이 많아 언어 생활과 활동이 자유로웠으나 북경은 말부터 통하지 않고 처처에 일본 형사들과 그들의 하수인들이 숨어 있어 지뢰밭을 걷는 듯했다. 사정상 북경에서 활동하는 애국지사들은 천주시나 보전 사람이라고 거짓말을 해야 했다. 중국에서는 남방 말과 북방 말이 전혀 달라 좀처럼 헤아리지 못한 것이 다행이었다. 회영은 남쪽 끝 멀고 먼 복건성에서 왔노라고 둘러댔다.

그러나 장차 북경에서 살면서 운동을 하자면 하루빨리 북경말을 배우는 것이 급선무였다. 회영은 북경 사람을 도우미로 들이기로 하고 나이가 지긋한 중국인 여자를 구했다. 나이가 든 여자였으므로 중국식으로 '노마마'라고 불렀다. 노마마는 중국 음식과 말과 글을 가르쳐주고 중국 손님들이 오면 통역을 하고 관청 일을 대신해주면서 회영 가족을 도왔다. 노마마는 회영 가족이 중국인으로 위장하는 데도 도움이 되었다. 노마마가 천으로 칭칭 동여맨 소족(小足) 탓에 넘어질 듯이 뒤뚱거리는 걸음으로 집을 들락거리는 모습은 누가 봐도 전통적인 중국 가정이었다.

본래 귀족 가문의 안주인이었던 노마마는 학문도 출중했다. 일반인들이 사용하는 백화문부터 상류층이 사용하는 문어에 능통

한 탓에 수준 높은 중국말과 생활 문화를 배울 수 있었다. 단지 부담스러운 것이 있다면 이틀에 한 번씩 의식을 치르듯 방문을 꼭꼭 걸어 잠그고 발을 씻는 일이었다. 노마마는 발을 동여맨 길고 긴 천을 풀어 발을 모시듯 씻어야 하는데, 그것은 구약성서의 제사장이 혼자만 지성소에 들어가 신께 제사를 지낼 때처럼 거룩하고 엄숙한 것이었다. 노마마가 대야에 따뜻한 물을 담아 방으로 들어가 문을 잠그는 소리가 나면 그때부터 집안 사람들은 방 근처에 그림자도 비치지 않아야 했다. 그것은 노마마가 처음부터 제시한 조건이었다. 평생 동안 남편과 자식에게도 보여주지 않는 절대적인 것, 태어날 때부터 깊이 감춘 그녀의 발은 결코 남에게 보여줘서는 안 되는 정절과도 같은 것이었다.

회영의 집은 언제나 잔칫집처럼 수십 명의 조선 사람들로 북적대기 시작했다. 회영이 북경에 정착한다는 말을 듣고 독립지사들과 애국청년들이 북경으로 몰려든 탓이었다. 심지어 유학생들도 회영의 집을 찾았다. 그렇게 되자 회영의 집은 북경의 독립운동가 양성소가 되었다. 삼일운동 이후 북경으로 망명자들이 몰려들면서 그들은 일단 회영의 집에서 묵었다가 목적지가 정해지면 떠나는 것이 관례가 되었다.

그들은 단순히 숙식 때문만은 아니었다. 누구든 회영의 영향을 받고 싶어 한 탓이었다. 유학생들은 회영으로부터 장래 진로와 자신감과 희망을 얻어가고 애국자들은 독립운동가로서 자신감과 자부심을 얻어갔다. 사람들이 모여들수록 회영은 기뻐하고 사람들은 회영의 이름 탓이라며 농담을 했다.

"이게 다 우당 선생님의 호와 이름 탓입니다."

"이름 탓이라니?"

"벗 우(友) 자에 집 당(堂) 자에, 회영에는 모을 회(會) 자가 들어가니 벗들을 집으로 불러 모아들인다는 뜻이 아니겠는지요."

"듣고 보니 맞는 말일세."

사람들은 국내에서만 오는 게 아니라 상해, 복건, 천진, 만주 등 중국 전역에서 모여들었다.

상해에서는 임정에 실망한 사람들이 상해를 떠나 북경으로 들어왔다. 회영의 동생 이시영, 이동녕, 조정구의 동생 조완구, 이광, 조성환, 김규식, 김순칠 등도 상해임정을 떠나 북경으로 돌아오고 말았다. 그들은 다시 회영을 찾았고 시영과 이동녕, 사돈인 조완구는 회영의 집에서 묵고 있었다.

동지들이 상해임정을 떠나기 시작하자 임정에서 놀라 북경으로 사람을 파견했다. 논리가 정연한 지식인으로 알려진 박찬익을 보내 회영을 설득하라고 지시를 내렸다. 회영이 마음을 돌린다면 다른 사람들도 자연히 따라올 것이기 때문이었다. 박찬익이 회영의 집에서 함께 살면서 "선생님께서 임정에 자리 잡고 계셔야 그런 분파를 없앨 수 있습니다."라고 끈질기게 설득했지만 회영은 끄떡하지 않았다.

박찬익은 마치 엄마를 조르는 아이처럼 회영의 뒤를 졸졸 따라

다니면서 졸라댔다. 설득하는 사람이나 설득당하지 않는 사람이나 똑같이 지독한 고집이라고 모두 입을 뗐다. 사명을 띠고 설득하러 온 박찬익 입장에서는 맨손으로 돌아갈 수가 없었다. 6개월이 경과되었을 때 회영이 동생 시영과 이동녕, 조완구에게 상해로 돌아가도록 권했다.

"임정을 세웠으면 임정에서 발생하는 모든 일에 책임을 져야 할 것이오. 가서 임정의 잘못된 것을 바로잡아주어야지요."

이미 임정을 만들었다면 하루빨리 혼란을 수습하고 항일투쟁에 임해야 한다는 부탁이었다. 그들은 회영의 권유를 받아들이기로 했다. 박찬익은 반은 성공한 셈이었다.

그들이 임정으로 돌아가고 나자 이번에는 신채호가 임정을 떠나 북경으로 들어왔다. 신채호는 임정 설립 3개월 후 제5회 임시의정원 회의(1919.7)에서 전원위원회 위원장에 선임되었을 때 자리를 흔쾌히 받아들였다. 그런데 그해 8월에 개최된 제6회 회의에서 이승만을 대통령으로 선출하자 이승만은 매국노라고 맹렬히 성토하면서 임정을 떠나버리고 말았다. 상해임정 설립 당시 이승만을 국무총리로 추대할 때부터 여기저기에서 반대의 목소리가 터져 나왔고, 신채호가 이승만 추대는 천부당만부당한 것이라고 강력하게 반발하고 나섰다. 신채호는 이승만이 파리강화회의에 대한인국민회 중앙총회 대표로 참가했을 때 미국 윌슨 대통령에게 조선에 대한 위임통치를 요청하는 공한을 보냈다는 것을 제시했다. 일본에 짓밟힌 나라를 다시 강대국에 위임통치를 부탁한다는 것은 국민의 이름으로 용납할 수 없다는 것이었다. 문제는 그것에서 그치지 않았다. 10년 전(1908) 스티븐스 저격 사건도 들추어냈다.

스티븐스 사건은 분노의 극치를 이루게 하고도 남았다. 그때 미국은 일본이 한국에서 정치·경제·군사 모든 것을 독점하는 것을 인정하는 대신 만주로 진출하려고 했으나 일본이 길을 열어주지 않았다. 그러자 미국의 반일감정이 악화일로로 치닫게 되었고, 일본은 미국을 달래기 위해 통감부 외교 고문인 스티븐스를 미국으로 파견했다. 스티븐스는 기자회견을 하면서 "일본은 조선을 보호해주고 있으며, 조선을 위해 유익한 일을 많이 하고 있다. 일본으로 하여 신정부가 조직된 뒤 일반 민중들은 전처럼 정부의 학대를 받지 않으므로 일본인들을 대환영한다."고 말했다. 기사를 읽은 재미교포들이 분노하며 해명을 요구하고 나섰다.

한인 대표 전명운과 장인환이 스티븐스를 죽이고 말겠다고 이를 갈았다. 먼저 전명운이 샌프란시스코에서 스티븐스를 저격했지만 불발되고 말았다. 전명운은 총을 버리고 맨주먹으로 스티븐스를 폭행하기 시작했다. 소식을 들은 장인환이 달려와 스티븐스를 향해 총을 쏘았다. 한 방은 전명운의 팔에 맞고 한 방은 스티븐스의 가슴에 명중했다. 스티븐스는 병원으로 실려 갔으나 3일 만에 죽고 말았다. 장인환은 25년 형을 받고 옥살이를 하다 10년 만에 가석방되었고 전명운은 그 애국심에 감동한 미국 재판관이 무죄를 선고했다.

그 후 교포들은 두 사람을 위해 모금 운동을 하고 미국 변호사들이 장인환을 위해 서로 무료 변론을 자청하고 나섰다. 그런데 이승만은 기독교 신자라는 이유로 살인자를 두둔하는 일에 가담할 수 없다고 하면서 끝까지 통역을 거부하고 말았다. 신채호는 그런 이승만을 성토하며 "그렇다면 지금까지 일본 놈들을 죽인 애국 열사들이 모두 살인자들인가?"라고 물었다. 신채호가 임정을 떠난 후 젊은 박용만도 임정을 떠났다.

국내 한성부 임정의 외교총장에 선임된 박용만 역시 이승만에 대해 불만이었다. 야망이 끓고 있는 젊은 박용만은 이회영과 신채호 같은 거두를 자기 편으로 끌어들이려고 애썼다. 박용만은 회영에게 이승만의 과오를 지적하면서 새로운 길을 모색하자고 권했다. 그러자 회영이 입을 열었다.

"임정 설립 자체가 안 된다는 것인가? 아니면 이승만 개인이 문제인가?"

박용만은 선뜻 대답하지 못했다. 무엇이 옳은 답인지 알지 못한 탓이었다.

"박 동지의 운동 이론을 보면 운동조직으로서 정부라는 형태가 문제되는 것이 아니라, 이승만이라는 개인이 마음에 들지 않는 것이니 그것을 대의라 말할 수 있겠는가? 개인이 각자 자기 마음에 들지 않는다 하여 무엇을 배격하는 것은 이성적 판단이 아니니 그 또한 옳지 못한 것일세."

회영은 모두 자기에게 해로운지 이익이 되는지를 기준으로 일

124

의 옳고 그름을 판단하고 비판하는 인간의 이기심을 한탄했다.
박용만은 손톱도 들어가지지 않은 회영을 포기하고 말았다.

그리고 1년 후 경신년(1920) 만주 국경지대에서는 독립군과 일
본군 사이에 전투가 벌어지고 있었다. 그동안 독립군의 끈질긴
국내 진공유격전에 시달리던 일본군이 월강추격대를 편성하여
두만강을 건너 봉오동으로 진격해오면서 봉오동전투(1920.6)가 벌
어졌다. 여기에서 홍범도, 최진동, 안무, 이흥수 등이 이끈 독립
군이 일본군 3분의 2를 섬멸하고 대승을 거두는 쾌거의 소식이
날아들었다. 그리고 두 달 후 다시 청산리전투(1920.8)가 벌어졌
다. 봉오동전투에서 정신이 번쩍 든 일본이 2만 병력을 투입하여
청산리에서 독립군과 맞붙었지만 이번에도 대패하고 말았다. 일
본군이 거의 전멸되고 독립군은 130여 명 전사자에 220여 명 부
상자를 냈을 뿐이었다. 일이 그쯤 되자 일본군은 봉오동전투와
청산리전투에서 참패를 당한 것에 대한 보복으로 만주 지역 독립
군 소탕 작전을 계획하기에 이르렀다.

국내에서 조선총독부 사이토 총독이 급히 일본으로 건너가 초
대 총독 데라우치와 2대 총독 하세가와 등 전임자들을 만났다.

"지금까지 만주를 너무 등한시한 결과요. 국내의 피라미들을 잡
을 때가 아니라 무장단체를 길러내는 만주를 잡아야 하오."

데라우치는 마치 두 사람을 책망하듯 말했다. 데라우치는 자리
에서 물러났지만 고문으로서 중요한 일에는 어김없이 나섰다.

"데라우치 고문님 말씀은 매우 지당하십니다. 그러나 아무 명분도 없이 남의 나라에 대뜸 군대를 보낼 수는 없는 일이지요."

"그렇습니다. 하세가와 고문님 말씀대로 무턱대고 남의 나라에 우리 군대를 보낼 수는 없는 일입니다."

"바로 그거요. 명분, 그걸 만들어야지요. 우리가 조선을 갖기 위해 어떻게 했는지 잘 생각해보시오."

"명분이라……."

하세가와 고문과 사이토가 생각에 잠겼다. 그리고 잠시 후 하세가와가 눈을 번쩍 뜨며 말했다.

"방법이 있습니다."

"그게 무엇이오?"

"만주에 있는 우리 영사관을 우리가 파괴하는 겁니다."

"우리 손으로 우리 영사관을 칠 수는 없는 법, 어떻게 치자는 것이오?"

"그거야 간단하지요. 만주를 휩쓰는 마적단을 이용하는 겁니다. 그들에게 돈만 주면 못 하는 일이 없으니까요."

"좋은 생각이오. 그런데 영사관만 가지고는 약해요. 우리 일본 사람도 죽여야 하오."

"우리 일본인까지 죽이는 것은 좀."

"나라를 위해서 국민이 희생하는 것은 흔한 일이오."

사이토가 조금 망설이자 데라우치는 단숨에 일축해버렸다.

일본은 지체 없이 마적단을 매수하여 만주에 있는 자기네 영사관을 습격하게 하고 일본인들을 죽이게 한 다음 독립군의 만행이라고 뒤집어씌워 일본 군대를 만주에 파견하는 명분을 만들어냈다.

일본은 대규모 부대를 만주로 파견하여 남녀노소를 가리지 않고 한인들을 무조건 학살하기 시작했다. 여자는 강간한 다음 죽이고, 남자들은 잡아다 얼굴 가죽을 벗겨 죽이거나 사지를 찢어 죽이거나, 작두로 목을 잘라 죽였다. 교회에 수십 명을 가두고 불을 질러 죽이기도 하고, 타는 불 속으로 산 사람을 던져 넣기도 하는 등 가장 잔인한 방법으로 수천 명을 죽이면서 독립군을 숨겨주거나 도와주면, 독립군이 어디 있는지 알고도 밀고하지 않으면, 그렇게 죽일 거라면서 한인들이 보는 앞에서 학살을 저질렀다. 한인들의 학교도 그들의 목표가 되었다. 학교에 불을 지르고 뛰쳐나온 아이들을 대검으로 찔러 죽였다.

일본이 그렇게 할 수 있었던 것은 만주 군벌 장작림과 손을 잡은 탓이었다. 장작림은 근본이 마적단 출신으로 잔인한 속성을 갖고 있었다. 그런 장작림은 본래 만주 군벌인 풍옥상 독판을 시기 질투하여 서로 대립하고 있었고, 일본은 이 점을 이용한 것이었다. 일본군과 장작림은 누구든지 조선독립군 머리를 가져오면 개당 10원씩을 쳐주었다. 그러자 만주 원주민들이 너도나도 앞다투어 독립군을 사냥하는 데 혈안이 되어 있었다.

"언제 어떤 놈이 목을 베어갈지 알 수 없어 잠도 눈을 뜨고 자야 할 처지입니다."

만주에서 회영을 찾아온 백순 동지가 몸서리를 치며, 지금 만주에서는 독립군들이 목숨을 부지하기 위해 사방으로 흩어지고 있다고 했다. 백순의 말을 들은 회영은 깊은 생각에 잠겼다. 우선 국내에서 들어오는 동지들을 김좌진, 홍범도, 신팔균 장군과 연계를 시키면서 하루속히 만주에서 흩어진 독립군을 모으는 것이 급선무였다. 그렇게 하자면 누군가 만주로 가 아군의 장군들을 만나야 할 것이었다. 백순이 가겠다고 나섰다.

"백 동지, 과연 해낼 수 있겠는가?"

"목숨 걸고 가겠습니다."

백순이 사지를 뚫고 장군들을 만나 회영의 뜻을 전하면서 일을 추진해나갔지만 흩어진 군사들을 모아들인다는 것은 쉬운 일이 아니었다.

회영은 생각다 못해 이번에는 백순을 장작림의 적인 풍옥상 독판에게 보냈다. 일본이 장작림을 이용해 독립군을 친다면 회영은 풍옥상을 이용해 그들을 막을 생각이었다. 예상대로 풍옥상이 쌍수를 들어 환영하고 나섰다. 오히려 반가운 쪽은 풍옥상이었다. 그는 조선독립군과 연합하면 적대자 장작림을 제거할 수 있다는 생각으로 어마어마한 제안을 하고 나섰다. 장가구(장자커우) 포두진의 미개간지 수만 정보를 내줄 테니 조선독립군 군사기지를 건설하라는 것이었다. 꿈같은 일이었다. 다시 제2의 군사기지를 건설한다면 그리고 풍옥상과 연합한다면 모든 것이 달라질 것이었다.

회영은 당장 신채호와 김창숙에게 만나자고 청했다. 북경에는 신채호 외에도 김창숙이 있었다. 회영은 신채호보다 12년 연상이고 김창숙보다는 13년 연상이었으므로 두 사람은 늘 회영을 섬기는 마음으로 찾아와 무슨 일을 의논하거나 담소를 나눴다. 세 사람 중 신채호가 가장 먼저 북경에 입성하여(1915)『조선사통론』집필을 위해 북경대학 도서관에 드나들면서 공부하고 있었다. 김창숙은 삼일운동이 일어나기 직전 독립선언서에 유림 대표가 빠져 있는 것을 알고, 만세운동 직후 유림 대표들이 서명한 한국 독립청원서인 유림단 진정서를 만들었다. 그리고 파리에서 열린 만국평화회의에 그것을 제출하기 위해 상해로 갔다가 여의치 않자 북경으로(1921) 온 것이었다.

"풍옥상이 그 어마어마한 땅을 우리에게 준단 말입니까?"

김창숙과 신채호가 놀람을 감추지 못했다.

"그런데 땅을 개간할 비용이 있어야 말이지요."

"땅도 생기기 전에 비용부터 걱정하다니요."

신채호가 개간비용을 걱정하자 김창숙이 그건 나중 일이라고 쐐기를 박았다.

"그래서 방법을 찾자는 것이오. 밥상을 차려놨는데 숟가락이 없어서 못 먹는 일은 없어야 하질 않겠소이까."

"좋습니다. 이 사람이 그 땅을 개간할 재력가를 찾아내고야 말겠습니다."

김창숙이 결코 그 땅을 놓칠 수 없다는 심정으로 말했다. 희망은 그렇게 무르익어가고 세 사람은 땅을 개간하여 군사기지를 세울 자금을 대줄 독지가를 찾는 데 골몰했다. 백순은 계속 만주를 오갔다. 김창숙은 자금을 구하기 위해 부지런히 상해와 국내와 북경을 오갔다. 북경에서 회영과 김창숙이 그렇게 열심히 일을 진행해가고 있을 때 만주에서는 상황이 바뀌고 있었다. 장작림이 풍옥상 독판의 움직임을 알아채고 오패부라는 또 다른 군벌과 연합하여 풍옥상 독판을 제압하고 만세를 부른 것이었다. 결국 풍옥상은 러시아로 도피를 하고 말아 이회영, 김창숙, 신채호의 꿈은 사라져버리고 말았다.

"선생님, 너무 낙심하실 것 없습니다. 어차피 호시탐탐 노리는 일본 놈들 틈새에서 우리가 하는 일이란 낙타가 바늘구멍을 통과하는 것만큼이나 어려운 일 아닙니까."

김창숙 역시 텅 빈 속을 주체할 수 없으면서도 회영을 위로하고 나섰다.

갈수록 북경 집에는 찾아오는 사람들이 늘어갔다. 회영은 청년들을 더욱 반겼다. 어느덧 독립운동 첫 세대들이 중년이나 노년으로 접어들었으므로 청년들이 희망이었다. 청년들은 앞다투어 나라를 위해 기꺼이 목숨 바칠 각오가 충천했다. 청년들 가슴속에는 하얼빈역에서 이토를 사살한 안중근이 영웅으로 자리 잡고 있었다. 할 수만 있다면 안중근처럼 나라를 위해 일본 주요 인물을 죽이거나 중요 기관을 폭파하고 죽는 것이 소원이었다.

청년들 가운데 특히 김종진이 눈에 띄었다. 김종진은 김좌진 장군의 사촌 동생이었고 김좌진의 혈통답게 장군감이었다. 그러나 갓 스무 살인 김종진의 얼굴빛은 사람을 압도하기보다는 오히려 온화하고 고왔다. 대신 입은 천만금의 말을 할 것처럼 빈틈없이 단정해 보였고 눈은 맑고 깊었다. 회영의 장군감 기준은 그런 것이었다. 장군일수록 부하를 품을 수 있는 따뜻함이 있어야 하고, 대신 우유부단함이 없어야 한다고 믿고 있었다.

"선생님 말씀을 듣고, 앞으로 제가 나아가야 할 방향을 결정하기로 마음먹었습니다."

김종진의 마음은 오직 무장투쟁만이 광복을 이룰 수 있다는 믿음으로 불타오르고 있었다. 그래서 당장 북만주로 김좌진을 찾아가야 할지, 아니면 시간이 걸리더라도 군사교육을 받고 가야 할지 갈피를 잡을 수 없다고 했다.

"독립은 이제 자네들 몫으로 넘어가고 말았네. 그리고 우리가 항일투쟁을 하는 데는 충천한 의기로 당장 투쟁해야 할 것이 있고, 장래를 준비해야 하는 투쟁이 있네. 북만주가 어려운 것은 사실이지만 자네는 장군이 되어서 많은 애국투사들을 이끌 수 있는 길을 택하게나."

"군사교육을 받으라는 말씀이군요."

회영은 김종진에게 소개장을 써주면서 상해로 가 동생 시영과 신규식을 만나 그들의 안내를 받으라고 일렀다. 조선 무관학교 출신 신규식 또한 누구에게도 지지 않는 가슴 뜨거운 열혈 동지였다. 을사늑약 때 지방군대와 연결하여 의병을 일으키려다 실패하자 음독 자결을 시도했다. 다행히 기사회생이 되었지만, 한쪽 눈이 실명되고 말았다. 그래서 한쪽 눈으로 무엇을 보자니 자연 흘겨보는 듯하여, 흘겨본다는 뜻으로 '예관'이라는 호를 붙였다. 정말 죽지 못해 통분의 세상을 흘겨보는데 한일병합이 되자 다시 음독 자결을 시도했고 나철에 의해 또다시 살아나 중국으로 망명한 것이었다.

그때 중국에서는 손문을 지도자로 세운 신군이 신해혁명을 일으켜 청을 타도하자 중국뿐만 아니라 조선 청년들에게 손문이 희망으로 떠오르고 있었고, 신규식 역시 손문에게 이끌려 손문 휘하 중국동맹회에 가입하게 되었다. 조선 청년으로는 유일하게 신해혁명에 참가하게 된 신규식은 신해혁명 후에는 손문이 창간한 『민권보』에 전 재산 2만 원을 쾌척하고, 손문을 통해 조선 청년들을 중국 각지의 이름난 군관학교에 보내 엘리트 군관으로 키우는 일을 하고 있었다. 북로군정서 대장으로 청산리전투에서 일본군을 대파한 이범석 장군도 신규식이 운남군관학교에 보내 키워낸 인물이었다.

김종진이 소개장을 들고 상해로 떠나고, 회영은 머지않아 장군이 되어 큰일을 해낼 것을 기대하며 그를 먼 길까지 전송했다. 그리고 다시 청년 심훈이 찾아왔다. 열아홉 살 심훈 역시 얼굴이 밝고 잘생기고 똑똑했다. 똑똑하고 잘생겼지만 김종진과는 성향이나 분위기가 달랐다. 김종진은 무관의 기질을 타고났다면 심훈은 한눈에 봐도 지고지순한 감성주의자였다. 아니나 다를까 심훈은 밤이면 울적한 심정을 시로 달래고 있었다.

눈은 쌓이고 쌓여, 객창을 길로 덮고
몽고 바람 씽씽 불어, 왈각 달각 잠 못 드는데
북이 운다, 종이 운다
대륙의 도시 북경의 겨울밤에, 화로에 메췰도 꺼지고
벽에는 성에가 줄어, 창 위에도 얼음이 깔린 듯
거리에 땡그렁 소리 들리잖으니
호콩 장수도 고만 얼어 죽었다
입술을 꼭 깨물고, 이 한밤만 새우고 나면
집에서 돈표가 든 편지나 올까,
만두 한 조각 얻어먹고, 긴긴밤을 달달 떠는데
고루에 북이 운다, 땡땡 종이 운다

그렇더라도 심훈 역시 가슴에서 불타오르는 애국심을 어찌지 못해 광복군이 되겠다고 포부를 밝혔다.

"독립투사가 되는 것만이 나라를 위한 것은 아니다. 그리고 조선 청년 모두가 다 광복군이 될 수는 없다. 내가 보기에 심 군은 외교에 대한 소질이 있어 보이니 어학에 정진하는 것이 좋을 듯하구나."

누구에게나 독립운동을 해야 한다고 열변을 토한 회영이 심훈에게는 전투적 투사가 되라고 권하지 않았다. 그의 기질과 재능을 충분히 짐작한 탓이었다.

"저에게 외교가 소질이 있다니요?"

"그렇고말고, 용모도 호감이 갈 뿐만 아니라 말솜씨가 뛰어나고 설득력이 있거든."

"과찬이십니다, 선생님."

"겸손해할 것 없다. 심 군은 타고난 재주가 여러 가지인 것 같은데 그중에서도 외교가 가장 적합할 것이라는 생각이지. 사람은 무엇을 하든지 나라에 가장 득이 되는 일을 해야 하느니라."

회영이 심훈에게 외교를 강조한 것은 나라를 빼앗기면서 외교가 무엇인지를 뼈저리게 느낀 탓이었다. 일본이 조선을 차지하기 위해 가장 먼저 취했던 일이 외교를 차단한 것이었고 헤이그 밀사 문제도 외교가 전무했다는 것에 통한이 맺혀 있었다.

심훈은 오히려 "선생님께서 외교관이 되셨더라면 참 좋았을 것이란 생각이 듭니다."라고 말하고 싶었지만 어른을 향해 함부로 칭찬하는 말을 할 수가 없어 입을 열지 못했다. 심훈은 처음부터 회영의 따뜻함과 부드러움, 세련된 말씨에 흠뻑 빠져들었다. 서울의 중심 저동 명례방 명문가에서 잘 다듬어진 회영의 고상하고 품위 있는 말씨는 상대를 단숨에 끌어들였고, 고마움을 느끼게 했다. 사람을 존중한 탓이었다. 차분하고 고요한 목소리로 중국 여자 노마마를 "노마마!" 하고 부르는 짧은 말에도 남다른 따뜻함이 흘렀다. 할머니를 부르는 것이 아니라 다정한 벗을 부르는 듯

134

도 하고, 연극 속의 여자주인공을 부르는 듯도 했다. 아내를 향해 동지를 부르듯 "영구!"라고 부르는 것도 멋진 일이었다.

심훈은 홀린 듯 그런 분위기에서 두 달을 묵은 뒤 집에서 돈을 부쳐와 동단 패루에 있는 공우로 갔다. 그러나 공우에 가자마자 나날이 기름에 볶는 중국 음식만 먹게 되자 속이 뒤틀렸다. 식사 때마다 고역이었다. 기름투성이 식사도 문제였지만 자애롭고 부드러운 회영의 말이 머리에서 떠나지 않았다. 자꾸 그 따뜻한 온기가 그리웠다.

그날도 기름투성이 아침밥을 먹지 못해 창가에 우두커니 서서 회영의 집이 있는 자금성 쪽을 바라보고 있었다. 눈물이 핑 돌았다. 눈물이 그렁그렁 맺힌 눈을 깜빡이며 자금성 쪽을 바라보고 있는데 눈앞에 반백의 머리에 조선 한복을 입은 분이 우뚝 서 있었다. 회영이 빙그레 웃고 있었다. 심훈은 눈물을 글썽이며 한달음에 달려 나가 땅바닥에 두 손을 짚고 큰절을 올렸다.

"밥이나 먹고 있는 게냐? 집 떠난 지 얼마 되지 않았으니 이곳 밥이 아직은 거북할 것이다."

회영은 공우에서 중국 밥 먹기가 어려울 것을 짐작하며 심훈에게 잘 익은 조선식 김치 한 통을 건네주러 온 것이었다. 김치를 건네주고 돌아가는 회영의 뒷모습을 바라보며 심훈이 중얼거렸다.

"제가 장차 무엇을 하든지 선생님의 따뜻함이 원천이 되었다고 말할 것입니다."

북경은 4월이면 무더위가 시작되었다. 몽골 사막에서 바람이 불어오기 시작하면 옷이며 얼굴이며 머리카락이 온통 황토색으로 변해버리고 말았다. 눈을 뜰 수 없도록 황토비가 4, 5일 동안 쏟아져 내리다 그치고 나자 갑자기 깊은 물속처럼 바람이 뚝 멈춰버린 채 살인 더위가 덮쳤다. 고약한 환경은 그 정도로 끝나지 않았다. 육안으로 쉽게 볼 수 없는 작은 벌레가 살 속으로 파고들어 피가 나도록 몸을 긁어도 시원치 않았다. 그때마다 회영이 몸을 긁으며 "우리나라는 이런 고약한 벌레도 없을 뿐만 아니라 아무리 찌는 삼복더위라도 오후 서너 시만 되면 서늘한 바람이 불어오니 얼마나 살기 좋은 나라인가! 얼마나 살기 좋으면 금수강산이라 했을꼬!"라며 고국을 그리워했다.

더위와 싸우며 은숙은 셋째 아이를 출산했다. 딸이었고 이름을 현숙이라고 지었다. 현숙을 얻은 다음 더 많은 손님이 찾아왔다. 보통 하루에 삼사십 명이 웅성거렸다. 노마마의 그 특별한 의식도 하지 못할 지경이 되고 말았다. 노마마로서는 큰일이었다. 노마마가 고민 끝에 큰 집을 추천하며 이사를 가자고 권했다. 외곽이지만 집이 몇 배로 넓고 집세는 같다고 했다. 노마마의 권유에 따라 이번에는 서직문 쪽 '이안정' 근처로 이사를 했다. 노마마의 말대로 이안정 집은 후고루원 집보다 서너 배나 넓은 집이었다. 5백 평 남짓한 후원도 딸려 있어 채소 농사도 지을 수 있었다.

"노마마 덕에 좋은 집을 얻었어요."

회영이 고마워했다. 노마마는 다시 그 거룩한 의식을 마음 놓고 할 수 있어 기뻐하고 회영은 손님들을 마음 놓고 묵게 할 수 있어 기뻐했다. 이사를 하고부터 안심하고 손님을 맞이하고, 손님이 늘어갈수록 아이들처럼 들뜬 기분을 감추지 못한 채 만수산과 옛 황궁을 보여주는 것까지 잊지 않았다.

서직문 성 밖에는 유명한 만수산이 있었다. 원래는 북경성 근처에 서산이란 산이 있었고, 그게 명산이었다. 그런데 이홍장이 청조 광서제를 섭정한 서태후의 신임을 얻어 북양함대를 건조할 목적으로 서도문과 서산 중간에 인조산(人造山)과 인조호수와 거대한 누각을 건설하여 만수산이란 이름을 붙인 것이었다. 그곳으로 서태후를 행차하게 하고 온갖 연회를 베풀어 서태후의 기분을 맞춘 덕에 북양함대를 건조할 수 있었다. 회영은 구경을 시켜줄 때마다 역사를 잘 보존할 줄 아는 민족이 장래가 있다고 말하는 것도 잊지 않았다.

집이 넓은 만큼 손님도 더 불어났다. 수십 명 애국지사들 수발을 드는 은숙과 며느리 조계진과 송동댁이 밤이면 녹초가 되어 쓰러졌다. 은숙과 조계진은 아이들이 딸린 몸이라 아이가 딸리지 않은 송동댁이 일을 도맡아 해냈다.

"형님은 아주버님을 따라 장단으로 가셨더라면 이 고생을 하지 않아도 될 일이었습니다."

"아버님 곁에서 살아가는 것만 해도 기쁨이니 그런 말은 입 밖에 내지 마시오. 아우님."

조계진이 가끔 위로 삼아 말을 건넬 때마다 송동댁은 손을 내저었다. 송동댁은 오히려 왕실 사람이 고생하는 것을 늘 애처로워하면서 조계진을 위로하는 것을 잊지 않았다.

"나 같은 사람이야 아무려면 어떤가. 그보다는 왕실에서 자란 아우님이 늘 안쓰럽지."

식솔에 따라 쌀을 대량으로 사들여야 하고, 중국에서는 쌀을 근으로 달아 팔았다. 매월 소비하는 쌀이 열 담이 넘었다. 한 담이 백 근이었고, 열 담이면 일곱 가마 이상이었다. 쌀의 소비만큼 부식도 필요했다. 북경성에서 큰 상점으로 알려진 보흥호와 거래를 했다. 보흥호 주인은 회영이 복건에서 온 사업가라고 알고 있는 탓에 거래처를 다른 곳에 빼앗기면 안 된다고 늘 신경을 쓰고 있었다. 가끔 외상 거래를 할 때도 쌀과 부식을 척척 내주었다.

자금은 좀처럼 들어오지 않고 자금의 유무에 상관없이 손님들이 계속 찾아들면서 점점 외상값이 눈덩이처럼 쌓여가기 시작했다. 다행히 보흥호 주인이 덥석덥석 외상을 내주었지만 대책이 없자 노마마도 그만두게 되었다. 노마마는 떠나면서 도울 수 없어 안타깝다며 눈물을 흘렸다. 2년 동안이나 외상값을 갚지 못했음에도 보흥호 주인은 계속 외상을 주었다. 외상값이 2천 원이 훌쩍 넘어가고 말았다. 2천 원이면 북경에서 웬만한 집 한 채를 살 만한 돈이었다.

더 이상 외상을 얻을 수 없어 은숙은 보흥호에 발길을 끊고 중국 하층민들이 먹는 짜도미를 구하러 나섰다. 짜도미는 싸라기

잡곡들을 섞어놓은 것이었고 그것도 서로 사려고 해 마음대로 구할 수가 없었다. 외상값도 갚지 않고 사람도 얼씬거리지 않자 정신이 번쩍 든 보흥호 주인이 외상값을 받기 위해 나섰다. 처음엔 며칠 걸러 한 번씩 재촉하던 것을 나중에는 날마다 찾아와 외상값을 독촉하기 시작했다.

보흥호 주인이 외상값을 받으러 올 때마다 입장이 난처해진 어른들이 모두 피하고 초등학교 저학년인 규숙이 보흥호 주인을 상대했다. 올 때마다 어른들은 보이지 않고 아이가 나와 어른들이 없다고 고개를 살래살래 젓자 보흥호 주인은 화가 끓어 올라 규숙을 두들겨 패놓고 가기도 했다. 그런 일이 있고, 며칠 뒤 보흥호 주인이 회영을 찾아와 무릎을 꿇고 앉아 용서를 비는 것이었다.

"우리 중국도 일본으로 하여 고통 받는 민족인데 항일운동을 하는 고명하신 선생님을 몰라보고 그만 몹쓸 죄를 지었습니다. 어린아이를 때리다니요."

회영은 놀라 말문이 열리지 않았다. 항일운동을 하는 조선인이라는 사실을 알아버린 것은 큰일이었다. 그렇게 보안을 했음에도 어떻게 비밀이 새어 나갔는지 이해할 수 없었다. 그러나 거금의 외상값을 갚지 못한 형편에 일단 미안하다는 말을 해야 할 것이었다.

"면목이 없소이다. 지금까지 참아주셨으니 무슨 변통이 생길 때까지 조금만 더 참아주시기를 부탁하오. 그런데 한 가지 물어볼

게 있소. 내가 항일운동자라는 걸 어떻게 아신 게요?"

"노마마에게 들었습니다. 옛날부터 잘 아는 사람인데, 노마마가 어르신을 무척 존경하는 분이라고 하면서 돕고 싶은데 도울 방법이 없다고 안타까워하더군요. 염려 마십시오. 제 목이 달아나는 한이 있더라도 어르신 신분은 발설하지 않겠습니다."

"그랬군요."

"노마마는 교양이 뛰어난 사람입니다. 재물이란 꼭 사용해야 할 곳에 써야 하고 그럴 때 비로소 가치가 있는 것이라고 하더군요. 외상값은 항일투사들을 먹인 것이니 받지 않겠습니다. 일본은 조선과 중국의 공적이니까요. 대신 아이를 때린 행동을 부디 용서해주시기 바랍니다."

보흥호 주인은 용서를 비는 마음의 표시로 쌀 한 자루를 마당에 두고 집 밖으로 사라졌다.

22
소용돌이

　　배고픔은 독립정신을 시험하는 시험대로 드러나기 시작했다. 그것은 정작 독립운동가들이 싸워야 할 가장 무서운 적이었다. 미칠 듯이 끓어오른 열정으로 손가락을 끊어 맹세한 조국애도 배고픔의 산을 넘지 못해 어느 날 갑자기 변심하거나 국내로 돌아가버렸다.

　"배고픔을 못 참아 왜놈의 치하로 기어들다니. 밥을 밥 먹듯 굶는 게 항일투사들의 일상사라는 걸 들어보지도 못한 위인 아닙니까."

　"그게 어디 손 동지뿐이오. 심산(김창숙의 호)은 그만 화를 거두시오."

　김창숙이 국내로 돌아가버린 손종호를 성토하기 시작하고 회영이 달랬다.

　"죽을 각오도 하지 않고 나라를 찾겠다니, 가소롭기 짝이 없질 않습니까. 독립운동이 어디 남녀 간에 연애질하는 거랍니까. 애국심이 끓어오르면 물불가리지 않고 소리치고 나섰다가 식으면 돌아서버리니 말입니다."

신채호가 맞장구를 치고 나섰다. 두 사람이 성토하는 손종호는 삼일운동 이후 이상재와 김활란과 함께 북경으로 왔었다. 이상재와 김활란은 세계기독교학생연맹에 참석하기 위해 왔었고, 손종호는 독립운동을 하겠다고 온 것이었다. 이상재와 손종호는 회영의 집에서 머물고 김활란은 형부인 김달하의 집에서 머물렀다. 한 달 만에 이상재와 김활란은 용무를 끝내고 다시 국내로 돌아가고 손종호는 1년을 버티다가 배고픔을 못 이겨 귀국하고 말았다.

"하긴 그렇습니다. 독립운동을 합네 하고 왔다 갔다 하는 건달들이 부지기수이니 꼭 손 동지만 나무랄 수도 없는 일이지요."

신채호가 회영의 말에 공감하면서 손종호 일을 그 정도로 마무리 짓고 말았다. 분위기가 바뀌자 김창숙이 신채호를 바라보며 헛기침을 했다. 헛기침을 하는 것으로 보아 무언가를 말할 태세였다. 또 무언가를 가지고 논쟁이 벌어질 것이라는 걸 회영은 짐작했다. 독특한 고집으로 막상막하인 두 사람은 닮은 점은 판에 박은 듯 닮았고 다른 점은 물과 기름처럼 분명히 달랐다. 운동 방향이나 변심한 독립운동가들을 향해 분통을 터트리는 일에는 마음이 하나였지만 사적인 일로 서로 우길 때는 가차 없이 절교를 선언하는 바람에 회영이 화해를 붙이며 제자리로 돌려놓기에 바빴다. 불꽃 같은 성미는 신채호가 더했다. 짐작대로 김창숙이 포문을 열었다.

"글을 내지 않겠다고 선언했다면서요. 그 칼은 녹도 슬지 않으시오? 단재도 이제쯤은 그 성미 좀 고치셔야 합니다. 원고를 내지 않으면 누가 답답하답니까."

"그럼 중국인들에게 그런 수모를 당하고도 글을 내란 말씀이오? 심산이 그런 꼴을 당했더라면 나보다 더했을 것을!"

"수모랄 게 뭐가 있소이까. 토씨 하나 빠진 것쯤이야 예사로 있는 일 아니오."

"허, 토씨 하나 빠진 것쯤이라니요! 예사라니요! 그럼 내가 옹졸한 소인배란 말씀이오?"

"소인배란 또 무엇입니까. 성미가 저러니 배가 고플 수밖에요."

"에잇, 나는 그만 가리다."

예상대로 신채호가 발끈하여 자리를 털고 일어섰다.

"그만 앉으시오, 단재."

회영이 붙잡아 앉히자 차마 뿌리치지 못해 다시 자리에 앉기는 했지만 신채호는 그 일을 생각만 해도 분통이 터진다는 얼굴이었다. 신채호는『중화보(中華報)』와『북경일보』에 논설을 게재하고 원고료를 받아 겨우 하숙비를 내고 있었다.『중화보』가『북경일보』보다 고료가 조금 더 있었다. 그런데 중화보에서 어조사 의(矣)를 빠뜨렸다는 이유로 글을 내지 않겠다고 딱 잘라버린 것이었다.

"그 뭉텅한 손가락도 보시오. 왼손이기에 망정이지 글을 쓰는 오른손이었더라면 어쩔 뻔했소이까."

"그것도 심산 말씀이 맞소이다. 단재는 남달리 보필(報筆)을 쓰는 손이 목숨만큼이나 귀하다는 걸 아셔야지요."

"손가락 하나 병신된 것이 뭐 그리 대수랍니까. 오른쪽을 잘랐더라면 왼쪽으로 글을 쓰면 될 일이지요."

"이젠 마디가 잘린 손가락도 아물었으니 성란이와 풀고 사세요, 단재."

회영이 안타까운 생각이 들어 질녀 성란과 절연한 것을 거론하고 나섰다.

"아물어버린 이 손가락처럼 내 속도 단단해졌습니다."

신채호는 붉어진 눈을 재빨리 수습해버리고 말았다.

자식이나 마찬가지인 질녀 성란은 형님 부부가 남겨놓고 죽어버린 탓에 맡아 키운 가엾은 아이였고, 상해로 망명할(1913) 때 가까운 동지에게 맡겼다. 그리고 3년 뒤 성란이 결혼하게 되었으므로 참석해달라는 전보가 날아왔다. 신채호는 변복을 하고 일경을 피해 어렵사리 서울로 잠입하여 성란을 만났다. 그런데 결혼할 청년이 신채호가 독립운동 단체로 취급도 하지 않는 곳에 소속되었다는 것을 알고 노발대발 화를 내면서 상해로 함께 갈 것을 종용했다.

며칠 동안 그 삼촌에 그 조카의 줄다리기가 시작되었다. 성란은 대쪽 같은 삼촌의 고집을 누구보다도 잘 알면서도 여자로서 한번 정한 혼인을 그만둘 수 없다며 말을 듣지 않았다. 신채호는 단도

144

를 준비하여 담판을 지을 결심을 하고 단도를 탁자 위에 올려놓고 마지막으로 물었다.

"나를 따라 상해로 갈 테냐? 그자와 혼인을 할 테냐?"

"그 사람과 혼인을 하겠습니다."

단도를 보고도 성란이 자신의 소신을 분명하게 말했다.

"그렇다면 너와 나의 천륜을 끊어버려야겠구나."

신채호는 단도로 왼쪽 둘째 손가락 중간 매듭을 뚝 잘라버리고 말았다. 그리고 떨어져 나간 피투성이 손가락 토막을 바라보며 마지막 말을 남겼다.

"너와 나의 혈육지정도 이렇게 끊어지고 말았느니라. 이후로 너는 내 조카가 아니고 나는 너의 작은아버지가 아니다."

김창숙도 대쪽 성미로 일본 경찰을 힘들게 만든 인물이었다. 김창숙은 경북 성주 사람으로, 청년 시절 한주학파와 남명학파의 혼을 이어받은 전통 유림이었다. 한주 이진상의 아들 이승희와 주리(主理)의 맹주 곽종석에게 배우면서 그들의 예리한 비판 정신과 학문, 사상을 그대로 흡수하여 그들의 뒤를 잇고 있었다. 한일병합이 되기 직전 일진회의 매국노 송병준과 이용구가 나라를 일본에 병합시켜야 한다고 주장하고 나선 것을 보고 감창숙은 매국노를 성토하는 성토문을 지어 선포하면서 일본에 대항하기 시작했다.

일본은 김창숙에게 "성토문은 황명을 거역함이며 그것은 역적이므로 취소하라."며 달랬다. 김창숙은 "황명일 리가 없거니와 설사 황제께서 매국노들의 말에 응한다 하더라도 그것은 난명(亂命)이니 난명은 따를 생각이 없다. 사직(社稷)이 임금보다 더 중하기 때문이다."라고 하며 끝까지 취소하지 않았다. 일본은 그를 감옥에 가두어 8개월 동안 모진 옥살이를 시켰고, 출감한 후에도 그의 뒤를 졸졸 따라다니며 일거수일투족을 감시하기에 바빴다.

"그런데 심산, 단재를 장가를 보내는 것이 어떻겠소?"

성란의 일로 신채호 심기가 무척 불편한 것을 눈치챈 회영이 화제를 바꿨다.

"듣던 중 반가운 소립니다. 그런데 어디 마땅한 혼처라도 있는지요?"

"있다마다요. 내 며느리가 훌륭한 규수를 알고 있소이다."

한껏 비판하던 김창숙이 화들짝 반기고 나섰다. 규수는 조계진이 궁중에 드나들 때 알고 지내던 궁녀 박자혜였다. 신채호는 40세였고 박자혜는 24세였다. 신채호는 한 번 결혼한 이력이 있고, 박자혜는 미혼이었다. 신채호는 열여섯 살에 집안이 정해준 대로 혼인을 해 2년 반을 산 적이 있었다. 아내는 소통이 되지 않는 여인이었고 신채호는 평범한 남편이 아니었다.

신채호는 대화가 통하지 않는 아내와 마주 앉기조차 싫었다. 아내는 먹성이 좋아 먹는 것만 밝혀 신채호가 달여 먹는 위장약까지 둘러 마시는 여자였다. 게다가 남편이 인정머리라곤 약에 쓸

146

래도 쓸 수 없는 인간이라고 흉을 보고 다녔다. 그럼에도 도리 없이 가정이란 걸 지탱해가는데, 한 살배기 어린아이마저 제대로 돌보지 못해 죽게 만들자 신채호는 도무지 어울리지 않는 가정을 작파해버리고 말았다. 그런 다음 홀가분하게 망명길에 올랐다.

박자혜는 여장부였다. 간우회 사건 이후 북경으로 망명하여 북경대학에 다니고 있었다. 그녀는 과거 궁중 사람답게 애국심이 강했다. 조선총독부 산하 병원의 간호원(간호사)으로 일하던 때 삼일운동을 맞았고 당시 일경의 무차별 진압으로 부상을 입고 병원으로 밀려드는 부상자들을 치료하면서 가슴에서 끓어오르는 분노를 참을 수가 없었다. 그녀의 지휘 아래 간호원들이 대한독립만세를 외치자 수많은 환자들이 모두 합세하여 병원은 졸지에 만세 운동장으로 변해버리고 말았다. 그녀는 한 발 더 나아가 서울 시내 모든 병원 간호원들을 모아 운동을 확산하면서 일본인 병원에서는 일하지 말자는 간우회 태업 사태까지 일으켰다가 붙잡혀 옥고를 치르고 북경으로 온 것이었다.

신채호는 박자혜와 결혼을 하고 아들을 낳았다. 가족이 생기자 생활이 더 어려워지고 말았다. 『북경일보』에 논설을 써서 겨우 한 입 생계를 해결해오던 그에게 가족은 역시 짐이었다. 그런 처지에서 또다시 유일한 밥줄인 『북경일보』에 원고를 보내지 않겠다고 선언하고 나선 것이었다. 이번에는 원고에서 두 글자를 신문사에서 다른 말로 바꾸어 게재한 것이 문제였다. 형편을 알아차린 박자혜는 남편의 짐을 덜어주기로 결심하고 첫돌을 지낸 아들을 업고 서울로 돌아가고 말았다. 박자혜가 국내로 떠난 뒤 신채호도 온다간다 말도 없이 어디론가 자취를 감추어버렸다. 아무도 그가 간 곳을 모른 채 한 해가 지나간 어느 날 누군가 회영이 살고 있는 집 대문을 흔들었다.

규창이 나가 문을 열었다. 대문 밖에는 점잖은 스님 한 분이 서 있었다. 규창이 스님을 말똥하게 바라보다가 깜짝 놀라 소리쳤다.

"단재 선생님?"

규창의 말에 회영이 놀라 뛰어나왔다. 말갛게 밀어버린 머리에 거창한 승복을 차려입고 목에 염주까지 걸고 있는 신채호가 우뚝 서 있었다.

"선생님, 놀라셨지요?"

"놀라지 않구요. 소식이 뚝 끊겨 얼마나 걱정을 했는지 아시오. 그건 그렇고 스님이 되신 게요?"

"꿈도 꾼 적 없는 중이 되었으니 이 인생도 해괴하기 짝이 없지 뭡니까. 하하. 그런데 가짭니다."

도무지 이해할 수 없다는 표정을 짓는 회영을 향해 신채호는 한바탕 웃고 나서 설명을 늘어놓았다. 중이 된 것이 아니라 생활이 극에 달하자 중국의 유명한 정치가이면서 아나키스트인 이석증이 북경성 내 관음사 주지에게 부탁하여 관음사에서 기거하도록 해주었다. 대사찰에서 일반인으로서는 법규상 기거할 수가 없어

머리를 깎고 48일간 단축 고행을 받은 다음 승복을 입은 것이었다. 관음사는 북경의 대형 사찰 중 하나로 스님이 4백 명에 육박했다. 이석증의 소개를 받은 관음사 주지는 조선의 대학자일 뿐만 아니라 애국지사로 항일운동을 하는 신채호를 존경한 탓에 특별대우를 해준 것이었다.

회영과 신채호가 오랜만에 만나 이야기를 나누는 동안 규창이 당장 다음 날 학교에 입고 갈 옷이 없어 은숙이 고민에 싸여 있었다. 옷이 없을 때는 허다했고 그럴 때마다 옷은 전당포에 가 있거나 낡아서 입을 수 없을 지경이었다. 신채호가 낌새를 알아차리고 냉큼 겉에 입는 승복을 벗어 던졌다.

"이걸로 당장 아이 옷을 지어 입히세요."

"승복을 벗어주다니요?"

회영이 깜짝 놀라며 말렸다.

"잃어버렸다고 하면 될 일이지요."

"강도 당하지 않고서야 입고 있는 옷을 누가 벗겨간답니까. 더욱이 스님 옷을."

"지금 강도 당하지 않았습니까. 하하."

회영은 민망해하고 신채호가 또 한바탕 웃었다. 은숙은 신채호가 벗어준 승복으로 밤샘하여 옷을 짓고 규창은 다음 날 아침 검은색 승복으로 지은 옷을 입고 학교로 향했다.

공산주의, 민족주의, 민주주의 등등 사상이 난무하기 시작했다.

미국이 일본에 조선 강탈을 인정하면서 필리핀을 점거해버리자 한인들은 말뿐인 미국의 민족자결주의를 뿌리치고 러시아 공산주의에 희망을 걸고 나섰다. 새로 태어난 공산주의는 삼일운동과 해방의 촉매 역할을 했던 민족자결주의보다 백 배나 큰 물결이었다. 마력이었다. 러시아 공산주의 혁명이야말로 세계 약소민족과 압박받는 민족에게 해방을 가져다줄 것이며 무산계급자들을 해방시켜줄 것이라는 구세주로 떠올랐다. 한인들은 오직 공산주의로 일제를 무너뜨릴 수 있다는 희망에 불타올라 삼일운동 때처럼 이번에도 무엇인가 다 된 듯한 분위기가 휘몰아쳤다.

국제 정보와 그 영향이 빠른 상해에 공산주의가 물결치면서 독립운동가들과 한인들이 러시아에서 극동 노동자 대회가 열리자 앞다투어 공산당에 입당하겠다고 아우성을 쳤다. 상해임시정부도 세 개의 사상으로 몸살을 앓고 있었다. 국무총리 이동휘가 공산주의에 매몰됐고 이승만은 민주주의를 신봉하면서 국무회의 중에도 두 사상이 심하게 충돌했다.

이동휘가 돌이킬 수 없는 사건을 저지르고 말았다. 임정에서 러시아로 임시정부 대표를 보내기로 하고, 파견할 인물을 선정했다. 그런데 이동휘가 몰래 자기 심복 한형권을 파견 인물로 교체하여 레닌에게 보냈다. 한형권은 임정을 대표해 레닌으로부터 2백만 루블을 지원받기로 약속하고 1차로 40만 루블을 받아 쥐고 모스크바를 떠났다. 이동휘는 한형권이 모스크바를 떠났다는 소식을 듣고 또 하나의 심복인 비서 김입을 은밀히 시베리아로 보

순국 하

내 한형권으로부터 돈을 받아오라는 지시를 내렸다.

　김입은 시베리아로 가면서 속셈을 했다. 중간에서 그 돈을 가로챈다 하더라도 이동휘가 따질 형편이 못 된다는 것을 생각하면서 회심의 미소를 지었다. 김입은 한형권으로부터 돈을 건네받은 다음 곧바로 북간도로 가 토지를 사서 소작을 맡기고 다시 상해로 들어와 몰래 숨어 첩을 얻어가며 호화로운 생활을 즐겼다. 이동휘는 이러지도 저러지도 못한 채 벙어리 냉가슴을 앓고 있는데 백일하에 모든 흑막이 드러나고 말았다. 임정에서 이동휘에게 문책을 가하자 국무총리 이동휘는 모든 것을 버리고 러시아로 도망치듯 떠나버리고 말았다.

　돈을 김입에게 내줘버린 한형권도 어이없기는 마찬가지였다. 한형권은 다시 모스크바로 돌아가 아직 남아 있는 160만 루블 중 20만 루블을 받아 가지고 와 공산당을 조직하고 이름을 '국민대표회'라고 지었다. 그런데 국민대표회에서도 서로 기선을 잡으려고 싸움이 벌어졌다. 치열한 싸움 끝에 세 갈래로 갈라지고 말았다. 하나는 러시아로 가버린 이동휘를 중심으로 한 상해파, 하나는 여운형, 안병찬을 중심으로 한 이르쿠츠크파, 하나는 일본 유학생으로 조직된 김준연이 중심인 ML파였다.

　이르쿠츠크파와 ML파는 앞다투어 독립운동가들을 쫓아다니며 서로 자기편으로 끌어들이기에 혈안이 되었다. 그들이 원로 이회영을 가만히 둘 리가 없었다. 대어를 낚기 위해 서로 앞다투어 찾아다니며 설득 작전을 펼쳤다. 러시아는 무산자를 위한 혁명 강국이라고 찬양하면서 시민의 자유와 평등의 이상 사회가 거기에 있다고 선전했다.

회영은 사상적 이론 따위에 대해 알 수 없거니와 이르쿠츠크파니 ML파니 하며 저마다 영웅이 되려는 태도가 불쾌하기 짝이 없었다. 타락한 인간 군상의 밑바닥이 환히 보여, 가차 없이 내쳐버리고 말았다.

"사상이든 뭐든 나는 편 가름 따위는 용납할 수 없어요."

"선생님께서도 종국에서는 어떤 쪽을 선택하지 않으면 안 될 것입니다. 세상이 바뀌고 있습니다."

그들이 마지막으로 남기고 간 말이었다. 그들 말대로 앞으로 독립운동 방향에 대해 새로운 길을 모색하지 않으면 안 되는 기로에 서 있다는 것은 부인할 수 없는 현실이었다. 머리를 싸매고 고심하기 시작했다. 문제는 국내외적으로 이미 독립운동의 초점이 흐려지고 말았다는 데 있었다.

공산주의가 평등한 세상과 인민의 낙원이라는 선전이 갈수록 더 거세게 세상을 흔들고 있었다. 회영은 단지 러시아가 내세운 무산자 혁명주의의 실체가 어떤 것인지는 궁금했다. 때마침 상해 임정의 임원인 조소앙이 공산주의에 대한 궁금증을 안고 러시아 혁명 기념대회에 참석한 후 러시아 여러 지역을 시찰하고 북경에 도착했으며, 곧 인사차 들르겠다는 소식을 전해 왔다. 조소앙은 생육신 조려(趙旅)의 후손으로 성균관에서 공부한 이상설의 제자였다. 또 조선 황실 유학생으로 일본으로 건너가 공부한 유학파이기도 했다. 회영은 조소앙을 이상설에 비견할 정도로 국제적 안목을 겸비한 지식인으로 신뢰하고 있었다. 그가 찾아올 때까지 기다릴 수 없었다. 조소앙을 만나기 위해 자리를 박차고 일어났다.

"뵈러 가려던 참인데 직접 오시다니요."

"아무려면 어떤가. 어서 본 대로 들려주게."

회영이 독촉하고 조소앙은 러시아혁명과 사회 변화에 대해 전혀 앞뒤가 맞지 않다며 손을 저었다.

"무산자 계급의 세상이라는 그들의 말은 거짓이라고 저는 확신합니다. 노동자들의 생활은 극빈에 달하고 있는데, 지배자들은 말랑한 빵과 고기를 먹고 난방이 잘 된 방에서 잠을 자고 있습니다. 노동자들이 먹는 빵은 지푸라기와 흙이 섞여 있는 것인데 시커먼 벽돌이나 마찬가지였습니다. 도끼로 장작을 패듯 내리쳐서 부서진 빵조각을 입에 넣고 한참을 불려야 겨우 씹을 수 있었습니다. 그들이 자는 방은 얼음 창고였습니다."

"그럼, 자유는 있던가?"

"빵도 문제지만 가장 중요한 문제는 바로 그것이었습니다. 민중들이 강한 억압에 눌려 있습니다."

"그걸 인민의 낙원이라고 나를 찾아와 침이 마르게 선전한 사람들이 있었네."

"러시아는 지금 세상을 속이고 있습니다. 무자비한 독재체제가 틀림없습니다. 절대왕정보다 더 심한 폭력정치입니다."

"설사 그 냉혹한 독재정치가 만인에게 빈부의 차이가 없는 평등생활을 보장해준다 하더라도 인간에게 자유가 없다면 무슨 소용인가."

"그들 말로는 혁명이 제자리를 잡고 나면 해소될 문제라고 하더군요."

"처음부터 자유가 보장되지 않는 정치는 믿어서는 안 되네. 지배자들을 위한 천국을 만들자는 것이 아니고 무엇이겠나."

회영은 공산주의에 대한 궁금증을 깨끗이 털어버렸다.

그렇다면 임정이 걱정이었다. 사상의 소용돌이에서 어지럼증에 시달리고 있는 임정 요인들을 공산주의가 계속 흔들고 있는 탓이었다.

"자네가 이승만, 김구 동지를 도와 지금의 위기를 잘 넘겨야 할 것이네. 지금 어지러운 상황에서 여러 선진국의 정치제도를 그대로 모방하여서는 진정한 독립을 쟁취할 수 없다고 보네. 우리 힘으로 진정한 자유를 이룰 수가 없으니 말일세."

"저도 선생님과 똑같은 생각입니다. 그들의 정치 방법을 무조건 모방한다면 앞으로 나라를 찾아 새롭게 세운다 하더라도 그쪽에 구속되는 문제가 발생할 테니까요."

새로운 사상이라면 공산주의, 민족주의, 민주주의 외에 또 하나, 아나키즘이 있었다. 무정부주의라고 불렀다. 그 무렵 유자명과 이을규, 이정규라는 세 인물이 한인으로서는 아나키스트 선두 주자가 되어 활발하게 움직이고 있었다. 그들은 북경 아나키스트들과 깊이 교제하면서 항일투쟁을 아나키즘에 맞추고 있었다. 새파랗게 젊은 나이에 머리가 하얀 백발의 청년 유자명은 밀정이나 일본 중요 기관이나 일본 고위층 인사를 암살하는 의열단 총참모로서 제1선에서 항일운동을 하고 있었다.

세 사람 중 유자명이 가장 먼저 아나키스트가 되어 중국 아나키스트계의 정치가, 사상가, 문학가들과 널리 교유하면서 신채호에게 여러 가지로 도움을 주고 있었다. 신채호가 이석증을 알게 된 것도 유자명의 주선이었다. 신채호가 북경대학『사고전서(四庫全書)』의 원고 청탁을 받은 것이나 관음사에 들어가게 된 것도 유자명의 알선이었고, 신채호가 의열단의 조선혁명선언서를 쓰게 된 것도 유자명의 청탁이었다.

유자명이 중국 거물급 아나키스트들과 만나게 된 것은 상해 프랑스 조계지에 있는 화광병원에서였다. 화광병원은 중국 무정부주의자들의 연락 거점으로 일본 등, 각국 무정부주의자들과 통신 연락을 주고받는 곳이었다. 그곳에서 유자명은 아나키스트 파금(巴金)을 만났다. 파금은 중국이 떠받드는 유명한 소설가로, 어렸을 때 이토를 사살한 안중근에게 깊이 감명을 받고 안중근을 영웅으로 숭배하고 있던 터에 유자명을 만나 사상적인 동지가 된 것이었다.

파금은 머리가 백발인 유자명에게 강한 인상을 받고 그를 모델로 소설을 쓰기까지 하면서 유자명을 중국 유명한 석학들 속으로 깊숙이 끌어들였다. 그러므로 신채호가 아나키스트가 된 것은 자연스러운 일이었고 유자명이 신채호와 가까운 우당 이회영을 알게 된 것도 자연스러운 일이었다. 그러나 유자명은 머리끝부터 발끝까지 성리학으로 점철된 조선의 명문거족 이회영 앞에서 아나키즘이란 말을 입 밖에 내지 못했다.

회영은 무언가를 찾는 데 계속 골몰했다. 무언가가 보인 듯도 하고 잡힐 듯도 한데 정확하게 그것이 무엇인지 알 수가 없었다. 사실 모든 것은 그의 내부에 있었다. 내부에 묻혀 있는 씨앗이 싹을 틔우기 위해서는 햇빛과 공기가 필요할 뿐이었다. 아나키스트 유자명, 이을규, 이정규, 백정기, 그들이 바로 햇빛과 공기였다. 때를 맞춰 아나키스트 이정규(후일 성균관대 2대 총장)가 회영 앞에 나타났다. 북경대학에 편입하여 경제학을 공부하고 있는 이정규는 아나키스트 지도자인 노신(루쉰) 교수를 중심으로 활동하면서 크로포트킨의 이상을 실현하겠다는 꿈을 꾸고 있는 중국인 아나키스트 진위기(천웨이치)와 각별한 사이였다.

진위기는 또 호남성(후난성) 동정호 주변에 있는 양도촌(양타오촌)을 포함하여 광대한 토지를 가진 중국인 청년 주종운이라는 아나키스트와 가까웠다. 그들은 모두 같은 북경대학 출신이었고 진위기와 주종운은 양도촌을 이상촌으로 만들겠다는 거대한 계획을 세우고 있었다. 그들의 청사진은 미래지향적이고 화려했다. 농지를 경작 능력에 따라 분배하고 소작인들을 조합원으로 하여 하나의 자유합작 기구인 이상농촌 건설 조합을 만들어 교육과 문화시설과 농지 개량 등의 비용을 공동 부담하고 농지는 조합의 공동 소유로 하겠다는 계획이었다.

궁극적인 목적은 항일운동 자금을 걱정 없이 충당하자는 데 있었다. 그러자면 농작물은 최대 효과를 낼 수 있는 값비싼 인삼 재배가 좋을 듯했다. 진위기는 서둘러 이정규를 찾아와 한국과 중국이 함께 합작하는 데 의미가 있으니 인삼 재배 전문가인 한인들을 이주시켜 이상 농촌을 건설하자고 제안했다. 이정규는 뛸 듯이 기뻤다. 그러나 인삼을 재배하는 문제나 한인들을 이주시킨다는 것은 간단한 문제가 아니었다. 농지를 개척한다는 것도 머릿속으로 되는 일이 아니었다. 고민 중에 어느 날 무릎을 쳤다.

"방법이 있어요."

"그래요?"

"우당 이회영 선생을 찾아가면 분명 무슨 길을 찾을 수 있을 것이오."

"어떤 인물인지 자세히 말해보시오."

"서간도 합니하에 광복군을 기르는 신흥무관학교를 설립했고 추가마을에 한인촌을 건설한 인물이오. 그분이라면 양도에 이상촌을 건설하는 것쯤은 일도 아닐 것이오."

이정규는 몇 번 면식은 있었으나 개인적으로는 한 번도 만난 적이 없는 회영을 찾았다.

"이상 농촌 건설과 궁극적 목적은 항일운동 자금이라!"

회영은 이정규의 설명을 들으며 반가움을 주체할 수 없었다. 이상 농촌을 건설한다는 것도 놀랍지만 항일운동 자금을 충당하는 데 목적이 있다는 것은 꿈같은 이야기였다. 실패했지만 옛날 젊은 시절 인삼 재배를 했던 경험을 생각하며 개성에서 인삼을 재배해본 경험이 있는 한인 50가구 정도를 이주시키기로 하고 개성 쪽으로 사람을 파견했다.

회영과 아나키스트 이정규의 첫 대면은 그렇게 이루어졌다. 이상 농촌 건설을 계기로 두 사람의 대화는 누가 원하고 바랄 것도 없이 어디선가 흘러든 물이 서로 만나 궁극의 바다로 가듯이 하나의 목적지를 향해 나란히 흘러가기 시작했다. 이정규는 아나키스트 바쿠닌과 바쿠닌에게 영향을 받은 크로포트킨의 『상호부조론』에 감명받은 이야기를 들려주기 시작했고, 그것은 회영에게 찬란한 서광(曙光)이었다.

"크로포트킨이 다윈의 진화론 자체를 부정한 것은 아니지만 상호부조론에서 말한 것은 우성이 열성을 지배한다는 것을 부정합니다. 말하자면 생물이든 국가든 경쟁이 아니라 상호협동이며 역사적으로 볼 때 가장 협동적인 동물이 가장 성공적인 동물이었고, 개체와 개체 간의 투쟁이 반드시 진화의 유일한 동인은 아니며 오히려 개체 사이의 상호부조 또한 진화의 동인이라는 것이지요. 그러므로 사람들은 지배자의 간섭을 받지 않고 창조적인 기능을 개발할 수 있는 지방분권적이고 비정치적이고 협동적인 사회로의 복귀를 지향한다는 것입니다.”

"가장 협동적인 동물이 가장 성공적인 동물이라!”

"앞서간 일본이 뒤떨어진 조선을 지배한 것은 당연한 진화의 법칙이라고 한 일본에게 상호부조론이야말로 극약이 아니고 무엇이겠습니까.”

"맞는 말이네. 그런데 더러는 무정부주의와 공산주의가 비슷하다고도 하는데 어떻게 생각하는가? 공산주의와 아나키즘의 변별성 말이네.”

"한마디로 지배와 자유라는 아주 극단적인 양극의 차이입니다. 공산주의는 지배가 목적이고, 아나키즘은 자유가 목적이지요. 아나키즘은 모든 정치적 조직이나 권위를 거부하고 국가권력이 갖는 강제성을 배제하므로 자유와 평등과 정의가 살아 있습니다. 그러므로 자연히 형제애가 생성되는 것이니 나라를 잃고 떠도는 우리 민족에게 꼭 필요한 사상이라고 생각합니다.”

이정규는 또 러시아혁명에 참여했던 볼린의 이론을 덧붙였다.

"볼린이란 사상가도 어떠한 정치적 집단도 근로 대중 위에 군림하거나 밖으로부터 지배하거나 지도함으로써 그들을 해방시키려고 하는 것은 결코 성공할 수 없다고 했습니다. 참된 해방은 정치적 당파나 조직의 깃발 아래 이뤄지는 것이 아니라 노동자들 자신의 직접적인 행동에 의해 성취되는 것으로 확신했기 때문이지요. 그래서 아나키스트를 사회주의자라고는 할 수 있으나 사회주의자라고 해서 아나키스트라고 말할 수는 없습니다."

그 외에도 이정규는 여러 가지를 이야기해주었고 회영이 이해한 공산주의와 아나키즘은 추구하는 목표와 방법이 전혀 달랐다. 같다면 오직 자본주의의 모순을 지적하는 것이 같을 뿐이었는데, 자본주의의 모순을 지적한 것도 공산주의는 민중을 위해서가 아니라 공산주의 실행을 위한 수단에 불과한 것이었다.

"공산주의는 민중을 지배하지만 아나키즘은 민중을 지배하지 않습니다. 공산주의는 당에 전무후무한 권위를 부여하고 있지만, 아나키즘은 권위 자체를 배격합니다. 그리고 모든 사유재산을 폐지하는 공산주의 제도는 오히려 민중 개개인을 사회라는 이름 아래 종속시켜버리지요. 그러므로 공산주의는 군주국가와 전혀 다를 것이 없습니다. 왕의 자리에 공산당 당수가 앉아 있고, 당수 아래는 공산당 간부들이 앉아 민중을 지배하고 착취하는 것입니다."

안타깝게도 이상 농촌 건설은 주종운이 갑자기 죽어버린 탓에 이루어지지 못했지만 회영은 이상 농촌 수십 수백 개를 건설한 것보다 더 큰 것을 얻었다는 기쁨에 충만했다. 이제야말로 평생을 함께할 만한 동지를 얻었다는 확신이 선 것이었다.

그런데 비록 나라를 잃은 망명자 처지라 할지라도 조선의 귀족 출신 이회영이 나이 56세에 시대의 첨단을 달리는 아나키즘에 매료되었다는 소문은 애국지사들 사이에 커다란 충격적 화제가 되었다.

160

어떤 이는 소현세자가 청나라에 볼모로 잡혀 있다가 귀환할 때 『천주실의』를 품고 온 것과 같은 것이라 하고, 어떤 이는 회영의 개혁적인 기질로 보아 그럴 수 있다고 수긍하기도 했다. 가장 놀라고 반기는 사람은 신채호였다. 회영이 이제 막 아나키즘이라는 어린 싹을 파종했다면 신채호는 화려하게 꽃을 피우고 있었다.

"단재, 궁금한 게 있소이다. 단재는 이미 그런 세계를 접했으면서도 어찌하여 나에게 일체 내색조차 하지 않았던 게요?"

"사상이란 게 얼마나 예민하고 어려운 문제인지 선생님께서도 이제 아실 줄 압니다. 그런데 괜히 말을 꺼냈다가 애꿎게 좋은 관계만 멀어질까 두려웠던 게지요. 우당 선생님께서 아무리 개혁성이 강하고 인본주의자라 하더라도 아나키즘에 대해서는 어림없을 것이라 생각했습니다."

"그랬겠지요. 그런데 단재의 크로포트킨에 대한 각별한 이해는 참으로 놀라운 것이 아닐 수 없어요. 크로포트킨을 석가, 예수, 공자, 마르크스에 이어 5대 사상가로 내세웠으니 말이오."

"크로포트킨의 논문 「청년에게 고하노라」를 읽고 가슴이 뛰어서 그날 밤을 꼬박 뜬눈으로 새웠으니까요."

"단재가 '청년에게 고하노라의 세례를 받자'고 외쳤으니 말해서 무엇 하겠소."

"우당 선생님께서는 저보다 더 큰 감화를 받지 않았습니까. 이제야 참다운 동지들을 만났다고 하셨으니 말입니다. 그런데 실은 무척 놀랐습니다."

"무얼 말이오?"

"그 연세에 새로운 노정을 선택한다는 것은 상상조차 하지 못할 일이 아니겠습니까."

"공자께서 인생 오십 줄을 넘고서야 겨우 세상 이치를 알 수 있다고 하지 않았소."

"하긴 그렇습니다. 어떻든 선생님께서 저와 같은 노선을 택하셨으니 예전보다 더욱 가깝고 의지가 되어 든든합니다."

"그건 나도 마찬가지요. 단재도 이전의 단재가 아니라 새롭게 느껴지니 말이오. 그건 그렇고 크로포트킨의 민중혁명론이야말로 우리가 나아갈 방도를 가르쳐주고 있다고 생각하는데 단재는 어찌 생각하시오?"

"정확하게 보셨습니다. 크로포트킨이 모든 혁명은 민중 속에서 시작되는 것이라고 했는데, 우리가 삼일운동에서 보여준 바로 그것입니다. 다름 아닌 강권주의는 과감하게 무력적인 혁명으로 타도해야 한다는 것이지요."

"강권에는 역시 과감한 무력적 혁명을 시도해야 한다는 주장은 옳은 말이오."

회영과 신채호는 크로포트킨의 민중혁명론에 심취하여 유자명, 이정규, 이을규, 백정기 등 젊은 아나키스트들과 함께 '재중국 조선 무정부주의자 연맹'을 발족하고 크로포트킨의 혁명론을 기반으로 항일투쟁 방향을 무력투쟁 노선으로 나아가야 한다는 것을 천명했다.

23

오랜만의 동거

　　신채호는 관음사에서 나와 소경창 호영의 집에서 하숙 생활을 하면서 『조선상고사』를 집필하기 시작했고, 김창숙은 옆집에서 하숙을 하고 있었다. 이회영, 신채호, 김창숙이 젊은 아나키스트 동지들과 자주 모여 앉았다. 새로운 사상으로 뭉친 원로와 젊은 동지들이 모여 일본의 중요 기관을 파괴하거나 밀정을 처단하면서 항일운동을 활성화시켜나갔다. 운동을 하자면 자금이 절대적이었고, 언제나 자금 압박에서 벗어나지 못했다. 젊은 동지들이 자금을 구하기 위해 상해, 복건, 국내를 동분서주했다. 중국 땅에서 발이 넓은 유자명이 자금을 구하기 위해 상해를 오가고, 이을규, 이정규 형제는 회영의 집에 머물면서 밀정 암살이나 일본 기관을 폭파하는 활동처를 찾아다녔다.

　　회영은 자금이 끊기자 집세까지 압박받기 시작했다. 상해에서 유자명이 보내준 자금으로 밀린 집세를 갚고 집세가 싼 북신교

영정문 내 관음사 호동으로 이사를 했다. 집주인이 관을 짜는 집이라 집세가 턱없이 쌌다. 방이 세 칸이었으므로 한 칸은 회영과 장남 규학과 둘째 아들 규창과 동지들이 오가며 사용하기로 하고, 한 칸은 은숙과 딸 규숙, 현숙이, 나머지 한 칸은 며느리 조계진과 두 손녀딸과 송동댁이 사용하기로 했다.

규숙과 규창은 부잣집 아이들이 다니는 경사제일소학교에 다녔다. 규숙은 5학년이고 규창은 3학년이었다. 경사제일소학교 교장이 같은 이씨라는 것과 항일운동을 하는 것에 감동받아 학비를 면제해준 덕이었다. 그리고 북경에는 조선인 부자도 더러 있었다. 김달하라는 인물이 조선인으로서는 보기 드문 부자였다. 그는 다른 애국지사들과 달리 노야니 대야니 하는 대접을 받으면서 중국 부자들이 사는 안정문 안의 차련호동 서구내로 북 23호라는 고급 저택에서 살고 있었다. 노야니 대야니 하는 칭호는 중국에서 고위직에 있거나 고위직을 지낸 인물에게 붙이는 존칭이었다. 김달하가 일찍이 중국 고관 밑에서 비서를 지냈던 경력 때문이었다.

김달하의 두 딸도 경사소제일학교에 다녔다. 큰딸 유옥은 규숙과 동갑이었고, 작은딸 정옥은 규창과 같은 나이였다. 유옥과 정옥은 규숙과 규창을 하굣길에 자기네 집으로 데리고 가 함께 놀기를 좋아했다. 고급 저택에서 노상 하얀 쌀밥과 고급 과자를 먹고, 좋은 옷을 입고 사는 김달하의 집은 규숙과 규창에게 천국 같은 곳이었다.

신채호와 김창숙이 김달하를 잘 알고 있었다. 김창숙이 가장 먼저 그와 교유했고 그다음이 신채호였다. 그리고 두 사람이 김달하를 회영에게 소개했으므로 회영이 가장 늦게 그를 알게 되었고 단지 인사만 나눈 정도에 지나지 않았다. 김달하는 한때 조선에서 애국계몽 단체인 서북학회에 참여한 일도 있어 몇몇 지도급 지사들로부터 상당한 신임을 받고 있었다. 더욱이 이승훈, 안창호 등과 친밀한 관계를 유지했던 탓에 지도급이 몰려 있는 관서파 인물로 인식되기도 했다.

그래서 김창숙이 그를 충분히 신뢰하고 있던 터에 김달하가 김창숙에게 만나기를 청했다. 두 사람은 밤이 깊도록 대세를 논하다가 문득 김달하가 조선의 독립지사들이 파당을 지어 서로 싸우므로 독립을 성취할 희망이 없다고 한탄하기 시작했다. 그리고 김창숙의 손을 꼭 붙잡으며 은근히 물었다.

"선생께서 생계가 어려운 것을 알고 있으니 숨기지 말고 말씀해 주십시오."

"독립운동가의 본색이 어렵지 않은 이가 어디 있단 말이오."

"끝내 성공하지도 못할 독립운동입니다. 무엇 때문에 이같이 고생을 사서 하신단 말씀입니까. 내가 이미 선생의 귀국 후 처우를 조선총독부에 보고하여 승낙을 얻어놓았습니다. 경학원 부재학 자리를 비워놓고 기다리고 있으니 선생께서는 어서 마음을 돌리시기 바랍니다."

"무엇이라, 네가 감히 나를 매수하려 드는 게냐!"

김창숙이 불꽃처럼 분노하며 김달하의 손을 뿌리치고 자리를 박차고 나와, 숨을 헉헉거리며 회영의 집을 향해 걸음을 재촉했다. 걸어가는 도중 문득 언젠가 상해에서 안창호로부터 들은 말이 떠올랐다.

"심산, 김달하가 밀정이라는 말이 있는데 그걸 믿으시오?"

"금시초문이오. 그런데 도산은 그런 말을 듣고도 그와 상종한단 말이오?"

"돌아다니는 말이 있어 그냥 해본 소립니다."

그때 안창호가 김창숙에게 물으며 어이없다는 듯이 웃었고 김창숙은 그때도 어리둥절해 잠시 주춤했었다.

돌아다니는 말이 정녕 헛소문이 아니라는 것에 몸서리를 치며 회영의 집 방문 앞에서 인기척을 마치기도 전에 급히 방문을 열었다.

"아니, 심산? 무슨 일이오? 숨결이 턱에 닿지 않았소."

"우당 선생님, 김달하 그자가 밀정의 거두입니다. 나를 매수하려 들지 않겠습니까. 이자를 당장 없애야 합니다."

"감히 심산을 포섭하려 들다니요!"

회영이 눈을 부릅뜨고 소리쳤다. 당장 의열단과 다물단의 참모인 유자명과 석영 형님의 장남 규준을 불렀다. 규준은 의열단뿐만 아니라 다물단에서도 활동하고 있었다. 의열단보다 다물단은 5년 뒤에 출발하여(1925) 단원이 50여 명에 달했다. 여기에는 석영, 회영, 김창숙, 신채호가 관여했다. 이회영은 아들 이규학과 조카 이규준을 가입시켰고, 김창숙은 한진산, 서월보, 김세준, 서

동일 등 영남의 청년 동지들을 불러들였다. 신채호는 앞서 의열단의 선언문을 써준 것처럼, 다물단의 선언문도 써주었다. 그리고 석영은 박경만이 그토록 만류했던 자금을 마지막으로 털어 다물단 설립과 활동비로 바쳤다. 때마침 만주 경신참변 이후 밀정들이 동지들을 일본에 밀고하기 시작했고, 동지들이 점점 죽어나가는 것을 죽어도 볼 수가 없었다. 바칠 수 있는 것이 있다면 무엇이든지 다 바치고 싶었다.

의열단은 의로운 일을 맹렬하게 실행한다는 의미를 가졌고 다물단은 『삼국사기』「고구려본기」에 기록된 대로 고구려 때 옛 고조선 땅을 찾겠다는 정신에서 따온 것이었으나 적을 제거하는 목적은 똑같았다. 그런데 활동 범위가 조금 달랐다. 의열단은 주로 국내와 동경을 무대로 주요 인물과 기관을 목표로 했고, 다물단은 중국을 무대로 밀정질을 하는 친일파를 색출하여 즉시 척결하는 것을 목표로 삼았다. 그들은 조국을 배신하거나 동지를 배신한 자는 지옥이라도 따라가 응징한다는 철칙을 세웠다. 밀정을 포착한 즉시 암살하기 위해서는 그만큼 순발력과 정확성이 뛰어나야 하고, 서로의 믿음이 필요했다. 그래서 다물단은 전체 회원 50여 명이 함께 움직이지 않고 대여섯 명씩 소규모로 나뉘어 활동했다. 규준과 규학은 유자명의 지도 아래 새로운 다물단을 구성하여 북경을 담당하고 있었고 규준이 단장이었다.

회영과 김창숙이 유자명을 만나 김달하 문제를 장차 어떻게 할 것인지를 의논 중인데 때마침 김달하가 독립운동가 박용만을 귀화시켜 조선 총독으로부터 큰돈을 받았다는 소문이 떠돌았다. 소문을 접한 유자명은 당장 규준과 규학을 불러 암살 작전을 세웠다. 김달하의 집은 북경 귀족들이 사는 고급 저택이었으므로 침입하기도 어렵거니와 집 구조도 밖에서 짐작할 수 없었다.

"네가 그 집을 탐문해올 수 있겠느냐?"

생각 끝에 규준과 규학이 소학교 5학년인 규숙에게 김달하와 다른 가족들이 사용하는 방을 잘 탐문해 오도록 일렀다. 규숙은 김달하의 집 구조를 환히 알고 있었으므로 오빠들에게 자연스럽게 설명해주었다. 김달하는 2층에서 거처하고 방문 앞에는 커다란 중국 민화가 걸려 있으며 김달하 부인은 2층과 아래층을 오르락내리락하지만 아래층에 있는 안방에서 주로 머물고 여자 하인은 아래층 부엌방을 사용한다고 일러주었다. 그날도 규숙이 학교에서 유옥을 따라 김달하의 집에서 평소처럼 놀며 은밀히 살피고는 해가 질 무렵 김달하의 집을 나왔다. 그리고 인근 빵 가게에서 기다리고 있는 오빠들에게 김달하가 중국 민화가 걸려 있는 방에서 쉬고 있다고 알려주었다.

불을 켜야 할 정도로 어두워지자 규준과 규학을 포함하여 네 명의 단원들이 김달하의 고급 저택 대문을 두드렸다. 하인이 나와 방문자를 확인하려고 몸을 내밀었다. 단원들이 하인을 단단히 결박 짓고 입에 재갈을 물려 하인방에 가둔 다음 규숙이 일러준 대로 2층으로 올라가 커다란 중국 민화가 걸려 있는 방문을 벌컥 열어젖혔다. 마침 가족과 함께 있던 김달하가 반사적으로 몸을 일으키며 재빠르게 총을 집어 들었지만 이미 권총을 손에 들고 있는 단원들보다 빠를 수는 없었다.

김달하는 곧 단원들에게 제압당하고 말았다. 단원들은 김달하를 포박하여 뒤뜰로 끌어낸 다음 다물단에서 내린 사형선고장을 읽어주면서 처단해야 하는 이유를 설명했다. 김달하의 목에 올가미를 걸었다. 그리고 사형을 집행하기 전에 단장인 규준이 마지막으로 물었다.

"잠시 시간을 주겠다. 조국과 민족 앞에 사죄하고 죽으라."

"나는 사죄할 일이 없다."

"지옥에 가서도 조국과 민족의 가슴에 비수를 꽂겠다는 것인가?"

"나는 조국과 민족을 위해서 그랬다. 고생하는 우리 민족들이 고통스럽게 살아가는 것을 막고자 했을 뿐이다. 너희들이 나를 죽이면 내 뒤의 사람들이 가만히 있지 않을 것이다."

"너를 조국과 민족의 이름으로 처단한다."

규준의 선언에 따라 분노가 충천한 단원들이 김달하의 목에 걸어놓은 올가미를 있는 힘을 다해 잡아당겼다.

김달하는 끝까지 반성하지 않은 채 죽고 말았다. 조국을 팔아먹는 친일자의 처단은 그렇게 해결되었고 다음 날 신문에 김달하가 암살됐다는 기사가 대서특필되었다. 일본은 중국 당국에 반드시 범인을 잡아 엄중 처벌할 것을 요구하고 나섰다. 그러나 중국 공안국은 사건을 종잡지 못한 채 헤매고 김달하 유족들은 장례를 진행했다. 회영은 은숙에게 거사에 대해 말하지 않았으므로 영문을 모른 은숙이 딸 규숙을 나무랐다.

"넌 친구 아버지가 돌아가셨는데 왜 가만히 있는 거냐? 어서 가서 친구를 위로해주어야지."

그러나 규숙은 입을 꼭 다문 채 책만 읽고 있었다. 회영은 조만간 사건 윤곽이 드러날 것을 예측하며 단원들에게 서둘러 상해로 피신할 것을 지시했다.

규준과 규학, 유자명 등 단원들이 서둘러 상해로 피신하고 난 다음 날, 예상대로 중국 경찰이 출동하여 규숙을 공안국으로 데려갔다. 사건이 나고 8일 만이었고, 김달하 집안을 드나든 사람들을 상대로 탐문 수사를 벌인 끝에 규숙이 포착된 것이었다. 소학교 5학년인 규숙이 중국 공안국에 유치되자 일본은 규숙을 자기네들에게 넘겨줄 것을 요구했다. 다행히 중국 공안국은 미성년자라는 이유로 일본의 요구를 거부해버리고 말았지만 공안국에서 어린 규숙이 또박또박 사실대로 말했으므로 규숙은 졸지에 부모와 떨어져 감옥살이가 시작되었다.

"애야, 여기가 겁나지 않느냐?"

"겁나지 않습니다."

"어린아이가 이런 곳이 겁나지 않다니. 신기한 일이구나."

"저는 조선 사람이니까요."

규숙이 눈썹 하나 까딱하지 않고 태연하게 대답하자 공안국 요원들이 혀를 내둘렀다.

"우당 선생님, 과연 거물 혁명가의 여식입니다."

신채호와 김창숙이 소문을 듣고 역시 혀를 내둘렀다.

"망국의 어린 백성도 제 사명 정도는 알아야지요."

말은 그렇게 하면서도 회영은 하루하루 가슴속이 까맣게 타들어 갔다.

규숙이 공안에 갇힌 채 언제 나올지 모르는 지경에 어려움은 봇물이 터지듯 밀어닥쳤다. 홍역이 북경을 휩쓸기 시작하면서 규학의 어린 두 딸과 회영의 어린 아들이 홍역에 걸렸다. 만주에서 겪은 악몽을 떠올리며 은숙이 공포에 떨었다. 5일 만에 다섯 살 먹은 규학의 딸이 죽고 말았다. 다음 날에는 네 살 먹은 작은딸이 죽었다. 그다음 날엔 회영의 두 살배기 아들이 죽었다. 3일 사이에 한 집에서 세 아이가 죽은 것이었다.

모두 넋을 잃었다. 죽은 아이들을 수습할 여력조차 없는 상황에 일곱 살 현숙이 뇌막염으로 사경을 헤매기 시작했다. 한기악(해방 후 조선일보 편집국장) 청년이 나섰다. 한기악이 송동댁과 함께 죽은 아이들을 공동묘지에 묻은 다음 사경을 헤매고 있는 현숙을 업고 병원을 찾아다녔다. 치료비가 없는 탓에 수십 리 밖에 있는 빈민자들을 구제하는 기독교 재단 자선병원을 찾아가 아이를 입원시켰다. 다행히 현숙은 목숨을 잃지 않고 2개월 만에 집으로 돌아올 수 있었다.

궁핍이 더욱 심해지자, 북경에서 활동하는 운동가들이 상해로 떠나기 시작했다. 상해는 쌀이 흔한 편이고 한인들이 많이 살고 있어 북경보다 생계 문제를 해결하기가 조금 더 쉬운 탓이었다. 한꺼번에 두 딸을 잃어버린 며느리 조계진도 상해로 남편 규학을 찾아 떠났다. 은숙은 생각 끝에 서울로 가기로 결심했다. 동지들과 밀통하여 자금을 구해볼 작정이었다.

떠나는 날 가족들이 모두 마당에 나와 섰다. 일곱 살 현숙이 엄마와 떨어지지 않으려고 울부짖으며 치맛자락을 틀어쥐고 늘어졌다. 뇌막염으로 사경을 헤매다 겨우 살아난 아이였다. 퀭한 눈에서 홍수 같은 눈물이 쏟아져 내렸다. 치맛자락을 틀어쥔 야윈 손은 힘이 장사였다. 온 가족이 합세하여 아이의 손을 떼어내고서야 은숙이 차에 올랐다.

"어머니가 현숙이 비단옷 사고, 과자 사서 속히 돌아오실 것이야!"

회영은 몸이 부실한 아이를 애타게 달래서 대문 안으로 데리고 들어갔다. 어린 현숙이 대문을 흔들고 아이를 막는 회영의 옷자락이 문틈으로 어른거렸다. 차가 슬슬 움직이기 시작하자 은숙은 문득 돌아오지 못할 수도 있다는 예감이 스쳤다. 혁명가 가족은 헤어질 때 다시 만날 것을 기약하는 법이 아니라는 말이 떠오른 탓이었다. 남편과 현숙을 한 번만 더 보고 가야겠다는 생각으로 황급히 차창 밖으로 고개를 내밀었지만 이미 집과 멀어진 뒤였다.

아내가 떠난 후 소식은 좀처럼 오지 않았다. 보름달이 둥실 떠오른 북경의 밤하늘은 유난히 높고 황량했다. 달이 밝을수록 숨이 막혔다. 숨통을 트기 위해 통소에 몰입했다. 통소를 불면 잠시나마 시름을 잊을 수가 있었다. 그러나 곧 근심은 가슴속 가득히 차올랐다. 옷을 전당포에 잡히는 일이 계속되었다. 송동댁 옷을 마지막으로 잡히고 짜도미를 사다가 닷새를 버텼다. 그리고 더 이상 방법이 없었다. 사나흘이나 굴뚝에서 연기가 그치고 말았다. 기운이 탈진해갔다. 그럴수록 달은 더욱 밝고 푸르렀다. 회영은 마지막 혼신을 바치듯 통소를 불었다. 소리가 달빛 속에서 어지럽게 출렁거렸다. 서서히 소리가 죽어가기 시작했다. 결국, 소리가 사라짐과 함께 지치듯 자리에 쓰러져 눕고 말았다.

다음 날 김창숙이 회영의 집으로 향했다. 늦가을이지만 북경은 초겨울이나 마찬가지였다. 추위에 몸을 움추리며 걸었다. 춥지만 중대한 운동에 대해 의논할 일을 생각하자 속에서는 뜨거움이 펄펄 끓고 있었다. 동지들로부터 조선 백성을 탈취하고 있는 동양척식주식회사와 식산은행을 폭파하자는 의논이 일고 있었다. 그러자면 국내로 들어갈 적임자를 찾아야 하는 것이 문제이고 테러에 훈련이 잘되어 있는 의열단이나 다물단의 젊은 아나키스트들이 적격일 것이었다.

마당에 들어서자 집 안이 고요했다. 고개를 갸웃거리며 방문 앞으로 다가가 평소처럼 기침으로 인기척을 냈다. 중국 유림 단체들과 회합을 하느라 열흘 만에 왔으므로 꽤 오랜만이었다. 인기척을 했지만 반응이 없었다. 더 크게 기침 소리를 냈다. 그래도 반응이 없었다. 마루 아래 신발들이 나란히 놓여 있었다. 가족들이 집 안에 있다는 증거였다.

이번에는 큰 소리로 "우당 선생님, 심산입니다!"라고 외쳤다. 여전히 기척이 없었다. 오랜만에 왔다고 토라질 분이 아니었다. 불길한 생각이 들어 서둘러 방문을 열었다. 사람들이 자는 것처럼 누운 채 꼼짝하지 않았다. 아직 밤이 아닌데 가족이 모두 잠을 잔다는 것은 이상한 일이었다. 더욱이 회영은 부지런한 성미라 평소 누워 있을 사람이 아니었다.

"우당 선생님!"

김창숙은 방으로 뛰어 들어가 회영을 흔들어 깨웠다. 몸이 움직인 듯했다. 그러나 눈을 겨우 뜨다 말고 다시 감고 말았다. 규창이도 마찬가지였다. 송동댁 방문도 열어보았다. 송동댁과 어린 현숙이도 마찬가지였다. 마치 집단 자살을 한 것처럼 가족들이 모두 몸을 가누지 못하는 상태였다. 김창숙은 급히 하숙집으로 돌아와 한기악을 대동하고 서둘러 쌀을 사 들고 다시 회영의 집으로 갔다. 한기악이 눈물을 흘리며 죽을 끓였다. 김창숙과 한기악이 누워 있는 사람들에게 죽을 먹이기 시작했다.

"죽 물을 먹고 기운을 차릴 수 있을까요?"

한기악이 걱정스럽게 물었다.

"죽 물이 이럴 때는 묘약이니라."

죽 물을 마시고 나자 열세 살 규창이 눈을 떴다.

"대체 이 지경이 되도록 나에게 의논 한마디 없이 가만히 있었더란 말이냐? 죽기를 작정한 것이 아니고 무엇이더냐."

규창의 눈가에 눈물이 고였다. 회영을 유심히 살피던 김창숙이 다시 놀랐다. 겉옷이 없었다. 이불도 없었다.

"어느 전당포에 맡겼느냐?"

김창숙이 규창을 향해 물었다.

"말씀을 드렸다가는 아버님께 혼쭐이 날 것입니다."

"어서 말해라. 지금 선생님께서는 혼쭐낼 힘도 없느니라."

"바로 저 아래 삼거리 모퉁이에 있습니다."

김창숙은 다시 한기악을 앞세우고 전당포로 향했다. 가족들 모두 겉옷뿐만 아니라 이불까지 저당 잡혀 있었다. 옷과 이불을 찾아왔을 때 회영이 눈을 뜨고 김창숙을 바라보았다.

"선생님, 저를 알아보시겠습니까?"

회영이 미소를 지으며 고개를 끄덕였다. 그리고 나직이 말했다.

"심산, 그동안 바쁘셨던가 보오?"

"이 사람이 그리우셨습니까?"

"심산은 내가 그립지 않았던 게요."

서로 눈에 눈물이 고이고 서로 눈물을 감추느라 헛기침을 했다.

"어찌 이 지경이 되도록 입을 다물고 계신답니까."

"그 얄팍한 주머니를 털렸으니 심산은 또 무얼 먹고 견딜 작정이시오."

오랜만의 동거

"저는 선생님보다 젊어서 아직 굶는 힘이라도 있지만 선생님은 저보다 13년이나 연상이시니 굶는 힘이 나만 못하질 않습니까. 육십 노인이 겁 없이 며칠을 굶다니요."

"심산, 내 이제야 우리 백성들의 배고픈 설움을 알았소이다. 조국을 등지고 험한 만주 땅으로 줄 잇는 불쌍한 우리 민족 말이오."

가족들이 몸을 추스르고 난 어느 날, 집 주변에서 낯선 사람이 배회하기 시작했다. 송동댁이 화들짝 놀라 몸을 떨었다. 필시 밀정이거나 일본의 끄나풀일 거라고 회영은 짐작했다. 그러고 보니 한 곳에서 너무 오래 머물렀다는 생각이 들었다. 관을 짜는 집은 방세가 싼 탓에 적격이지만 독립운동을 하는 사람이 한 곳에 너무 오래 머물러서는 안 되는 일이었다. 때마침 서울로 간 은숙이 돈 30원을 보내주었다. 은숙이 보내준 돈으로 천진 프랑스 조계지 대길리에 방 한 칸을 얻었다. 외국 조계지가 있는 곳은 다른 곳보다 안전한 지역이었다. 천진은 북경으로 들어가는 관문이자 국제도시로 프랑스, 영국, 일본, 이탈리아, 오스트리아, 헝가리 등의 조계가 있었다. 1년 만에 공안국에서 나온 규숙은 감옥살이를 하느라 소학교를 마치지 못한 탓에 북경 이광 동지 집에서 졸업할 때까지 남기로 했다. 1년 동안 가족과 떨어져 산 것도 슬펐는데 다시 떨어져야 하고, 어머니마저 없는 것이 슬퍼 규숙이 울음을 터트렸다. 송동댁이 규숙을 끌어안고 한참을 울었다.

단칸방이지만, 천진 대길리로 거처를 옮기자 동지들이 다시 모이기 시작했다. 어느 날 이광과 백정기가 권총 15정이 든 큰 가방과 폭탄 두 개씩이 든 보온통 다섯 개를 들고 왔다. 무려 열 개의 폭탄이었다. 하남성 독판(督瓣) 호경익이 신익희와 이광에게 각각 2천 원씩을 주면서 자기의 적대자를 처치해달라고 청부한 일이었다. 신익희는 그 돈을 가지고 상해로 가버렸다고 했다.

이광은 당당하게 호경익이 부탁한 일을 해주고 자금을 벌자고 했다. 벌써 일을 하기로 작정을 하고 2천 원 중 일부로 권총과 폭탄을 구입하여 가지고 온 것이었다. 회영은 여러모로 생각한 끝에 고개를 가로저었다. 동지들이 테러에 뛰어난다고는 하지만 너무 위험한 일이었다. 실수하여 중국 공안에 붙잡히기라도 한다면 신분이 노출되는 것은 물론이고 호경익을 내치려는 중국 당국과 적이 될 수도 있는 일이었다.

"그렇지만 이런 기회도 없습니다. 돈 한 푼 구할 데 없는 처지에 하늘이 내린 절호의 기회가 아니고 무엇인지요."

"성공보다는 실패할 확률이 더 높기 때문이네. 돈과 무기는 다시 호경익에게 돌려주게나."

이광과 백정기가 어쩔 수 없이 폭탄과 총기와 돈을 싸 들고 다시 호경익 독판 관저로 향했다. 그런데 관저의 문이 굳게 닫힌 채 분위기가 냉랭했다.

"무슨 일이 생긴 것이오?"

이광이 주변 사람을 붙잡고 물었다.

"독판이 쫓겨났다오."

호경익이 실각하여 관저를 떠나버린 것이라고 했다. 이광과 백정기는 날듯이 회영에게로 돌아왔다.

"하늘이 정말 우릴 도왔습니다. 선생님."

"죽으란 법은 없다고 하더니 바로 이런 경우를 두고 하는 말인가 봅니다."

"남의 불행으로 얻은 것이니 너무 좋아할 일은 아닐세."

뜻밖에 생긴 자금을 두고 동지들이 흥분을 감추지 못했다. 젊은 동지들은 그렇게 해서 생긴 자금으로 회영 가족과 동지들이 함께 거주할 넓은 집을 얻고 폭탄과 권총은 사용처가 생길 때까지 보관하기로 했다.

회영은 방이 다섯 칸인 넓은 집으로 이사를 하게 되자 서둘러 석영 형님을 모셔왔다. 석영은 장남 규준이 김달하를 처단하고 상해로 피신했으므로, 늘 불안하게 살고 있었다. 석영 부부와 규서가 들어오고 10여 명 지사들이 함께 거주하면서 집 안이 다시 대가족으로 웅성거렸다. 송동댁이 정성껏 석영과 회영의 수발을 들었다. 15세인 규서는 규창과는 비록 4개월 차이지만 형은 형이었다. 그런데 생각하는 것이나 행동이 규창보다 어렸다. 먹는 것부터 이것저것 늘 불평을 했다. 그러자 송동댁이 "규서 도련님은 형인데 어찌 규창 도련님보다 철이 없을까."라고 나무라는 일이 잦아졌고 그때마다 규서가 화를 냈다. 그러나 송동댁은 서간도에서 유일하게 쌀밥을 먹고 자란 규서를 이해했다. 나이가 70대로 접어든 석영에게 규서는 아직도 눈에 넣어도 아프지 않을 귀한 아들이었다.

기다렸다는 듯이 폭탄과 무기는 유용하게 사용할 일이 생겼다. 유자명이 급히 천진 일본 조계지 내 귀부호동에 있는 유곽으로 회영을 안내했다. 한인이 독립운동을 하기 위해 운영하는 그곳에서 극비리에 모의가 진행되고 있었고 김창숙이 기다리고 있었다. 국내와 여기저기를 수소문해 동양척식주식회사와 식산은행을 응징하는 데 사용할 무기를 구하는 중이었다.

"우당 선생님, 이게 얼마 만인지요."

김창숙이 반갑게 맞이했다. 아사 직전의 회영을 구해낸 김창숙은 상해로 갔고 회영은 천진으로 이사를 했으므로 그 후 처음 만난 자리였다.

"심산을 만난다는 생각에 내 지난밤 꼬박 잠을 설쳤소이다. 꼭 어린아이들 심정 같지 뭐겠소."

"이 사람도 마찬가지였습니다. 참, 식사는 하고 계시는지요?"

"심산이 놀라기는 무척 놀라셨구려."

방에는 젊은 청년 두 사람이 더 있었다. 나석주와 이승춘이었다. 동양척식과 식산은행 건은 몇 번 거론한 적이 있었으므로 거사를 맡을 청년들이란 걸 금세 알 수 있었다.

25세 나석주는 나자구(羅子溝)의 독립군 무관학교에서 군사훈련을 받고 망명하여 하남성 감단군관학교를 졸업한 후 중국군 장교로 복무하다가 김구가 만든 한족애국단에 이제 막 들어간 인물이라고 김창숙이 소개했다.

"거사는 언제쯤이나 시도할 생각이오?"

회영이 김창숙을 향해 물었다.

"올해 안에 끝을 내야지요."

"올해라고 해야 두어 달밖에 남지 않았는데 너무 급하게 서두를 것 없소이다. 성공이 목적이지 늦고 빠름이 무슨 상관이겠소."

회영이 성공이 중요하다는 것을 강조하면서 나석주를 바라보았다. 나석주의 불타는 눈빛이 조금 불안한 느낌이 든 탓이었다.

"선생님들께서는 염려 마십시오. 무슨 일이 있어도 올해 안에 해치우겠습니다. 폭탄과 무기만 충분히 마련해주십시오."

나석주가 자신 있게 말하며 믿으라는 표정을 지어 보였다. 거사를 위해 다른 무기는 확보했으나 폭탄을 구하기가 쉽지 않아 이리저리 알아보던 중 유자명이 정보를 준 것이었다.

이광이 마련한 폭탄을 나석주와 이승춘에게 내주었다. 두 사람은 재빨리 폭탄이 든 보온병을 품고 유곽을 빠져나갔다. 회영과 김창숙은 거사가 부디 성공하기를 빌며 다시 헤어졌다. 헤어지면서 김창숙이 하루 세 끼 무얼 먹든지 꼭 먹어야 한다고 다시 당부하고 돌아섰다.

뜻밖에 생긴 자금도 오래가지 못했다. 날로 식솔은 불어나고 자금은 들어오지 않았다. 자금을 구하러 몇몇 동지들이 상해로 가고 이을규, 이정규, 백정기 세 사람만 남았다. 상해로 간 동지들

순국 하

이 좀처럼 자금을 구하지 못한 데다 조계지 집세도 올라 거처를 다시 옮겨야 할 형편에 직면했다. 석영도 가족을 데리고 규준이 있는 상해로 가기로 했다. 석영이 먼저 상해로 가겠다고 했고, 회영이 어쩔 수 없이 받아들인 것이었다.

"형님을 제가 모셔야 하는데, 죄송합니다."

회영이 석영의 늙은 손을 잡고 울먹였다.

"그동안 우당과 함께 산 것만 해도 하늘이 내린 복이었느니라. 또 혁명가가 가족에게 매달려서 되겠느냐."

"제가 어디서 무엇을 하든지 그 중심에는 언제나 형님이 계십니다. 그 힘으로 지금까지 버틸 수 있었고 앞으로도 그럴 것입니다."

"우당과 나는 가까이 있든 멀리 있든 항상 하나였지. 우리는 젊어서부터 그러지 않았느냐. 그런데 우당도 이제는 젊지 않은 몸이니 몸도 살펴가면서 혁명도 했으면 좋겠구나."

석영은 신변에 항상 위험을 안고 사는 아우가 측은하고 염려되어 가슴이 아프고, 회영은 늙은 형님을 모시지 못해 가슴이 아파 견딜 수가 없었다.

밀정 김달하를 암살하고 상해로 피신한 규준과 규학은 영국인이 운영하는 전차회사에서 검표원으로 일하고 있었다. 두 사람은 월급 40원을 받아 절반씩을 떼어내어 임정 운영비와 임정 요인들의 생활비를 대주고 절반을 가지고 어렵게 살고 있었다. 전차검표원 일은 밤낮 교대 근무를 해야 하는 무척 고된 일이었다. 그래서 중국 사람들은 게으름을 피우기도 하고 걸핏하면 아프다는 핑계로 결근을 하기 일쑤였다. 전차회사 사주인 영국인들은 성실한 한인들을 고용하려고 애썼다. 더욱이 독립운동가 가문의 애국청년들은 지나칠 정도로 성실하고 정직해 사주 측에서 대환영했다. 지나칠 정도로 성실하게 일을 하자면 그만큼 몸을 아끼지 않아야 했다. 그렇게 힘들게 일하면서도 그들은 밀정에 대한 정보가 포착되면 지체 없이 나서서 밀정을 처단했다. 그런 탓에 규준과 규학이 상해로 오면서부터 다물단의 소문이 밀정들 사이에 은밀히 퍼져나갔다.

그리고 어느 날 규준, 규학에게 인편으로 소식이 하나 전달되었다. 하북의 석가장에서 김원봉 등 의열단원 지도부가 모여 장차 조선혁명군사정치간부학교를 세우기 위해 의논할 일이 있다면서 두 사람에게 꼭 참석해달라는 것이었다. 말만 들어도 어마어마한 일이었다. 또 김원봉을 못 본 지 여러 해가 되었으므로 가슴이 뛰었다.

그동안 의열단은 새로운 변화를 시도했다. 의열단은 지금까지 개인이 요인을 암살하고 중요 기관을 폭파하는 투쟁이 한계에 직면하게 되자, 일반적인 무장투쟁으로 방향을 전환하기로 계획을 세우고 김원봉 등이 전문적인 군사학을 공부하기 위해 중국 국민당이 세운 황포군관학교에 입학했다. 황포군관학교는 1924년 중국 각지의 군벌을 타도하기 위해 세워졌고 손문이 총리이고, 장개석이 교장이었다. 중국은 청이 멸망한 이후 중앙정부가 약해

순국 하

전국 각지에 10개 군벌이 각자 거대한 병력을 가지고 일본 등 제국들과 연합하면서 서로 권력을 키우기에 급급했다. 그러자 손문은 민족, 민권, 민생 등 삼민주의(三民主義)를 내세웠고, 손문을 중심으로 한 국민당은 국민혁명을 일으킬 지도자들을 배출하여 중국 군벌들을 타도하기 위해 학교를 세운 것이었다.

상해에서는 조소앙과 박찬익이 입교생들을 모집하여 군관학교로 보내주었고, 1926년 봄 김원봉, 김성숙 등 의열단원은 제2기생으로 황포군관학교에 입학하여 교관을 담당하면서 공부했다. 그들은 중국 국민당이 중국을 통일하면 국민정부의 지원을 받아 대일무장투쟁을 전개하여 조국의 독립을 쟁취할 수 있다고 믿었다. 그들은 군관학교에서 군사학, 전술학, 병기학, 군사교육학, 군사정치학, 사회과학, 지형학 등을 공부를 하고 중국 국민당과 함께 항일투쟁을 전개해나갔다. 그러던 중 의열단은 황포군관학교 동문들이 주축을 이룬 '삼민주의역행사(三民主義力行社)'의 지원을 받아 '조선혁명군사정치간부학교'를 설립하여 청년 투사들을 양성하기로 계획을 세우고 있는 중이었다.

규준과 규학은 만사를 제쳐두고라도 석가장으로 가기로 마음먹었다. 그런데 출발을 하루 앞두고 규학이 갑자기 몸이 아파 당분간 일도 나갈 수 없는 형편이 되고 말았다.

"형이 못 가면 나 혼자라도 가겠소."

"그래, 너 혼자라도 가야지. 장차 학교를 세운다는데. 그리고 그

학교에서 우리가 할 일이 있을 것이다. 특히 규준이 너는 할 일이 많을 것이야."

규학은 규준이보다 3년 손위였고 언제나 규준의 용맹함을 높이 평가했다. 회영도 아들 규학보다 조카 규준을 더 용맹하다고 늘 칭찬을 아끼지 않았다. 제2차 다물단을 설립한 것도 규준이었다. 규준은 어쩔 수 없이 혼자 가기로 마음먹고 정해진 날짜에 맞추어 기차를 타고 하북으로 향했다. 만나자는 장소는 유명한 고찰인 융흥사의 대비각 앞이었다. 독립운동가들은 만나는 장소를 이중삼중으로 하는 탓에 일차적인 접선 장소로 알고 일단 대비각 앞에서 기다리기로 했다.

융흥사(隆興寺)는 수나라 때 창건된(586) 천몇백 년이 넘은 고찰로 중국 북방 지역에서 최대 규모를 자랑하는 사찰이었다. 또한 대비각에 모셔놓은 천수천안관세음보살상으로 더 이름이 난 곳이었다. 대비각은 3층으로 된 전각이었고, 그 안에 천수천안관세음보살상이 있었다. 규준은 천수천안관음보살상을 유심히 바라보았다. 장정의 키 두 배나 됨직한 거대한 보살상은 42개의 팔이 뻗어 있고 팔 끝의 손마다 42가지 각기 다른 법기(法器)를 들고 있었다. 중생의 고통을 어루만져주는 손이었다. 규준은 42수 손들을 바라보며 "부디 우리 조국과 우리 민족의 고통을 사라지게 하여 주소서!"라고 빌고 난 다음 약속 시간을 떠올렸다. 오후 3시에 만나기로 했는데, 시간은 한 시간이 더 지나 있었다. 사람이 나타나지 않았다. 대비각을 벗어나 돌이 깔린 긴 마당을 한참 동안 왔

순국

다 갔다 했지만 의열단 단원 중 그 누구도 나타나지 않았다.

뭔가 이상하다는 생각이 들기 시작했을 때, 한 남자가 규준을 정면으로 바라보며 걸어오는 것이었다. 규준은 평소 훈련된 대로 혹시 모를 일에 대비하기 위해 상의 안으로 손을 넣어 권총을 잡았다. 그때 아니나 다를까 총알이 날아왔다. 규준은 정체 모를 남자를 향해 총을 쏘면서 전각 뒤로 숨었다.

융흥사는 전각이 많아 숨기에 유리하기도 하면서 위험하기도 한 곳이었다. 적이 어디에 숨어 있는지 알 수가 없었다. 규준은 도대체 무슨 상황인지 이해가 가지 않았다. 의열단 내부 사정을 꿰뚫고 있는 것을 보면 밀정이 틀림없었다. 그렇다면 반드시 사살해야 할 것이었다. 상대도 만만치 않았다. 두 사람은 막상막하로 총격전을 벌이며 사찰 내부 전각을 돌고 돌았다. 결국 각각 부상을 입었다. 그리고 밤이 되었을 때에야 규준은 가슴에 맞은 총상을 누르며 사찰을 도망쳐 나올 수 있었다. 그러나 출혈이 심하여 걸을 수가 없었다. 규준은 캄캄하고 인적이 없는 길거리에 쓰러져 더 이상 움직이지 못했다. 그리고 다음 날 날이 밝았을 때는 이미 싸늘한 시신으로 변해버리고 말았다. 융흥사는 석가장에서 도보로 두 시간을 더 가야 하는 작은 도시 정정현에 있었고 사람의 발길도 뜸했다.

규준이 죽고 난 다음 석영은 아무것도 모른 채 상해로 규준을 찾아 가족을 이끌고 왔다. 규학이 인사를 드리러 왔다가 규준이 석가장으로 갔다는 소식을 알려주었다. 그런데 열흘이 가고 다시 열흘이 가도록 규준이 돌아오지 않았다. 그리고 발신인이 없는 편지가 한 통 왔다.

내가 누구인지 궁금할 줄 안다. 나는 네놈이 죽인 김달하와 매우 가까운 사람이다. 우리는 다물단 놈들을 차근차근 없애버리기로 했다. 특히 수장 노릇을 하는 너를 가장 먼저 죽이기로 했다. 그런데 만약 네가 살아 있다면 각오하라.

유자명과 규학이 진상을 파악하기 위해 의열단원들을 만났다. 편지 내용대로 남자는 규준이 북경에서 처결한 밀정 김달하와 연관된 사람이었다. 남자는 상해에서 한인 청년들을 황포군관학교에 선별하여 보낼 때 신분을 속이고 일부러 입학하여 의열단을 알게 되었고 규준과 규학이 상해로 왔다는 것을 알고 복수를 하기로 마음먹고 유인한 것이었다. 규학은 김달하를 죽일 때 "너희들이 나를 죽이면 내 뒤의 사람들이 가만히 있지 않을 것"이라고 했던 김달하의 말이 떠올랐다.

유자명과 의열단의 노력으로 규준의 시신을 찾았다. 규준의 나이 28세였다. 너무 어이없이 아들을 잃어버린 석영은 실의에 빠져 말문을 닫아버렸고, 그의 아내는 충격으로 쓰러져 일어나지 못했다. 임시정부의 법무총장으로 있는 다섯째 시영이 석영을 위로했다.

186

"독립운동가들의 운명이 이런 것인 걸 어찌합니까. 규준이는 밀정과 싸우다 장하게 순국한 것입니다. 임정에서도 그동안 임정을 돕겠다고 무던히도 애썼던 것을 높이 사 규준의 장례를 엄숙하게 치러주기로 했습니다."

"성재 아우 앞에서 내가 무슨 말을 할 수 있단 말이냐. 아우야말로 나라에 가족을 다 바친 사람인걸."

석영은 시영의 입장을 생각하자 할 말이 없었다. 시영은 만주에서 아내와 손자들을 다 잃었고, 아들 둘만 살아남았다. 그들과 함께 상해에서 살고 있었지만 장남은 충격으로 정상적인 생활을 할 수가 없어 치료를 하기 위해 국내로 귀국한 상태였다.

시영은 수입이 전혀 없는 데다 독립자금도 들어오지 않아 시장에 버려진 우거지를 주워다 좁쌀을 넣고 죽을 끓여 먹으면서 하루하루를 연명하고 있었다. 그렇게 어렵게 살면서도 묵묵히 조국이 해방될 날을 기다리며 인내하는 모습을 바라보며 석영은 규준의 죽음을 장하게 생각하려고 애썼지만 텅 빈 가슴속엔 바람만 가득할 뿐이었다.

날마다 황포강 가에 나가 강을 바라보며 옛날을 생각했다. 규준이를 낳았을 때 기뻐하던 양모의 미소가 떠올랐다. "규준이를 낳았으니 이제 죽어도 한이 없다."고 하시던 양모가 꿈속에 현몽하여 한없이 울기도 했다. 아내만 아니면 누운 채 다시는 눈뜨고 싶지 않았다. 가슴속은 끝이 어딘지 모르게 천길 깊은 곳으로 파고들어갔다.

24
고난을 먹고 피는 꿈

　　서울로 입국한 은숙은 손위 시누이 순영의 집에서 기거하기로 했다. 청상과부로 있을 때 회영이 작전을 꾸며 재가시킨 시누이였다. 국내 사정도 생각보다 말이 아니었다. 산천은 여전히 아름답고 들녘에서 황금벼가 물결치고 있었지만 대부분 희망이 거세된 표정이었다. 체념과 침묵이었다. 독립기지를 세우겠다고 모든 것을 버리고 나라를 뜬 것은 부질없는 짓이라는 눈빛도 만만치 않았다.

　　동지들과의 소통도 쉽지 않았다. 서울에서 서너 달쯤 머물며 자금을 융통해 곧 북경으로 돌아갈 줄 알았던 은숙은 해를 넘기고 2월에 아들을 낳았다. 북경을 떠날 때 은숙은 37세였고 임신 4개월의 몸이었다. 아이가 태어났다는 편지를 받은 회영은 기쁨 반 슬픔 반의 심정으로 이름을 '규동'이라고 지어 보냈다. 항렬에 따라 돌림자 규(圭)에 동녘 동(東)을 붙여주었다. 일본 경찰은 회영의 부인이 국내로 들어왔다는 정보를 입수하고 매달 한두 차례 은숙이 기거하고 있는 집을 들락거렸다. 형사들이 미행하거나 경찰서로 연행되기도 했다. 은숙이 독립자금 때문에 밀통을 하러 온 것을 알고 단돈 일 전도 새어 나가지 못하게 단속을 펼친 것이었다.

일 년쯤 되었을 때 처음으로 자금 백 원이 들어와 북경으로 송금했다. 한 애국자가 백 원을 주었는데 일경은 그것을 포착하여 물고 늘어지기 시작했다. 사실이 밝혀지는 날엔 자금을 준 사람도 무사하지 못할 것이었다. 은숙은 심사숙고 끝에 왕의 인산 후 북경으로 갈 때 며느리 조계진이 옷을 두고 간 것이 있었고 그것을 팔아 맡겨둔 돈이 있어 부친 것이라고 친척들과 말을 맞추었다. 경찰은 주도면밀하게 조사를 하고 조계진이 대원군의 외손녀이니만큼 값진 옷이 있다는 것을 인정한 탓에 일이 무사히 넘어갈 수 있었다.

아무리 생각해도 국내에서 자금을 구한다는 것은 하늘의 별 따기만큼이나 어려운 일이었다. 뜻있는 애국자들이 자금을 주고 싶어도 함부로 내줄 수 없는 현실 앞에 은숙은 좌절했다. 그렇다고 그대로 북경으로 돌아갈 수도 없었다. 어떻게든 돈을 벌어 쥐고 돌아가야 한다는 결심을 굳히며 바느질을 하기로 했다. 교양 있는 집 침모로 들어갔다. 집주인은 일하는 사람들에게 은숙을 동관서 마님이라 부르라고 했다. 집주인은 은숙의 존재를 잘 아는 사람이었고 몸을 의탁한 시누이 집이 동관서에 있기 때문이었다.

마님이란 호칭은 망명 이전에 듣던 말이었지만 그동안 까맣게 잊어버린 호칭이었다. 꽁꽁 언 몸을 뜨끈한 아랫목에 묻듯이 감개무량했다. 다시 그 시절이 그리워지기도 했지만 재빨리 그런 한가한 기분을 몰아내고 혁명가의 아내로 돌아왔다.

침모 생활은 아이를 데리고 남의집살이를 하는 거나 마찬가지였다. 아이가 울면 미안하고 똥오줌을 싸도 미안하고 아이가 아파도 미안했다. 아이가 엄마를 한시도 떨어지지 않으려고 노상 칭얼대는 바람에 더욱 미안했다. 점잖은 집이라 말은 없었지만 도무지 미안해서 견딜 수가 없었다. 다시 동관서 시누이 집으로 돌아와 삯바느질감을 구하기로 했다. 바느질감이 유곽에서 많이 나온다는 말을 듣고 유곽이 많은 서사원정 거리를 서성거리다 유곽을 한다는 중년 여자와 말을 나누게 되었다. 데리고 있는 기생 여섯 명과 자기네 가족 다섯 명의 침선거리 일체를 맡아달라고 했다. 원하던 대로 삯일거리가 생긴 것이었다. 그러나 막상 유곽 집 일거리를 맡을 생각을 하자 가슴속이 텅 빈 듯했다.

명색이 마님 소리를 듣던 사람이 기생들 옷을 짓는다는 건 말이되지 않았다. 밤새 잠을 이루지 못한 채 눈물을 흘렸다. 그렇게 실컷 눈물을 쏟아낸 다음에야 기생들 옷을 짓기 시작했다. 여자 저고리 하나에 30전을 받을 수 있고 치마는 10전을 받을 수 있었다. 최고급 홍갑사 청갑사 치마에 모본단 저고리나, 양단이나 합비단으로 짓는 두루마기는 4원을 받을 수 있었다. 그러나 돈이 되는 고급 양단이나 두루마기는 좀처럼 없고 푸새를 하여 옷을 지

순국 하

어야 하는 값싼 것이 대부분이었다. 그렇더라도 주야로 옷을 지으면 한 달에 20원 정도는 벌 수 있었다.

유곽 여자들 옷을 지으면서 향숙이라는 기생과 자주 말을 나누게 되었다. 향숙은 어린아이가 있다는 것을 알고 늘 몇 푼을 더 얹어주면서 인정스럽게 굴었다. 그리고 어느 날 은밀히 귀띔해주었다.

"나 '정화'로 가요. 아줌마도 날 따라가세요. 여기는 곧 문을 닫거든요. 총독부에서 없애버린대요."

남대문통 황금정에 자리 잡고 있는 '정화원'이라는 유곽은 장안에서 제일가는 고급 요정으로 일본의 고위층들과 일등공신 친일파들이 전용하는 곳이었다. 은숙은 가슴을 쓸어내렸다. 향숙이 고마웠다. 기생일망정 다른 기생들과는 어딘가 다른 구석이 있어 보였다. 며칠 뒤 향숙이 귀띔해준 대로 서사원정 유곽들은 모두 문을 닫고 말았다. 향숙이 정화로 자리를 옮긴 후 은숙을 불러 마담에게 소개해주었다.

"우리 집은 최고급 비단옷만 취급해요. 바늘 한 땀만 잘못 떠도 옷값을 물어내는 수가 있는데 자신 있어요?"

마담은 망명 생활로 거칠게 변해버린 은숙을 위아래로 훑어보며 과연 비싼 옷을 지을 수 있겠느냐고 묻는 것이었다.

"손 좀 펴봐요."

은숙이 손을 펴 보였다.

"나무껍질이 따로 없잖아. 비단 올 할퀴겠어. 비단을 만져보기라도 했어요?"

"아줌마는 왕실 옷도 지을 수 있다니까요. 솜씨는 내가 보증할게요."

"왕실? 지금이 어느 땐데 왕실 운운하는 거야."

"그만큼 솜씨가 좋다는 말이지. 왕실은 무슨 왕실."

"그럼, 어디 한번 두고 보지. 그리고 옷을 망친다든가 아무튼 무슨 일이 있을 시는 향숙이 네가 책임져."

마담은 향숙을 향해 일단 믿어보겠다는 투로 말하고 자리를 떴다. 향숙은 마담이 자리를 뜨기가 무섭게 "개 같은 년, 쪽바리들 발바닥이나 핥는 년!" 하고 욕을 퍼부었다. 은숙이 깜짝 놀라 향숙을 돌아봤다. 마음 고운 향숙의 입에서 그런 욕이 나온 것도 놀랍지만 함부로 일본을 욕한 것이 더욱 놀라웠다.

"들으면 어쩌려고."

"걱정 마세요. 방구석으로 모두 기어들어 갔으니까요."

은숙은 향숙의 얼굴을 유심히 바라보았다. 지금까지 예쁘다고만 생각했던 그녀 눈빛이 그냥 예쁜 것만은 아니었다.

정화원에 드나들면서 벌이가 그쯤이면 견딜 만했다. 마담 말대로 정화의 기생들은 비단 중에서도 최고급을 입었으므로 삯도 그만큼 더 비싸게 받을 수 있었다.

다음 해 겨울(1926.12.28) 서울 하늘에 아침부터 짙은 먹장구름장이 깔리더니 결국 눈발이 퍼붓기 시작했다. 은숙은 바느질을 마친 비단옷 보자기를 안고 황금정(을지로 일대로 일본인 거주지 중심가) 거리에 있는 유곽 정화로 가기 위해 집을 나섰다. 보자기 속에는 비단옷 세 벌과 두루마기 한 벌이 들어 있었다. 50원을 번 셈이었다. 눈보라가 온몸을 휘감았지만 돈 50원이 따뜻한 난로처럼 추위를 내쳐버리고 말았다. 큰돈을 번 탓에 들뜬 기분으로 남대문통 식산은행과 동양척식주식회사 앞을 지나가고 있었다. 식산은행 이층에 동양척식주식회사가 있었다.

그때 느닷없이 등 뒤에서 총소리가 났다. 탕, 탕, 탕, 총소리는 연발로 이어지고 사람들이 금세 식산은행가로 몰려들었다. 식산은행에서 소란한 소리가 들리더니 한 청년이 은행에서 총알처럼 뛰어나와 도망을 치는 것이었다. 한 떼의 일경이 청년의 뒤를 쫓았다. 청년은 황금정 쪽으로 뛰었다. 총을 든 일경들이 빠르게 추격했다.

은숙이 뒤따라 뛰어갔다. 한참을 뛰다가 우뚝 자리에 붙박아 선 채 눈앞의 광경에서 눈을 떼지 못했다. 청년이 일경에게 포위당하고 있었다. 두말할 것도 없이 독립투사일 것이었다. 그것도 백주대낮에 식산은행에 들어가 폭탄을 터트리고 총을 쏜 것을 보면 보통 인물이 아닐 것이었다. 목숨을 내놓고 일본의 고위층을 암살하거나 중요 기관을 폭파하는 의열단일 거라는 짐작이 갔다. 청년이 꼭 살아야 할 텐데 도무지 방법이 없어 보였다. 은숙은 현장으로 더 가까이 접근했다.

가까이 바라본 청년은 20대로 보였다. 청년은 탈출구가 보이지 않자 어찌할 바를 모르고 있었다. 은숙은 부지불식간에 "이쪽으로, 이쪽으로."라고 약간 틈이 보인 쪽을 가리키며 고함을 질렀다. 청년은 은숙이 가리킨 쪽으로 몸을 돌렸다. 일경 하나가 은숙을 돌아봤다. 사방에서 벌떼처럼 날아온 일경들이 그 빈틈마저 차단하고 말았다. 일경들로 겹겹이 둘러싸인 청년은 걸음을 멈추고 뒤돌아서서 몇 초 동안 눈으로 상황을 파악했다. 그리고 자기 가슴에 총을 대고 세 발을 쏘았다.

"탕! 탕! 탕!"

"안 돼요!"

총소리에 은숙이 외마디소리를 질렀다. 품에 안고 있던 옷 보따리를 놓쳐버린 채 몸을 떨었다. 은숙을 돌아보던 일경이 은숙의 팔을 잡아챘다. 쓰러져 누운 청년의 머리에서 선혈이 흘러내렸다. 은숙이 놓쳐버린 옷 보따리에는 눈이 내려 쌓였다. 놀란 사람들이 송사리 떼처럼 혼비백산 어디론가 흩어져 버렸다. 청년은 일경에 둘러싸여 더 이상 볼 수가 없었다. '안 돼요'라고 소리를 지른 은숙은 곧장 남대문경찰서로 연행되었다.

"그자와 무슨 관계요? 바른 대로 말하지 않으면 집으로 돌아갈 수 없소."

은숙은 그때서야 옷 보따리가 생각나 "내 옷 보따리!"라고 외치며 벌떡 일어섰다. 일경이 제지하며 크게 소리쳤다.

"묻는 말에 대답이나 하라니까!"

은숙은 힘없이 주저앉아 아, 여기가 또 경찰서로구나. 라고 속으로 중얼거렸다. 마음을 굳게 먹었다. 일경은 그 남자가 누구며 무슨 관계냐고 집요하게 추궁하기 시작했다.

"누군지 알 까닭이 없습니다. 그저 길을 가다가 그런 광경을 목도하자 놀라서 그만."

"그곳에 다른 사람들도 많이 있었는데 왜 하필 당신만 그런 행동을 한단 말이오?"

"아녀자인 탓에 무서워서 그랬을 것이오."

"다른 아녀자들도 많이 있었소. 그런데 당신처럼 발을 구르며 소리치는 여자는 당신을 제외하고는 단 한 사람도 없었단 말이오."

일경의 눈에 핏대가 서고 핏대에서 불꽃이 활활 타오르고 있었다. 은숙은 입을 다물고 말았다. 그 이상 할 말이 없었다. 그렇다고 엎드려 제발 보내달라고 빌고 싶지도 않았다.

"그런데 이상한 게 한두 가지가 아니야. 조선 아녀자들은 길거리에서 우리 일본인 순사만 봐도 겁이 나 쩔쩔매는데, 남대문경찰서를 겁내지 않는 걸 보니 더욱 호기심을 자극한단 말이지."

옆에서 지켜보던 서장이 예사롭지 않다는 표정을 지으며 직접 은숙 앞으로 나섰다.

서장의 말은 맞는 말이었다. 도저히 통제할 수 없을 지경으로 울어대는 아이에게 조선의 엄마들은 어김없이 "저기 순사 온다."라는 처방을 썼다. 그러면 천하 없는 고집쟁이 아이도 울음을 뚝 삼켜버리고 말았다.

"이유를 말씀드리지요."

은숙이 서장을 향해 소리치듯 말했다.

"진작 그렇게 나오셔야지. 어서 말해보시오."

"나는 조선 사람인 까닭이오."

말은 떳떳하고 당당했다.

"그렇지, 이제야 입을 여는군. 그런데 일개 아녀자가 우리 일본 경찰 앞에서 이렇게 대담할 수 있다니. 전사 같지 않은가? 제대로 조사해 봐."

서장이 눈을 부릅뜨며 부하 경찰에게 강경한 어조로 지시했다. 그리고 그때 전화가 걸려왔다.

"중국 노동자 마중덕? 아닐 것이오. 그건 가짜일 거란 말이오. 총독부에 그렇게 보고했다간 모가지가 날아가고 말아요."

인천부두 관리소에서 온 전화였고 남자의 신원이 중국 노동자 마중덕이라고 말해준 것이었다. 은숙은 가슴을 쓸어내렸지만 서장 말대로 그건 가짜일 것이었다. 아무튼 그가 누구인지는 알 수 없으나 불안하고 떨렸다. 일경은 은숙이 그 남자와의 관계를 구체적으로 불지 않는다는 이유로 신원 파악에 들어갔고 은숙의 신원은 금세 밝혀졌다.

"3년 전 만주에서 입국했으며 종로경찰서에서 수차례 조사를 받은 적이 있고 독립운동가 이회영의 부인이라고 합니다."

"이회영 부인? 그게 사실인가?"

"사실입니다."

보고를 받은 서장이 반색하는 얼굴로 회심의 미소를 지었다. 서장은 삼일운동 전에 회영을 불러 문초한 후쿠다 오시이였고 종로서에서 남대문경찰서장으로 옮겨 와 있었다.

"종로서에서 조사받은 혐의는?"

"북경으로 돈을 부친 혐의입니다. 그리고 배일자들과 밀통하는 것이 포착되었고 고무신 밑창에 편지를 숨겼다가 들킨 적이 있기도 하고, 아무튼 종로서의 단골손님입니다."

"돈의 액수는?"

"가장 큰 액수가 백 원이었고 아직 30원을 넘지 않았다고 합니다. 조선에서 아이를 출산했다고 하는데 아직까지 조선에 체류한 걸 보면 뭔가 임무를 띠고 있음이 분명합니다."

"그렇다면 모른 척하고 일단 돌려보내도록 해. 종로서에서 성과를 올리기 전에 우리가 먼저 선수를 쳐야 한다. 하루에 몇 보를 걷는 것까지, 우편물이든 뭐든 일거수일투족을 감시해. 이번 일과 독립운동가 거두 이회영이 결코, 무관하지 않을 테니까."

"부인, 돌아가도 좋소. 그리고 다시는 거리에서 그런 일에 눈길을 돌려서는 아니 되오."

순순히 보내주는 것이 이상해 은숙이 주춤주춤 걸어 나오는데 등 뒤에서 전화 받는 소리가 들렸다.

"중국 노동자 마중덕이 아니라 조선인 나석주로 밝혀졌단 말이오?"

은숙은 자리에 우뚝 멈춰 서고 말았다. 나석주란 인물은 모르지만 일본 요인이나 기관을 폭파하는 독립운동가라면 의열단에 속한 애국청년일 것이고 아나키스트일 가능성이 높았다. 말은 계속 들려왔다.

"나이는 25세, ……."

은숙은 새파란 청년 나석주 이름을 가슴속에 담고 식산은행을 지나 사건 현장으로 갔다. 나석주가 흘린 핏자국이 거멓게 말라 있었다. 아무도 그것이 나석주라는 애국청년이 목숨 바친 핏자국이란 걸 모른 채 지나가고 있었다. 그쪽으로 가까이 다가가 고개를 숙여 유심히 바라보았다. 스물다섯 살 청청한 꽃이 떨어진 자리가 고귀했다. 할 수만 있다면 그 고귀한 꽃자리를 고이 안고 가고 싶었다. 사람들이 그 거룩한 자리를 마구 밟고 지나갔다. 은숙이 "그 자리는 밟으면 안 돼요."라고 소리쳤지만 사람들은 귓등으로도 듣지 않았다. 은숙은 설움이 터져 소리 내어 울기 시작했다. 나석주의 최후는 모든 조선 혁명가들의 최후로 보인 탓이었다.

한참을 울고 자리에서 일어나 주변을 둘러봤지만, 옷 보따리가 있을 리 없었다. 잃어버린 옷이 큰일이었다. 일단 향숙을 만나 대책을 의논하기로 하고 정화로 갔다. 사정을 들은 향숙이 놀라며 마담에게 사정을 말해보자고 했다.

"기생들 옷이나 짓는 여자가 감히 그런 일에 관심을 가지다니.

처음에 내가 말한 대로 향숙이 네가 책임져."

"그래요. 옷값은 내가 책임지겠지만 언니, 말이 좀."

"왜, 내 말이 심하다는 거야? 오라, 아줌마와 향숙이 넌 애국자다 이거지?"

"언니 말대로 술이나 따르는 기생년 주제에 애국자라니요. 더구나 요즘 세상에."

"그래, 요즘엔 눈을 씻고 봐도 그런 얼빠진 인간들은 없지. 한때는 목숨 걸고 독립운동을 한답시고 괜히 나라만 시끄럽게 하더니 모두 제자리로 돌아왔잖아. 미친 인간들."

은숙은 마담을 향해 "넌 도대체 어느 나라 백성이냐."라고 소리치고 싶었지만 그런 따위와 나라니 백성이니 하는 말을 섞고 싶지 않았다.

그때 마침 남대문경찰서 일행들이 정화원으로 들어오고 있었다. 서장이 앞장서서 마당을 가로질러 걷다가 걸음을 멈추었다.

"여긴 어쩐 일이오?"

서장이 의구심에 가득 찬 눈으로 은숙을 향해 입을 열었다.

"서장님께서 침모 아줌마를 아세요?"

"침모?"

서장은 놀라며 나지막이 "조선 명문가 부인이 기생집 침모를 한다?"라고 중얼거렸다. 전혀 뜻밖의 일이었다. 아무튼 은숙이 이회영 부인인 이상 주목해야 할 것이었다.

눈치 빠른 마담은 서장이 은숙을 아는 것 같아 은숙을 경계하며 서장을 졸졸 따라 방으로 들어갔다. 향숙도 일경들을 따라 들어가며 은숙을 향해 나중에 보자는 눈짓을 보냈다. 일경들은 정화원에서 거나하게 마시면서 낮에 일어난 사건을 화제로 삼기 시작했다. 지구를 몽땅 뒤져서라도 나석주를 보낸 조직을 찾아내고야 말겠다고 떠들어댔다.

"조선 놈들이 백주 대낮에 폭탄을 들고 동양척식과 식산은행에 뛰어들었다는 건 우리 일본 안방으로 뛰어든 것과 다를 바가 없다. 그러나 이번 일은 우리 경찰이 천황 폐하께 충성을 보여드릴 기회가 될 수 있다. 누구든 놈과 관련된 조직을 찾아내기만 하면 출세는 보장된 것이다. 도전해보기 바란다. 놈은 상해에서 인천 부두로 들어왔다. 그러나 상해에서 작전을 한 것 같지는 않다는 정보다. 테러 조직은 상해 놈들보다 북경 놈들이 더 악랄하다는 거야."

"저희들도 들은 바 있습니다. 지금 북경의 무정부주의자들이 무장 테러에 훨씬 조직적이라고 합니다. 그리고 이회영은 무정부주의자 괴수라고 합니다."

"나도 알고 있다. 앞으로 우리의 목표는 북경의 무정부주의자 조직이다."

"참, 서장님. 아까 그 부인 이야기가 재미있을 것 같은데요."

"그렇지, 명문가 마님이 기생 옷을 짓는다?"

일경들은 밤늦도록 회영을 중심으로 북경의 아나키스트에 대한 이야기를 하며 반드시 나석주와 관련된 것을 캐낼 것이라고

순국 하

칼을 갈았다.

향숙이 비단을 끊어와 은숙에게 다시 옷을 짓게 하면서 서로 의기투합할 정도로 가까워졌다. 은숙은 도움 받았을 뿐만 아니라 향숙에게서 동지 의식을 느꼈고 향숙은 일경들이 하는 말을 듣고 은숙의 실체를 알고 놀란 까닭이었다.

"언제가 될지는 모르지만 꼭 갚겠네."

"갚기는요. 사실 아줌마를 처음 볼 때부터 다르다 했는데 그날 밤에 후쿠다 서장과 부하 놈들이 하는 말 다 들었어요."

"후쿠다 서장?"

"예, 후쿠다 오시이 서장이죠. 아는 사람이에요?"

은숙은 몸서리를 쳤다. 몇 년 전 경성에서 남편을 취조했다는 후쿠다 주임이 틀림없을 것이었다.

"그런데 대체 그들이 무어라 하던가?"

"독립운동을 하기 위해 망명했다는 아줌마 댁 이야기를 하더군요. 아줌마 댁이 조선 제일의 가문이라고 하면서 영의정에 판서를 지낸 집안이라고 하던데요. 깜짝 놀랐지 뭐예요."

"그렇게 자세히?"

"그놈들 정화에 와서 하는 짓거리라곤 독립운동가들 때려잡아 승진하는 이야기뿐인걸요. 그날 밤에도 비록 자결을 했지만 자기네들에게 쫓기다가 급해서 제 머리에 총을 쏴 죽었으니 자기네들이 사살한 거나 마찬가지라고 하더군요. 그러자 마담 년이 뭐라고 한 줄 아세요? '이번에도 재미 좀 보셨네요'라고 그 개년이 맞장구를 치는 거예요. 성질대로 한다면 오줌을 한 바가지 싸가지고 연놈들 얼굴에 확 쏟아붓고 인생 끝장내버리고 싶었거든요."

"향숙인 진짜 조선 사람이야. 그런데 우리가 장차 무슨 일을 하자면 속에 천불이 나도 참을 줄 알아야 하네."

"아줌마, 지금 '우리'라고 하셨어요? 저 같은 걸 아줌마처럼 고귀한 분과 함께 취급을 해주시는 거냐구요."

향숙의 눈에 벌써 눈물이 그렁그렁 맺혀 있었다.

"무슨 소릴 하는가. 나와 향숙이가 뭐가 달라서. 더욱이 향숙인 훌륭한 애국잔데."

"아뇨, 전 나쁜 년, 아니 마담보다 더 개 같은 년이에요. 일본 놈들이 조선 놈들은 무조건 몽둥이로 개 패듯 패야 돼, 라고 말하면 나는 어떻게 하면 조선 사람을 가장 잘 비웃을 수 있을까? 하고 아주 개, 여우처럼 머리를 굴리면서 일본 놈들 구미에 맞게 '맞아요'라고 맞장구를 쳤거든요. 그럴 때마다 일본 놈들은 '조선 계집들은 눈치가 빨라 좋다니까. 요년이 지금 우리 비위를 척척 맞춘 것 좀 보라구. 이불 속에서는 또 어떻고. 천지가 뒤집혀도 모를 지경으로 사람을 뇌살시키거든. 그때마다 조선 계집들은 우리 일본 남자들을 위해 태어났다는 생각이 들지 뭐야.'라고 저희들끼리 주고받으면 나는 개선장군이나 되는 것처럼 신바람이 나 그놈들 입의 혀처럼 아양을 떨었지 뭐예요."

은숙이 눈물을 흘리고 있는 향숙의 손을 잡았다. 모처럼 따뜻한 동지를 만난 듯했다. 사실 조선 사람들은 일본 치하에서 20여 년을 살고 나자 대부분 지조는 휴지조각이 되어버렸고 꺾일 사람은 다 꺾여버린 상태였다. 오히려 지난날 일본을 미워했거나 배일한 것을 용서받기 위해 이모저모로 몸부림치는 것이 현실이었다.

"향숙이 고마워, 정말 고마워. 조국 광복은 반드시 올 것이야. 그날을 위해 피 흘린 사람들이 얼만데. 땅은 억울한 피를 절대로 그냥 받아먹지 않는데."

그런 일이 있고 두 달 후 향숙이 헐레벌떡 은숙을 찾아왔다. 커다란 보퉁이를 품에 안고 있었다. 쫓기는 모습이 역력했다.

"아줌마, 나 상해로 가요. 마담 년하고 싸웠는데 그년이 나를 경찰에 고발했지 뭐예요. 독립운동가 끄나풀이라고 거짓말을 한 거예요."

"무슨 일이 있었기에?"

"그년이 나석주 선생을 보고 평화로운 나라를 어지럽혔다며 '제까짓 게 그래봤자지'라고 비웃길래 도저히 참을 수가 없어 마담에게 욕을 퍼부었지 뭐예요. 구더기보다 못한 년, 일본 놈 발바닥이나 핥아 먹고 살아가는 년! 이라고요. 그랬더니 당장 경찰서에 전화를 건 거예요."

"잘했네. 참 잘했고말고."

"정말이죠? 제가 잘한 거죠?"

"그럼, 사람이 나서 한 번 죽지 두 번 죽어. 한 번 죽는 목숨 제대로 죽어야지. 나석주 청년처럼."

향숙이 말문을 닫고 숙연해지면서 또 눈물을 흘렸다. 그리고 한참 후에 입을 열었다.

"저도 앞으로 정말 사람답게 살아보고 싶어요."

"향숙인 그럴 거라 믿네, 충분히. 그런데 어서 서울을 빠져나가야지."

"나, 하룻밤만 아줌마 곁에서 자고 갈게요. 딱 하룻밤만요."

"그건 위험해. 지금 당장 여길 나가야 하네."

"잡혀 죽으면 죽고 말지요. 까짓것."

"향숙이가 여기서 잡혀가면 나는 어떻게 될까?"

은숙의 말이 떨어지기가 무섭게 향숙이 소스라치게 놀라 자리를 털고 일어섰다.

"아줌마, 당장 떠날게요. 그리고 언제 만날지 알 수 없지만 어디서 무엇을 하든 저 같은 년, 사람 만들어주신 거 잊지 않을게요."

은숙은 눈물을 흘리며 집을 나가는 향숙에게 상해에 있는 영국인 버스회사로 장남 규학을 찾아가라고 일렀다.

25
동지

      회영은 눈물로 석영을 상해로 떠나보내고 난 후 다시 값이 싼 남개 외곽 지역 대흥리에 방 두 칸을 얻었다. 회영과 규창, 이을규, 이정규와 백정기 다섯 사람이 방 하나를 사용하고 송동댁과 현숙이 하나를 사용했다. 방 하나에서 남자 다섯 사람이 살기에는 너무 비좁았다. 회영은 젊은 동지들이 고생하는 것이 안타깝고 동지들은 나이 든 회영이 안타까웠다. 방만 비좁은 것이 아니라 이불이 턱없이 모자라 자다 보면 누군가는 이불을 덮을 수 없어 회영은 자다가 일어나 이불을 다른 사람 쪽으로 끌어다 덮어주는 것을 잊지 않았다. 밤마다 그렇게 하다 보니 이정규가 눈치채고 말았다.

  그날 밤도 회영이 자다 말고 일어나 이불을 동지들에게 한 뼘이라도 더 덮어주고는 누웠다. 그러자 이정규가 몰래 일어나 이불을 다시 회영에게 덮어주었다. 회영이 다시 일어나 이불을 끌어

내려 동지들에게 덮어주었다. 그러다 서로 들켜버리고 말았다.

"젊은 사람은 얼음 위에 대자리를 펴고도 잠을 잔다고 합니다."

"젊을수록 추위를 더 타는 법이라네."

춥고 어려워도 젊은 동지들과 함께하여 회영은 마음 든든하고 행복했다. 정작 부엌살림을 맡은 송동댁은 끼니때마다 땅이 꺼지도록 한숨을 쉬었다. 밥을 짓는 일은 이유가 무엇이든, 밥 짓는 사람의 몫이었다. 시어머니 은숙이 "사람 못 할 짓이구나. 손님 앞에 아침상으로 죽을 내어가다니"라고 한탄했던 것처럼 아침저녁으로 동지들 앞에 죽을 들고 나갈 때마다 민망하기 짝이 없었다.

어려움을 이기는 방법은 집세가 싼 곳으로 옮기는 일이었다. 남개 대흥리에서 집세가 더 싼 남개 천흥리로 다시 옮겼다. 천흥리로 이사 온 후 송동댁이 과로로 쓰러지더니 좀처럼 회복되지 않았다. 토하면서 음식을 먹지 못했다. 과로로 종종 그렇게 아팠고, 그것이 최악에 다다른 것이었다. 병원은 꿈도 꿀 수 없는데 사람이 죽어가고 있었다. 이정규가 송동댁을 업고 프랑스 조계에 있는 예수병원으로 찾아가 무조건 입원시켰다.

송동댁이 입원해버리자 집에는 남자들만 남은 셈이었다. 현숙이가 있다고는 하나 겨우 여덟 살 먹은 어린아이였다. 규창이 집안 살림을 맡았다. 송동댁은 좀처럼 회복될 기미가 보이지 않았다. 날이 갈수록 송동댁이 좋지 않다는 소식을 들으며 회영은 전각을 팠다. 미세한 선을 살리는 전각을 파는 데 몰입하다 보면 불안을 견딜 수 있었다.

병원에 입원한 지 4개월이 지났다. 병원에서 가망이 없다면서 퇴원을 요구했고 퇴원한 지 일주일 만에 송동댁이 숨을 거두고 말았다. "불쌍한 것!"이라고 회영이 탄식했다. 여자로서 혈육 한 점 없는 것도 가엾지만 소실이란 멍에를 지고 사느라 무척 고독했을 것이었다. 맏형 가족이 장단으로 돌아갈 때 따라가지 않고 북경으로 찾아온 송동댁에게 "어찌하여 네 남편을 따라가지 않았느냐?"고 묻자 대답이 놀라웠다.

"나라를 찾는 일이 더 소중하다는 걸 아버님께 배웠습니다."

송동댁은 가족을 뛰어넘어 동지임에 틀림이 없었다. 동지들이 모여 송동댁 장례 문제를 놓고 의논을 했다.

"폭탄을 안고 적진으로 뛰어든 것만이 항일투쟁은 아닙니다."

"그렇소. 나라를 찾기 위해 분투하는 운동가들을 수발하느라 누군가 청춘을 바쳤다면 그 또한 나라를 위해 희생한 독립운동가가 아니고 무엇이겠소."

"송동댁은 하루에 적어도 삼사십 명 이상을 수발해왔고 우당 선생님 댁에서 묵은 수많은 동지들치고 송동댁이 지어준 밥을 먹고 빨래를 해준 옷을 입지 않은 사람이 없소. 그러니 동지로 예우하여 최소한의 예를 갖추어 장례를 치름이 마땅하오."

만장일치로 송동댁을 동지로 예우하여 장례를 치르기로 결론을 내렸다. 최하품이지만 관을 장만하여 공동묘지(不知)에 고이 안장해주었다.

"나라를 위해 젊음을 바친 대가가 고작 싸구려 관짝 하나라니. 미안하다, 아가."

늦가을 찬바람에 낙엽이 구르는 오후, 낯선 땅에 며느리를 묻고 돌아서며 회영이 눈물을 흘렸다.

송동댁 장례를 치르고 나자 집안이 허전하기 짝이 없는데 현숙이 날마다 송동댁 엄마! 송동댁 엄마!하며 서럽게 울었다. 엄마와 생이별을 한 뒤 현숙에게 송동댁은 엄마였고 한 점 혈육조차 없는 송동댁에게는 현숙이 혈육 같은 존재였다. 밤마다 송동댁 품에 안겨 잠들었고 치맛자락을 붙잡고 졸졸 따르던 어린 가슴에 또 한 번 하늘이 무너진 것이었다.

남개 천흥리 집으로 김창숙의 동생 김창국이 불쑥 찾아와 권총을 맡기며 며칠 동안만 보관해달라고 부탁했다. 회영이 출타하고 없었으므로 김사집이 총을 받아 들었다. 김사집은 얼마 전에 찾아와 함께 기거하고 있는 동지였다. 김사집은 총을 감추려고 방안 구석구석을 살피다가 생각을 바꾸었다. 권총을 가지고 나가 저당 잡히고 5원을 받아 쌀을 사가지고 와서는 규창에게 내밀었다.

김사집은 회영이 북경 후고루원 근처에서 거주할 때 묵었던 동지였다. 그동안 여기저기를 떠돌다 있을 곳이 없어 다시 회영을 찾았지만 북경 때와 사정이 너무 달라진 회영의 형편에 놀랐다. 할 수만 있다면 도둑질이라도 해서 노년이 된 회영에게 쌀밥을 대접하고 싶은 심정이었다.

"쌀이 아닌지요?"

"어서 진지를 지어 선생님께 올리고 우리도 오랜만에 쌀밥 한 번 먹어보자꾸나."

"어디서 나셨어요, 돈?"

"묻지 말고 밥이나 짓거라."

그리고 이틀 후 김창국이 다시 찾아와 맡겨놓은 권총을 달라고 했다. 김사집은 다른 곳에 잘 보관해놓았으니, 3일 후에 찾아다 줄 것이라고 둘러댔다. 김사집은 동분서주하며 돈 5원을 구하려 고 애썼지만 구할 길이 없었다. 3일 뒤 김창국이 다시 권총을 찾으러 왔지만 없는 권총을 내줄 수가 없었다. 김사집은 다시 3일간의 시간을 얻은 다음 돈을 구하러 나갔다. 마지막 보루인 시계를 만지작거리며 전당포로 향했다. 수차례, 아니 수십 번 팔아먹으려 했으나 아버지로부터 물려받은 유일한 물건인 탓에 이를 악물고 참고 참아온 것이었다.

그러나 자칫하다가는 회영의 입장을 난처하게 만들 것 같아 이제는 도리 없이 팔아야 한다고 생각했다. 전당포 주인에게 떨리는 손으로 시계를 내밀었다. 전당포 주인이 시계를 한참 살피더니 인상을 찌푸렸다.

"수명이 다 된 것이오. 1원밖에 못 줘요."

"시침과 분침이 움직이고 있질 않소? 2원 주시오."

"앞으로 두어 달 견디면 잘 견딜 것이오."

"그래도 좀 생각해주시오."

"형편이 어려운 모양이니 1원 50전 주겠소. 한 달 후면 50전도 못 받아요."

1원 50전을 받아봐야 5원에 턱없이 모자랐으므로 그냥 돌아서고 말았다. 공원으로 가 하늘만 물끄러미 쳐다보며 돈을 구할 다른 방법을 생각했다. 그때 옆 사람이 신문을 읽으며 "그야말로 아린 이가 빠진 듯 시원하군!"이라고 하며 읽던 신문을 두고 가버렸다. 순간 김사집은 뭐가 그리 시원한지 궁금해 신문을 집어 들었다. 그는 신문을 집어 들기가 무섭게 부르르 떨며 벌떡 일어섰다. 돈 대신 신문을 들고 헐레벌떡 집으로 뛰어 들어왔다. 그리고 회영 앞에 북경에서 발행하는 신보(申報)를 펼치며 말을 더듬거렸다.

"선생님, 여기 좀 보십시오."

"도대체 무엇이 그리도 기쁘단 말인가. 자네 얼굴빛이 꼭 조국 광복이라도 된 듯하구만."

회영은 김사집이 손가락으로 가리킨 커다란 기사 제목에 눈길을 모았다.

嗚呼! 李完用 死矣, 시원할 손 이완용 사망!

중국인들이 경계하여 온 이완용이 오늘 사망했다. 중국인들도 매국노, 하면 누구나 다 이완용이라 생각한다. 이완용에 대한 이런 평가를 보면 알겠지만 일본은 이완용을 대 공신으로 보고 있다. 다음에는 도쿄 파일(華日) 통신의 소식을 소개한다.

조선인 이완용은 일선합병(日鮮合倂)에 공을 세운 사람으로 일본 천황으로부터 후작을 하사받았다. 그리고 일본 정부는 그를 조선총독부 중추원(中樞院) 부의장으로 임명하여 지금까지 몇 년간을 잘 지내왔다. 이 씨는 평소에 천식이 있어 요양하던 중 며칠 전에 기관지염이 또다시 발작했는데 10일 오후에는 폐렴으로 번져 병세가 갑자기 심해졌다. 의사가 진단했을 때는 이미 늦은 뒤였다. 그는 다음날인 11일 오후에 향년 69세로 죽었다. 일본 황제와 일본 정부에서는 이완용의 부고를 들은 뒤 즉시 그를 추도하기 위한 결정을 내렸다. 즉 부고를 내는 동시에 조선에 조문단을 파견하여 애도를 표시하고 장례의식에 쓸 포목을 하사하기로 했다.

또한 이완용에게 작위를 승격시켜 종2품 훈1등 후작으로부터 정2품 대훈위를 시사하고 국화대훈장을 수여했다. 도쿄의 만조보(萬朝報)는 이완용의 죽음에 관하여 다음과 같이 평가했다.

'조선총독부 중추원 부의장 이완용 후작이 갑자기 별세했다. 그가 일선합병의 큰 인물이라는 것은 세인이 다 아는 사실이다. 그는 자신의 학식과 담력으로 문무백관의 반대에도 불구하고 이를 압도적으로 제압하여 하루 사이에 역사적인 대업을 성취케 했다. 때문에 배일파들과 독립파들은 그에게 매국노라는 악명을 달아주었다.' (……)   1926년 2월 26일

『신보(申報)』는 청나라(1872) 때 상해에서 창간된 것으로 중국에서 가장 오래된 전통을 자랑할 뿐만 아니라 가장 인지도가 높은 신문이었다. 기사를 읽고 난 회영이 미동이 없었다.

"중국인들도 기뻐서 야단인데 선생님께서는 기쁘지 않으신지요? 그놈은 천년만년 살 줄 알았잖습니까."

"지금 이완용이 죽었다고 해서 무엇이 달라진단 말인가!"

김사집 말대로 천년만년 살 줄 알았는데 이완용이 드디어 죽어버린 것이었다. 그런데 오히려 허탈했다. 『논어』 태백(泰伯)편에 "새도 죽을 때는 울음이 슬프고 사람이 죽을 때는 선해진다."는 말을 생각했다. 그가 비록 나라를 일본에게 넘겨주었지만 최후에는 후회하고 눈물을 흘렸기를 바랐다.

"아, 그놈도 죽는 날이 있다니요. 시원할 손! 시원할 손! 세상에 이렇게 시원할 수가 있습니까."

김사집은 계속 기쁨을 감추지 못해 하늘을 향해 고개를 쳐들고 감탄사를 발했다. 그때 마당에서 누군가 추임새를 넣으며 들어왔다.

"시원하고 말고요. 백 년 묵은 체증이 시원하게 내려갔지 뭐요. 나도 거리에 나가 '원수 이완용이 죽었다!'라고 천지가 진동하도록 고함을 지르고 싶은 기분이오."

때마침 권총 주인 김창국이 집안으로 불쑥 들어서면서 대꾸했다. 이완용이 죽은 것에 취해 권총에 대한 일을 까맣게 잊어버린 김사집이 당황했다.

"김 동지, 이완용 그놈이 죽었다는 낭보(朗報) 때문에 권총을 찾으러 나가는 걸 깜빡 잊었는데 다시 이틀만 말미를 주시오. 아니 하루만 더 주시오. 내 이번에는 꼭 권총을 찾아드리겠소이다."

"염려 마시오, 김사집 동지. 이완용이 죽은 기념으로 내가 권총 찾을 돈을 구해왔소이다."

"내가 권총을 잡아먹힌 걸 어찌 아셨소?"

"그걸 모르면 독립운동가가 아니지요."

김창국도 이완용의 죽음에 대해 기쁨을 주체하지 못한 채 김사집과 함께 권총을 찾으러 전당포로 향했다.

그때 서울에서는 이완용의 장례를 치르느라 총독부가 분주했다. 총독부는 1926년 1월 1일 아침, 경복궁 내, 새 청사로 입주했다. 총독부 새 청사는 하세가와 총독 때 건축을 시작하여 9년 만에 완공을 본 건물로 경복궁을 능가했다. 현대식 총독부 건물이 들어서자 경복궁이 초라해지고 말았다. 이완용이 고문으로 있는 중추원은 총독부 내에 속해 있었고, 새로 지은 총독부 건물에서 중추원의 새해 첫 회의가 열렸다. 이완용은 그것이 마지막 회의라는 것을 알지 못한 채 감개무량한 마음으로 회의에 참석했다.

정월의 매서운 추위에 그의 숨소리는 매우 갈급한 소리를 냈다. 이재명의 칼을 맞은 허파가 날씨가 추워지자 목이 갈가리 찢어질 지경으로 기침이 나왔다. 그는 69세가 되었고 병도 나이를 먹은 탓이었다. 지금까지 일본 최고 의사들에게 치료를 받았고, 공기 좋은 명산을 찾아 전국을 다니면서 정양을 해보았지만 소용이 없었다.

1926년 2월 11일 그의 생명은 드디어 이재명에게 항복하고 말았다. 그는 이재명의 칼을 받고도 17년을 더 살면서 일본에게 한일병합이라는 선물을 안겨주고 생을 마감한 것이었다. 그는 조선의 모든 것을 성취하고 떠난 것이었다. 일본 천황은 그에게 정2위를 추서하고 일본에서 최고의 대훈장(국화대수장)을 수여했다. 순종은 어사를 보내 조의를 표하게 하고 관을 비롯해 장례에 필요한 모든 물품과 부의금 1천 5백 원을 보내주었다. 일본에 있는 왕세자 이은도 사람을 보내 스승의 죽음을 애도했다.

조선총독부 사이토 총독은 "이완용 후작은 동양 최고의 정치인이었다. 그를 잃은 것은 우리의 커다란 손실이다."라며 슬퍼했다. 총독부 정무총감 유아사가 장례위원장을 맡고 부위원장은 후작 박영효와 총독부 내무국장을 합해 총 50명이 장례위원으로 선정되어 그의 마지막을 위해 심혈을 기울였다. 장례는 7일장으로 하고, 2월 18일 영결식을 거행하기로 했다는 신문 기사가 났다. 신문마다 이완용이 죽었다는 기사가 세상을 휘몰아쳤다. 그 가운데 『동아일보』는 "무슨 낯으로 이 길을 떠나가나, 애당초 이호준의 양자로 들어가지 말고 촌에서 땅이나 팠더라면 매국노 소리는 듣지 않았을 것을."이라는 논설로 그를 비판했다.

1926년 2월 18일, 아직 쌀쌀한 날씨 속에 이완용의 관을 실은 일본식 쌍두마차가 그의 집을 벗어났다. 행렬은 붉은 비단에 '조선총독부 중추원 부의장 정2위 대훈위 후작 이공지구'라고 쓴 긴 명정을 휘날리며 용산역 영결식장으로 향했다. 마차를 중심으로 행렬 선봉에는 일본 순사들이 엄숙하게 호위를 하고 뒤에서는 의장병들이 엄숙하게 호위하며 따랐다. 그 뒤로는 신주를 모실 소교와 그의 혼을 담은 혼여와 곡비(哭婢, 곡을 하며 따르는 여종)가 곡을 하며 따랐다.

뒤를 이어 일본 천황과 황족들이 보내온 조화 행렬과 순종과 이 왕가 왕족들이 보낸 조화 행렬이 이어졌다. 그다음은 대한제국 황실이 수여했던 훈1등 이화대수장과 대훈위 금척대수장과 일본 천황이 내린 욱일동화장과 대훈위 국화대수장을 친척들이 들고 뒤를 따랐다. 그리고 말을 탄 기마 순사들의 호위 아래 이완용의 시신을 실은 마차가 천천히 따랐다. 마차 뒤로 여러 유족들이 따랐다. 유족들 뒤로는 조객들이 탄 수많은 인력거 행렬이 횡렬종대로 줄을 이었다. 조선팔도 전·현직 관리들과 일본 고관들이 각각 인력거를 타고 광화문통을 가득 메웠다. 그렇게 꾸민 장례 행렬은 10리 길로 이어지면서 강물처럼 흘렀다.

길가에는 동원된 학생들과 남녀노소를 가리지 않고 구경 나온 사람들이 인산인해를 이루었다. 은숙도 마침 바느질감을 갖다 주려고 나섰다가 걸음을 멈추었다. 사람들은 저마다 분노하며 탄식을 멈추지 못했다.

"왕이 따로 없어."

"왕의 장례보다 더한 것일세."

"일본 순사들이 겹겹이 둘러싸고 간 걸 보면 저자는 죽어서도 조선 사람이 겁이 난 모양이지."

"이재명이 또 나타나 죽은 몸에 칼을 꽂을까 봐, 겁이 나겠지."

"죽어서 칼을 맞아봐야 아프지도 않을 텐데 무슨 소용이란 말인가."

"아니요, 죽어서 칼 맞는 게 더 아프다고 합니다."

"그나저나 이완용 재산이 조선 최고 갑부 민영휘 재산을 능가한다는군."

"나라 팔아 부자 된 것은 부자가 아니지."

"진즉에 임꺽정 같은 도둑이나 되어 저놈 것을 훔쳐낼걸 그랬어."

"그건 내가 하고 싶은 말이오."

사람들은 장례 행렬이 눈앞에서 사라질 때까지 망자를 향해 욕하는 것을 쉬지 않았다. 용산역에서 영결식을 마치고 장례 행렬은 이완용을 위해 마련해놓은 특별열차를 탔다. 전라도 익산군으로 가기 위해서였다. 이완용은 익산군 낭산면 낭산리 조선 천하 명당에 묻힐 것이었다.

은숙은 "무슨 낯으로 이 길을 떠나가나……"라고 쓴 『동아일보』 논설을 떠올리며 "그래, 당신 무슨 염치로 죽었느냐. 죽은 것은 잘했다마는 무슨 염치로 조선 땅으로 묻히러 가느냐."라고 속으로 중얼거렸다.

장례가 끝났음에도 이완용에 대한 찬사는 그칠 줄 몰랐다. 친일 신문과 친일자들이 이완용에 대한 칭찬으로 연일 도배를 하고 나섰다. "그의 성격은 돌과 같이 침착하고 얼음처럼 냉정하고 용의주도하며 사려 깊은 인물"이라고 하는가 하면 "이완용 후작은 무슨 일이든지 신중하게 생각하고 쉽게 결정을 내리지 않았고, 일단 결정을 하고 나면 반드시 실행하고 실행하면 반드시 실적을 보여준 인물"이었다고 했다. "무엇보다도 조선인들의 결사적인 반대에도 불구하고 보호조약과 황제 양위를 관철시켰을 뿐만 아니라 한일합방과 같은 어려운 문제를 기민하고 과감하게 감행한 결단과 의지를 높이 평가"해야 한다고 했다.

또 어떤 친일파는 "이토가 조선인에게 피격당해 목숨을 잃은 이후 세상일을 개탄하며 희망을 잃고, 속히 이등 공을 따라 죽지 못함을 한탄하고 슬퍼했는데 그는 이토와 한 몸이나 마찬가지였다. 먼저 가신 이토 경과 저승에서도 한마음이 되어 일본과 조선을 위하여 큰일을 할 것."이라고 했다. 그러면서 신문은 이완용이 3만 원을 사회에 기부하라는 유언을 유족에게 남겼다면서 그의 높은 뜻은 길이길이 만대에 전해져야 할 것이라고 했다.

신문을 읽으면서 은숙은 분노보다 오히려 조소가 나왔다. "가소롭기 짝이 없는 것들, 나라 팔아먹고 죽으면서 돈 3만 원 내놓은 게 만대에 전해져야 한다니. 지금 중국에서는 당신들 때문에 멀쩡한 사람들이 얼마나 피눈물을 흘리고 있는 줄 아는가."라고 혼자 외쳤다. 은숙은 중국에서 고통 받고 있는 가족들과 수많은 애국지사를 생각하자 억장이 막혔다.

천진에서는 김창국이 권총을 찾아가고 난 다음 또 한 사람이 남개 천흥리 집으로 찾아왔다. 북경에서 거주할 때 진로를 의논했던 김좌진 장군의 사촌 동생 김종진이었다. 북경에서 회영이 써준 소개장을 들고 상해로 간 김종진은 신규식과 이시영을 만났고, 신규식은 그를 운남군관학교로 보내주었다. 운남군관학교는 홍콩을 지나 베트남을 거쳐 수만 리 길을 가야 하는 중국대륙의 최남단에 있었다. 학교를 찾아가는 길이나 돌아오는 길은 천신만고의 고행이었다. 김종진은 멀고 먼 학교를 찾아가 4년 동안 교육을 받고 늠름한 장교가 되어 독립군단에서 활약을 하다가 회영을 찾아온 것이었다.

7년 만이었다. 회영은 뜻밖의 만남에 감격했다. 김종진은 그동안 많은 것을 배우고 체험했으므로 이제 자신 있게 북만주로 가 사촌 형님 김좌진 장군과 함께 새로운 운동을 전개하겠다고 뜻을 밝혔다. 회영은 물 만난 물고기처럼 힘이 솟구쳐 올랐다. 그렇지 않아도 북만주 독립군 기지를 활성화시켜야 한다고 늘 걱정하고 있는 중이었다. 그러나 참으로 오랜만에 자랑스러운 청년 동지를 만났는데 차려낼 것이 없었다. 규창이 짜도미 죽에 소금 종지를 곁들여 상을 차려냈다.

"오랜만에 찾아온 동지에게 이런 대접은 말이 아니네만 어서 드시게."

순국 하

회영이 먼저 죽사발을 들어 올리며 김종진에게 권했다. 김종진은 단칸 움막에 들어설 때부터 사실 충격을 받았지만 정작 멀건 죽사발 앞에 말문이 막혔다. 김종진은 울컥해진 속을 겨우 참으며 입을 열었다.

"선생님 건강이 걱정입니다."

"내 건강이 뭐가 그리 중요하단 말인가. 그것보다는 운동을 타개할 묘안이 없어 한이었는데 김 동지가 북만주로 간다고 하니 근래에 들어보는 가장 반가운 소식이지 뭔가."

"그런데 사모님은 어디 가시고 규창이가 부엌살림을 하는지요?"

"운동 자금 때문에 서울로 간 지가 벌써 3년이 지났네."

"가족들은 어쩌구요?"

"가족? 가족은 그다음 아닌가."

"아무리 선생님 말씀이지만 그건 동의할 수 없습니다."

"동의하지 말게. 누구나 다 그래서는 안 될 일이니."

"다른 사람은 그래서는 안 되고 선생님 댁만 가족보다 조국이 먼저라는 말씀인가요?"

"우리 가문이 대대로 누린 게 얼마던가. 그렇지 않았더라면 일제 치하에서 그럭저럭 살아갈 수도 있었겠지."

"선생님 가문만은 못하지만 대대로 부귀영화와 명성을 누린 다른 명문가들도 많습니다. 그런데 왜 하필 선생님 가문만 모든 짐을 짊어지고 이렇게 살아야 한단 말씀인지요. 전 그것도 동의할 수 없습니다."

"혼이지. 조선인의 혼을 살리는 길은 이 길밖에 없기 때문이네. 지금 우리가 이역만리 험한 땅에서 거지 노릇을 하면서라도 이렇게 몸부림치는 것은 기필코 독립을 성취하자는 것이지만 독립에만 한정 지어서는 안 되는 것이네."

"무슨 말씀인지요?"

"성서를 읽어보았는가?"

"예."

"출애굽을 생각해보시게. 애굽 땅에서 400년 동안 노예 생활을 하던 이스라엘 민족이 모세라는 지도자를 따라 가나안으로 가는 길은 사흘 길에 불과한 거리였네. 그런데 40년 동안을 물 한 모금 없는 광야에서 헤매지 않았나. 그것이 바로 이스라엘을 지탱해주는 민족정신으로 완성된 것일세. 우리도 마찬가지로 지금 험한 땅에서 굶주리고 쫓기고 목숨을 버리면서 몸부림치는 이 모든 것들이 독립을 뛰어넘어 후일 우리 대한의 민족정신으로 이어질 것이라고 나는 굳게 믿고 있네."

"저는 오직 독립만이 전부인 줄 알았을 뿐 그것이 후일 민족정신으로 이어질 것이라는 생각은 하지 못했습니다."

김종진은 비로소 죽 그릇을 들어 올리며 박해를 받을수록 행복해했던 예수의 생애를 생각했다. 그리고 그것은 태연하게 죽을 마시고 있는 회영으로 이어졌다. '조국 독립과 독립 이상의 것을 위해' 십자가에 못 박아버린 삶에서 흘러내린 선혈이 너무 붉고 아름다웠다.

"그런데 선생님께서 아나키즘이라는 사상을 받아들이셨다는 말을 듣고 크게 놀랐습니다. 어떤 동기가 있었을 것인데 그게 무엇인지 궁금증이 들기도 하구요."

김종진은 조선의 대표적인 성리학의 대가가 아나키스트가 되었다는 것을 도무지 이해하기 힘들었다. 사실 김종진은 아나키즘에 대한 관심을 벌써부터 갖고 있었고 회영을 만나 최종적으로 확인하고 싶었다.

"조국 독립을 실행에 옮기는 방법과 실천이 아나키스트 정신에 들어 있음을 발견한 것이네. 그런데 나는 의식적으로 어떤 주의자가 된 것이 아니네. 지금까지 내가 생각해온 것이 거기에 다 들어 있었다고 하면 정확한 답이 될 것일세. 그러니 나는 예나 지금이나 전혀 변한 것이 없다고 할 수 있네. 아나키즘이라는 건 사상이 아니라 그저 평범한 자유정신과 평등정신일 뿐이지. 말하자면 자유주의자들의 순수한 자유연합이라고 하면 가장 적절한 설명이 될 걸세. 아니 더 쉽게 말하면 우리나라 대동사상이라는 말이 가장 적합하겠군."

"우리나라 대동사상이라면, 품앗이나 울력이 아닌지요?"

"그렇지, 우리나라에서 옛날부터 전해 내려오는 대동사상은 품앗이나 울력에서 나온 것이지. 품앗이와 울력이 무엇이던가, 공동체와 자유 아닌가. 자유롭고 서로 대등하고 상호 간에 협동하는 것이 아니던가. 내가 발견한 아나키즘은 바로 그것이었네."

"그런데 자유연합이 너무 이상적이지 않느냐고 고개를 갸웃거리는 사람들도 있습니다."

"독립운동이야말로 가장 이상적인 정신세계이지. 생각해보게. 독립운동을 누구의 강압에 의해 하는 사람이 있던가. 김 동지 자네가 지금 독립운동 제일선에 나선 것이 어떤 단체의 힘인가? 아니면 어떤 누구의 강요에 의한 것인가? 오로지 조국을 위한 자네의 순수한 자유의사에서 발로된 것이 아니냔 말일세. 그것이 바로 이상이라는 것이네. 무엇이든지 자유의사에 맡길 뿐 강요나 강압이나 강권은 있을 수 없다는 것이 아나키즘의 자유정신이고 이상이지."

"아나키스트 동지들을 만난 기쁨도 대단했다고 들었습니다."

"내가 이제야 평생 동지를 만났다고 확신했던 건, 누가 누굴 지배하지 않는 아나키스트 동지들의 순수함과 오로지 조국 광복만을 위한 순수한 목적에 반했던 것이네. 제대로 된 독립운동을 찾아보기 힘든 현실에서 한 줄기 서광이 아니고 무엇이겠나."

김종진은 사흘 동안 아나키즘에 대해 문답을 주고받으면서 비로소 아나키즘에 대한 확신을 가지게 되었고, 운동 방향의 가닥을 잡게 되었다. 서둘러 김좌진 장군을 찾아가 아나키즘 정신을 바탕으로 마음껏 항일운동을 펼치고 싶었다.

"서둘러 북만주로 가 형님을 설득하겠습니다. 아나키스트 동지들과 연합할 수 있도록 말입니다."

"김좌진 장군과 함께라면 큰일을 해낼 수 있을 것이네."

"희망이 있는 것은 상해임정에서 평북파, 평남파, 함북파, 기호파, 황남파 등 파벌이 일어나 야단일 때 형님께서는 '나라를 빼앗긴 원인이 바로 저런 것에 있었던 게야. 나라를 찾는 일은 오로지 하나 된 마음이 최우선이라고 하신 우당 선생님의 생각이 백번 옳지 않은가!'라고 탄식하셨다는 말이 자자했습니다. 형님께서도 파당을 지어 권력 싸움 하는 것을 질색하시니 마음이 움직일 가능성이 있다고 봅니다."

"그러나 너무 서두르지는 말게."

"반드시 해내겠습니다. 선생님."

김종진은 김좌진 장군을 꼭 설득하겠다고 다짐하면서 북만주로 떠났고, 회영은 반드시 해내겠다는 김종진의 다짐에 기대를 걸었다.

26
도피

    김종진이 떠나고 이틀 후, 이른 아침 누군가 대문을 잡아채듯 흔들어댔다. 대문을 흔드는 분위기가 위압적이었다. 회영이 반사적으로 김사집 손목을 잡아끌고 뒷문을 통해 몸을 숨겼다. 문을 흔들거나 두드리는 느낌만으로도 누가 왔는지 금세 알 수 있었다.

    "여기 조선 사람이 사는 집 맞지?"

    "여긴 중국인들만 살고 있습니다."

    규숙이 능숙한 중국말로 둘러댔다. 북경에 남아 학교에 다니던 규숙이 한 달 전에 졸업하고 집으로 돌아와 있었다. 일본 관원은 유창하게 중국말을 하는 규숙을 중국 사람으로 알면서도 의심을 풀지 못해 집 안으로 쳐들어와 구석구석을 살폈다. 김사집이 떨며 겁을 먹었다.

    다음 날 김사집이 상황을 알아보기 시작하고 회영은 이른 아침 일찍 집을 나가 구 러시아 조계지 공원으로 몸을 숨겼다. 정황을 알아낸 김사집이 헐레벌떡 뛰어와 소리쳤다.

"큰일 났습니다. 선생님을 쫓고 있는 것 같습니다. 지난겨울 나석주 사건의 배후를 잡기 위해 일본이 상해, 북경, 천진에 형사들을 풀었다고 합니다. 아무튼 지금 선생님과 심산 선생님이 표적이 되어 있으니 어쩌면 좋습니까."

"새삼스럽게 놀랄 것 없네. 어차피 죽을 때까지 쫓기는 신세 아닌가."

"그래도 너무 급하지 않습니까."

"망명 이후 이날까지 단 한 번도 겉옷을 벗고 잠을 자본 적이 없었네."

새삼스럽게 놀랄 일은 아니지만 무슨 대책을 세워야 했다. 다음 날도 일본 영사관 관원들이 집 주위를 배회하다 사라졌다. 김사집이 떨며 천진을 떠나 상해로 가야 한다고 졸랐다.

"김 동지 자네는 어서 여기를 떠나게."

그렇지 않아도 김사집은 고민 중이었다. 일경의 표적이 될 만한 인물도 아니거니와 도피 생활을 하는 데는 옆에 누가 붙어 있는 것 자체가 걸림돌이고 위험한 일이었다. 또 상해로 가야 한다고 말은 했지만 다섯 사람이 상해로 가자면 여비가 만만치 않았다.

"그럼 선생님은 어떻게 하실 생각인지요?"

"글쎄?"

회영이 선뜻 대답을 하지 못했다. 시각을 다퉈 도피해야 하지만 두 딸이 문제였다.

"제가 선생님을 모시겠습니다."

김사집은 어떻게 해야 좋을지 몰라 고민하는 회영을 바라보는 순간 회영의 곁을 떠나면 안 된다는 생각을 했다. 회갑을 넘긴 고령이었고 많이 지쳐 있었다.

"무슨 소린가? 당장 여길 떠나게. 김 동지는 굳이 일경을 피하느라 고생할 필요가 없네."

"가지 않겠습니다. 앞으로는 몰라도 지금은 선생님과 함께하겠습니다."

김사집은 열심히 도피할 방법을 연구했다. 아무리 연구를 해 봐도 여비가 없는 한 걸어서 상해로 가는 수밖에 없었다. 걸어서 가자면 서너 달은 족히 걸릴 것이고 다 컸다고는 하나 열여덟 살인 규숙과 어린 현숙이 문제였다.

"선생님, 규숙이와 현숙이를 빈민구제원에 맡기고 선생님과 저와 규창은 걸어서 상해로 가는 방법밖에 없습니다."

김사집이 어렵게 고육책을 내놓았다.

"빈민구제원이라니, 거긴 버려진 아이들이나 부모가 없는 아이들을 돌보는 곳 아닌가?"

"달리 방법이 없습니다."

회영은 김사집의 생각을 거절하지 못했다. 딸들을 데리고 수만 리 길을 걷는다는 것은 말이 되지 않았다.

"다시 돌아올 텐데 너무 심려 마십시오."

226

김사집은 몇 년이 걸릴지, 어쩌면 영영 끝이 될지도 모른 일인 줄 알면서도 회영을 위로할 말이 그것밖에 없었다.

김사집이 천진시가 운영하는 빈민구제원 수속을 시작했다.

"선생님, 아이들 이름을 바꾸어야 합니다."

규숙은 홍숙경으로 현숙은 홍숙현으로 바꾸었다. 홍씨 성은 문득 노비 홍순을 떠올린 것이었다. 김사집이 자매를 데리고 가 고아라고 속여 빈민구제원에 입소시키고 돌아섰다.

짐을 정리했다. 흔적이 될 만한 것들은 종이쪽지라도 남김없이 태워 없앴다. 가지고 갈 수 있는 것은 겨울옷과 헝겊으로 만든 신발(중국에서는 신발을 헝겊으로 만들었다.) 몇 짝과 퉁소였다. 옷가지와 신발을 둘둘 말아 단단히 묶었다. 아직 별빛이 남아 있는 새벽에 회영은 규창, 김사집과 함께 집을 나와 수만 리 상해를 향해 걷기 시작했다.

"조국 강산으로 친다면 백두산에서 남도 땅끝까지 왕복하기를 두 번쯤은 되겠지요?"

"두 번도 넘을 걸세. 지금이라도 마음을 돌리게, 김 동지."

"하늘 끝까지라도 선생님과 함께 가겠습니다."

천진서 상해로 가는 진포선 철로를 따라 30여 리를 가다가 양평이란 지역을 지나게 되었다. 농가가 나오고 소들이 외양간 짚 무더기에 누워 자고 있었다. 오랜만에 보는 소들이었다. 무척 평화롭다고 느끼며 세 사람은 걸음을 멈추고 소들을 바라보았다.

그런데 느닷없이 회영이 두 사람의 옷소매를 끌고 후다닥 외양간으로 숨어 들었다. 숨은 채로 주변을 살폈다. 남자 두 사람이 두리번거리며 고개를 갸웃거리고 있었다. 한 사람은 그냥 돌아가자며 재촉하고 한 사람은 조금만 더 찾아보자며 달랬다. 그렇게 한 시간쯤 흘렀다. 중국 남자들이 어디론가 사라지고 없었다.

　"중국 놈들이야. 우리 뒤를 밟은 게로군."

　회영이 길게 심호흡을 퍼내며 주변을 둘러봤다.

　"선생님은 눈치도 빠르십니다. 그런데 중국 놈들이 왜요?"

　"일본 놈들 앞잡이지."

　"중국도 일본이라면 치를 떨면서 그런 짓을 한답니까?"

　"우리 조선 사람들은 제 민족과 나라도 팔아먹지 않았나. 한때는 피를 토하며 앞장서서 독립운동을 했던 사람들이 밀정 노릇을 하고 있다는 걸 몰라서 그런가."

　"생각해보니 그렇긴 합니다."

　회영은 어서 양평을 벗어나야 한다고 재촉하며 남변 쪽을 따라 걸었다. 다행히 남자들은 보이지 않았다.

　하루에 50여 리 정도를 무작정 걷고 또 걸었다. 중국의 5월은 이미 한여름이었다. 몸이 땀으로 범벅이 되면서 지치고 말았다. 하북성을 지나 산동에 들어 남피의 소잔에서 하룻밤을 자기로 했다. 양평에서 2백 리쯤 왔을 것이었다. 마을은 산과 접해 있었다. 잠을 잘 만한 곳을 찾다가 마을 맨 꼭대기 집으로 찾아들었다. 노인

부부와 40대로 보이는 아들이 살고 있었다. 아들이 헛간에서 자도 좋다고 했다. 말이 헛간이지 벽이 허물어져 하늘이 다 보였다.

휘영청 밝은 달이 헛간을 엿보듯 들여다보며 비춰주고 있었다. 마당에는 달빛이 홍수처럼 쏟아져 내리고 있었다. 회영은 눕지 않고 우두커니 앉아 마당을 바라보았다. 그때 달빛을 헤치고 그림자가 어른거렸다. 집주인 아들 같았다. 그림자가 마당을 서너 번 배회하더니 헛간 쪽을 향해 고개를 갸웃거리며 집 밖으로 나갔다. 회영은 느낌이 이상해 밖으로 나가 그림자가 사라진 쪽을 향해 몇 걸음 나가보았다. 그림자는 급히 마을 아래로 뛰다시피 내려가고 있었다. 회영은 서둘러 헛간으로 돌아와 두 사람을 깨웠다.

"빨리 피해야 한다."

"피하다니요? 중국 놈들이 여기까지 추적해왔단 말인지요?"

"나도 모르겠네. 아무튼 위험해. 이 집 주인 아들이 어디론가 급히 내려간 걸 봤네."

"치사하고 더러운 놈들. 그놈도 신고하러 간 모양이지요."

회영 일행이 대문을 나와 걷고 있을 때 뒤에서 발소리가 들려왔다.

"선생님, 누가 오고 있습니다."

"나도 들었네."

"뭘까요?"

"그건 위험해. 이대로 걷다가 저 모퉁이를 돌아선 다음 산으로 오르세."

"알겠습니다."

발소리가 더 가까이 들려왔다.

"김 동지는 규창이를 데리고 모퉁이 오른쪽으로 돌아 나가게. 나는 왼쪽으로 가겠네."

"갈라지자구요?"

"그렇네."

"그럼, 꼭 다시 뵈어야 합니다. 선생님."

김사집이 마치 기차역이나 배가 떠나는 부두에서 이별을 하듯 인사말을 했다. 세 사람의 발길이 빨라지기 시작하고 뒤에서 낮게 주고받는 말소리도 가깝게 들려왔다.

"혹시 누가 알아, 횡재를 할지. 무조건 수상한 여행객을 보면 잡아 넘기고 보는 거지. 아니면 말고."

"그럼, 소 한 마리를 살 수 있는 돈이 생기는데."

등 뒤에서 지껄이는 말이 등에 비수처럼 박혔다.

세 사람은 산으로 오르기 시작했다. 산은 크게 경사지지는 않았으나 돌이 많아 험했다. 산을 비춘 달빛은 한여름인데도 춥고 시렸다. 김사집은 규창을 데리고 오른쪽으로 뛰고 회영은 왼쪽으로 뛰었다. 회영이 뒤돌아보자 사내들도 산을 오르고 있었다.

후쿠다 서장은 상해와 북경 등에 형사를 파견하고 중국 노동자들을 매수하여 천진부터 남피, 소잔까지 망을 치고 현상금을 걸어놓은 상태였다. 수상한 자는 무조건 신고하라는 당부였다. 회영의 짐작대로 남피 소잔마을 집주인 아들은 단번에 회영 일행을 수상히 여기고 아랫마을로 내려가 사람을 대동한 것이었다.

김사집이 간 오른쪽은 곧 숲이 나와주었다. 두 사람은 다행히 숲속으로 들어가 몸을 숨겼다. 회영이 택한 왼쪽은 드문드문 나무가 있고 바위투성이로 된 골짜기였다. 크고 작은 바위를 건너 앞만 보고 올라가다 움푹한 곳에 몸을 숨겼다. 달빛 아래 죽은 듯 정적이 흘렀다. 다행히 미행한 남자들은 산 중간쯤에서 추적을 포기하고 산을 내려갔다.

그러나 회영은 혹시 몰라 최대한 몸을 엎드려 바위를 끌어안고 숨을 죽였다. 숨을 죽인 채 그대로 잠이 들고 말았다. 달빛이 지친 회영의 등으로 밤새 강물처럼 흘렀다. 다음 날, 날이 밝고 눈을 뜬 회영이 헉, 하며 놀랐다. 바윗돌에 백골이 얹혀 있고 그 바위에 달라붙어 잠든 것이었다. 주위가 온통 백골이었다. 밤에 그들이 돌아가버린 이유를 알 만했다. 알고 보니 정신없이 오른 곳은 산중턱이었고 시체골이었다. 중국 변두리 사람들은 사람이 죽으면 가마니에 둘둘 말아 바위산 계곡에 그대로 버려둔 탓이었다.

날이 밝자 김사집이 규창을 데리고 산 왼쪽 방향을 뒤지며 회영을 찾기 시작했다. 그리고 시체골에서 회영과 만나자 기절할 듯 소리쳤다.

"이런 곳에서 어떻게 견디셨습니까."

"생각해보니 이 시신들이 지켜준 것이야. 감사하다고 인사를 하고 가야겠네."

회영 일행은 두 손을 모으고 시신들을 향해 인사를 하고는 산을 내려와 다시 걸었다. 어서 남피를 벗어나야 했다.

철연, 오교, 평원, 덕릉, 우성, 안성을 지나는 데 한 달이 걸렸다. 7월 한여름에 산동의 제남부에 닿았다. 제남부는 산동성의 중심 도시였으므로 번화했다. 그리고 일본의 세력이 뻗쳐 있어 일본의 조차지가 있고 마음대로 중국인에게 아편을 밀매하고 있을 정도로 일본이 판을 치고 있었다. 그러므로 더욱 조심해야 할 곳이었다. 앞에서 너무 힘을 빼버렸으므로 아무리 부지런히 걸어도 제남부를 벗어나자면 닷새는 족히 걸릴 것이었다. 정작 제남부에서 의심을 받았다가는 살아나기 힘들 것이라는 생각을 하며, 회영은 짐 속의 비상금을 생각했다. 그걸로 여관에 든다면 의심받을 염려가 없을 것이었다.

"김 동지, 여관으로 가세나."

"더 급할 때는 어떻게 하시려구요. 배가 고파서 꼭 죽게 생겼을 때 말입니다."

김사집의 말에 회영은 다시 인내하기로 하고 짐 속에 꼭꼭 싸매둔 10원을 최후의 순간까지 손대지 않기로 했다. 날이 어둡기를 기다렸다가 어느 집 헛간으로 숨어들었다. 이제는 집주인에게 허락을 받지 않고 도둑잠을 자기로 했다. 그런데 뜻밖에 한국말이 들려왔다.

순국 하

"중국 아이들이 주는 걸 받아 피우면 안 된다. 그게 다 아편이 아니냐."

회영과 김사집이 눈을 크게 뜨며 서로 바라보았다.

"선생님, 들으셨지요? 분명히 한인입니다. 이 집이 한인들이 사는 집이라니까요."

회영의 얼굴이 환해졌다.

"선생님, 어서 나가시지요."

김사집이 재촉하다 못해 벌떡 일어나 방문 가까이 다가가 크게 말했다.

"주인 계시오."

집주인이 문을 열고 내다봤다. 김사집이 하룻밤 신세를 지자고 말했다. 그런데 생각과 달리 집주인은 처음 보는 한국 사람을 선뜻 반기지 않았다. 김사집이 당황하여 회영을 돌아봤다. 회영도 주춤했다. 서로 믿지 못하는 몇 초의 순간이 지나갔다.

"이 분은 애국지사이신 우당 선생님입니다."

김사집이 집주인에게 회영을 소개했다.

"지금 뭐라고 하셨소? 우당 선생님이라고 하셨소?"

집주인이 놀란 눈으로 물으며 엉거주춤 몸을 일으켜 세웠다.

"그렇습니다. 우당 선생님이십니다."

"참말이오?"

집주인은 도저히 믿어지지 않는다는 듯, 몇 번을 되물으면서 마당으로 뛰어나와 사람을 살폈다. 그리고 서둘러 방으로 안내했다.

"우당 선생님을 뵙게 되다니 이게 꿈인지 생신지요. 절 받으시
지요."

집주인은 가장 존경하는 사람에게 올리는 태도로 회영에게 절
을 했다.

"우당 선생님을 아시는 모양이군요?"

김사집이 궁금증을 참지 못해 입을 열었다.

"제 목숨이 우당 선생님 덕택으로 살아났습니다."

집주인은 한일병합 이후 줄곧 제남부에서 거주해온 한인 서정
화란 사람이었다. 40대 초반 정도인 서정화는 한일병합 당시 작
은아버지가 의병 활동을 하다 붙잡혔고 자기네 집 남자들도 목숨
이 경각에 달려 있을 때 급히 조선을 떠나야 했으며, 그때 수중에
돈 한 푼 없이 입은 옷 그대로 압록강을 건너야 했던 이야기를 들
려주었다.

"사촌, 육촌까지 우리 집안 청년들 다섯 명이 꽁꽁 언 강을 걸어
서 건너려다 두 명이 쓰러지고 말았습니다. 그런데 압록강 뱃사
공이 썰매를 끌고 와서 우리를 자기 집으로 데려가 동상이 든 발
을 치료해 살려냈지 뭡니까. 그래서 은혜를 잊지 않겠다고 했더
니 그 사람이 하는 말이 '그건 당신네 나라 독립운동가 우당 선생
님께 하십시오. 저는 다만 그분의 부탁을 행할 뿐입니다.'라고 하
더군요. 첸징우라는 그 뱃사공 이름을 잊지 않고 있습니다. 정녕
생전에 꼭 한번 우당 선생님을 뵙고 싶었습니다."

순국 하

회영은 첸징우가 그렇게까지 할 줄 몰랐던 터라 깜짝 놀랐다. 그리고 고마웠다.

"그건 내가 아니라 첸징우에게 고마워해야 할 일이오."

서정화는 눈물을 글썽이며 한인 사회에도 일본 첩자가 있어 낯모르는 사람은 누구나 경계한다고 사정을 털어놓으며 죄송하다는 말을 여러 번 되풀이했다. 그리고 회영의 몰골을 보고 놀라움을 금치 못했다. 땀과 먼지에 전 의복이 거지에 다름 아니었다. 서정화는 대뜸 아끼고 아낀 새 옷을 내주며 입기를 권했다. 그러나 회영은 본색을 감추기에는 거지꼴이 안성맞춤이라며 극구 사양했다. 대신 김사집이 비상시에 팔아 돈을 마련할 생각으로 덥석 옷을 받아 봇짐 속에 집어넣었다.

회영은 하룻밤만 쉬고 떠나려고 했으나 서정화의 간곡한 만류로 하루를 더 쉬고 그다음 날 길을 나섰다. 서정화는 가진 돈을 몽땅 털어 10원을 주며 가난한 살림을 한탄했다. 회영 일행에겐 큰돈이었으므로 김사집의 입이 함박꽃처럼 벌어졌다. 이틀이나 푹 쉬면서 제대로 끼니를 먹은 덕택에 몸이 한결 가벼웠다.

제남부를 벗어나 남으로 남으로 내려가 태안부에 들자 태산이 드러났다. 공자가 '등태산이소천하(登泰山而小天下)'라고 했지만 산높이라야 6, 7백 미터나 됨직하고 숲도 그저 그런 정도였다.

"난 또 '등태산이소천하'라고 해서 산이 하늘에 닿을 정도로 높은 줄 알았더니 우리나라 뒷동산이나 진배없질 않습니까."

김사집이 실망했다는 투로 말했다.

"산동성이 평지라 고대 사람들 생각에 세상에서 가장 높은 산인 줄 알았겠지."

회영도 김사집의 말에 동조하면서 그렇게 말했다.

"말만 듣던 고산도 눈앞에서 보니 쫓기는 처지에도 여행은 여행입니다, 선생님."

김사집은 회영을 위로하려고 열심히 말을 했다. 일본에서 고학으로 유학했던 일을 말할 때는 무척 흥분하기까지 했다. 일본에서 유학하는 조선 학생 열 명 중 둘은 고학을 했고 김사집도 마찬가지였다. 우유 배달, 신문 배달, 인력거꾼, 공사장 막노동, 헌책이나 잡지를 수거하여 파는 고물장수 등등 안 해본 것이 없다고 했다.

그런 일은 중국 유학생이나 일본 학생들은 하지 않는 일이었으므로 일본인들은 조선 고학생들을 업신여겼는데, 통탄할 일은 조선 유학생들의 이미지를 흐려놓는다며 부유한 집 조선 유학생들이 가난한 조선 고학생들을 얕보는 일이었다. 그리고 정말 통탄할 일은, 고생하며 공부하는 고학생들일수록 애국심이 불타올랐고 부유한 유학생 중 대부분이 일본에 아부하더라고 김사집은 분통을 터트렸다.

"손가락에 살짝 힘만 주어도 바싹 깨져버릴 그 계란 껍데기 같은 부잣집 도련님들을 생각하면 울화통이 터집니다. 그 자식들은 같은 민족끼리 신분의 차이를 운운하면서 고학하는 학생들을 비

236

웃는가 하면 일본 놈들 앞에서는 조선의 조 자도 꺼내지 못했지요. 정녕 그런 놈들도 조선 새끼들이었는지, 내 눈에 흙이 들어가기 전에는 용서할 수 없습니다."

일본의 메이지대학(1881년에 세워진 명문대학)에서 법학을 공부하고 삼일운동 후 북경으로 망명하여 독립운동을 시작한 김사집은 마치 현실인 것처럼 푸우, 푸우, 한숨을 퍼내며 그렇게 어렵게 공부했지만 나라가 없으니 무슨 소용이 있느냐고 한탄했다. 그렇지만 해방이 되면 가난하고 힘없는 사람들을 위해 공짜로 변론을 해주는 변호사가 되겠다고 다짐했다.

"신분, 신분, 그놈의 신분 차이가 도대체 무엇이란 말인가? 나라가 없어도 신분만 있으면 된단 말인가?"

잠자코 듣고 있던 회영이 화를 냈다. 회영은 그저 묵묵히 듣기만 하면서도 김사집의 말에 분노가 끓어올랐다. 비단 그 부유한 유학생들뿐만 아니라 조선 사람들은 나라를 잃어버린 지경에서도 신분의 높낮이를 비교하면서 약자를 지배하려는 근성을 버리지 못한 탓이었다. 회영은 평소에도 '신분 차이'라는 말을 일본만큼이나 싫어했다. 신분은 분명히 상대를 지배하는 것이었다. 약자 위에 군림하면서 약자를 얕보고 경멸하고 짓밟는 것이었다.

"일본 놈들이 독립운동은 상놈들이나 하는 짓이라고 선전하고 있는데 사실 따지고 보면 그놈들 말도 일리가 있질 않습니까?"

회영은 대답 대신 고개를 끄떡였다.

몸이 천근만근이었다. 태안부에서 하루쯤 머물러야 다시 걸을 수 있을 것 같았다. 태산으로 유명한 태안부는 지금까지 지나온 곳 중에서 형편이 가장 열악한 곳이었다. 마을이나 사람들이나 모두 금세 쓰러질 듯했다. 도무지 머무를 곳을 구할 수가 없었다. 사찰을 찾아가 부탁했다. 먹을 것은 없으니 잠만 자고 가라고 했다. 저녁이 되자 처음에는 잠만 자라고 했지만 인간으로서 자기네들만 먹을 수가 없어 음식을 조금 내주었다. 야채를 넣고 끓인 죽이었다. 감지덕지 감사하며 한 숟갈을 입에 떠 넣은 김사집이 윽, 하며 죽을 삼키지 못했다.

"이게 독약이지 어디 음식입니까?"

김사집이 곧 죽을 것처럼 상을 찌푸리며 죽 그릇을 놓고 말았다.

"죽지는 않을 테니 그래도 삼켜두게."

"죽고 말지요."

"스님들은 마음을 닦기 위해 일부러 쓴 것을 먹는 것일세."

"저는 이따위 죽 먹어가며 마음 닦을 생각 없습니다."

회영이 눈을 질끈 감고 태연한 척 죽을 삼키면서 권했으나 김사집은 끝내 죽을 먹지 못했다. 규창이도 마찬가지였다.

잠자리에 들자 기다렸다는 듯이 모기들이 달려들었다. 모기들도 쓴 죽만 먹는 스님들 피만 빨기에 진저리가 난 듯 처음 본 사람들을 반겼다. 얼굴과 팔다리를 무차별 공격하기 시작했다. 김사집이 분주하게 팔다리를 긁으며 '중국은 공자 같은 대성인을 낸

238

나라이고 동양 문명의 기원지인데 어찌 이렇게도 야만적일 수 있느냐'며 계속 태안부를 탓했다.

"모기도 우리 조선 모기와는 사뭇 다릅니다. 이게 거미지 모깁니까. 시커멓고 큰 것이 끈덕지고 독하기가 꼭 일본 놈들과 똑같지 않습니까."

"거지 여행을 하는 처지에 불평할 줄 아니 그래도 여유가 있어 보여 좋구만."

"예로부터 배고픔은 참아도 기침과 가려움은 못 참는다고 하질 않습니까."

"김 동지 말이 맞는 것 같네."

회영도 참을 수 없어 모기가 물어댄 자리를 긁으며 김사집의 말에 공감했다. 모기 때문에 잠을 이루지 못하자 회영이 짐 속에서 퉁소를 꺼내 들었다. 김사집도 차라리 퉁소를 불면서 밤을 새우는 편이 낫겠다며 귀를 기울였다. 회영은 퉁소를 불고, 김사집은 몰래 눈물을 훔쳤다.

세 사람은 밤새도록 모기에게 뜯기다 겨우 잠이 들었다. 그리고 아침 늦게 눈을 떴다. 눈을 뜨자마자 규창이 "짐 보따리가 없어졌어요!"라고 소리쳤다. 마당을 쓸고 있는 스님에게 물어봤지만 입도 떼지 않고 고개만 살래살래 흔들었다. 짐 속에 꼭꼭 감추어 둔 비상금 10원과 서정화가 준 돈 10원과 새 옷까지 몽땅 잃어버리고 만 것이었다. 퉁소는 밤에 부느라 꺼내놓은 탓에 옆에 있었다.

회영은 그나마 다행이라며 안도의 숨을 쉬었다.

"차라리 선생님께서 그 돈으로 여관에 들자 하실 때 그렇게라도 했더라면 덜 억울하겠습니다. 그 돈 아끼느라 밥 한 끼도 사 먹지 않았는데."

김사집이 원통함을 참지 못해 거듭거듭 한숨을 쉬었다.

"어차피 무전여행이 아니던가. 좋지 않은 건 속히 잊는 것이 약이라네."

회영이 오히려 김사집을 위로하며 길을 나서려는데 사찰에서 안 됐다는 듯이 아침 식사로 지난 저녁보다 훨씬 맛이 좋은 죽을 내주었다.

"그러면 그렇지. 쓴 죽으로 마음을 닦기는 뭘 닦아요. 자기네들은 훨씬 나은 죽을 먹으면서 사람에게 그따위를 내준 거라니까요. 보따리도 어쩌면 저자들 소행인지 모릅니다."

"저도 그런 생각이 들었어요. 스님들 얼굴이 처음부터 마음에 들지 않았거든요."

"순수한 규창이가 그렇게 봤다면 틀림없다. 저들 짓이 분명해."

"도둑 누명 함부로 씌우는 것 아니다. 가장 큰 죄악이니라."

회영이 김사집과 규창이 주고받는 말을 끊으며 책망했다.

길을 가면서 규창의 겉옷을 팔아 1원 50전을 만들었다. 여름이라 다행이었다. 산동성을 벗어나자면 앞으로도 닷새는 족히 걸어야 할 것이라고 사람들이 말해주었다. 남으로 남으로 끝없이 걸었다. 저녁 때마다 잠자리가 고역이었다. 농촌에서는 헛간에서라도 잘 수 있고, 소도시에서는 길모퉁이나 건물 아래서 자기도 했지만, '진포선'이라는 소도시에서는 도저히 잘 만한 곳을 찾을 수가 없었다. 폭격을 맞아 벽만 남은 곳을 발견하고 거기에 누워 잠을 청하기로 했다. 별이 총총히 빛나고 있는 밤하늘이 무척 아름다웠다. 김사집이 팔을 베고 누워 한탄과 감탄이 뒤섞인 말을 했다.

"선생님, 저 별들을 보십시오. 꼭 송아지 눈망울만 한 것들이 눈물을 뚝뚝 흘린 것만 같습니다. 폐허나 진배없는 이런 곳에 누워 저렇게 아름다운 별을 보다니요. 마치 예수가 태어나던 날 밤에 동방박사들에게 방향을 가르쳐준 별들 같지 뭡니까. 그러고 보니 우리가 꼭 동방박사들 같습니다."

회영은 말없이 퉁소를 꺼내 불기 시작했다. 소리는 언제나 어머니 같고 조국의 분신 같았다. 지쳐 쓰러질 때마다 일으켜 세워주면서 끝까지 견뎌야 한다고 위로해주었다. 김사집과 규창은 퉁소 소리를 들으며 잠이 들었다. 소리는 별빛과 함께 폐허의 담벼락을 돌며 밤새 망국의 한을 달래주었다.

진포선을 벗어나 서주에 도착했다. 서주는 산동성에서 대도시에 속했다. 천진을 떠난 지 석 달째였다. 세 사람은 지칠 대로 지쳐 어딘가에 당장 몸을 의지하고 싶은 마음이 간절했다. 때마침 여관 호객꾼이 다가와 친절하게 투숙할 여관을 찾지 않느냐고 물었다. 김사집이 구세주를 만난 것처럼 그렇다고 냉큼 대답했다. 회영이 김사집을 붙잡을 새도 없이 김사집이 호객꾼을 따라가 방을 잡아놓고 돌아와 회영과 규창을 잡아끌었다.

"무작정 여관으로 가서 어쩌자는 것인가?"

회영은 무슨 수가 있을 턱이 없음을 잘 알면서도 혹시 무슨 수라도 있느냐는 투로 물었다.

"일단 잠을 자면서 무슨 수를 생각해보겠습니다."

회영은 이끌리다시피 김사집을 따라갔지만 실은 어서 방에 들어가 쉬고 싶은 마음이 간절했다. 여관 종업원이 방으로 안내를 해주었다. 방을 보자 김사집이 방바닥에 벌렁 누우면서 아, 아, 하면서 감탄사를 연발했다. 모두 노숙으로 전전해오다 모처럼 여관방에 들자 온몸이 물 먹은 흙더미처럼 무너져 내렸다.

"방에서 잠을 자보는 것이 얼마 만인지요."

"제남부의 서정화 집에서 자고 처음이니 석 달 만이구나."

오랜만에 방바닥에 등을 대고 잘 자고 난 다음 회영은 내일이면 당장 치러야 할 여관비가 걱정이었다.

"김 동지는 대체 어쩔 작정으로 여기로 왔단 말인가?"

"실은 송호 동지가 송호성이라는 이름으로 산동성 2군단 사단장으로 있다는 말을 들었습니다. 송호 동지도 북경 선생님 댁에서 여러 날 묵었다는데 기억나지 않으신지요?"

"송호 동지 말인가? 기억하고말고. 기골이 장대하고 군인다웠지."

회영은 금세 기골이 장대하고 얼굴이 유난히 검은 송호를 기억해냈다.

송호 역시 북경 회영의 집에서 묵어갔을 뿐만 아니라 신흥무관학교 출신이었다. 회영은 반가운 마음에 당장 송호에게 편지를 써서 규창에게 들려 보냈다. 그리고 여관에서 묵은 지 7일이 경과한 날 회신을 받았다. 제2군단장 병사가 직접 회신을 가지고 여관 주인에게 회영 일행을 찾자 여관 주인은 허리를 굽히며 정중하게 병사를 회영 일행이 든 방으로 안내해주었다. 김사집이 재빨리 회신을 받아들었다.

그런데 회신을 펼쳐본 김사집의 안색이 잿빛으로 변했다. 송호 군단장은 안휘성에 주둔하고 있으므로 관내에 없으며 안휘성은 거리가 너무 멀어, 연락을 할 수 없다는 것이었다. 눈앞이 캄캄했다. 다행히 여관 주인은 군단장과 무척 가까운 사이인 줄 알고 더욱 친절히 대하면서 여관비를 전혀 독촉하지 않았다. 그래서 더욱 여관 주인에게 미안한데, 설상가상으로 4일 후면 추석이었다. 중국 사람들은 명절이 다가오면 외상값을 깨끗이 정리하는 관습이 있었다.

"야반도주를 해야겠습니다."

"도주를 해?"

"일단 도주를 할 수밖에요. 우리가 돈이 한 푼도 없다는 걸 알게 되면 공안에 넘겨버릴 게 뻔합니다."

이번에도 김사집이 용감하게 안을 냈고 중국인들의 특성을 잘 알고 있는 회영도 도리없이 동의했다. 밤중을 기다렸다.

먼저 회영이 여관을 나갔다. 한참 후에 김사집이 방을 빠져나오려고 자리에서 일어섰다. 그리고 잠시 머뭇거리다 말고 이미 멈춰버린 손목시계를 벗어 문갑 위에 놓았다.

"멈춰버린 시계가 아닌지요?"

규창이 낮게 속삭이듯 물었다.

"전당포에서 1원 50전까지 쳐준다는 시계였다. 그리고 누가 아느냐 우리가 나간 뒤에 시계가 기사회생이라도 할지."

김사집은 그래도 나에게는 마지막 재산이었는데, 라고 못내 아쉬워하며 방을 빠져나갔다. 10여 분 뒤에 규창이 불을 끄고 자는 것처럼 꾸미고는 무사히 여관을 빠져나왔다. 세 사람은 뒤서거니 앞서거니 각자 거리를 두고 정신없이 걸었다. 금방이라도 여관 주인이 등 뒤에서 덜미를 잡아챌 것만 같아 숨 쉴 틈도 없이 앞만 보고 걸었다. 걸으면서 회영은 속으로 "참으로 미안하오. 부디 용서하시오."라고 중얼거렸다.

얼마를 갔을까. 한참 동안 걷다 보니 약속한 듯 모두 철로를 따라 걷고 있었다. 세 사람이 철길에서 합류하여 비로소 숨을 돌리려고 하자 불쑥 군인이 나타나 "밤에 어딜 가는 것이오?"라며 앞을 가로막았다. 규창이 나서서 회영은 아버지이고 김사집은 숙부라고 설명한 후 숙현의 친척 집을 찾아가는데 길을 잃은 것 같다고 둘러댔다. 군인은 잠시 세 사람을 살핀 후 철길은 민간인이 가서는 안 되는 길이라고 하며 옳은 길을 가르쳐주었다. 군인들에게 둘러댄 대로 상해로 가자면 어차피 숙현으로 가야 했다.

숙현은 서주에서 다시 3백 리 길이었다. 빨라도 4일은 걸릴 것
이었다. 허물어진 폐가에서 잠을 자고, 다음 날 다시 걸었다. 마
을에 닿자, 위험한 일이지만 아무 집에나 대뜸 들어가 집주인에
게 먹을 것과 하룻밤 잘 곳을 부탁했다. 집주인은 먹을 것은 줄
수 있지만, 잠은 소 마구간 옆에 있는 헛간에서 잘 테면 자라고
했다. 주인이 내다 준 옥수수떡과 국물로 저녁을 먹고 헛간으로
갔다. 소 마구간은 헛간 옆이 아니라 누워 있는 소와 마주 볼 수
있을 정도로 칸을 질렀으므로 마구간이나 마찬가지였다.

소 두 마리가 비스듬하게 누워 되새김질을 하고 있었다. 소들이
되새김질을 하면서 자꾸 곁눈질을 하자 김사집이 기분 나쁘다며
투덜댔다.

"저놈의 소들이 사람을 몰라봐도 유분수지 감히 우리를 흘겨보
다니."

"저희들 방을 빼앗겼다고 화가 난 것 아닙니까."

규창이 소를 바라보며 김사집의 말을 거들고 나섰다. 후텁지근
한 공기와 소똥 냄새가 어우러져 숨이 막혔다. 김사집이 괜한 소
를 향해 투덜대며 규창과 함께 헛간에 옥수숫대를 척척 깔고 회
영에게 자리를 권했다.

얼마나 잤을까. 회영이 요의를 느끼며 잠이 깨어 밖으로 나갔
다. 그런데 주인 여자와 남자 두 사람이 무슨 말인가를 주고받고
있었다. 남자들은 이웃 사람이었고 밭갈이 소를 빌리러 온 것이
었다. 회영은 그들의 이야기를 파악할 새도 없이 등골이 오싹하

여 재빨리 김사집과 규창을 흔들어 깨웠다. 세 사람은 다시 정신 없이 걸었다.

"한시바삐 이곳을 빠져나가야 한다. 우리를 찾는 게 분명해. 그러지 않고서야 밤중에 남자들이 왜 그 집에 왔겠나."

"여기까지 일본 놈 첩자가 있다는 말씀인가요?"

"여관 주인이 고발을 한 게 틀림없네. 아무튼 피하고 보는 게 상책이네."

"여관비 가지고 그렇게까지 하려고요."

"모르는 소리 말게. 중국 사람들은 한 번 신뢰하면 간까지 빼주지만, 배신을 당했다고 생각하면 지구 끝까지 쫓아가는 성미일세."

"하긴 그 여관집이 우릴 철석같이 믿었으니 그럴 만도 하겠지요. 벗어놓고 온 시계라도 기사회생을 해주었다면 혹시 모를까."

걷고 또 걸어 서주 여관에서 도망 나온 지 4일 만에 숙현에 도착했다. 숙현에서 남경까지 가야 하고 거리는 4백 리였다. 그리고 남경에서 상해까지 8백 리 길이었다. 아직도 갈 길이 1천 2백 리가 남아 있었다. 그럼에도 상해가 눈앞에 다가선 듯했다. 일단 숙현에서 노독을 풀고 다시 걷기로 했다. 숙현은 비교적 깨끗한 마을이었다. 빈 창고가 더러 눈에 띄었다. 그중 가장 양호한 것으로 골라 들어갔다. 해가 떨어지고 나자 김사집과 규창이 옥수수떡을 얻어 왔다. 떡을 먹고 잠에 빠진 세 사람은 다음 날 아침에야 눈을 떴다. 서주를 빠져나오기 위해 4일 동안 정신없이 걸었던 노독이 어느 정도 풀리고 마음도 상해가 가까워진다고 생각하자 안정이 되는 듯했다.

　그런데 막상 상해가 가까워진다고 생각하자 회영은 정신이 번쩍 들었다. 한 번 상해로 가면 다시는 천진으로 돌아갈 수 없을 것만 같았다. 규숙과 현숙이 넓고 넓은 중국 땅에서 천애고아가 되어버릴 수도 있었다. 천애고아만 되는 것이 아니라 죽는지 사는지도 모를 일이었다. 회영의 얼굴에 먹구름이 덮였다.

　"선생님, 왜 그러세요?"

　"김 동지, 아무리 생각해도 이 모양으로는 상해에 들어갈 수가 없겠네."

　회영은 마치 거지나 다름없는 몰골에 당황한 척했다.

　"예?"

　김사집이 넋이 나간 듯 멍한 눈으로 회영을 바라보았다. 김사집이 마음을 다잡고 회영을 설득하기 시작했다.

　"몇 달 동안 목숨 걸고 여기까지 왔는데 무슨 말씀을 하시는지요? 영석 어르신과 성재 동지는 형제고 규학은 자식인데 무슨 상관이랍니까."

　"형제와 자식을 어찌 낙담케 하겠는가. 백 번을 생각해도 이건 아니네."

　"이제 다 왔는데 억울하지도 않으신지요, 선생님."

　"일경에게 붙잡힌 것에 비하면 이만한 고생쯤이야 어디 고생이라 할 수 있겠는가."

"그럼, 어떻게 하시려구요?"

"다시 돌아가야겠네.

"뭐라구요? 그 길을 다시 돌아가시겠다구요?"

김사집이 경악하듯 소리쳤다.

"그동안 노숙에 이력이 났으니 가는 길은 그다지 힘들지 않을 걸세."

"저는 가다가 죽는 한이 있어도 상해로 가렵니다. 그 고생을 모르면 모르되 어찌 그 길을 다시 돌아갑니까. 선생님, 상해로 가면 적어도 하루 세 끼 죽으로 때우는 일은 면하지 않겠습니까. 그러니 제발 고집을 버리시지요."

김사집은 혹시 함께 천진으로 돌아가자고 할까 봐 겁이 났고 회영은 상해로 가면 먹는 걱정이 없다는 김사집의 말에 가슴이 아팠다. 젊다고는 하지만 김사집의 몰골도 말이 아니었다.

"선생님, 제발 상해로 가셔야 합니다."

"이렇게 하세나. 김 동지는 상해로 가고 나는 천진으로 돌아가기로."

"선생님, 사실은 규숙이, 현숙이 때문이지요?"

"변명하지 않겠네. 그리고 일경도 지금쯤 내가 천진을 뜬 것으로 파악했을 테니 잡으러 다니지는 않을 테고."

"선생님, 규숙이가 누굽니까. 감옥살이를 1년이나 해낸 아이입니다. 그러니 잘 해낼 것입니다. 상해에서 자리가 잡히면 그때 다시 데리러 가면 되지요. 그때 제가 다시 동행하겠습니다."

"그게 언제란 말인가?"

"글쎄요. 언제가 될지는 몰라도 언젠가는."

결국 숙현에서 남과 북으로 갈라져 작별하기로 했다. 돈이라고
는 규창의 옷을 팔아 만든 1원 50전이 전부였다. 회영은 그 돈에
서 50전을 갈라내어 김사집에게 주었다. 김사집이 회영을 붙잡고
엉엉 소리내어 울기 시작했다. 회영도 눈시울이 붉게 변했다. 옆
에서 규창도 울었다. 한참을 울고 난 김사집이 마지막으로 땅바
닥에 엎드려 회영에게 절을 올렸다.

"선생님, 언제 다시 뵙게 될지 모르지만, 부디 몸조심하셔야 합
니다."

김사집이 절을 한 다음 울며 울며, 발길을 돌렸다.

회영은 규창을 데리고 왔던 길을 다시 되돌아가기 시작했다. 3
일 만에 여관에서 야반도주한 서주에 도착했다. 여관 호객꾼에게
들킬 것이 염려되어 밤이 되기를 기다렸다. 후미진 구석에 숨어
규창이 사방을 두리번거렸다.

"무서운 게로구나?"

"무섭습니다, 아버님."

"그래, 무서운 줄 알아야 양심이라도 살리는 게다."

"아버님, 우린 7일간의 여관비 때문에 이렇게 무서운데 남의 나
라를 통째로 삼켜버린 일본은 얼마나 무서울까요?"

"그들은 양심이 죽어버렸으니 무서운 줄도 모르지. 죽어버린 살

을 꼬집는다고 아픔을 느끼겠느냐.”

밤이 되자 회영과 규창은 서주역으로 나가 조장 석탄광으로 가는 화물 기차에 몰래 올라탔다. 화물차는 임성역까지 간 다음 멈췄다. 임성역에서 내려 하룻밤을 자야 했다. 회영은 규숙에게 다시 천진으로 돌아가고 있다는 편지를 쓰기 위해 역사로 들어가 지필묵을 얻자고 했다. 젊은 직원이 친절하게 지필묵을 내주었다. 그리고 고개를 들어 회영을 바라보더니 눈을 동그랗게 떴다.

“혹시 우당 선생님이 아니신지요?”

회영과 규창이 놀라 청년을 바라보았다.

“저는 천진이 고향이고 남개학교를 다녔는데 그때 선생님을 뵌 적이 있었습니다. 제가 무척 존경하는 선생님이라 잊지 않고 있었는데 이렇게 뵙게 되다니요!”

회영은 암흑 속에서 불빛을 발견한 것처럼 반가웠다. 아들 규창이 남개학교를 다닐 때 교장 장백령을 종종 만나러 학교에 간 적이 있었고, 그때 학교에서 강연을 한 적이 있었는데 그때 본 모양이었다.

마침 청년은 남개학교 출신자 명단을 가지고 있었다. 명단에서 규창의 이름을 발견하고 청년은 더욱 반가워했다.

“그때 장백령 교장 선생님께서 일본 대 중국과의 불평등조약과 갖가지 침략에 대하여 분노하시면서 우리들에게 애국심을 고취시킬 때마다 ‘우리 중국인도 조선의 명족 우당 선생 가문의 정신을 본받아야 한다’고 얼마나 강조하셨는지 모릅니다.”

청년은 이야기를 하면서 직감적으로 회영의 형편을 눈치채고는 어디까지 가느냐고 물었다. 회영이 천진으로 간다고 하자 천진행 기차를 탈 수 있도록 검표원에게 조치를 할 테니 그냥 승차만 하면 된다고 했다. 그러면서 회영에게 "꼭 조국 광복을 보셔야 합니다."라는 위로와 함께 규창에게 돈 10원을 주면서 가는 길에 선생님을 잘 대접해드리라고 당부했다.

기차로 천진까지 가자면 제남역, 남창역, 청해역 등 4개 역을 거쳐야 했다. 돌아가는 길은 그야말로 천운이었다. 회영은 규숙에게 기차를 타고 간다는 편지를 부치고 참으로 오랜만에 기차를 탔다. 기차가 제남역에 닿자 중국 검표원이 영국 검표원에게 무어라 속삭인 후 회영에게 "역장에게 잘 부탁할 테니 안심하고 다음 기차를 타라."고 일러주었다. 다음 기차는 다음 날 새벽에 들어왔다. 역장은 검표원에게 다시 부탁을 하고 기차는 중국 대륙을 밤새워 달렸다. 남창역을 지나 다음 날 아침 청해역에서 다시 검표를 하는데 검표원끼리 속삭이면서 계속 그런 식으로 이어졌다. 청해역에서 천진까지는 50여 리밖에 되지 않았다.

걸어서 서너 달 걸린 길을 불과 열흘 만에 온 것이었다. 청해에서 다시 하루를 걸어 빈민촌인 천진 금탕교 소왕장으로 들어왔다. 천진을 떠날 때는 봄이었는데 들어올 때는 가을 초입이었다.

27
자금

     남개학교 출신 청년이 준 돈으로 천진시 금탕교 소왕장에 토방 한 칸을 얻었다. 주인은 딸 둘을 둔 여자였다. 복건성 사람이라 속이고 때마침 복건성 지역에 내란이 발발했으므로 쫓겨왔노라고 둘러댔다. 다시 돌아왔지만 규숙과 현숙은 사정이 닿을 때까지 빈민구제원에 그대로 있기로 했다. 빈민구제원에 있더라도 가까이 있어 견딜 만했다. 집이 정해지자 서울 은숙에게 편지를 보내 그동안의 사정과 주소를 알려주었다.

   겨울이 닥쳐왔다. 이불도 겨울옷도 살림도 아무것도 없었다. 봄옷을 입고 이불도 없이 불기 없는 냉방에서 겨울밤을 견딘다는 것은 목숨을 내놓은 것이나 마찬가지였다. 주인집 여자가 혀를 차며 여름용 홑이불을 내주었다. 주인집 여자는 회영을 바라보며 어디로 보나 귀하신 어른 같은데 어쩌다 시국을 잘못 만나 이 고생이냐며 자기네 양식에도 모자란 옥수수 가루를 갈라주기도 했다.

회영은 아들이 가엾고 아들은 고령인 아버지가 걱정이었다. 밤이면 이가 달그락거리는 소리를 냈다. 처음에는 달그락거렸지만 나중에는 마치 문풍지가 떨듯이 달, 달, 달, 부딪치는 소리를 냈다. 규창은 나이 많은 아버지를 생각해 참으려고 안간힘을 썼다. 안간힘을 쓸수록 이는 더 심하게 부딪쳤다.

"추운 게로구나?"

"참을 만합니다. 아버님."

"겨울만 참아내면 되느니라. 봄이 오면 천하 없는 추위도 다 물러가지 않더냐."

"아버님이 걱정입니다."

"아비는 추위를 이불 삼고 더위를 냉풍 삼아 살아왔느니라."

"아버님, 상해 규학 형님에게 편지라도 내어볼까 합니다. 이불과 동복이 있어야 겨울을 날 수 있다고."

"그건 안 된다. 지금 네 형은 임정을 돕느라 숨 쉴 틈이 없는데 이곳 사정까지 말하면 그 속이 오죽하겠느냐."

규창의 말에 회영이 깜짝 놀라 손을 저었다.

주인집 여자가 보다 못해 규창에게 한 가지 귀띔을 해주었다. 금탕교를 건너 프랑스 조계로 가면 부잣집들이 즐비하다고 했다. 새벽마다 하인들이 밤새 난로에서 타다 남은 석탄재를 버리는데 그것들을 헤집어서 덜 탄 것을 골라 오라고 했다. 코코스라고 부르는 것인데, 코코스를 줍는 아이들을 야해자(野孩子)라고 했다. 들의 아이들이라는 뜻이었다. 이른 새벽 주인집 여자가 재를 치는 얼레와 자루가 긴 갈퀴와 콕코스를 담을 자루와 석탄을 넣고 불을 일굴 화로까지 내주었다. 영하 40도를 웃도는 새벽 추위를 걱정하면서 죽은 남편이 생전에 입었다는 낡고 오래된 옷도 한 벌 내주었다.

새벽 4시가 되자 방직공장에서 교대를 알리는 기적 소리가 울려 퍼졌다. 규창은 주인이 준비해준 장비를 짊어지고 집 밖으로 나섰다. 강추위에 코와 입술이 떨어져 나갈 것만 같았다. 이 골목 저 골목에서 야해자들이 줄지어 나오기 시작했다. 줄잡아 30여 명은 될 듯했다. 세상에서 가장 천하고 초라하게 보였다. 부잣집 대문 밖에서 재를 버리기를 기다리면서 야해자들은 저희들끼리 말을 주고받았다. 몇몇은 규창을 향해 처음 본다는 표정을 지으며 야해자가 또 한 명이 불어난 것을 달갑지 않게 여기는 눈치였다.

규창은 그들의 눈길을 의식하며 자기가 그들을 초라하게 바라보듯이 그들도 자기를 초라하게 바라볼 것이라는 생각이 들었다. 그래서 눈에 힘을 주려고 애썼다. 그리고 속으로 '나는 너희와는 달라. 너희는 단지 방을 데우는 것이 문제지만 나는 조국 광복이란 꿈을 위해서야!'라고 소리쳤다. 드디어 부잣집 하인들이 대문 밖에 석탄재를 버리기 시작했다. 야해자들이 우르르 달려들었다. 모이를 향해 날아든 새 떼들 같았다.

재가 풀풀 날아올랐다. 규창이 조금 머뭇거렸다. 그러나 용기를 내어 토박이 야해자들 틈에 끼어들어 갈퀴를 들이밀었다. 한 야해자가 규창을 밀쳐냈다. 규창은 몇 번인가 밀려나면서 갈퀴로

허공을 쳤다. 밀려날수록 악착같이 다시 끼어들었다. 잿더미를 헤집는 갈퀴와 갈퀴끼리 서로 엉켜 가벼운 신경전이 벌어지기도 했다. 그러나 곧 한 개라도 더 줍기 위해 누가 먼저랄 것도 없이 신경전은 해소되고 말았다.

새벽 4시에 집을 나서면 집에 돌아오는 시간은 오전 10시쯤이었다. 절실한 만큼 규창은 곧 토박이 야해자를 능가한 수확을 올리기 시작했다. 석탄이 방 한쪽 구석에 쌓여가자 부자가 부럽지 않았다. 그러나 회영은 이미 쇠약해진 몸을 가누지 못한 채 자리에 누워 꼼짝하지 못했다. 노령에 4개월 가까이 무전여행으로 쇠잔해진 데다 추위와 굶주림으로 지쳐버린 탓이었다. 보통 때처럼 석탄 자루를 짊어지고 방으로 들어선 규창이 깜짝 놀라 소리쳤다.

"아버님! 눈 좀 떠보세요!"

회영이 간신히 눈을 떠 아들 규창을 바라보았지만 눈 뜨는 것조차 힘겨워 보였다. 규창은 아버지가 심상치 않다는 것을 직감했다. 급히 방을 뛰쳐나와 머릿속에 김형환을 떠올리며 프랑스 조계지 쪽을 향해 달리기 시작했다. 김형환은 언젠가 폭탄과 돈을 가져온 이광의 외숙이었다. 그는 영미연초공사에서 근무하고 있는 인정 많은 사람이었다.

규창은 숨도 쉬지 않고 10리를 달려 김형환 집 앞에 도착했다. 대문 앞의 높은 계단을 단숨에 뛰어올라 급히 대문을 두드렸다. 문을 열고 나온 여자 하인이 시커먼 석탄재로 범벅이 되어 있는 규창의 몰골을 바라보며 경계했다. 먼 길을 달려오느라 흘린 땀으로 얼굴엔 검은 줄무늬가 거미줄처럼 뒤엉켜 있었다.

"김형환 선생님을 뵈러 왔습니다. 부디 말씀 좀 전해주십시오. 저의 부친 함자는 이 자, 회 자, 영 자, 이회영이고 우당 선생이라고 합니다. 선생님께 저의 부친 함자를 대주시면 당장 아십니다."

하인은 고개를 갸우뚱했다. 몰골과 달리 말은 품위가 있었다.

"지금 주인께서는 직장에서 근무 중이시다."

규창은 아차, 했다. 너무 급한 나머지 한낮인지도 모른 채 달려온 것이었다.

"그럼, 직장이 어딘지 가르쳐주십시오."

"걸어가려고? 차를 타고 한 시간 넘게 가는 곳이야. 그곳까지 걸어서 가면 주인께서는 퇴근하실걸."

하인이 약간 조롱하듯 말했지만 맞는 말이었다. 점심때가 훨씬 넘었으므로 차라리 퇴근할 때까지 집 앞에서 기다리는 편이 더 나을 것이었다. 하인은 규창이 혹시라도 좀 들어가서 기다리면 안 될까요. 라고 사정이라도 할까 봐 재빨리 대문을 닫아버리고 말았다.

규창은 대문 밖에 쪼그리고 앉아 해를 바라보았다. 해는 중천을 횡단하고 있었다. 땀이 식으면서 추위가 엄습했다. 두 팔로 몸을 감싸 안고 비비며 자꾸 해를 쳐다봤다. 팔짝팔짝 뜀뛰기를 하면 좀 나을 것 같았지만 그럴 기운이 없었다. 계단에 그냥 걸터앉아 계속 해를 바라보았다. 해는 좀처럼 중천을 벗어나지 않았다. 슬슬 잠이 왔다. 잠을 자다가 김형환 선생을 놓치면 안 된다고 생각하며 살을 꼬집었다. 그냥 앉아서 머리를 무릎 사이에 집어넣고 몸을 공처럼 동그랗게 말았다. 결국 잠이 들고 말았다.

김형환이 집에 도착한 건 세 시간 뒤였다. 김형환은 대문 앞에서 초인종을 눌러놓고 하인이 대문을 열기를 기다리는 동안 공벌레처럼 똘똘 말려 있는 아이를 발견했다. 가끔 보는 거지일 것이라고 생각했다. 그때 하인이 나와 "저 아이가 아직도 있네!"라고 놀라며 "주인님을 찾아온 아이입니다."라고 말했다. 하인의 말에 김형환이 의아스러운 표정으로 아이를 살피며 흔들어 깨웠다. 규창이 눈을 뜨고 김형환을 바라보며 소리쳤다.

"김형환 선생님!"

"너 규창이 아니냐? 그런데 이 꼴은 무엇이며 어디서 난데없이 나타났단 말이냐?"

김형환은 서둘러 규창을 데리고 안으로 들어가면서 안타까움을 금치 못했다.

"지금 북경과 천진에서는 우당 선생님이 행방불명이 됐다고 야단이 났지 뭐냐. 일경에게 쫓긴다는 말을 들었는데 거의 반년 동안 소식을 아는 사람이 없었다. 잡혀가 변이나 당하지 않았는지 전전긍긍하고 있는 터인데 그래도 천만다행이구나."

김형환은 일경에게 잡혀가지 않은 것을 다행으로 여기며 돈 5원을 주며 어서 가서 쌀과 고기를 사 식사를 지어드리라고 당부했다. 규창은 5원을 꼭 쥐고 날듯이 달리기 시작했다. 쌀을 한 되 사고 고기도 한 근 끊었다. 쌀과 고기를 담은 종이봉투를 소중히 끌어안고 돌아서는데 호빵 냄새가 물씬 풍겼다.

호빵집에서 김이 모락모락 올라오는 호빵을 담아내고 있었다. 간절히 먹고 싶었던 호빵이었다. 살까 말까 망설였다. 머릿속이 복잡해지기 시작했다. 호빵은 끼니를 잇는 절대적인 것이 아니었다. 그렇다면 호빵을 사는 건 분명히 사치였다. 그래도 딱 한 번만 먹어보고 싶었다. 북경에 처음 들어왔을 때를 빼고는 호빵을 먹어보지 못했다. 돈을 만지작거렸다. 호빵 한 봉지쯤 사도 될 법했다.

눈 딱 감고 호빵 한 봉지를 사들였다. 다섯 개가 들어 있었다. 주인집 아줌마와 주인집 딸 둘과 아버지를 합해 개수가 딱 맞아떨어졌다. 우선 자기 몫 한 개를 먹기로 했다. 한 개를 먹자 입맛이 득달같이 살아나고 말았다. 또 한 개가 먹고 싶어졌다. 주인집 딸들은 유치부 어린아이들이므로 한 개를 반쪽씩 나눠주기로 하고 다시 한 개를 먹었다. 나머지 세 개마저 다 먹어버리고 싶은 마음을 있는 힘을 다해 눌러 참으며 집으로 돌아왔다.

다행히 아버지는 기운을 차리고 있었다. 규창이 김형환을 찾아가고 없는 동안 주인집 여자가 며칠 후에 찻집을 낼 집을 찾아가 쌀 한 홉을 얻어와 죽을 쑤어 먹인 탓이었다. 정신을 차린 회영이 아들 규창이 들고 온 양식과 호빵 봉지를 바라보며 입을 열었다.

"굶는 것에 주눅이 들어서는 안 되느니라."

회영은 어린 아들이 누군가를 찾아가 돈을 얻어 온 것이 분명하고 그걸로 양식을 샀다는 것을 금세 알아차렸다. 어린 아들은 굶는다는 것이 얼마나 힘든 일인지 알았을 것이고 그것은 한두 번이 아니었으므로 주눅이 들었을 것이었다. 그렇다면 어린 아들은 먹는 것이 인간의 모든 것이라고 생각할 수 있을 것이었다. 회영은 그것이 걱정이었고 규창은 아버지의 말을 곰곰이 생각해 보았다.

어려운 말인 것 같았지만 무언가 알 것도 같았다. 말하자면 코코스를 주우면서 자신을 초라하게 바라보는 중국 야해자들을 향해 "너희들은 단지 방을 데우기 위해서지만 나는 조국 광복이란 꿈을 위해서야!"라고 속으로 외쳤던 그런 것일 거라고 이해했다.

"먹는 것에 휘둘리면 반드시 죽느니라."

회영이 또 한마디를 했다. 규창은 퍼뜩 호빵을 감추었다. 호빵이야말로 먹고 싶은 욕망에서 산 것이었다. 아버지에게도 한 개 드리겠다는 야무진 생각을 접고 슬쩍 방을 나왔다. 그렇다고 모처럼 산 호빵을 포기할 수는 없었다. 주인집 아이들을 불러, 한 개씩 나눠 먹으며 다시는 먹는 것에 휘둘리지 않기로 다짐했다.

설이 다가오고 있었다. 중국 설은 1월 1일부터 15일까지 보름 동안 모든 것이 휴업 상태에 들어간 탓에 그동안 먹을 것을 준비해둬야 했다. 그런 사정을 잘 알고 있는 은숙이 세밑에 돈 20원을 부쳐주었다. 돈이 생기자 집주인 여자가 더 반가워하며 좋아했다. 몸과 마음이 다소 안정된 회영이 모처럼 난을 치기 시작했다. 정초이므로 백지 전장에 난을 치고 중국 최고의 명필 왕희지체로

"自然之像如萬物(자연지상여만물)"이라는 글을 써서 토방 벽에 붙였다. 주인집 여자가 경이로운 눈으로 난을 바라보았다. 역시 선비인 줄 알았다면서 존경심을 나타냈다. 중국 사람들은 묵화를 잘치고 글을 잘 쓰고 문장이 훌륭한 사람을 가장 존경한 탓이었다.

회영이 고상한 선비라는 것을 안 주인집 여자는 동네를 다니며 자랑을 하고 다녔다. 그리고 어느 날 주인집 여자가 찻집 축하 주련을 써달라고 부탁했다. 그 집에서 쌀 한 홉을 얻어 왔다는 것을 알고 있었으므로 보답으로 찻집에서 가져온 주련에다 난을 치고 역시 왕희지체로 "自然之像如萬物"이라고 써내렸다. 찻집 주인이 토방 벽에 붙은 그대로 써달라고 부탁한 탓이었다. 주련은 찻집 정면에 근사하게 걸렸다. 석파란과 왕희지체가 바람을 타자 마치 큰 말씀처럼 거룩하게 흔들렸다.

다음 날 개점식을 연 찻집에서 회영을 초대했다. 주인집 여자가 의기양양하게 회영을 모시고 갔다. 모인 사람들이 앞다투어 회영에게 존경의 뜻을 담은 인사를 하기 시작했다. 그날부터 회영에게 난을 쳐달라는 사람들이 줄을 이었다. 가난한 소왕장 사람들이지만 난을 받아가면서 정중하게 사례를 했다. 사람들은 회영이 쳐준 석파란을 집 안에 걸어놓고 선비의 향기에 취했다. 마치 자기네들이 선비가 된 듯, 자부심을 느낀 것이었다.

그들은 굶지 않을 정도면 난 한 점쯤 걸어놓는 것을 자랑스럽게 여겼으므로 주문이 계속 이어졌다. 주인집 여자는 신바람 나게 중간 역할을 하면서 난을 쳐서 팔면 돈을 벌 수 있을 것이라는 묘안을 떠올렸다. 주인집 여자가 찻집 주인에게 의논하자 찻집 주인이 무릎을 치며 그렇게 해서라도 선비를 돕자고 맞장구를 쳤다.

"선비를 도우면 자식들이 선비를 닮는다는 말이 있지."

신바람이 난 주인집 여자가 회영에게 뜻을 말했다. 그렇지 않아도 지필묵을 잡자 그림을 그리고 싶었던 회영이 반겼다. 판로만 만들어준다면 고국에서처럼 난을 쳐서 얼마간의 자금을 마련할 수도 있을 것이었다. 회영은 열심히 석파란을 쳐 주인집 여자에게 건네주고 주인집 여자는 찻집 주인에게 그림을 넘겼다. 그림을 건네받은 찻집 주인은 남편의 담뱃대에서 담뱃진을 모아 그림 여백에 골고루 발랐다. 그러자 여백이 누렇게 변한 석파란은 수백 년 묵은 고색창연한 옛 그림으로 변했다. 찻집 주인의 수완으로 그림은 좋은 값에 팔려나가면서 돈이 모이기 시작했다.

천지 사방이 꽉 막힌 터널에 빛이 새어들 듯 난이 길을 뚫어준 것이었다. 상해에서 장남 규학이 30원을 보내왔다.

"아버님, 김사집 선생님이 말을 했나 봅니다."

"그런 모양이구나."

규학의 한 달 봉급이 종전보다 5원이 올라 45원이었고 거기서 30원을 떼어낸 것은 큰돈이었다. 그동안 규학이 돈을 부치지 못했던 것은 봉급에서 임시정부 운영 자금과 시영 숙부의 생활비를 보조한 탓이었다. 그런데 시영의 아들 규홍이 성장하여 취업을 하게 되자 시영 숙부네로 가던 것을 모아 아버지에게 부친 것이었다. 서울에서도 은숙이 다시 20원을 부쳐왔다.

양쪽에서 돈이 들어오면서 형편이 풀리기 시작하자 회영은 다시 상해와 만주에 있는 동지들에게 서신을 보냈다. 북만주의 이을규로부터 김종진과 함께 기회를 봐서 곧 찾아오겠다는 답장이 왔다. 답장을 받은 회영이 그것만으로도 밤잠을 설칠 정도로 가슴이 설레는데 느닷없이 김종진과 이을규가 소왕장 토방에 꿈속처럼 나타났다.

국내로 자금을 구하러 잠입했던 아나키스트 신현상이란 동지가 막대한 자금을 구해 왔으니 전체 회의에 참석하라는 전갈을 받고 북경으로 가는 길이라고 했다. 생각보다 빨리 두 사람을 만난 회영은 솟구쳐 오르는 감격을 감당할 길이 없었다. 그러나 해후의 기쁨도 잠시뿐 청천벽력 같은 소식에 억장이 무너져 내렸다. 김좌진 장군이 공산주의자의 습격을 받고 죽었다는 비보였다.

"이럴 수가! 우리 손으로 우리의 영웅을 죽이다니!"

천진에서 회영을 만나 아나키즘에 대한 확신을 얻고 김좌진 장군을 찾아 북만주로 간 김종진은 혼란스러운 한인 사회의 현실 앞에 절망하고 말았다. 한인 사회는 공산주의자, 민족주의자로 나뉘어 있고 극과 극으로 대립하고 있었다. 그뿐만 아니라 친일자들도 만만치 않게 작용하고 있었다. 혼란은 공산주의자들이 주도하고 있었다. 상해에서 한형권이 조직한 공산주의 국민대표회가 상해파, 이르쿠츠크파, ML파 등 3개 파로 나뉘었을 때 러시아로 가버린 이동휘가 중심인 상해파는 힘을 쓰지 못하고 이르쿠츠크파와 ML파가 임정을 흔들기 시작했다.

두 파는 임정을 공산화할 작정으로 임정에 대해 창조론과 개조론을 부르짖고 나섰다. 창조론은 시끄러운 상해임정을 해체하고 새로 정부를 조직하자는 것이었고, 개조론은 상해임정을 부분적으로 개조하자는 주장이었다. 두 파는 서로 상황을 주도하기 위해 창조와 개조를 놓고 자기네들끼리 싸우기 시작했다.

김구는 보다 못해 임정의 내무총장으로서 두 파가 소속된 국민대표회에 해산을 명령했다. 러시아와 임정의 관계 단절을 각오한 용단이었다. 예상대로 러시아와 관계가 단절되고 말았다. 국민대표회를 만든 한형권은 임정으로부터 파면당했고, 한형권으로부터 돈을 가로채 토지를 사고 첩을 들여 호화로운 생활을 하던 김입은 민족주의자 청년들에게 암살당하고 말았다. 김구는 서둘러 이동녕, 안창호, 조완구, 이유필, 차이석, 김봉준, 송병고 등과 함께 한국독립당을 만들어 공산주의자들의 침투를 차단하고 나섰다.

그렇게 임정에서 쫓겨난 공산주의자들은 상해를 떠나 북만주, 남만주에 터를 잡고 앉아 독립투사들과 한인들을 교란시키거나 파괴시키고 있었다. 만주는 아직 공산주의자들에 대한 정보가 없었고, 한인들은 공산주의를 인식하지 못한 처지였으므로 그들 세상이었다. 마치 독수리가 병아리 떼를 휘모는 것 같았다. 만주 지역 독립운동 단체인 정의부와 신민부, 참의부, 남군정서, 북군정서 등에 침투하여 붕괴시키고 파괴하면서 말을 듣지 않으면 동족을 죽이는 것도 서슴지 않았다.

한인들이 모두 추앙하는 청산리 전투의 영웅 김좌진 장군도 궁지에 몰려 있었다. 만주에는 서간도를 중심으로 하는 참의부, 길림을 중심으로 하는 정의부, 북만주를 중심으로 하는 신민부 등 3부로 분류되어 있고, 한인들이 가장 많이 몰려 있는 북만주를 담당한 신민부는 김좌진 장군이 이끌고 있었다. 김좌진은 여러 가지로 힘겨웠다. 만주 군벌 장작림이 일본군과 결탁하여 일본에게 독립군을 넘겨주기 시작하면서 중앙 핵심 참모들이 모조리 체포되고 말았다.

김좌진은 중국 국민당과 손잡고 일본에 대한 항쟁을 시도했지만 국민당 대표들마저 장작림에게 제압되고 말았다. 김좌진은 날개 꺾인 독수리처럼 힘을 잃은 데다 공산주의자들의 공작을 감당하기 어려웠다. 잠조차 마음 놓고 잘 수 없는 형편에 김종진을 만나자 천군만마를 얻은 듯했다. 신민부는 현실적으로 한인 교포 사회를 이끄는 정부 역할을 하고 있으므로 공산주의자들과 친일파들로부터 한인들을 지키는 것이 신민부가 해야 할 일이었고 김좌진이 풀어야 할 과제였다. 사정을 간파한 김종진은 먼저 북만주 현실을 제대로 분석하기 위해 험한 산골짜기마다 가가호호 찾아다니며 직접 한인들을 듣고 보면서 문제를 파악하기 시작했다.

한인들은 대부분 소작농이고 힘들게 농사를 짓지만 중국인 지주들에게 음으로 양으로 착취를 당하면서 겨우 목숨만 연명하고 있었다. 그것은 이주 때부터 계속되어온 일이었고 한인들은 잘못하다가는 소작마저 빼앗겨버릴 수 있으므로, 모든 것을 운명으로 받아들이며 운명에 순응하려고 애쓰는 것이 그들이 할 수 있는 일이었다. 그런 데다 민족주의자들과 공산주의자들은 독립운동가라는 이름으로 교민들 위에 군림하면서 생계를 의존하고 있는 탓에, 한인들을 서로 자기편으로 끌어들이기 위해 회유와 협박을 일삼고 있었다. 오늘의 동지가 다음 날 적으로 변하는가 하면 누군가는 소리소문없이 사라져버리기도 했다. 이중삼중의 고통 속에서 한인 교포들은 독립운동가라면 몸서리를 쳤다.

사정을 파악한 김종진은 한인들의 부담을 덜어주는 것이 가장 시급한 문제라고 판단했다. 교민들과 함께 농사를 지을 수 있는 농촌 자치 조직을 만들기로 마음먹었다. 그건 아나키스트들이 하는 방법이었고 아나키스트 동지들과 연합해야 가능한 일이었으므로 김좌진 장군에게 아나키스트들의 연합을 설명하기 시작했다.

"누가 누굴 지배하거나 누구 위에 군림하려는 투쟁이 없으니 자연히 권력에 따른 분파 분쟁이 없습니다. 우당 선생님께서는 조국 광복을 위한 독립투쟁도 그렇거니와 광복을 한 후에도 자유연합이 실현되는 나라가 이루어지기를 소망한다고 하셨습니다. 사실 지금까지 임정부터 시작하여 각 지역 독립운동 본부마다 분파가 없는 곳이 어디 있습니까. 유일하게 아나키스트들만이 중국 전역에서 하나로 연합하고 있습니다."

"누가 누굴 지배하지 않으니 권력다툼이 없고 모든 것을 자유의지로 선택하는 자유연합이라!"

"경제 운영이야말로 연합이 필요합니다. 제가 말씀드린 농촌자

치공동체가 바로 아나키스트 동지들이 지향하고 있는 방법입니다. 평등의 원칙 아래 관리와 운영을 꾀해야 한다는 것인데 바로 상부상조입니다."

"평등과 상부상조라?"

"우당 선생님은 민족의 장래를 이끌어가는 교육에 있어서도 평등의 원칙을 세우고 사회 전체 비용으로 교육비를 부담해야 한다고 하셨습니다. 가난하다고 해서 교육의 기회를 잃어버리거나 박탈당하게 해서는 안 된다는 것이지요."

"사실은 우당 선생님께서 신뢰하는 사상이라고 해서 귀담아들었네. 선생님께 어서 연락을 드리게. 우리와 연합을 하자고 말이네."

"형님!"

현실이 어렵다고는 하지만 김종진은 어리둥절해 말이 나오지 않았다. 불과 한 달 전만 해도 공산주의든 아나키즘이든 새로운 사상에 대해 몹시 냉소적이었던 김좌진이었으므로 열심히 설명을 하면서도 김좌진이 선뜻 아나키스트 동지들과 연합하리라고는 생각하지 못한 탓이었다. 김종진은 서둘러 김좌진의 생각을 알리는 편지를 회영에게 보내고, 상해의 이을규에게도 보냈다. 그런데 회영으로부터는 도피 중인 탓에 소식이 오지 않았다.

소식을 받은 이을규가 서둘러 북만으로 들어가 김종진과 합류하면서 재만조선무정부주의자 연맹을 발족했다(1929). 연맹은 농민들을 계몽하고 공산주의자들로부터 한인들을 보호하는 데 주력하면서 아나키즘의 방법대로 농민들과 함께 농사를 지었다. 지금까지 독립운동가들이 생계를 교포들에게 의존했던 것에서 벗어나 자급자족을 하자는 것이었다.

민족주의와 공산주의로 갈려 있는 어지러운 신민회도 대수술을 단행했다. 친일자들과 공산주의자들을 배척하고 일본과 장기 항전을 펼 수 있는 기반을 만들기 위해 신민부를 새롭게 개편하여 한민족총연합회(한족총련)라는 새 이름을 붙였다. 그리고 김좌진 장군을 한족총련 위원장으로 추대했다. 실질적인 운영은 김종진과 이을규가 맡았다. 지금까지 한인들 위에 군림하며 위세를 부리던 예전의 독립운동 단체들에게 시달려온 한인 교포들이 쌍수를 들어 한족총련을 환영하고 나섰다. 위세를 부리지 않은 것만 해도 몸 둘 바를 모를 일인데 함께 농사를 짓는 것은 놀라운 일이었다.

한족총련은 산시에 정미소도 차려 한인들이 농사 지은 곡식을 직접 도정하게 하여 중국인이 운영하는 정미소에서 도정할 때 착취당하는 것을 막았다. 한인들의 얼굴에 점점 희망이 번지고 허리가 펴지는 것을 바라보는 김좌진 장군은 비로소 자신감이 차오르기 시작했다. 그렇게 하루가 다르게 한족총련이 급진적으로 발전해가자 일본 영사관과 친일자들과 공산주의자들이 당황하기 시작했다. 신민회를 한족총련으로 개편하면서 자연스럽게 내쳐진 공산주의자들이 칼을 갈았다. 공산주의자들뿐만 아니라 같은 민족주의자라 하더라도 기득권을 잃었다고 생각한 사람들이 한족총련에서 탈퇴하여 칼을 갈았다. 한발 앞선 공산주의자들이 한족총련을 파괴할 극단의 방법을 실행에 옮겼다. 핵심 요인 암살이었다.

한겨울 새벽 김좌진이 정미소에서 도정을 하고 있는 한인들을 돌아보며 격려하고 있었다. 그때 공산주의자 저격수 박상실이 김좌진의 심장을 향해 방아쇠를 당겼다. 일본이 그동안 호시탐탐 노렸으나 죽이지 못한 김좌진을 동족의 손으로 간단히 죽여버린 것이었다(1930.1).

규창은 세 사람이 회포를 풀며 이야기를 하는 동안 식사를 준비했다. 이번에는 자신 있게 밥상을 차려냈다. 집은 비록 빈민촌 단칸방이지만 방은 따뜻하고 밥상에는 하얀 쌀밥과 고기 반찬이 올라와 있었다. 김종진이 깜짝 놀랐다. 밥상은 지난번과 극과 극이었다. 김종진은 지난번과 달리 회영이 죽을 먹지 않는 것이 무엇보다도 다행이라며 기뻐했다.

김종진은 김좌진 장군의 뒤를 이어 한민족총연합회를 끌고 있지만 공산주의자들로부터 북만주를 지키지 못한다면 앞으로도 동족상잔이 계속될 수밖에 없다고 걱정을 했다. 그래서 이번에 북경, 천진, 상해, 복건 등지에 있는 동지들과 의견을 모아 북만주 운동 지원을 위한 방법을 강구해야 한다고 간절한 심정으로 말했다. 회영도 다른 어떤 지역보다 제2의 조국이나 다름없는 북만주를 보호해야 한다는 생각을 굳혔다.

회영과 회포를 푼 김종진과 이을규는 북경으로 대표자 회의를 하기 위해 떠났다. 북경으로 가는 두 젊은 동지들의 뒷모습을 바라보며 회영이 깊은 심호흡을 펴냈다. 자금에 대한 문제를 놓고

순국 하

대표자 회의를 하기 위해 모인다는 것은 생각만 해도 가슴 설레는 일이었다. 지금까지 얼마나 간절했던 자금이던가.

김종진과 이을규가 북경에 도착하자 더 놀라운 소식이 기다리고 있었다. 충남 예산에서 대형 미곡상을 하는 최석영이란 애국자가 거대한 자금을 움직인 것이었다. 최석영은 거래하는 호서은행에서 8만 원이라는 거금을 꺼냈고, 일본 몰래 국외로 가져오는 것이 쉽지 않아 그중 일부만 가져왔으며 나머지는 북경에 안전한 장소가 결정되면 가져오겠노라고 했다. 신현상도 마찬가지였다. 신현상과 최석영이 움직이는 자금을 합하면 한일병합 이후 가장 큰 규모였으므로 상해를 비롯한 여러 독립운동 단체에도 빠르게 소문이 돌았다.

가슴 설레는 희망을 안고 아나키스트 대표들이 북경으로 속속 모이기 시작했다. 상해에서 백정기, 김지강, 김성수, 황웅 등이 들어오고, 복건성에서 정화암, 황해평, 양여주, 김동우 등 중국 각 지역 대표 20여 명이 들어와 신현상과 최석영이 움직이는 자금을 두고 가슴 뜨거운 회의가 진행되었다. 중요 안건은 현재 가지고 온 자금과 앞으로 이송해 올 자금을 어디에 투입할 것인가, 하는 문제였다.

상해임정에서도 김구가 자금을 나누어달라는 부탁을 해왔으므로 임정 몫도 책정하기로 했다. 자금을 투입해야 할 후보 지역으로 북만주, 상해, 복건 등 세 곳이 부각되었고 회의는 난상토론으로 흘러갔다. 그만큼 문제는 중차대한 것이었다. 결론은 역시 김종진이 담당하고 있는 북만주였다. 회영 역시 북만주에 투입해야 한다는 의견을 규창을 통해 서면으로 보냈다. 북만주가 선정된 가장 큰 이유는 민족 기반을 북만주에 두어야 한다는 것 때문이었다. 북만주는 한인들의 집결지인 탓에 한인들과 연합하여 항일 전선을 구축할 수 있고 중국과도 비교적 쉽게 연합할 수 있는 이점이 있었다.

대표자 회의는 이제부터 북만주에 총력을 기울이면서 북경과 상해와 복건성에 연락책을 두고 서로 긴밀히 연락하기로 결론을 내렸다. 그리고 앞으로 북만주에서 해야 할 운동 내용은 각 지역의 계획과 국내외 사정을 참고하여 다음 회의에서 구체적으로 논의하기로 하고 모두 잠자리에 들었다. 먼 길을 온 데다 난상토론을 하느라 피곤했으므로 깊은 잠이 들었다.

그런데 다음 날 꼭두새벽 숙소가 소란스러웠다. 동지들은 네 개의 방에 나누어 자고 있었고 신현상과 최석영은 각각 독방에서 자고 있었다. 동지들은 반사적으로 일어나 방문을 박차고 나왔지만 벌써 중국 공안을 앞세운 일본 경찰이 가로막고 있었다. 신현상은 자금을 가방 안에 넣었고, 최석영은 허리에 차는 전대에 자금을 넣었다. 최석영은 번개처럼 일어나, 자는 동안 벗어놓았던 전대를 허리에 둘렀다. 자금은 우선 2만 원을 가져왔고 전대에 그대로 있었다.

그런데 상황으로 봐 허리는 안전하지 못했다. 전대를 풀어 팬티

순국 하

속 가랑이 사이에 넣고 샅바처럼 고정시킨 다음 바지를 입자 흔적 없이 감춰졌다. 작업을 끝내기가 무섭게 일본 경찰이 벼락같이 문을 열고 들이닥쳐 포박을 지었다. 일본 경찰은 서울에서 발생한 강도단을 검거한다는 이유로 대표들을 모두 체포해 가고 말았다. 호서은행에서 자금을 옮기는 최석영의 행방과 신현상의 자금 이동을 쫓아온 것이었다.

회영이 황급히 북경시장과 친분이 두터운 아나키스트 유기석에게 사정을 알려 유기석이 재빨리 북경시장 장음오를 찾아갔다. 유기석은 아나키스트인 장음오와 북경대학 동창이었다. 북경시장 장음오의 도움으로 호서은행 건과 관련된 신현상과 최석영 두 사람을 제외하고 모두 하룻밤을 자고 풀려날 수 있었지만 신현상과 최석영은 일경에게 넘겨지고 일본 경찰이 두 사람 몸을 수색하면서 최석영의 속옷을 벗겼다.

"불알 밑 2만 원이라! 기발한 발상 아닌가."

"앞으로는 불알 속에 집어넣을 것. 그러면 누가 아나. 혹시 우리가 속아넘어갈지도."

"그땐 이 통통한 불알을 똑, 따주지."

일본 경찰은 최석영의 속옷 안에서 자금을 압수하며 야유했다.

자금을 일본 경찰에게 빼앗겨버리자 동지들은 절망했다. 최석영이 어떻게든 자금을 지킬 양으로 속옷 속에 돈을 감추었다는 소식에 더욱 가슴이 아팠다. 이을규와 김종진은 북만주에서 목마르게 자금을 기다릴 동지들을 생각하자 기가 막혔다. 두 사람은 의논 끝에 이을규가 복건성으로 돌아가 자금을 구해보기로 하고 김종진은 북만주로 돌아가 동지들을 위로하며 기다리기로 했다.

회영은 일어난 일로 미루어보아 소왕장 토방이 위험하다는 걸 직감했다. 당장 이사를 서둘렀다. 빈민가 금탕교를 넘어 금탕교 장에 새로 셋집을 얻었다. 짐을 꾸리면서 규창이 울었다. 늙은 아버지가 추위로 동사할 뻔했고, 기아로 죽을 고비를 넘긴 토방을 떠난다는 것이 서럽기 짝이 없었다. 모아놓은 석탄이 아직까지 방 한쪽 구석에 수북이 쌓여 있었다. 가져갈 수만 있다면 단 한 개도 남김없이 싸 들고 가고 싶었다. 규창은 석탄을 주우러 다닌 얼레와 갈퀴와 자루를 바라보며 그거라도 가져가고 싶어 주인집 여자에게 물었다.

"소산(嘯山)이 평생에 잊지 못할 것이니 그렇게 하렴."

주인집 여자는 흔쾌히 허락하면서 섭섭함을 못 이겨 자꾸 눈물을 훔쳤다. '소산'은 복건성 사람이라고 속이면서 말해준 이름이었다.

"박식하신 어르신과 한집에서 살아간 덕택에 동네 사람들이 우릴 우러러봤는데."

회영과 규창이 그동안 베풀어준 은혜를 잊지 않겠노라고 인사를 하자 주인집 여자는 가족을 떼어 보내는 것처럼 계속 훌쩍이며 귀하신 어른께서 다시는 그런 어려운 일을 당하지 않도록 해야 한다며 규창에게 여러 번 당부했다.

28

석양

       금탕교장으로 이사한 회영은 비로소 빈민구제원에서 규숙과 현숙을 데려왔다. 아내는 없지만 오랜만에 가족이 한 집에 모인 것이었다. 회영은 동지들이 드나들며 묵을 방 하나를 더 얻은 다음 동지들에게 새로운 주소로 연락을 했다. 연락을 받은 이을규가 백정기, 장기준, 오면식, 김동우, 김지건, 송순보 등 젊은 아나키스트 동지들을 데리고 새로운 거처로 왔다. 이을규는 자금을 구하러 상해를 경유해 복건으로 갈 계획이고 북경과 천진의 동지들도 조만간 북만주 동지들과 합류하여 한민족총연합회를 재건하는 데 노력한다는 계획이었다.

    며칠 뒤 이을규는 자금을 구하러 복건성으로 가기 위해 천진항에서 상해로 가는 배를 타고 떠났다. 그런데 떠난 지 보름이 넘도록 상해에 도착했다는 연락이 오지 않아 동지들이 초조한 마음을 감추지 못했다. 그때 신문을 읽던 백정기가 허겁지겁 달려와 "큰일 났습니다!"라고 외치며 신문을 펼쳐 보였다. 이을규가 상해로 가던 중 선상에서 일경에게 체포되어 국내로 압송됐다는 기사였다. 곧 밀정의 정체도 밝혀졌다. 즉각 밀정을 암살하기 위해 몇몇 동지가 움직였다. 밀정을 처단하는 것이야 시간문제였지만 체포된 이을규의 안전과 북만주에 보낼 자금이 큰일이었다. 모두 실의에 빠진 채 대책 없어 답답해하던 중 송순보가 대담한 제안을 하고 나섰다.

"지금 북만주 김종진 동지께서 눈이 빠지도록 기다리고 있는 처지에 가만히 앉아 있을 수는 없습니다. 방법은 딱 하나입니다."

"그게 뭐요?"

"정실은호를 터는 겁니다."

"그렇습니다. 정실은호의 돈 절반은 우리나라 것이니 우리 것을 찾는 것이지요."

정실은호는 일본 조계지 욱가에 있는 중국과 일본의 합작은행이었다. 두 사람은 정실은호 돈 절반은 일본 돈이고, 일본은 조선을 강탈하여 돈을 정실은호에도 넣어두었으므로 그것을 일부 털어다가 독립자금으로 쓰는 것은 마땅한 일이라고 주장했다. 뜻밖의 제안에 동지들은 한동안 말이 없었다. 젊은 동지들이 회영을 바라보았다. 아무리 혁명투사라고는 하지만 은행을 턴다는 것은 강도질이었다. 한편 생각하면 젊은 동지들의 말도 맞는 말이었다. 쉽사리 판단을 내릴 수가 없었다.

"선생님 생각을 말씀해주십시오."

장기준이 회영을 독촉하고 나섰다.

"성공할 수 있겠는가?"

회영이 맨 먼저 안을 낸 송순보를 향해 물었다.

"내부 구조가 허술한 데다 직원도 다섯 명에 불과합니다. 또 도주로가 세 곳이나 열려 있어 하늘이 준 기회입니다."

"입지 조건이 아무리 좋아도 성공한다는 보장은 없네."

"성공할 수 있습니다. 선생님 허락만 해주십시오."

"성공할 수 있다는 건 우리의 소원일 뿐이네."

"반드시 성공합니다."

송순보는 눈과 입과 두 주먹에 힘을 주며 자신 있게 대답했다.

"어떻게 그리도 자신하는가?"

"절친한 지인 가운데 현재 정실은호에 근무하고 있는 사람이 있는데, 그가 돕기로 했습니다. 사실은 자금 때문에 고민하자 그가 권한 일입니다."

"이건 콩서리를 하는 일이 아니네. 지인을 믿고 그런 거사를 하겠다니, 어찌 그리 단순하단 말인가."

"지인도 조선의 후예이니 믿을 수 있습니다."

"조선의 후예라니?"

"중국 사람이지만 조상이 조선 사람이었다고 합니다. 자기 할아버지가 지금도 추가마을에서 살고 있다고 들었습니다. 성씨가 박씨라고 하니 틀림없습니다."

"그럼 혹시 박삼사라는 이름을 아는지 물어보게."

"맞습니다. 자기 할아버지가 중국 이름보다는 조선 이름 박삼사를 고집했다고 말한 적이 있습니다."

"그러면 됐네. 그러나 만약 실패하는 날엔 우리 모두 자진하는 걸세. 나는 물론 규창이, 규숙이, 어린 현숙이까지도."

회영을 중심으로 모인 동지들은 만약의 경우 자진하기로 결의하고 실행에 들어갔다. 현장 답사를 끝내고 총을 점검하고 도주로와 돈을 숨길 장소와 침입 시간도 결정했다. 업무를 잠시 쉬는 점심시간을 택하기로 했다.

햇살이 찬란한 정오에 장기준, 양여주, 송순보, 김동우, 김성수가 권총을 품고 손님처럼 정실은호로 들어갔다. 손님 네 명이 마지막으로 은행을 나가고 있었다.

"업무는 한 시간 후에 재개합니다. 잠시 후에 오십시오."

남자 직원이 공손하게 고개를 숙이며 점심시간임을 알렸다.

최대한 총소리를 내지 않아야 했다. 순식간에 각자 맡은 임무에 돌입했다.

"조용히 해주면 아무 일 없소."

총으로 위협하여 네 명의 직원들에게 재갈을 물리고 손을 결박하여 한쪽 방으로 몰아넣었다.

"자, 죽기 싫거든 돈을 넣으시오."

송순보가 내부자 지인을 위협하는 척하면서 자루를 벌렸다. 송순보의 지인이 번개처럼 금고를 열고 현금 뭉치를 자루에 쓸어

담아 던져주었다. 동지들은 돈뭉치를 안고 무사히 정실은호를 빠져나와 미리 대기하고 있는 짐수레 짚더미 속에 깊숙이 묻었다.

짐수레는 한낮의 쨍쨍한 햇살 속으로 유유히 사라져버렸다. 짐수레꾼으로 변장한 동지가 돈 수레를 끌고 천천히 모퉁이를 돌아나갈 때쯤 호각 소리와 함께 중국 공안이 몰려오는 소리가 들렸다

"이봐, 조금 전에 강도들이 지나가는 거 못 봤나? 젊은 청년 다섯 명이다."

"저쪽 골목으로 대여섯 명 청년들이 급히 달려가는 걸 봤습니다. 한참 지났는걸요."

"모두 저쪽으로!"

경찰들은 짐수레꾼 동지의 말을 듣고 엉뚱한 방향으로 달려가고 말았다. 짐수레꾼 동지는 천천히 수레를 끌고 들녘으로 나가 해가 질 때까지 들을 헤매다 정실은호 내부자가 마련해놓은 농가 은신처에 돈을 숨기고 밤늦게 회영의 집으로 돌아왔다.

거사를 치른 다음 날 중국 대공보에 백주 대낮에 강도단이 일본 조계지 내에 있는 정실은호에 침입하여 단 10분 만에 돈을 강탈하여 유유히 사라졌다고 대서특필했지만 어느 집단인지는 전혀 짐작하지 못하고 있었다. 그러나 세상에는 완전범죄가 없으므로 한시라도 빨리 천진을 떠나는 것이 상책이었다. 청년 동지들은 하루바삐 자금을 품고 김종진이 애타게 기다리는 북만주로 갈 준비를 서둘렀다. 그런데 갑자기 백정기가 정색을 하며 회영을 불

렀다.

"선생님, 이번에 떠나면 언제 뵙게 될지 알 수 없습니다. 그러니 규숙이를 혼인시켜 저희들과 함께 북만주로 가게 해주십시오."

"뜬금없이 그게 무슨 소린가. 이 와중에 규숙이를 누구와 혼인을 시키자는 것인가?"

회영은 갑작스러운 제안에 당황하며 백정기의 얼굴을 의아한 표정으로 쳐다보았다.

"장기준입니다. 장기준이 규숙이를 마음에 두고 있다는 걸 진즉 눈치챘습니다. 자기 입으로는 차마 말을 하지 못한 것 같습니다. 그도 그렇지만 북만주 해림에 조선 사람이 초등학교를 세우고 조선인 아동을 교육하는 데 장기준이 선생으로 선택되었습니다. 그리고 여자 선생을 구하고 있으니 규숙이 적격입니다."

"장기준이라면 훌륭한 청년임을 모른 바는 아니네. 그러나 여식의 혼사를 번갯불에 콩 굽듯이 이렇게도 갑자기 정하는 법이 어디 있나. 서울에 있는 제 어머니에게 의논할 여가도 없이."

회영은 말끝을 흐리고 말았다. 한참 동안 침묵이 흘렀다. 오면직, 김동우, 김성수가 거들고 나섰다. 백정기와 이미 의논을 마친 뒤였다.

"선생님, 규숙이를 어서 혼인시켜 현숙이를 맡기십시오. 그리고 선생님은 규창이를 데리고 규학 동지가 있는 상해로 가시는 편이 좋을 듯합니다."

동지들 말은 백번 옳은 말이었다. 은행을 턴 이상 천진이나 북경에서는 더 이상 살 수 없을 것이었다. 그리고 규숙이도 혼기가 찼으니 어서 짝을 정해주는 것이 현명할 것이었다. 무전으로 도피 생활을 할 때만 해도 두 딸은 짐이었던 걸 생각하면 잘 된 일이었다. 회영이 고개를 끄덕이며 입을 열었다.

"동지들 뜻을 따르겠네."

회영의 입에서 대답이 떨어지기가 무섭게 젊은 동지들은 두 사람 혼례식을 서둘렀다. 아무리 급해도 결혼식만큼은 천진에서 제일가는 예식장 국도관에서 올리기로 했다. 한인 교포 목사가 결혼식 주례를 맡아주었다. 백정기, 오면식, 양여주, 김동우, 김성수, 송순보, 김지건과 신랑, 신부와 회영과 규창을 합해 모두 열한 명이 하객으로 앉아 축하해주었다.

결혼식이 끝나기가 무섭게 동지들은 곧바로 만주로 떠날 채비를 갖추었다. 모두 함께 기차를 타는 것은 위험한 일이므로 팀을 나누어 시차를 두고 떠나기로 했다. 제1진으로 이제 막 부부가 된 규숙과 장기준이 떠나기로 했다. 규숙과 장기준이 현숙을 데리고 하얼빈역으로 나갔다. 권총과 몇 개의 폭탄은 규숙과 현숙이 풍성한 중국옷을 입고 몸속에 품었다. 계획된 거사가 아니더라도 혁명 투사들은 언제나 무기를 소지하는 것이 기본이었다.

하얼빈역에서 마지막 이별을 하며 규숙이 연로한 아버지를 모시지 못한 것이 안타까워 하염없이 눈물을 흘렸다. 어린 현숙이 아버지! 하고 부르며 소리 내어 울었다. 이별도 주변을 살피면서

해야 했다. 두 딸과 다시는 만나지 못할 수도 있는 이별 앞에 회영은 가슴이 아렸다. 규숙은 태어나 9개월 때 엄동설한 만주벌판을 달려와 소학교 5학년에 김달하 사건으로 공안국에 잡혀가 1년동안 감옥살이를 해야 했고, 학교를 마치느라 다시 1년 동안 이광의 집에서 떨어져 살아야 했고, 나중에는 빈민구제원에서 1년이 넘게 살아야 했고, 인륜지대사인 결혼을 살아 있는 어머니에게 알릴 새도 없이 해야 하고, 그것도 도피하면서 식을 올리자마자 멀리 떠나야 하는 혁명가의 딸이었다.

어린 현숙이도 불쌍하기 짝이 없었다. 불과 일곱 살에 어머니와 헤어진 것도 견딜 수 없는 슬픔인데, 어머니를 대신한 송동댁과의 이별, 그리고 이제 언제 다시 만날 수 있을지 기약 없이 아버지와 이별로 이어진 것이었다.

"아버님, 이제부터는 저희가 할 테니 혁명 그만하시고 앞으로는 부디 마음 편하게 사셔야 해요."

기차가 슬슬 미끄러지기 시작하자 규숙이 아버지를 향해 낮게 말했다. 기차는 어김없이 정해진 시간에 따라 달리기 시작하고 10여 분이나 달렸을 때 일경이 검문을 시작했다.

규숙과 현숙은 유창한 중국말로 서로 농담을 주고받으며 장난을 쳤다. 바로 옆 사람을 검문하는 순간에도 아랑곳없이 이야기를 주고받았다. 일경들은 그런 중국 아가씨와 꼬마에게는 관심이 없었다. 기차는 여러 날을 달려 만주 해림에 도착했다. 규숙이 잘 왔노라고 아버지에게 편지를 보내고, 그 편지를 받은 회영이 안도하며 상해로 갈 준비를 서둘렀다.

"우리도 어서 천진을 뜨자꾸나."

상해로 떠날 날을 하루 앞두고 뜻밖에 여섯째 호영이 찾아왔다. 북경에서 거주할 때 보고 처음이었으므로 5년 만이었다. 북경 소경창에서 하숙을 치고 있는 호영은 그동안 회영의 소식을 몰라 헤매다 최근에야 어떤 동지들을 만나 소식을 들었다고 했다. 호영은 울면서 목말랐던 그리움을 퍼내기 시작했다.

"사람들이 말하기를 형님이 잡혀갔다고도 하고 또는 놈들에게 고문당해 돌아가셨다고도 해 얼마나 애간장이 탔는지 아시는지요?"

회영이 동생을 쓸어안고 등을 다독이며 달랬다. 호영은 상해에서도 시영 형님이 수년간 소식 한 장 전해주지 않는다고 섭섭함을 호소했다.

"성재 형님도 너무하십니다."

"탓하지 말거라. 홀로 된 처지에 어린 규홍(시영의 차남)일 데리고 사느라 오죽하겠느냐. 그리고 임정도 수년 동안 자금이 뚝 끊어져 말이 아니라고 들었다."

만주에서 전염병으로 아내와 손자들을 잃어버린 시영은 상해에서 어린 아들과 단둘이 살고 있었다.

"그렇다고 편지 한 장도 내지 못한답니까. 형제들 안부가 궁금하지도 않느냐구요."

"혁명가들이 본시 그렇지 않으냐."

"우리 6형제가 누굽니까. 첫째 건형 형님과 셋째 철영 형님들이 돌아가시고 안 계시니 남아 있는 형제들이 더욱 그리울 것인데."

선영을 모시기 위해 고향 장단으로 돌아간 건영은 고령에 망명으로 몸이 쇠약해진 탓에 시름시름 앓다가 몇 해 전에 세상을 뜨고 말았다. 셋째 철영도 병사했으므로 호영의 말은 맞는 말이었다.

"오냐, 맞는 말이고말고. 내 상해에 가서 자리 잡는 대로 너를 부르마. 그때 가서 영석 형님 모시고 남아 있는 우리라도 함께 모여 살자꾸나."

호영의 넋두리는 계속됐다. 하숙은 현상 유지도 어렵다고 했다. 손님 중 가짜 독립운동가들이 절반이 넘는 데다 독립운동을 한다는 핑계를 대며 길게는 6개월쯤 하숙비를 떼어먹고 가버리는 일이 보통이라고 했다. 유학생들 역시 고향에서 제때 돈이 오지 않아 대부분 외상이라고 했다. 소실 안동댁은 서울에서 온 남자와 눈이 맞아 행방이 묘연해졌다는 하소연도 빼놓지 않았다.

호영은 오랜만에 형님과 나란히 누워 모처럼 행복해하고, 회영은 자식 같은 막내아우 호영의 손을 꼭 쥐고 밤새 놓을 줄 몰랐다.

"이렇게 형님과 나란히 누워 있다니 꼭 꿈을 꾸는 것만 같습니다. 이제 가시면 다시는 북경이나 천진에는 오실 일 없겠지요?"

"상해로 가면 새로운 일을 해야 하니 그럴지도 모르겠구나."

"그래서인지 이번에 또 형님을 놓쳐버리면 왠지 다시는 만나지 못할 것 같은 생각이 듭니다."

"자리 잡는 대로 너를 상해로 부른다고 하지 않느냐."

"이젠 형님의 앞날을 믿을 수가 없는 탓입니다. 망명을 하고 3년 만에 국내로 가시면서 곧 오신다고 해놓고 장장 8년 동안 얼굴을 볼 수가 없었습니다. 그 후 북경으로 형님을 쫓아왔더니 어디론가 가버리시고. 어디를 다녀오마고 떠나는 날엔 그것이 마지막이다시피 한 것이 이날 평생입니다."

"앞으로는 너를 혼자 두지 않으마. 이제는 나머지 우리 4형제들만이라도 상해에 모여 살자꾸나. 영석 형님도 상해로 보내드렸다."

"잘하셨습니다. 규준이와 함께 살게 되셨으니. 영석 형님도 무척 뵙고 싶습니다. 연세가 많아 언제 돌아가실지 알 수가 없는데."

"그래서 늘 걱정이구나."

"그런데 사람들은 일본이 중국은 물론이고 미국까지도 다 차지하고 말 것인데 독립운동은 해서 뭘 하느냐고 합니다."

"그래서 후회하느냐? 만주로 따라온 걸 후회하느냔 말이다."

"영석 형님께서 늘 말씀하신 대로 우리 형제들은 형님께서 하시는 일은 무엇이나 다 옳다고 여기고 살아오지 않았는지요. 그 마음은 지금도 마찬가지입니다."

호영은 그동안의 그리움을 투정으로 풀기도 하면서 형님에 대한 존경심이 여전하다는 걸 보여주었다.

"시간이 문제일 뿐 언젠가는 해방이 된다고 했다. 세상은 반드시 큰 전쟁이 일어난다고 했느니라."

회영은 이상설이 한 말을 굳게 믿고 있었다. 세상이 뒤집히는 전쟁이 꼭 일어날 것이고, 그전까지 독립을 이루지 못한다면 그때 가서는 분명히 독립을 성취하게 될 것이라고 했던 말을 가슴에 깊숙이 품고 있었다.

형제는 밤새도록 회포를 푼 다음, 다시 작별을 해야 했다. 형과 아우는 다시 만날 날을 약속하며 한 사람은 북경으로 한 사람은 상해로 발길을 돌렸다. 뒤돌아 걸어가던 호영이 몸을 돌려 회영의 뒷모습을 바라보았다. 회영이 벌써 멀리 가 있었다. 잊지 않고 꼭 상해로 부를 것이니 기다리라고 했지만 호영은 어쩐지 다시는 만나지 못할 것만 같은 불안한 생각이 들었다. 한참을 걸어가다가 뒤돌아보며 "형님!" 하고 외쳤지만 회영은 또 다른 시작을 향해 이미 멀어져가고 있었다.

회영은 아들 규창을 데리고 천진에서 배를 타고 상해 황포강 부두에 도착했다. 장남 규학이 있고 석영 형님과 동생 시영이 있는 곳이었다. 장남 규학의 집은 프랑스 조계지의 애인리에 있었다. 부두에서 그리 멀지 않은 거리였다. 규학의 집에 여장을 풀기가 무섭게 석영 형님을 만나러 갔다. 시영도 석영의 집으로 와 형제들이 오랜만에 한자리에 모여 앉았다. 석영은 회영을 보자 눈물을 글썽였다. 77세 고령도 고령이지만 자식을 잃은 슬픔을 아직

추스르지 못하고 있었다. 석영의 아내는 아픈 몸으로 누워 있었다.

"그렇게 용감했던 규준이가 죽다니!"

회영은 규학으로부터 규준이의 소식을 듣고 망연자실했다. 다물단을 이끌며 용감하기로 유명했던 규준이 친일파 밀정에게 속아 피살당했다는 말에 회영이 슬픔을 감추지 못했다. 형제들이 제각각 자식을 잃은 것이 한둘이 아니었지만 규준의 죽음은 또 다른 충격이었다.

회영은 규준의 용맹을 아들 규학보다 높이 샀고, 그래서 다물단을 만들도록 주선해주었고 장차 큰일을 할 것으로 기대하고 있었다.

석영은 규준이가 죽은 다음 황포강 주변에서 가장 싼 토방을 얻어 살고 있었다.

"우당을 보니 이제야 숨을 쉬겠구나."

석영은 반가움과 서러움에 어쩔 줄을 몰랐다.

"규준이는 억울하기 짝이 없는 일이지만 조국을 위해 잘 싸우다 갔으니 칭찬해주시고, 이제 형님과 아주머니 건강을 생각하셔야 합니다."

"우당 형님도 필설로 말할 수 없는 형극을 걸어오느라 그 좋던 풍채가 사라지고 없습니다."

"성재 아우야말로 몸이 전혀 딴 사람으로 변해버렸어요."

시영은 상해임정 설립 이후 회영과 만남이 처음이었다. 10년

만이었고 10년 만에 바라본 서로의 모습은 몰라볼 지경으로 늙고 초췌해 있었다.

"이제 규서가 다 컸으니 그나마 마음이 놓이기는 합니다."

회영이 석영을 측은하게 바라보며 규서에게 희망을 거는 말을 했다.

"규서가 나이 스물인데 아직 철이 덜 들어서인지 연로한 부모 생각은 할 줄 모르는 것 같습니다."

시영이 불쑥 규서를 못마땅하게 말하자 석영이 불편한 표정을 지으며 마른침을 삼켰다.

"형님께서 늦게 얻은 귀한 자식이라 응석받이로 자란 탓일 게다."

회영이 석영의 불편한 속내를 눈치채고 적당히 말 맺음을 하며 다시 위로의 말을 했다.

"형님, 규서가 응석받이로 자라 철이 좀 없어도 앞으로 규서가 효자 노릇할 테니 두고 보십시오."

"그래야겠지."

석영의 말은 힘이 없고 쓸쓸하기 짝이 없었다. 규서에 대한 말을 피하려고 하는 눈치가 역력했다. 규서는 갈수록 행동이 마음에 들지 않았다. 규서도 천진에서부터 규준을 따라 다물단 심부름을 하면서 열심히 활약했고, 상해에 와서는 '상해한인청년당'을 조직하여 연충렬, 김철, 서재현 등과 활동했다. 그런데 규준이 떠나고 난 후부터 가끔 술 냄새를 풍겼다. 그러더니 점점 집에 들어오지 않는 날도 늘어갔다. 석영은 한편으로는 규서를 이해했다. 억울하게 형을 잃어버렸으니 마음 둘 데 없어 술 한잔 마실 수 있을 것이었다. 그런데 갈수록 그게 심해져가는 게 문제였다. 그렇다고 아우들에게 자식 험담을 할 수가 없어 입을 다물고 말았다.

상해임정에서는 김구, 이시영, 이동녕, 조상섭, 이유필, 김갑, 홍남표, 김두봉, 조소앙 등 임정 요인들이 원로 이회영을 영접하는 환영회를 열었다.

"자리싸움 권력싸움이 독립운동을 저해하는 요인이 될 수 있으니 아직은 시기상조라고 하시면서 임시정부 설립보다는 지사들의 힘을 모을 수 있는 총독립단체를 설립해야 한다고 주장하셨던 우당 선생님과 우리 임시정부가 그동안 격조하여 피차 긴밀한 관계를 유지하지 못했던 것이 사실이오. 사실은 그 후에 우리가 모시려고 사람을 보냈으나 선생님께서 끝까지 거부하셔서 도리가 없는 일이었습니다. 그러나 이렇게 어려운 시기에 원로이신 우당 선생님께서 상해로 오셨으니 가일층 힘을 얻게 되었소이다."

김구의 환영사에 모두 숙연해졌다. 상동학원 신민회부터 함께한 김구는 임정 설립 당시 6개월 동안이나 설득했지만 끝내 거부했다는 다소 원망 섞인 말도 빼놓지 않았다. 이동녕이 회한에 찬 눈물을 흘리며 회영의 손을 잡았다. 군사기지를 답사할 때부터 동행하면서 함께 한인촌을 건설했고 조이손 도독과 원세개를 찾아다니며 신흥무관학교를 세우기 위해 애썼던 일은 죽어도 잊지 못할 일이었다.

사돈 조정구의 동생 조완구도 눈시울을 붉혔다. 김구를 제외하고 모두 회영의 집에서 오래도록 묵었던 동지들이었다. 김구는 국내서 활동을 하다가 삼일운동 후에 상해로 망명했으므로 만주나 북경, 천진 등을 거치지 않은 탓이었다. 도피 생활을 함께했던 김사집이 뒤늦게 회영이 상해로 왔다는 소문을 듣고 허겁지겁 달려와 엎드려 인사를 드리며 울음을 터트렸다.

"선생님을 다시 뵙다니요, 꿈만 같습니다."

김사집은 울며 일어설 줄 몰랐다.

"나도 김 동지와 다시 만나게 되니. 반갑기 짝이 없네."

회영도 눈시울이 붉어졌다.

"선생님, 저는 한시도 그날을 잊어본 적이 없습니다. 죽어도 잊을 수가 없습니다."

"태안부에서 태산도 보고 좋다고 하질 않았나."

"그 태산, 행여 꿈에 볼까 두렵습니다."

"그래도 김 동지 덕에 서주에서는 여관 잠을 잤는데, 언젠가는 그 여관 방값을 갚아야 하지 않겠는가."

"저는 방값 같은 것은 까맣게 잊어버렸습니다."

"설사 갚진 못하더라도 잊어서는 안 되네."

"선생님께서 주신 여비로 저는 그때 상해로 무사히 왔는데 선생님께서는 천진으로 도대체 어떻게 가셨는지요?"

"천우신조로 기차를 타고 갔다네."

"천우신조라니요?"

회영이 그날 일을 자세히 이야기해주자 김사집은 하늘이 도왔다며 감격했다.

임시정부는 출발 당시 서로 기선을 잡으려고 아우성을 치던 것과 정반대로 파장처럼 쓸쓸하고 적조했다. 있는지 없는지도 모를 지경이었다. 놀라운 것은 죽으면 죽으리라 다짐했던 애국지사들조차 차라리 일본 집권 아래 자치를 하는 것이 낫다고 떠들고 있었다. 그런 말은 3년 전까지만 해도 의열단이나 다물단에게 죽음을 면치 못할 일이었다.

임정 핵심 요인들은 자금이 단 한 푼도 들어오지 않아 겨우 목숨만 지탱하면서 최후의 순간까지 임정을 지키기 위해 몸부림치고 있었다. 이제 규준은 죽고 없으므로 회영의 장남 규학과 지사들 자식들이 전차회사 검표원으로 일하면서 쥐꼬리만 한 봉급을 받아 매달 30원씩 내야 하는 임정 사무실 임대료와 몇몇 지사들 생계를 담당하고 있었다.

시영은 프랑스 조계지에 있는 초가집에서 둘째 아들 규홍과 함께 살고, 김구, 이동녕, 조안구는 방 한 칸을 빌려 세 사람이 자취를 하고 있었다. 그런 분위기를 타고 일본은 거류 한인에서부터 독립운동가들까지 갖가지 방법으로 매수하여 독립정신을 착착 파괴시켜가고 있었다. 그런 탓에 상해는 누가 항일투사이고 누가 일본의 앞잡이인지 구분하기도 어려웠다. 더욱 놀라운 것은 밀정으로 의심받는 것조차 크게 두려워하지 않는 현실이었다.

"우당 선생님께서 상해로 오셨으니 이제부터 운동을 제대로 펼쳐나갈 수 있을 것이라는 생각이 듭니다."

"지금까지 선생님이 안 계신 상해임정은 운동보다는 서로 싸우는 일에 더 몰두했다고 해도 과언이 아닐 것입니다. 그러니 무슨 일을 제대로 할 수가 있었겠습니까."

옥관빈과 이용노가 회영에게 아부를 떨었다. 그러자 임정 요인들이 인상을 찌푸리며 저놈들이 선생님께 무슨 간계를 부리고 싶어서 저따위 말을 하느냐고 수군거렸다. 이용노는 한인회를 이끌고 있는 간부였고 임정 요인으로 활동하고 있는 옥관빈은 초창기 신민회 회원이었으므로 회영은 그의 이름을 기억할 수 있었다.

"옥 동지 자네도 얼굴은 통 알아볼 수가 없구먼."

"그렇겠지요. 그때 저는 스물몇 살 애송이에 불과했으니까요. 정말 존경하는 선생님을 뵐 줄은 꿈에도 몰랐습니다. 옛날처럼 앞으로도 좋은 말씀 많이 듣겠습니다, 우당 선생님."

옥관빈이 깊숙이 고개를 조아렸다. 그러나 옥관빈은 감히 우러러볼 수도 없었던 명문가 이회영과 함께 활동한다는 자체만으로도 감격스러웠던 옛날 신민회 시절을 무시하며, 이젠 재물이 명문이고 귀족이라는 우월감으로 회영을 가소롭게 여겼다.

"우리 임정 임원 중에서도 진짜는 열 명도 찾아보기 힘듭니다. 조 아무개, 정 아무개도 밀정 노릇으로 고기 반찬에 밥을 먹고 첩을 끼고 있다는 소문이 파다하고, 옥가 놈은 3년 전부터 일본으로부터 자금을 받아 제약회사를 차려 거부가 되었다는 건 상해 사람이면 다 아는 일이지요."

김구가 심호흡을 터트리며 한탄했다.

"백범 성미에 그걸 보고 있단 말이오?

"결정적인 증거를 잡지 못하니 어쩝니까."

"희생당하는 동지들이 없어야 할 텐데."

"옥가 저놈은 제약회사를 시작할 때 이 사람에게 노골적으로 호랑이를 잡으러 호랑이굴로 들어가겠으니 일본과 접촉하는 것을 오해하면 안 된다는 말까지 해놓고 일본 놈들과 내통하고 있습니다."

"어떻게 그런 일이 있을 수 있단 말이오?"

"언젠가는 꼬리가 잡히겠지요."

회영의 상해 생활이 시작되었다. 밥은 장남 규학의 집에서 먹기로 하고 정자간에 방 한 칸(쪽방)을 얻었다. 언제 또 어디로 떠날지 알 수 없지만 우선은 석영을 자주 만날 수 있어 다행이었다.

"형님, 규숙이를 장기준 동지와 혼인시켰습니다. 우리 가문의 가장 큰 어른이신 형님을 모시지도 못한 채 혼사를 치르고 보니 형님 뵐 면목이 없습니다."

"우리 가문의 경사인데, 아이들에게 미안하지. 어찌 나에게 미안하단 말이냐 그건 그렇고 잘했다."

석영은 집안 혼사를 그렇게 치러야 하는 현실이 안타까워 더 이상 말을 잇지 못했다.

"북만주가 큰일입니다."

회영이 시국 문제를 꺼냈다.

"북만은 우리 한인들이 가장 많이 사는 곳인데, 정녕 걱정이구나."

석영도 한인들이 몰려 있는 북만주를 걱정했다.

"김좌진 장군의 사촌 김종진이 있기는 하지만 공산주의자들이 설쳐서 앞으로 일이 만만치 않습니다."

회영이 석영을 찾아가 북만을 걱정했던 대로 우려가 현실로 나타나기 시작했다. 북만주로 갔던 젊은 동지들이 상해로 철수하기 시작한 것이었다. 정실은호를 턴 자금을 들고 북만주로 간 젊은 아나키스트들은 김좌진 장군의 뒤를 이어 한족총련을 이끌고 있는 김종진과 함께 아나키즘 정신을 실현하기 시작했다. 교민들에게 민족정신을 고취시키는 교육과 일제와 공산주의에 대한 반일, 반공 사상을 훈련시키면서 항일전선에 나가 투쟁할 수 있는 전술과 자질을 가르쳤다. 정실은호를 털어 가지고 간 자금으로는 집단농장을 건설하여 농민들과 함께 농사를 지으면서 아나키즘 방법인 지방자치제를 운영했다.

지방자치제에 대해 한인들은 쌍수를 들어 환영하고, 중앙집권을 놓치지 않으려는 한족총련의 민족주의자들이 거세게 반발하고 나섰다. 사사건건 방해를 일삼으면서 공산주의자들과 손잡고 자기네들 권력을 허물어버린 한족총련을 무너뜨리기 위해 아나키스트 중심인물을 제거하기로 하고 차례대로 죽여나갔다. 그리고 김종진까지 죽여버린 다음 시신조차 찾을 수 없게 유기해버렸다.

김종진을 암살한 그들 계획대로 한족총련은 허물어지고 말았다. 설상가상으로 일본이 만주사변을 일으키면서 독립군을 소탕하기 시작했다. 일본은 만주 전체를 모조리 장악할 작전으로 심양의 북쪽 유조구 만철 선로를 폭파하고 그것을 중국군의 짓이라고 몰아붙이며 만주를 침략한 것이었다. 일본은 독립군을 색출하기 위해 마적과 공산당을 소탕한다는 명분을 내세워 만주를 수색하기 시작하고 김종진을 죽인 자들이 아나키스트 동지들을 일본군에 넘겨주기 시작했다.

젊은 아나키스트들은 한시바삐 북만을 빠져나오지 않을 수 없었다. 민족 기반인 북만주를 지키기 위해 북경에서 목숨 걸고 정실은호를 털어 만든 자금을 단 한 푼도 남김없이 몽땅 털어 바치고, 아까운 동지들을 비명에 잃어버리고, 피와 땀으로 이룩해놓은 건설 현장과 힘없는 동포들을 두고 돌아가야 하는 것이 억울해 밤새워 통곡으로 날을 밝히며 해단식을 가졌다.

장기준과 규숙은 현숙을 데리고 장기준의 연고를 따라 장춘으로 가고 김동우, 김성수, 김야봉, 이달, 엄형순, 이강훈 등 10여 명이 상해로 회영을 찾아왔다.

아직 상황을 모르는 회영이 김종진을 찾았다. 동지들 가운데 김종진이 보이지 않았다.

"김 동지는 왜 함께 오지 않았는가? 사지에 김 동지를 두고 왔
단 말인가?"

회영이 다그쳐 물었다. 동지들이 김종진이 공산주의자들에게
암살되어 시체조차 찾지 못했다는 말을 차마 하지 못한 탓이었다.

"사실은 김종진 동지도 변을 당했습니다. 김좌진 장군을 죽인
자들에게."

"뭣이! 김종진이 죽다니?"

회영이 펄쩍 뛰었다. 김좌진을 대신할 김종진을 잃었다는 것은
김좌진을 두 번 잃은 것이나 다름없었다. 항일투쟁과 북만주 교
민들의 앞날이 암담했다. 김좌진, 김종진이 없는 그곳에서는 이
제 공산주의자들이 마음껏 설칠 것이었다.

"아까운 김종진 대신 늙은 내가 갔어야 했다!"

회영의 한탄은 쉬지 않고 터져 나오고, 젊은 동지들이 위로하느
라 안간힘을 쓰는데 슬픈 소식이 또 날아들었다.

북경 소경창에서 호영과 가족들이 밀정으로 추정되는 괴한들
에게 피살당했다는 비보였다. 두 개의 슬픔이 충돌했다. 회영은
최근에 만난 아우를 지켜주지 못했다는 자책에 더욱 가슴이 아팠
다. 형제가 그리워 목말라하던 아우였다. 그날 밤 동생의 투정이
가슴을 찢었다.

"그런데 이번에 또 형님을 놓쳐버리면 왠지 다시는 만나지 못할
것 같은 생각이 듭니다."

"너를 상해로 부른다고 하지 않느냐.

"이젠 형님의 앞날을 믿을 수가 없는 탓입니다. 망명을 하고 3년 만에 국내로 가시면서 곧 오신다고 해놓고 장장 8년 동안 얼굴을 볼 수가 없었습니다. 그 후 북경으로 형님을 쫓아왔더니 또 어디론가 가버리시고."

그때 상해로 데리고 오지 못한 것이 후회되었지만 이젠 소용없는 일이었다. 석영, 회영, 시영이 한자리에 모여 막내 호영을 위해 슬퍼하며 서로를 위로했다.

"떠날 때는 여섯이었는데 이제 우리 셋만 남았구나. 내가 너무 오래 살았다. 호영 아우 대신 늙은 내가 갔어야 했는데 어찌 세상은 이리도 어긋난단 말이냐."

석영이 눈물을 흘리며 한탄을 그치지 못했다.

"저희들이 지금까지 견디고 있는 것은 형님이 계시기 때문이라는 걸 어찌 모르시는지요. 형님은 독립운동의 시작이었으니 마지막이 되어주셔야 합니다."

"우당 형님 말씀이 옳습니다. 형님이 저희들 곁에 계신 덕에 우리가 하루하루 기운을 얻는 것입니다."

"그래, 끝까지 가야겠지. 암, 끝까지 가야 하고말고."

석영은 아우들에게 힘을 주기 위해 있는 힘을 다해 말했다.

상해에는 유자명, 백정기, 정화암, 오면직 등이 있었고 그들이 회영을 흔들어 깨웠다.

"선생님, 슬퍼만 하고 계실 것인지요."

동지들 말대로 슬픔에 빠져 있을 수는 없었다. 만주에서 어렵게 살아 돌아온 동지들과 다시 일어서야 했다. 정자간 방은 다시 상해의 아나키스트 본부가 되었다. 회영을 중심으로 유자명과 수십 명이 모여 재중국조선무정부주의자연맹의 산하 조직을 만들기로 뜻을 모았다. '남화한인청년연맹'이라는 이름으로 새롭게 출발했다. 동지들이 회영을 의장으로 추대했으나 회영이 나이를 핑계로 사양하고 젊은 유자명을 의장 겸 대외 책임자로 내세웠다.

유자명은 중국의 항일 반공 거두들과 사상적으로 친밀한 관계를 맺고 있어 유사시에 도움을 청할 수 있는 위치에 있고 다국적인 국제통이기도 했다. 유자명이 사상적으로 친분을 맺고 있는 중국 사상가들은 많았다. 이석증 외에도 오치휘, 호한민, 심중구, 진제당, 왕아초, 화균실 등 중국의 쟁쟁한 인물들이 유자명과 돈독한 관계를 유지하고 있었다. 그들은 모두 장개석의 최측근으로 중국 국민당 원로들이었다. 남화연맹이 출범하자마자 회영은 유자명을 통해 이석증, 왕아초, 오치휘, 호한민 등을 차례로 만나 한중 협력으로 일본의 침략을 막아낼 군인 양성을 위한 방법을 모색하기 시작했다.

왕아초가 나서서 무기를 제공해주고 물질적인 원조에 앞장서주면서 남화연맹의 정치적 입지를 유리하게 이끌어주려고 애썼다. 왕아초가 적극적으로 나서주는 데는 그만한 이유가 있었다. 왕아초는 상해사변에 한 맺힌 사람이었다. 일본이 대승을 거둔 상해사변은 처음에 중국군 십구로군과 일본군 상해 육전대와 붙은 교전이 시발이었다. 십구로군에게 일본이 패전을 거듭하게 되었고 일본은 외교적으로 중국 남경 정부에 압력을 가해 십구로군을 즉시 해체하고 일본에 입힌 피해를 배상하라고 요구했다. 그러자 십구로군 단장인 채정해 장군과 남경 정부 사이에 대일전쟁 수행에 대해 서로 의견이 달라 심각한 불화로 치달았다. 국민당 핵심인 왕아초가 십구로군에 가담하여 최후까지 항일항전을 해야 한다고 주장하자 남경 정부는 강경한 왕아초를 제거하려고 했다.

남경 정부는 만일 전쟁이 확산되어 중일전쟁으로 비화되면 중국이 전쟁을 할 만한 힘이 없으므로 십구로군 단장 채정해 장군은 정면 충돌을 중지하고 후퇴하라고 명령했다. 그러나 대일감정이 뼈에 사무친 십구로군은 일본군을 맞아 최후까지 싸워 섬멸하겠다는 의지를 꺾지 않았다. 그런 각오와 의지로 싸운 십구로군 앞에 일본군이 초개같이 쓰러지고, 일본이 이를 갈며 만여 명의 군사를 투입하면서 전쟁은 결국 전면전으로 확대되고 말았다. 치열한 전투가 벌어지고 십구로군과 일본군이 밀고 당기다가 중과부적으로 십구로군이 완패하고 말았다. 십구로군의 잔병들은 절강 복건 등지로 후퇴하고 상해사변은 2개월 만에 종결된 것이었다. 사정이 그쯤 되자 설 곳이 없게 된 왕아초는 일본에 복수하는 길이라면 지푸라기도 붙잡고 싶은 심정이었다.

때마침 일본은 상해사변의 승전을 자축하는 기념식을 위해 일본 건국일인 천장절을 택했다. 왕아초는 아나키스트 남화연맹의 대단한 테러 능력을 믿고 기념식 정보를 가지고 남화연맹으로 뛰어와 무슨 수를 써서라도 기념식장에 참석하여 기념식장 자체를 폭파시켜버리고 일본군 군부 요인을 폭살시키는 거사를 하자고 했다. 왕아초는 식장에 참석하는 일본 군부 거물급 명단과 식이 시작되는 시간과 순서를 자세히 알려주었다.

거물급 명단은 시게미쓰 중국 주재 일본공사, 무라이 영사, 시라가와 대장, 노무라 해군함대 총사령관, 가와바타 상해거류민단장 등이었다. 그렇지 않아도 거사를 찾던 남화연맹은 흥분하기 시작했다. 계획을 세운 다음 폭탄을 투척할 동지를 물색해야 했다. 성공해도 죽고 실패해도 죽는 일이었다. 백정기 등 젊은 아나키스트들이 서로 나서려고 해 제비뽑기를 했다. 백정기가 뽑혔다. 백정기는 의기충천하여 반드시 식장을 파괴하고 즉석에서 죽겠다고 다짐했다. 문제는 일본인만 들어갈 수 있는 입장권을 구하는 데 있었다. 왕아초가 반드시 입장권을 구해오겠다고 장담했다.

임정에서는 임정대로 까맣게 잊혀가는 독립운동에 대한 인식을 바꾸기 위해서라도 새로운 국면을 타개해야 한다고 의견을 모았다. 회의를 열어 새롭게 한인애국단을 조직하여 암살과 파괴 공작을 진행하기로 하고 비용과 파괴 공작 적임자를 찾는 문제는 김구가 전담하기로 했다. 그때 청년 윤봉길이 찾아왔다. 김구, 이시영, 이동녕 단 세 사람만이 그를 만났다. 윤봉길은 상해에서 한인 교포가 경영하는, 말총으로 모자와 잡다한 일용품을 만드는 공장에서 일을 했고, 홍구에서 채소를 팔기도 했고, 최근에는 일본인이 경영하는 세탁소에서 일하고 있었다.

윤봉길은 애초에 상해에 올 때는 조국을 위해 몸을 던져 어떤 큰일을 해보려는 생각이었는데 이제는 중일전쟁도 끝이 났으니 나라를 위해 죽을 자리도 없다고 한탄을 늘어놓으면서 이봉창이 거사를 일으킨 동경 사건 같은 일이 있거든 자기에게 맡겨달라고 부탁했다. 김구는 눈이 번쩍 뜨였다. 때마침 상해사변 승전 기념식을 국제도시 상해 한복판에서 떡 벌어지게 한다는 것은 참을 수 없는 일이었다. 윤봉길이 적임자임을 확신하고 준비에 들어갔다. 김구는 이동녕, 이시영과 의논할 뿐 오직 자신 혼자 전담자가 되어 극비리에 일을 추진하기 시작했다. 동경에서 이봉창이 천황을 향해 던진 폭탄 불발 실패를 거울 삼아 중국인 폭탄 제조업자는 깊은 토굴 속에서 폭탄을 스무 번 이상 실험했다. 스무 번 이상 모두 터졌고 폭탄제조업자는 스무 개 폭탄을 만들어 주었다.

1932년 4월 29일, 이른 아침부터 날씨가 흐렸다. 자칫 비가 올 것만 같았다. 9시쯤부터 홍구공원 식장으로 내빈들이 속속 입장하기 시작했다. 오로지 일본인만 입장할 수 있는 현장에서 일본 헌병대가 물 샐 틈 없이 지키면서 일인에게만 나누어준 입장표를 검색하고 있었다. 윤봉길은 때마침 일본인 세탁소 고용인이었으므로 세탁소 주인 노부부를 부축하고 일장기를 들고 입장할 수 있었다. 그리고 옆구리에 세 사람분의 식사와 물통을 메고 있었다.

그런데 남화연맹 측에서는 왕아초가 끝내 입장권을 구하는 데 실패하여 발을 동동 구르고 있었다. 백정기는 절대 불가함에도 폭탄을 품고 입장권 없이 그냥 들어가겠다고 나섰다.

"입장권 없이 무슨 재주로 들어간단 말이오?"

"내게도 생각이 있소이다."

"무슨 생각이오?"

"안 되면 입구에서 폭탄을 던져 자폭하고 말 것이오. 그렇소, 어떤 놈이든 일본 놈들을 죽여 상해 교민들 속이라도 시원하게 뚫어줄 작정입니다."

"더 큰일을 위해 목숨을 아껴두어야 하오."

그러나 백정기는 폭탄을 품고 홍구공원으로 향했다. 안에서는 이미 식이 시작된 모양이었다. 경비대들이 총칼을 차고 삼엄하게 경비를 펼치고 있었다. 접근하기가 만만치 않았다. 백정기는 조금 떨어진 곳에서 걸음을 멈추고 상황을 살피기 시작했다.

식장에 입장한 윤봉길은 세탁소 노부부를 부축하여 단상과 가장 가까운 앞자리에 앉아 식을 기다렸다. 누가 봐도 윤봉길은 일본 청년이었다. 날씨는 더욱 흐려졌다. 비가 쏟아질 것만 같았다. 오전 11시쯤 일본의 요인들이 군대 검열을 마치자 하늘을 찌를 듯한 일본인 군중들의 환호를 받으며 시게미쓰 중국 주재 일본 공사 무라이가 연단에 올라 연설을 하기 시작했다. 연단 옆으로는 무라이 영사와 대장 시라가와 등 주요 인사들이 기립해 있었다.

"자랑스러운 대일본제국 교포 여러분, 다 함께 기뻐하시오. 오늘의 우리 대일본제국의 승전은 시작에 불과하오. 장차 동아시아는 물론 세계를 제패할 꿈을 꾸시오. 우리 일본군은 위대한 대일본제국의 시민 여러분에게 조만간 더 크고 기쁜 선물을 안겨 줄 것이오. 세계는 바로 여러분의 것이오."

시게미쓰의 연설에 우레와 같은 박수가 터졌다. 그리고 드디어 빗방울이 후둑후둑 떨어지기 시작하면서 천둥이 쳤다. 연설자와 기립하고 있는 주요 인사들과 일본인 하객들이 모두 걱정스럽게 하늘을 쳐다보는 순간 윤봉길이 번개처럼 도시락을 열어 단상 한가운데로 던지기 시작했다.

꽝! 꽝! 꽝! 폭발음이 연쇄적으로 터지면서 천둥 소리와 절묘하게 어우러졌다. 연단이 무너져 어디론가 날아가고 연설을 하던 시게미쓰가 새처럼 공중으로 날아올랐다가 땅으로 떨어졌다. 일본 해군함대 사령관 노무라는 눈알이 튀어나오고, 일본 총사령관 시라가와 요시노리는 파편이 목을 관통하여 즉사했다. 일본 상해 거류민단장 가와바타는 파편이 복부를 파헤쳐 창자가 뭉글뭉글 흘러나왔다.

그 시간 상해 시내에서는 스무 개 폭탄이 줄지어 터지는 폭음에 시민들이 광적으로 환호하며 함성을 지르고, 윤봉길은 현장에서 '대한 독립 만세!'를 외치면서 체포되었다. 백정기는 끝내 입장하지 못한 채 밖에서 장쾌한 폭음 소리를 듣고 깜짝 놀랐다. 누가 그런 어마어마한 거사를 성공시켰는지 알 수 없는 일이었다. 당장 안으로 들어가 함께 놈들을 죽이겠다고 생각하며 입장을 시도했다. 그때 어디선가 우르르 일본군인 수십 명이 몰려와 행사장 입구부터 강화하고 나섰다. 백정기는 도리 없이 거리로 나왔다. 거리로 나오자 삽시간에 입에서 입으로 소문이 전파되기 시작했다. 홍구공원에서 폭탄 투척 사건이 일어나 일본 사람이 많이 죽었다는 말을 중국 사람들이 기쁘게 주고받기 시작했다. 폭탄을 던진 사람이 중국인이라고도 하고 고려인(조선 사람)이라고도 했다. 윤봉길의 거사는 오로지 이동녕, 이시영이 알고 있을 뿐 김구와 윤봉길이 쥐도 새도 모르게 준비한 탓이었다.

그러나 곧 윤봉길이 붙잡혀 한국인이란 사실이 밝혀지고 상해 신문들은 "기쁨이 과하면 화를 당한다! 천장절 경축 시 폭탄이 예포를 대치! 대담한 한국인 봉길은 중근과 같은 대장부!"라는 머리글을 단 기사를 실으며 흥분했다. 당장 일본이 독립지사들을 검거하기 시작했다. 지사들 외에도 한인 교포들까지 눈에 밟힌 자마다 잡아 가두었다. 임정 핵심 인사들이 피하고, 남화한인청년연맹 회원들도 모두 자리를 피했다. 회영은 규창을 데리고 유자명이 있는 남상 근교 입달농촌학교로 피했다. 갈수록 한인 검거가 심해지자 김구는 동지들과 한인들의 희생을 막기 위해 동경 폭탄 투척 사건과 윤봉길 사건은 모두 내가 지시했노라는 편지를 써서 기자들 앞으로 보내고는 잠적해버리고 말았다.

302

중국은 그때부터 임정에 대해 적극적인 관심을 보이기 시작했다. 중국의 명사들인 은주부와 주경란이 김구를 만나기를 청하면서 자금도 답지하기 시작했다. 장개석 총통까지 나서서 호의를 베풀었다. 장 총통은 김구를 초청하면서 남화한인청년연맹대표 유자명도 함께 불렀다. 남화연맹도 똑같은 계획을 시도했다는 것을 높이 산 까닭이었다.

29
절대 비밀

        윤봉길이 폭탄으로 홍구공원을 뒤집어버린 일로 중국의 관심을 끌어모으기는 했지만 운동은 여전히 깜깜했다. 갈수록 왕아초의 입지가 어렵게 되자 회영은 그를 포기하고 이석증과 오치휘를 찾아가 한인 아나키스트 독립지사들에 대한 협조와 도움을 요청했다. 그런데 그들은 기다렸다는 듯이 기가 막힌 제안을 내놓았다.

    "지금이야말로 한국과 중국이 힘을 합해 공동전선을 펼쳐야 할 때라고 봅니다. 만주는 중국 못지않게 한국과 관계가 깊은 데다 한인 교포가 백만이 넘은 곳이므로 교포들이 힘만 모아준다면 중국으로서도 만주 문제를 해결하는 데 큰 도움이 될 것이기 때문이지요. 윤봉길이 치른 그런 큼직한 거사를 일으키면서 항일전선을 펼쳐준다면 장차 중국 정부는 만주를 한국인 자치구로 인정할 수 있습니다."

"한인 자치구로 인정해 줄 수 있다는 말, 믿어도 좋겠는지요?"

"물론이오. 반드시 그럴 것이오. 그리고 자금과 무기는 걱정하지 않아도 됩니다. 물욕과 명예를 초개처럼 여기는 조선 아나키스트들에게는 얼마든지 자금과 무기를 제공할 수 있습니다."

한인 자치구라니, 말만 들어도 가슴이 뛰었다. 그것이야말로 간절히 바라고 원하는 소망이었다. 자금과 무기를 제공하겠다는 약속만 해도 반갑기 짝이 없는데 만주를 한인 자치구로 인정하겠다는 것은 또 하나의 조국을 찾게 되는 중차대한 일이었다. 이석증과 오치휘가 북경에서 신병을 치료하고 있는 만주군벌 장학량에게 연락하자 장학량이 흔쾌히 받아들였다. 장학량은 곧바로 만주에 남아 있는 부하들에게 연락을 취했다.

장학량이 그렇게 적극적으로 나온 것은 그 나름대로 절박한 이유가 있었다. 일본이 만주를 침략한다는 것을 미리 알아차린 장학량이 장개석에게 일본 도발을 미리 막아내야 한다고 주장했다. 그런데 장개석의 생각은 달랐다. 장개석은 일본이 도발을 해오더라도 즉각 대응하지 말고 국제연맹에 제소하는 외교적 방법을 취해야 한다고 주장했다. 장학량은 하는 수 없이 장개석의 뜻대로 일본에 저항하지 않고 국제연맹에 일본의 무력 도발을 제소했으나 국제연맹은 전혀 힘을 발휘하지 못한 채 속수무책이었다. 그 사이에 일본은 만주뿐만 아니라 상해를 점령하고 계속 세력을 확장해가고 있었다. 장학량은 분노를 이기지 못해 항전할 기회를 노리고 있는 중이었다.

회영은 서둘러 동지들과 대책을 숙의했다. 일을 추진하자면 만주로 가야 했다. 동지들이 모두 철수해버린 만주로 누군가는 반드시 가야 하는데, 그건 섶을 지고 불구덩이에 뛰어드는 것과 다르지 않았다. 그렇다고 하늘이 준 기회를 놓칠 수도 없는 일이었다. 언제 누가 만주로 갈 것인지를 놓고 회영과 동지들 간에 밀고 당기는 줄다리기가 시작되었다. 회영이 당장 가겠다고 나선 탓이었다.

"선생님께서는 우리에게 지시만 하시면 됩니다. 지금은 상황이 위험하니 기회를 봐가면서 저희들이 나서겠습니다."

젊은 동지들이 회영을 가로막았다.

"이런 기회는 다시는 없네. 장학량이 설욕을 다지고 있을 때라야 해. 쇠뿔도 단김에 빼라고 했네."

"그렇더라도 선생님은 보내드릴 수 없습니다."

"언제까지 우리는 그런 생각으로 살 것인가. 늙으면 들어앉아야 하고 젊은이는 불 속이라도 뛰어들어야 한다는 생각 말일세."

"아무리 그러셔도 저희들은 받아들일 수 없습니다."

"조국 광복을 위해 장래가 구만 리 같은 청년들이 사지로 뛰어들어 목숨을 초개처럼 버리는데, 나이를 핑계로 뒤로 물러앉는다는 건 내가 가장 부끄럽게 여기는 바이네."

회영은 김종진을 생각하면서 이제는 젊은 동지들을 사지로 몰아내서는 안 된다고 다짐했다. 젊은 동지들은 회영의 고집을 꺾지 못한 채 입을 다물고 말았다.

만주로 갈 사람이 정해졌으므로 그다음 계획에 대한 회의가 진행되었다. 만주에 조속히 연락 근거지를 확보할 것과 지하조직을 만들 것, 일본 관동군 사령관 무토를 암살한다는 구체적인 계획을 수립했다. 회영의 주장대로 장학량의 마음이 변하기 전에, 또는 어떤 이변이 일어나기 전에 일을 성사시켜야 할 것이었다. 일단 회영이 만주로 가 무사히 도착했다는 연락을 해오면 백정기, 정화암, 엄형순 등 젊은 동지들이 즉시 이석증과 오치휘에게 연락하여 한국과 중국의 아나키스트들이 만주에서 유격대를 조직하기로 했다.

그리고 회영과 젊은 동지들은 회영이 만주로 떠난다는 사실을 가족뿐만 아니라 그 누구에게도 극비에 붙이기로 맹약했다. 회영은 떠날 준비를 하면서 아내 은숙에게 보안상 간단하게 편지를 써서 부쳤다.

지금 신지(新地)로 가오. 나중에 안정이 되면 편지하겠소. 지금 떠나니 답장은 마시오.

떠날 날을 앞두고 저녁에 황포 강가로 나갔다. 상해의 달밤은 유난히 밝았다. 강은 은빛 물결을 출렁이고 배들이 물결을 헤치며 오고 갔다. 회영은 품에서 퉁소를 꺼냈다. 달빛과 11월의 싸늘한 바람에 젖은 채 조용히 퉁소를 불기 시작했다. 물꼬를 터놓은 듯 뼛속에서 22년 동안 표류한 망국의 한이 흘러나왔다. 아내는 서너 달 후에 곧 돌아오마고 떠난 것이 6년이 훌쩍 지나가고 있었다. 아이는 여섯 살을 먹었을 것이고 아직 얼굴도 모르는 아비를 그리워할 것이었다. 아내와 결혼하여 24년 동안 함께 한집에서 산 것은 5년 정도에 불과한 세월이었다.

"아버님, 꼭 가셔야 하는지요?"

함께 따라 나온 규창이 물었다.

"새삼스럽구나."

회영이 아들을 돌아보며 왜 쓸데없는 말을 하느냐는 표정을 지었다.

"저도 모르게 말이 흘러나왔습니다. 모두 걱정을 많이 해서요."

"일본 형사들이 아무리 정보에 밝다 하더라도 나는 아직 틈을 준 적이 없었다. 그리고 사람이란 어차피 죽게 마련이다. 죽을 때는 무슨 이유든 이유가 붙는 법인데 혁명을 하다 죽는다면 그 이상 바랄 게 뭐가 있겠느냐."

"그래도 걱정입니다."

"혁명가는 조국과 민족이라는 과수의 거름이 되어야 하는 것이다."

"거름이 되어야 한다구요?"

"과수는 거름을 먹어야 좋은 열매를 맺지 않느냐. 항일투쟁을 하다가 이모저모로 죽어간 수많은 동지들과 안중근, 이봉창, 나석주는 물론 최근의 윤봉길 같은 영웅들이 바로 그런 거름이니라."

"그렇지만 허망하다는 생각이 듭니다."

순국 하

"큰일 날 소리를 하는구나. 느닷없이 그게 무슨 말이냐?"

"윤봉길 선생만 해도 그렇습니다. 홍구공원, 아니 상해가 떠나가게 폭탄을 터트렸을 때는 속이 후련하다며 입에 침이 마르도록 칭찬을 하더니 벌써 까맣게 잊어버리니 말입니다. 이제 겨우 반년이 지났는데."

"영웅은 까맣게 잊혀진 것 같지만 언젠가는 다시 살아나는 법이다."

규창은 어쩐지 마음이 놓이지 않았지만 어쩔 수 없는 일이었다.

달은 벌써 멀어져가고 황포강을 거슬러 불어온 바람이 몸속으로 파고들었다. 자리를 털고 일어섰다. 그리고 집을 향해 걷다가 걸음을 멈추었다. 앞서가던 규창이 뒤돌아보았다.

"왜 그러세요, 아버님?"

"형님을 뵈러 가야겠다."

"선생님들의 당부를 잊으셨는지요?"

"멀리 있으면 모르되 가까이 계시니 뵙고 가야 한다. 너의 중부님은 우리 집안의 마지막 어른이시다."

"중부님이야 당연히 뵈어야지만."

"혹 규서 때문이냐?"

"예, 요즘 규서 형은 홍구공원 폭파 사건으로 상해애국청년당 활동을 못 하게 되자 연충렬과 어울려 어디론가 쏘다니는데, 연충렬은 방탕하다는 등 평이 좋지 않아서요."

"규서는 너에게 형이지만 응석받이로 곱게 자라 아직 철이 들지 않은 탓일 게다."

회영은 규창을 먼저 집으로 돌려보내고 석영이 기거하는 토방으로 발길을 돌렸다. 아무리 맹약이지만 석영 형님을 경계한다는 것은 형님에 대한 도리가 아니었다. 회영이 방에 들어서자 때마침 규서와 규서의 친구 연충렬이 함께 있다가 급히 일어나 회영에게 절을 올렸다. 침묵이 흘렀다. 회영이 쉽사리 입을 열지 않았다. 조금 전에 규창에게 들은 연충렬을 의식한 탓이었다. 석영은 평소와 달리 밤이 이슥한 시간에 찾아온 아우를 바라보며 또 무슨 일이 있을 거라고 짐작했다.

"우당, 이런 시간에 무슨 일인가?"

석영이 물었지만 회영은 좀처럼 입을 열지 않았다. 눈치 빠른 연충렬이 일어나 규서를 잡아 끌었다. 두 사람이 황급히 방을 나갔다. 회영은 두 사람이 나가고 난 문 쪽을 잠시 바라본 뒤 비로소 조심스럽게 입을 열었다.

"내일 밤 북만으로 떠날 참입니다. 그리고 이건 극비입니다."

"지금까지 극비가 아닌 것이 있었던가. 그런데 북만이라니? 북만에서 모두 돌아왔지 않느냐?"

"중국의 힘을 얻기 위한 절호의 기회입니다."

"가야 한다면 젊은 사람이 가야지. 우당도 이젠 늙었다."

석영은 불안한 마음을 감추지 못했다.

"늙었으니 적임자입니다. 이 나이에 초라한 행색을 하고 가족을 찾아가는 것처럼 하면 누가 나를 혁명가로 보겠는지요. 그리고 지금까지 젊은 동지들의 희생이 너무 컸습니다."

"상해에 온 지 얼마나 됐다고 또 가려고 하는지."

석영은 섭섭함을 드러내면서도 체념했다. 말려봐야 소용없다는 걸 잘 아는 탓이었다. 회영은 노쇠한 형님에게 큰절을 올렸다. 그리고 주머니를 열어 돈 10원을 쥐여주고는 방을 나왔다.

집 밖까지 따라 나온 석영이 뼈만 앙상한 손으로 회영의 손을 꼭 붙잡고 좀처럼 놓을 줄 몰랐다. 석영은 그렇지 않아도 허무한데 회영이 또 어디론가 떠난다고 하자 허무를 감당하기 힘들었다.

"우당, 부디 몸조심하고 속히 돌아와야 한다. 이 늙은이가 기다리고 있다는 걸 잊지 말고 속히 돌아와야 해."

회영은 몇 번이나 뒤돌아본 뒤 총총히 발길을 옮겼다. 석영은 바람에 흰머리를 날리며 회영이 사라진 길을 오래도록 바라보며 젖은 눈을 닦았다.

다음 날 저녁, 회영은 행장을 꾸리고 황포강 수상 부두로 나갔다. 규창이 행장을 들고 따랐다. 부두에는 배들이 떠 있고 많은 사람들이 오고 갔다. 사람들 틈 속에서 누군가 불쑥 회영 앞에 나타나 감격에 찬 목소리로 인사를 했다.

"혹시 우당 선생님 아니신지요?"

40대 중반쯤인 남자였다. 회영이 남자를 유심히 살피더니 "첸 징우 아닌가!"라고 소리쳤다.

"마지막으로 모신 지가 10년이 지났는데 제 이름을 기억해주시다니요."

"첸징우를 내가 어찌 잊는단 말인가. 그건 그렇고 상해에는 웬일인가?"

"상해에서 큰 배를 모았습니다. 상해와 대련을 오가는 유람선이지요. 선생님의 점괘대로 됐지 뭡니까. 선생님께서 꼭 황포강에 배를 띄우라고 하신 덕택입니다."

첸징우는 눈에 눈물을 글썽이며 성공을 모두 회영의 덕으로 돌렸다. 그때 석영과 회영이 사례비로 준 돈이 종잣돈이 되어 큰 배의 선주가 되었고 상해 부두에서 유람선을 운영한 지 딱 1년이 됐지만 웬만한 뱃사람들은 다 자기를 안다고 자랑을 늘어놓았다.

"유람선 선장이라니? 역시 첸징우야. 정직하고 성실한 사람은 반드시 뜻을 이루는 법이지. 정녕 축하할 일이네."

"고맙습니다, 선생님. 그런데 어디로 가시는 길인지요? 어디로 가시든 제가 모시겠습니다."

"아니네. 이미 승선권을 샀지 뭔가."

"승선권은 물려도 되는 일이니 제 배를 타시지요. 오늘은 손님을 받지 않고 선생님만 모시고 황포강을 신바람 나게 가르겠습니다."

회영은 잠시 생각에 잠겼다. 대련으로 가는 남창호 승선권은 가장 싸다는 4등실이지만 형편에 비하면 꽤 비싼 것이었다. 그걸 물린다면 동지들에게 조금은 도움이 될 것이었다. 그러나 곧 마음을 정리했다. 개인적인 여행이 아니었다. 동지들의 목숨과 국가의 운명을 좌지우지할 중차대한 일이었다. 또 대련 부두에서 함께 만주로 갈 동지들이 남창호를 기다리고 있을 것이었다.

"이번에는 내 마음만 첸징우의 배에 태우고, 몸은 나중으로 미뤄야겠네. 내 이번 여행을 마치고 나면 꼭 첸징우의 배를 타볼 것이니 기다려주게나."

첸징우는 못내 아쉬워하며 회영과 작별을 하고 자기 배로 돌아갔다.

영국 선적 남창호가 손님들을 태우고 있었다. 회영은 4등실 승선권을 들고 배에 올랐다. 규창이 아버지의 뒤를 따라 함께 올랐다. 회영이 자리를 잡고 앉자 규창이 아버지께 큰절을 올렸다. 절을 마친 규창의 얼굴이 걱정으로 가득했다. 눈에는 눈물까지 어려 있었다.

"혁명가의 자식이 눈물을 보이면 못 쓰느니라. 너는 노자 한 푼 없이 이 아비를 따라 도피 여행도 하지 않았느냐."

회영이 나지막이 말하고 규창은 재빨리 마음을 가다듬었다. 배가 떠나려고 뱃고동을 울리기 시작하자 회영이 규창의 손을 꼭 쥐었다. 목단꽃 같은 뺨의 흉터가 아기 때보다 훨씬 더 커져 있었다. 나이를 먹으면서 얼굴이 커지자 범위가 확장된 것이었다. 새삼 가엾다는 생각이 들었다. 뺨 흉터를 어루만지며 석영 형님에 대한 당부를 잊지 않았다.

"규서가 아직 어린 듯하니 연로하신 중부님을 네가 잘 보살펴드려야 한다. 대련에 도착하는 대로 편지 보내마."

규창은 배에서 내려 여객선이 시야에서 사라지고 나서야 발길을 돌렸다. 그리고 백정기, 엄형순 등이 머물고 있는 거처로 돌아가 아버지가 무사히 떠났음을 보고했다.

남창호는 힘차게 물결을 헤치며 대련을 향해 기세 좋게 달려가기 시작했다. 회영은 4등실에서 꼼짝하지 않은 채 배 흘수선 위의 둥그런 통유리창으로 스치는 물결을 응시하며 생각에 잠겼다. 중국과 한국이 협조 체제를 구축하기로 한 건 아무리 생각해도 야심 찬 일이었다. 대련에 도착하면 동북의용군에서 파견한 김소묵, 김효삼, 양병봉, 문화준 동지들이 부두에서 대기하고 있을 것이었다

통유리창에 스치는 물결은 마음을 설레게 하고 달빛은 은은했다. 제법 큰 파도를 타는지 배가 물속으로 들어간 듯하다가 물 위로 높이 떠오르곤 했다. 배가 떠오른 순간 둥그런 통유리창으로 달빛이 예리한 빛을 쏘며 지나갔다. 달빛이 예리하다니? 그러나 어떤 불길한 생각도 용납하지 않기로 하고 그는 두 팔을 감싸 안으며 눈을 감았다. 깜빡 잠이 든 듯했다. 그런데 먹이를 향해 땅으로 속공하는 독수리가 보였다. 일본이 만주를 장악하면서 중국을 멍석말이하듯 둘둘 말아 들이는 회오리바람이 등을 치고 지나갔다. 눈을 뜨고 말았다. 회영은 나쁜 기분을 털어내기 위해 갑판

순국 하

으로 나갔다. 퉁소를 꺼내려고 품을 더듬다가 아차, 했다. 분신처럼 몸에 품고 다닌 것을 놓고 오기는 처음이었다. 다시 돌아가 가지고 오고 싶을 정도로 안타까웠지만 도리 없는 일이었다. 다시 4등실 밑창으로 돌아와 자리에 누웠다. 달이 구름 속으로 잠시 몸을 감추었다.

그리고 배가 얼마나 달렸을까, 갑자기 배의 엔진이 크릉크릉, 소리를 냈다. 기관이 꺼지는 소리였다. 배는 이미 강을 벗어났고, 바다 한가운데서 기관이 꺼지면 고장이라는 생각이 들었다. 배를 타보면 더러 그런 일이 있었다. 고치는 시간이 얼마나 걸릴지 모르지만 부두에서 기다릴 동지들을 생각하자 걱정이 앞섰다. 혁명 투사들은 약속된 시간에 사람이 나타나지 않을 때는 극도로 불안해한 탓이었다. 곧 크릉거리는 소리가 사라지면서 배가 제자리에 멈추고 사람들이 무슨 일이냐며 서로 묻더니 고장이 난 모양이라고 했다. 사람들이 하나둘 갑판으로 나갔지만 회영은 잠자코 있었다. 밖으로 나갔던 사람들이 다시 들어오면서 무슨 일인지 공안 경비정이 두 척이나 붙었다고 했다. 회영은 머리끝이 솟구쳐 올랐다. 계속 움직이지 않고 자리를 지키고 앉아 눈을 감았다. 무언가를 조사하기 위해 들어올 것을 대비해 몸을 최대한 오그리고 모로 누워 자는 척했다.

불길한 예감대로 군홧발 소리가 쿵쿵하고 요란하게 울렸다. 그들이 배의 맨 밑바닥 4등실로 내려오느라 나무 계단을 밟는 소리였다. 점점 가까워진 군홧발 소리가 가슴속을 흔들었다. 전신에서 피가 한곳으로 모이면서 몸이 차갑게 식었다. 그러나 염려할 일이 아니라고 마음을 가다듬었다. 밑창 선실에는 적어도 40여 명 승객들이 있고 40여 명을 일일이 조사한다는 것도 만만치 않을 것이었다. 더욱이 나이 든 노인을 독립운동가로 볼 리도 없을 것이었다. 그러나 헌병들은 승객들을 한 사람 한 사람 조사할 필요도 없이 똑바로 회영에게 다가와 자는 척하는 그의 양팔을 낚아챘다.

"일어나시오, 영감!"

중국 공안을 인솔한 일본 경찰들이 회영을 쏘아보며 일어날 것을 명령했다. 일본이 중국 공안을 앞세워 체포 작전을 벌인 것이었다. 회영은 순간 "아, 하늘이 첸징우의 배를 보내주었는데."라고 속으로 탄식했다. 그러나 끝까지 태연해야 했다.

"늙은이에게 왜들 이러시오?"

"독립투사 이회영 선생을 대련 경찰서로 모시라는 분부요."

"독립투사라니, 보다시피 나는 늙은이가 아니오?"

일본 경찰들은 들은 체도 하지 않으며 회영을 끌어내어 남창호 곁에 계류시켜놓은 경비정에 옮겨 태웠다.

때마침 자기 배를 몰고 손님을 태우러 대련으로 가던 첸징우가 상황을 목격했다. 첸징우는 직감적으로 회영이 일본에 피체되었다는 것을 알아차렸다. 첸징우는 기관을 줄이고 경비정 가까이 접근을 시도했다. 회영은 후갑판에 서 있고 일본 경찰 두 사람이 양쪽 팔을 부축하듯 붙잡고 있었다. 할 수만 있다면 날아가서라도 회영을 빼앗아 태우고 달아나고 싶었다. 그러나 총을 든 경찰들이 도사견처럼 주변을 두리번거리고 있었다. 경비정은 두 척이나 되었다.

경비정이 움직이기 시작했다. 회영을 태운 배를 엄호하듯 한 척이 먼저 앞장서서 가고 있었다. 첸징우는 어떻게 해야 좋을지 몰라 눈앞이 캄캄했다. 다시 부두로 돌아가 선생의 아들을 찾아 사실을 알려주어야 할 것 같았지만 아들이 어디에 사는지 알지 못했다. 부두에서 만났을 때 사는 곳을 물어보지 않았던 것이 후회가 되었다. 첸징우는 무조건 배를 따라가기 시작했다. 지금으로선 그것밖에 할 수 있는 일이 없었다.

경비정이 매우 빠른 속력으로 달렸다. 첸징우의 배도 있는 힘을 다해 달렸다. 밤새 달리고, 다음 날 오전 첸징우의 배와 경비정이 앞서거니 뒤서거니 하면서 나란히 되었다. 계속 따라온다는 걸 알아차린 일본 경찰이 첸징우의 배를 의심하기 시작했다. 첸징우는 상관하지 않고 계속 따라붙었다. 그렇게 두 시간쯤 항해하던 끝에 갑자기 경비정이 속력을 줄이며 첸징우의 배를 향해 선수를 틀었다. 첸징우도 급히 속력을 줄였다.

"선장은 갑판으로 나와 보시오."

경비정에서 생각보다 부드럽게 말했다. 첸징우는 잘만 하면 회영을 빼낼 수 있을 것이라는 희망에 가슴이 부풀어 올랐다. 분명히 따라온 이유를 물을 것이었다. 그러면 '숙부님인데 시간이 엇

갈린 바람에 남창호를 타셨고 그래서 남창호를 쫓아왔더니 중간에 다시 경비정으로 갈아타는 것을 보고 연로하신 분이라 몸에 급한 이상이 생긴 것 같아 여기까지 따라왔노라.'는 대답을 준비했다. 양쪽 배가 가까워지자 첸징우가 먼저 말을 걸었다.

"나으리들께서 수고가 많으십니다."

첸징우의 말을 듣고도 경비정에서는 응답을 하지 않은 채 저희들끼리 알 수 없는 미소만 지으며 배가 더 가까워지기를 기다렸다. 배와 배끼리 무척 가까워지자 회영이 첸징우를 발견하고 소스라치게 놀랐다.

"첸징우! 어서 여기를 떠나라!"

회영이 급하게 외쳤으나 첸징우는 듣지 못했고, 일본 경찰들이 회영의 몸을 다른 곳으로 돌려 시야에서 첸징우를 차단해버리고 말았다.

"그분은 저의 숙부입니다. 연로하신 분이라 갑자기 몸에 병이 생기는 수가 있는데, 이제 제가 모시겠습니다."

"숙부?"

일본 경찰의 짧은 응답 끝에 탕, 탕, 두 발의 총소리가 울렸다.

"오, 첸징우!"

회영의 절규와 함께 첸징우가 난간을 붙잡고 쓰러지고 말았다. 일본 경찰은 한 번 더 확인사살을 하고, 첸징우의 배는 죽어버린 주인을 난간에 걸친 채 어디론가 제멋대로 흘러가기 시작했다.

30

마지막 길

회영을 맞은 대련 수상경찰서장 후쿠다 오시이가 하늘의 별을 딴 기분으로 핫! 핫! 핫! 웃어 젖혔다.

"그렇게도 좋으십니까, 서장님?"

부하 경찰이 너무 좋아하는 후쿠다에게 물었다.

"거두 이회영을 잡기 위해 우리 일본이 20년 이상 그물을 치지 않았나. 그것도 아주 비싼 그물로 말이야. 아마 지금까지 허망하게 버린 그물만 해도 이 대련 땅을 덮고도 남을 것이야. 그리고 우리 가문과는 아주 특별한 인연이 있지."

"감축드립니다. 서장님,"

회영을 체포했다는 소식은 급히 총독부에 타전되고 총독부에서 흥분을 감추지 못한 채 긴급 회의를 열었다.

"나석주 사건보다는 만주에서 벌이는 음모가 더 급하고 중차대하니 수단과 방법을 가리지 말고 반드시 입을 열게 해야 합니다."

"그것보다는 회유를 해야 합니다."

"그건 어림없는 발상이오. 그자는 부귀영화를 초개같이 버리고 수많은 항일투쟁자들을 길러낸 인물이오. 봉오동전투와 청산리 전투에서 우리 일본이 대패한 것도 그자가 길러낸 독립군들 때문이었소."

"뿐만 아니라 그자의 정신은 아편처럼 젊은 조선 청년들을 끌어들였다는 것이오."

"그러나 이젠 늙었어요. 사람이 늙으면 정신도 쇠약해지는 법입니다."

"그자는 다릅니다."

"그럼 어떻게 한단 말이오?"

"귀화가 아니면 죽음이오."

"아무런 물증도 없이 무슨 수로 죽인단 말이오? 그자는 기록 한 장, 사진 한 장, 남기지 않은 것으로 유명하지 않소."

"그렇소. 지금까지 우리 일본 형사들이 그림자처럼 따라붙었음에도 증거를 찾지 못해 어쩌지 못했잖소."

"지금 대동아공영권을 실행하고 있는 우리 일본이 도대체 무엇이 두렵단 말이오. 이젠 물증 따위는 필요 없어요."

"아무튼 걱정할 것 없어요. 후쿠다 오시이가 누굽니까. 그는 대어일수록 신들린 듯 요리 기술을 발휘하는 인물이잖소. 그는 지금까지 이회영을 잡기 위해 설욕을 다진 인물이오."

"자진해서 대련으로 간 것도 그런 이유라고 하니 기대해도 좋을

320 순국 하

것입니다."

일본은 고문 기술자 후쿠다에게 이회영을 통해 만주 지역 독립
군들의 근거를 반드시 알아내야 한다고 특명을 내렸다. 그리고
모든 것을 후쿠다의 재량에 맡겨버렸다.

후쿠다는 자신감에 찬 미소를 흘리며 회유 작전부터 시작했다.
조선 최고 명문가 이회영을 일본 앞에 무릎 꿇린다면 자신은 영
웅이 될 것이었다.

"선생, 이게 얼마 만입니까!"

후쿠다는 화들짝 반기고 회영은 후쿠다의 얼굴을 미처 기억하
지 못한 채 그를 바라보았다.

"십오륙 년 전, 우리 만난 적이 있었지요? 서울에서 말이오."
회영은 '아, 후쿠다'라는 탄성이 입 밖으로 흘러나온 것을 가까스
로 참았다. 40대 후반쯤으로 보이는 얼굴은 그때 3개월 동안이나
신경전을 벌였던 후쿠다 오시이 주임이 틀림없었다.

"기억하고 있소, 후쿠다 주임."

회영은 담담하고 태연한 어조로 말했다.

"그때 내가 뭐라고 했던가요. 선생은 한사코 사업가를 운운했지
만 선생의 눈에서는 혁명가의 빛이 번뜩인다고 하질 않았소. 그
건 그렇고 자, 술 한 잔부터 받으시오."

"나는 술을 입에 대지 못하오."

"놀라운 일이군요. 독립투사답지가 않아요. 한때 내가 블라디

보스토크에서 지독한 의열단 혁명투사 새끼들을 때려잡은 적이 있었는데, 그 상것들은 술과 여자에 미쳐 날뛰었소. 말하자면 그 불나방들은 무자비한 테러를 저지르면서 언제 죽을지 모른 목숨을 술과 전율하는 연애로 한탕 즐기고 죽자, 이런 거였단 말이오. 아, 점잖은 선생께 상스러운 말을 해서 미안하게 됐소이다. 그런데 선생, 도대체 미개한 조선을 일깨워준 우리 일본에 대해 무슨 불만이 그리 많단 말이오. 지금 조선 백성들은 새로운 미래를 향해 열심히 살고 있질 않소이까."

"미개하든 문명하든 자국의 일은 자국이 해결하는 법이오. 그런데 일본은 무력으로 남의 나라를 약탈했소. 그것도 아주 파렴치하고 악랄하기 짝이 없는 강도질로!"

"파렴치하고 악랄한 강도질? 말을 함부로 하시면 아무리 점잖은 분이라도 봐드릴 수 없습니다."

"언젠가는 하늘이 반드시 심판할 것이니 지금이라도 걸음을 돌이키시오. 후쿠다 당신 한 사람이라도 말이오."

"하늘이라, 하긴 사람의 머리 위에 벙어리 하늘이 있긴 있지요. 식민지 약소민족들의 공통점이 바로 그거요. 걸핏하면 하늘 타령하는 것, 허무맹랑한 하늘 운운하지 말고 선생이야말로 우리 천황 폐하를 믿고 무모하기 짝이 없는 걸음을 돌이키시오."

회영은 후쿠다의 말을 무시한 채 눈을 감았다. 헌병대가 정확하게 남창호에 올라온 것은 정보가 새어 나갔다는 증거이고 이제부터 의지대로 할 수 있는 것은 아무것도 없을 것이었다.

"선생, 나석주는 이미 죽었으므로 거론하지 않겠소이다. 그러니 이제 제발 우리 대일본제국 천황 폐하의 정중한 예우를 받아들이시오. 우린 지금 조선의 명문가 이회영 선생께 최고의 예우를 하고 있소이다. 도대체 이게 무슨 꼴이란 말이오. 상스럽고 천한 중국옷에 먹지 못해 누렇게 뜬 얼굴이며……, 이게 조선 최고 명문가의 체모와 지조란 말씀이오?"

회영은 계속 눈을 감은 채 침묵하고 후쿠다는 계속 말을 이었다.

"지금이라도 무릎을 꿇는다면 아니 고개만 숙여도 일선합병의 대인물 이완용 후작에게 내린 은사를 선생 가문에도 베풀겠다는 우리 천황 폐하의 특별한 배려를 받아들이시오."

"이완용, 감히 누구 앞에서 그따위 이름을 들먹이는가!"

이완용이란 말에 회영이 불쾌함을 참지 못해 고함을 질렀다.

"아, 그자는 이미 백골이 되었는데 뭘 그리 역정을 내시오. 노년에 감정이 격해지면 자칫 급사하는 수가 있으니 조심하시오."

자신만만했던 후쿠다는 일이 만만치 않다는 걸 직감했다. 그러나 어렵게 잡은 대어를 살점 하나 상하지 않고 멋지게 요리해서 일본 천황에게 바쳐야 한다는 생각으로 최대한 조심스럽게 본론으로 들어가기 시작했다.

"만주에서 일을 벌이겠다는 모의는 결코 성공할 수 없소. 그러니 이제 모든 것을 내려놓고 만주에서 만나기로 한, 그자들의 이름만 대주시오."

"만주는 내가 오랫동안 살았던 곳이라 고향이나 마찬가지요. 그래서 지인들을 만나기 위해 종종 오고 가는 것뿐이오."

"군소리 집어치우고 만주에서 만나기로 한 반역투사들이 누군지만 대란 말이오!"

"중국인들은 내가 친 난을 무척 좋아한 탓에 난을 배우는 모임이 있고 나는 그들을 가르치는 선생을 하고 있소이다."

앞으로 젊은 동지들과 만주 장학량과 거사는 무슨 일이 있어도 실행되어야 하므로 회영은 가능한 후쿠다와 정면 대결을 피하려고 애썼다.

"아하, 아직도 난 그림으로 밀통을 한다는 말이군요. 내 그걸 깜빡했소이다. 그러나 지금은 난을 이야기할 때가 아니오. 장학량 그 소인배와 작당하고 있는 졸개들 이름만 말해주면 된다고 하질 않소."

장학량을 들먹이자 회영이 소스라치게 놀랐다. 정보가 이미 새어 나간 것이었다. 그러나 끝까지 태연하게 응수해나가야 한다고 마음을 다졌다.

"없는 것을 대라 함은 배지도 않은 아이를 낳으라고 조르는 것과 마찬가지 아니오. 그만하고 나를 지인들에게 보내주시오, 후쿠다."

후쿠다는 고민에 빠졌다. 꼭 성공하여 총독부의 기대에 부응해야 하는데 갈수록 자신이 없었다. 후쿠다는 생각과 방법을 바꾸기로 했다. 이제부터는 본격적으로 치고 들어갈 것이며 장소도 경찰서와는 전혀 다른 악명 높은 여순 감옥의 고문실로 분위기를 바꾸기로 했다.

회영을 태운 차는 대련 수상경찰서를 나와 앞만 보고 달렸다. 겨울을 재촉하는 11월의 세찬 바람이 차창을 후려쳤다. 황량한 벌판이 끝없이 지나갔다. 벌판엔 회오리바람이 짐승처럼 몰려 다녔다. 회영은 바람 소리에 귀를 기울일 뿐, 어디로 가는지 묻지 않았다. 어디든 그들 손아귀 안인 것은 마찬가지인 탓이었다. 그러나 화북지방을 지나면서 여순으로 간다는 것을 짐작했다. 짐작대로 차가 여순 감옥 앞에 멈추고 무덤처럼 음산하고 괴괴한 건물이 단번에 사람을 짓눌렀다.

"여기가 어딘 줄 아시오?"

대답하지 않았다. 서로 잘 알고 있는 것을 물을 때는 대답할 필요가 없었다.

"조선 혁명투사들을 모시는 여순 감옥이오. 이미 알고 있겠지만 이곳에서 수많은 조선 혁명투사들이 복역했거나 죽어나갔소."

이번에도 응답하지 않았다.

"20년 전 당신들의 우상 안중근도 여기서 죽어나갔지."

후쿠다는 계속 겁을 주고 회영은 계속 반응하지 않았다.

"참, 선생처럼 고집이 센 신채호도 지금 복역 중이지."

"뭣이, 신채호?"

신채호란 이름에 회영이 용수철이 튀어 오르듯 반응했다.

"오, 진작 그자를 들먹일 걸 그랬군."

"정녕, 신채호 선생이 여기에 있단 말이오?"

"그렇소, 선생과 꼭 닮은 고집불통 무정부주의자 신채호가 10년 형을 받고 지금 복역 중이오."

"그 고고한 학자를 대체 무슨 트집을 잡아 가두었단 말이오?"

"유가증권 위조, 사기, 살인, 사체유기죄를 범한 무자비한 범법자가 고고한 학자라니? 도대체 뉘우칠 줄 모르는 그자도 2년 전에 대련 수상경찰서에서 내 손을 거쳐 이곳으로 왔다는 걸 알아두시오."

신채호에게 그 정도의 죄목을 씌웠다면 죽이자는 속셈이 분명했다. 그렇지 않아도 몸이 부실한 데다 위통이 심해 새벽마다 한바탕 뒹굴고 나서야 아침을 맞이하는 사람이 감옥 생활을 견뎌낼 리 만무했다. 그런데 사정이야 어떻든 반가웠다. 암흑 속에서 한 줄기 빛을 만난 것만 같았다.

"선생을 만나게 해주시오."

"만나게 해달라."

"부디 만나게 해주시오, 후쿠다."

회영은 신채호를 만나게 해달라고 애원하다시피 했다. 후쿠다는 선심을 쓰듯 쾌히 승낙해주었다. 혹 두 사람이 나눈 대화 가운데 어떤 단서라도 찾아낼 수 있을지 모른다는 기대 때문이었다.

곧 면회실로 붉은 수의에 죄수 번호 411번을 단 신채호가 나타났다. 허수아비 같았다. 뼈만 앙상한 몸에 붉은 죄수복이 어깨가 벗겨질 지경으로 헐렁거렸다. 손발에는 일터에서 왔는지 흙이 묻어 있었다.

"오, 단재?"

먼저 회영이 이름을 부르며 다가섰다. 신채호는 마치 헛것을 본 사람처럼 멍한 눈빛이었다.

"우당이외다. 단재!"

신채호는 그때서야 흑, 하고 울음을 터트렸다.

"우당 선생님!"

"우리가 여기서 만나다니. 어찌 된 일이오, 단재?"

"나야 재수가 없었지만, 선생님이야말로 그림자도 지워버리시는 분이 어쩌다가?"

"나도 재수가 없었겠지요. 그건 그렇고 단재의 죄명이 무척이나 화려해 기가 막혔소이다."

"내가 사기를 친 건 맞습니다. 그러나 살인이니 시체 유기니 하는 짓거리는 제멋대로 지어낸 것들이지요."

"유가증권을 어떻게 위조했더란 말이오?"

"헛, 그게 말입니다."

신채호는 와중에도 피식 웃고 있었다.

"단재, 이 지경에도 웃음이 나오시오. 별스럽기는 여전하시구려."

"선생님을 만나니 숨통이 트인 게지요. 사연은 바로 무정부주의자 동방연맹대회를 열었던 것에서 시작된 일이었습니다. 그때 선생님께서 써주신 글을 결의안으로 채택하지 않았습니까."

"기억하고 있어요. 상해에서 조선, 일본, 중국, 인도, 베트남, 대만 등의 아나키스트 대표 백여 명이 모여 국제대회를 열었을 때 내가 천진에서 「한국의 독립운동과 무정부주의」라는 글을 보내주었지요. 그때 연맹에서 일제의 중요기관을 파괴하기 위해 폭탄을 제조할 것을 결의했다고 들었소이다."

"폭탄을 만들자면 제작소와 전문 기술자가 필요하고 그에 따른 자금이 필요하지 않겠습니까. 그래서 비상수단으로 외국 돈을 위조하기로 하고, 그걸 나와 중국인 청년 동지 임병문이 도맡았지요. 6만 4천 원에 해당하는 위조지폐 2백 장을 찍어내어 현금으로 바꾸기 시작하다가 그만 재수 없게 걸려버린 겁니다."

"마치 콩서리라도 하다 들킨 양 말씀하십니다."

"맞습니다. 그건 콩서리에 불과했지요. 앞으로 8년 후 여기서 살아 나가면 정말 제대로 한번 해볼 작정입니다."

"어떻든 대단하십니다. 역시 단재다워요."

"우당 선생님은 은행털이범 두목을 하지 않으셨습니까. 이 사람처럼 붙잡히지도 않으셨으니 저보다 한 수 위셨구요."

신채호는 간수들 눈치를 보며 아주 낮은 목소리로 속삭이듯 말했다.

"사연을 계속 말해보시오."

"대련에서 자금 일부를 찾고 다시 변장을 하고 일본으로 들어갔다가 고베에서 그만 들통이 나고 말았습니다. 그런데 일본인 재판장이 '국제 위폐를 사기하려고 한 것이 맞나?'라고 묻더군요. 그래서 맞다고 대답했지요. 그랬더니 '사기는 나쁘다고 생각지 않나?'라고 다시 묻더군요."

"그래 뭐라 하셨소? 단재의 촌철살인적인 대답에 재판장인들 꼼짝이나 했겠소이까."

"우리 조선 사람이 나라를 찾기 위해 취하는 수단은 그것이 무엇이든 모두 정당한 것이다. 나라의 독립을 위해서는 사기뿐만 아니라 그보다 몇천 배 더한 짓을 할지라도 털끝만큼도 양심에 부끄럼이나 거리낌이 없다. 예를 들면 일본인을 죽여도 죄가 되지 않는다고 했지요. 그랬더니 누가 일본 밀정 놈을 죽여버려놓은 것을 나에게 뒤집어씌워 살인에다 시체 유기에다 입맛대로 죄명을 붙여댄 것입니다. 나와 함께 중책을 맡았던 중국인 임병문 동지는 벌써 옥사하고 말았습니다. 옥사가 아니라 바로 저쪽 고문실에서 몽둥이질을 해 즉석에서 죽여버렸지요."

신채호는 팔을 뻗어 기역 자로 꺾인 모퉁이 쪽을 가리켰다.

"단재는 무슨 일이 있어도 살아남아야 합니다."

"지금 육십 줄인 선생님께서 오십 줄인 내 걱정을 하게 생겼는지요. 그런데 형량은 얼마나 받고 오신 겝니까? 이곳 여순으로 온 사람치고 최하가 10년이라는데."

"형을 받은 바도 없소이다. 덮어놓고 여기로 데려온 것이오."

"그럴 수가, 재판도 없이 사람을 감옥으로 끌고 왔단 말입니까?"

"만주로 난을 치는 지인들을 만나러 가는 사람을 의심한 게지요."

신채호가 속뜻을 눈치채고 걱정스러운 눈으로 회영을 바라보며 손을 굳게 잡았다. 일본 경찰은 증거를 캐려고 심문하고 회영은 난을 핑계를 대면서 말을 피하고 있다는 것쯤은 짐작하고도 남았다.

두 사람이 서로 붙잡은 손을 놓지 못한 채 안타까움만 교차하는 순간 회영이 신채호의 손을 보며 놀란 표정을 지었다. 가늘고 여리던 선비의 손이 손가락 마디마다 뼈가 심하게 불거져 나왔고 손등엔 찢긴 상처가 어지러웠다.

"심장이 터질 것 같아 숨 틔우는 의식을 치른 흔적입니다. 피가 나도록 이놈의 천길 물속 같은 감옥 벽을 꽝꽝 치다 보니 죄 없는 손이 그만 이 지경이 되었지요."

가슴 아파하는 회영을 향해 신채호가 설명을 달았다.

그때 간수가 시간이 다 됐노라고 독촉하고 나섰다. 두 사람은 꼭 잡고 있는 손을 차마 놓지 못해 안타까워하고 간수가 회영의 팔을 조급하게 잡아끌었다.

"단재, 아무래도 다시 만나기는 어려울 것 같소이다. 부디 몸을 보존해야 하오. 그리고 옥고(玉稿)를 쓰는 귀한 손을 함부로 다치게 해서는 아니 되오."

회영이 겨우 말을 마치고 간수의 손에 이끌려, 기역 자로 꺾인 모퉁이를 돌아 어느 방으론가 사라져버리고 말았다. 임병문이 끌려가 돌아오지 못한 곳이었다.

"선생님!"

신채호가 외친 절규가 회영이 사라져버린 어둑한 통로를 따라 허탈하게 메아리쳤다.

어둑한 여순 감옥 내부, 기역 자로 꺾인 통로 끝에 있는 고문실은 분위기만으로도 고문하기에 충분했다. 높다란 천장에서 내려온 줄이며 사람을 묶기에 좋도록 등이 긴 고문 의자며 가죽 회초리와 몽둥이, 물이 담긴 커다란 나무통, 놋쇠 화로, 인두, 굵은 밧줄 등이 먹이를 기다리는 포악한 짐승들처럼 고문 대상자를 기다리고 있었다.

후쿠다는 일을 빠르게 추진하기 시작했다. 여순 감옥은 본래 속전속결이었다.

"보시다시피 여기서는 누가 누구를 설득하거나 말 잇기 놀이를 할 겨를이 없는 곳이오. 예, 아니요, 흑이면 흑, 백이면 백, 분명하고 확실하게 매듭 짓는 곳이란 말이오. 그러니 이 시간부터 난이니 만주 지인이니 하는 말 따위를 입 밖에 낼 생각은 버리시오."

신채호와 만나게 해주었지만 이렇다 할 단서를 포착하지 못한 후쿠다는 더욱 신경이 예민해졌다.

"난을 배우는 중국인들 말고 내겐 댈 만한 이름이 없다고 하지 않았소."

"난, 난, 난, 난에 대해 더 이상 말을 하지 말라 경고했소이다."

"그렇다면 나는 할 말이 없으니 마음대로 하시오."

후쿠다는 심호흡을 퍼내며 일이 잘 안 된다는 표정을 지었다. 그리고 상대를 형편없이 무시하는 작전을 구사했다.

"하긴 나라 없는 떠돌이 민족이니 그 하찮은 먹물 그림에나 의지하고 살 수밖에 없겠군."

"나라가 없다니!"

회영은 자리에서 벌떡 일어섰다. 20대의 불꽃 같은 시절 인삼밭을 도둑맞은 일로 경무청 사무실을 박살내버린 기개가 불시에 회오리쳤다. 눈을 부릅뜨고 후쿠다 요시모토의 방을 박살 내버렸듯이 그의 손자 후쿠다 서장의 뺨을 갈겨버렸다. 후쿠다의 얼굴이 반 바퀴쯤 돌아갔다 돌아왔다.

얼굴이 벌겋게 변한 후쿠다가 황당한 표정을 짓더니 몽둥이를 집어 들고 회영의 등을 가격했다. 회영이 바닥으로 거꾸러지고 말았다. 후쿠다는 거꾸러져 있는 회영을 한 번 더 가격한 다음 손을 멈추고 회영을 노려보았다. 그리고 부하를 향해 고함을 질렀다.

"이 악질, 비황국신민을 똑바로 앉혀!"

지시를 받은 부하가 회영을 끌어다 긴 고문 의자에 앉히고 줄로 상체를 의자 등받이에 묶었다. 회영은 속으로 아, 드디어 모든 것이 시작되는구나! 라고 탄식하며 예수가 십자가에 못 박힌 채 소리

첫듯이 "부디 저에게 감당할 힘을 주소서!"라고 기도했다.

"잘 들으시오. 그대들의 나라는 이 지구상에서 사라진 지 오래요. 전설 속에서나 존재한단 말이오."

"무식한 자로구나. 너는 아직 나라가 무엇인 줄 모르니 그따위 말을 하는 게다. 잘 들으라. 오늘날 너희가 무력으로 압제권을 늑탈했다 하여 우리 대한 영토와 우리 민족이 너의 것이 되는 줄 알았더냐. 아니니라, 민족의 혼이 곧 나라다. 우리 한민족 혼이 살아 있는 한 우리나라 대한은 영원히 존재하는 것이다. 그리고 언젠가는 그 혼이 너희를 천하에 몹쓸 전염병을 쓸어내듯이 우리 땅에서 말끔히 몰아내고 말 것이다."

"지독한 조센징 영감, 똑똑히 들으시오. 영감도 알다시피 지금 중국 대륙의 허리통까지 우리 일본 입속으로 들어왔소. 나머지 아랫부분은 가만히 있어도 딸려 들어오게 되어 있단 말이오. 그 때는 어디로 도망가 독립운동을 할 작정이오? 북극이나 남극? 아니면 하늘 끝이나 땅속? 자, 다시 마지막으로 기회를 주겠소. 영감은 이미 인생을 낭비해버리고 말았지만, 지금이라도 후손들의 장래를 위해 마음을 바꾸란 말이오."

후쿠다는 마지막으로 인내심을 발휘하며 다시 회유 작전을 펼쳤다.

"나를 보내주지 않으려거든 뜻대로 하라 했느니라."

"겁도 없이 후쿠다의 인내심을 시험하다니. 매달아!"

부하 경찰이 회영을 천장에서 내려온 줄에 매달았다. 대롱대롱

매달린 회영의 몸이 빙글빙글 돌기 시작하고 참기 어려운 현기증에 아, 아, 하는 소리가 저절로 흘러나왔다. 빙글빙글 도는 회영의 허리를 부하가 몽둥이로 한 번 후려쳤다. 더 심하게 도는 회영을 바라보며 후쿠다가 다시 말을 이었다.

"마지막으로 한 번만 더 기회를 주지. 영감이 뉘우치고 모든 것을 말해준다면 규학, 규창, 규숙, 현숙, 아 참, 조선에서 태어난 아들 규동까지 포함하여 당신 자식들을 옛날처럼 품위 있게 살게 해줄 것이오. 그리고 지금 조선 땅에서 기생들 옷을 지어주면서 기생들에게 온갖 모멸을 당하고 있는 당신 아내 이은숙을 다시 안방마님으로 만들어주겠단 말이오."

온갖 고생을 하리라 짐작은 했지만, 아내가 기생들 옷을 지어주면서 돈을 번다는 말은 충격이었다. 그러나 아내는 고려 말 충신 목은 이색의 후손답게 잘 인내하고 견디리라 믿으며 이를 악물었다. 고문은 그런 상태로 3일 동안 계속되고 후쿠다는 마지막 카드를 사용하기로 했다.

"역시 보기 드문 지조야. 그렇다면 눈을 번쩍 뜨게 해주지. 을사늑약 때부터 시작해 지금까지 미꾸라지처럼 일본이 쳐놓은 그물을 잘도 피해온 영감이 왜 배에 타자마자 우리에게 붙잡혔는지 생각해보셨나? 밀고자 말이오."

후쿠다는 마지막 방법을 사용하기로 했다. 밀고자가 있다고 하면 심문받는 자의 마음이 급속도로 위축되어 자포자기하고 만다는 것을 이용한 것이었다. 후쿠다가 묻지 않더라도 그건 도무지 이해할 수 없는 일이었다. 보안에 빈틈이 없는 동지들이 실수로 흘렸을 리가 없었다. 정녕 석영 형님 외엔 쥐도 새도 모른 일이었다. 규서와 연충렬도 그 시간엔 방을 나간 뒤였다. 또 규서와 연충렬이 설령 방에 함께 있었다 하더라도 꿈에서도 생각할 수 없는 일이었다. 규창의 말에 의하면 연충렬이 평이 좋지 않다고는 했지만 명색이 애국청년이 아닌가. 또 그 옆에 규서가 있지 않은가. 조카 규서가 그런 짓을 하도록 보고 있을 것인가. 회영은 아무리 생각해도 이해할 수 없는 일이었다.

31
이별

상해에서는 동지들이 회영으로부터 연락이 오기만을 기다리고 있었다. 그런데 느닷없이 18세 정도로 보이는 소년이 버스회사로 규학을 찾아와 종이 쪽지를 내밀었다. 규학은 소년의 신분을 물어보기도 전에 종이 쪽지부터 펼쳐보았다.

11월 17일 밤 이회영, 만주행 남창호 승선.

규학은 머리끝이 솟구쳐 올랐다. 부르르 떨리는 몸으로 소년을 향해 입을 열었다.

"대체 너는 누구냐?"

"제 이름은 홍종호라 부르고 제 아비는 고(故) 홍순입니다. 조선에서 이조판서 대감댁에서 살았던."

규학은 소년이 누구인지 금세 알아차렸다. 노비 홍순의 아들인 모양이었다. 뜻밖이었지만 홍순의 아들을 만난 것에 놀라고 있을 때가 아니었다.

"네가 누군지 짐작이 가는구나. 그런데 이 쪽지는 어디서 난 것이냐?"

"저는 화자 제약회사에서 일하고 있습니다. 옥관빈 사장님 밑에 있지요. 옥 사장님 소실 향숙이란 여자가 급히 내게 주면서 전하라고 부탁했습니다."

친일자로 의심받고 있는 옥관빈이라는 말에 규학의 얼굴색이 하얗게 변했다.

홍종호는 만주에서 아버지 홍순이 죽자 어머니와 상해로 와 살면서 화자 제약회사에서 일을 하고 있는데, 향숙이 참 잘해주었다는 말을 하고 싶었지만 그런 말을 할 상황이 아니라 그만두었다.

"그분을 만나볼 수 있겠느냐?"

"어젯밤에 도망쳤습니다."

"도망을 치다니?"

"총을 맞고 집 밖으로 도망치면서 이 종이 쪽지를 저에게 준 것입니다. 버스회사에 찾아가 이규학 선생을 찾으라고 하면서요."

서울에서 상해로 도피한 향숙은 은숙이 일러준 대로 영국인 버스회사로 규학을 찾아갔지만 신분이 하늘과 땅이라는 생각에 만날 용기가 나지 않았다. 일단은 취직하기가 쉬운 식당에서 일했다. 힘든 일을 해보지 않은 몸이라 견뎌내질 못했다. 어쩔 수 없이 상해의 유명한 유곽 별궁(別宮)으로 찾아갔고 그곳에서 손님 옥관빈과 가깝게 되었다.

향숙은 서울에서 은숙을 알고부터 독립운동가라면 무조건 존경한 탓이었다. 옥관빈은 한인 사회에서는 선망의 대상이었고 별궁에서는 왕처럼 모시는 단골손님이었다. 돈이 많다는 것도 이유였지만 독립운동의 뿌리인 신민회에서 활동했다는 것으로 유명한 탓이었다. 정말 향숙이 보기엔 옥관빈은 충분히 존경받을 만했다. 독립운동가들을 돕는다는 소문이 자자했고 종종 별궁에까지 독립운동가라는 중년 남자들을 데리고 와 거나하게 먹이면서 적지 않은 돈을 질러주기도 했다. 중년 남자들뿐만 아니라 20세를 갓 넘긴 애국청년들도 데리고 왔다. 그들은 모두 옥관빈에게 머리를 조아리며 고마워한 것이었다.

그런데 며칠 전 향숙은 우연히 옥관빈의 옷 주머니에서 이회영이란 이름이 적힌 쪽지를 발견하고 이상한 생각이 들어 몰래 몸속에 숨겼다. 그리고 버스회사로 찾아가 규학에게 건네주려고 마음먹었다. 그렇게 3일이 지난 후 옥관빈에게 이회영이란 인물이 누구냐고 짐짓 물었다.

"네가 왜 그런 걸 묻지? 혹여 이회영을 아느냐?"

"애국지사들과 한인들이 모두 존경하는 인물인데 저라고 모를 리가 있겠어요."

"네까짓 게 독립운동가에게 관심을 갖다니, 아무튼 그가 상해에

온 지 1년 남짓인데 향숙이 네가 그를 알다니 괴이한 일이 아니냐?"

향숙은 옥관빈의 '네까짓 게'라는 말투에 충격을 받고 말았다. 향숙은 서울에서 은숙이 해준 '우리'라는 말에 새로운 세계를 알게 되었고, 인간으로서 자긍심을 갖게 되었는데 그게 깡그리 무너지는 것만 같았다.

그런데 무엇보다도 회영을 '그'라고 낮추어 부른 호칭이 불쾌하기 짝이 없었다. 옥관빈은 이회영 선생에 대해 결코 호의적이지 않다는 걸 눈치챘다. 그리고 2년 전 정화원을 들락거린 후쿠다가 떠오르면서 옥관빈과 후쿠다가 하나로 연결되었다. 후쿠다도 회영을 '그자'라고 불렀던 탓이었다.

"당신은 왜 훌륭하신 분을 좋지 않게 말하죠? '그'라고 하다니요."

향숙은 옥관빈을 똑바로 쳐다보며 따졌다. 향숙의 눈에 벌써 분노가 충천하고 있었다.

"이회영 같은 인물은 이제 조선의 앞날에 방해가 될 뿐이야. 대세도 모른 채 명문가의 자존심만 내세우거든. 난 생리적으로 그런 귀족이 싫어."

"어떻게 그런 말을! 난 당신이 독립투사라고 존경했는데 그래서 당신을 선택했는데."

"독립투사? 향숙이는 그런 일에 신경 쓰지 말고 내가 준 돈으로 호강이나 하면 되는 거야."

"호강이나 하라구요?"

"그렇고말고. 내가 향숙이를 왕비가 부러워하도록 만들어줄 테니까."

"왕비가 부러워하도록 돈을 퍼부어주면 다인가요?"

향숙이 옥관빈의 눈을 파낼 듯이 쏘아보았다.

"이게 어디서 꼬박꼬박 말대답을 하면서 사람을……. 향숙인 세상 돌아가는 걸 몰라서 그러는데 일본이 중국은 물론 곧 세상을 다 갖게 될 것이야. 사람은 시대를 간파할 줄 알아야지."

옥관빈은 화를 냈다가 다시 향숙을 달랬다.

"이완용처럼요?"

"뭐야? 그분은 미개한 조선을 살린 진짜 애국자야."

"이제 보니 당신 친일자군요?"

"지금 나에게 친일자라고 했느냐?"

"그래요. 밀정일지도 모르죠."

"뭣이라. 천한 것이 감히!"

두 사람은 갑자기 적으로 변해버리고 말았다. 옥관빈이 몸을 부르르 떨며 향숙을 노려보고, 향숙은 경계하며 몸을 움츠렸다. 당장 어떻게 해야 할지 몰라 마음이 갈팡질팡했다. 장차 큰일을 하기 위해서는 함부로 언행을 해서는 안 된다는 은숙의 당부가 떠올랐지만 이미 때는 늦었다는 것을 알았다.

재빨리 대책을 강구해야 했다. 마침 등 뒤에 있는 책상 서랍을 열고 권총을 집어 들었다. 생전 처음 잡아본 권총이었으므로 다

음 행동을 할 줄 몰랐다. 그러나 총을 손에 쥐자 두 번째 손가락
에 방아쇠가 닿았다. 직감적으로 그것을 누르면 될 것 같았다. 순
간 옥관빈이 잽싸게 총을 빼앗아 향숙을 향해 쏘았다. 반사적으
로 들어 올린 오른쪽 어깨에 총알이 박히고 향숙은 문을 박차고
나가 대문을 향해 뛰었다. 그리고 때마침 마주친 홍종호에게 쪽
지를 건네주며 규학을 찾아가 전하라는 부탁을 하고는 어디론가
사라져버렸다.

규학은 홍종호를 돌려보내고 유자명, 백정기, 엄형순, 오면직
등과 급히 만나 종이 쪽지 내용을 분석하기 시작했다. 일정의 앞
잡이로 의심받고 있는 옥관빈 옷 주머니에서 쪽지가 나왔다는 것
은 바로 일본 경찰서 책상 서랍에서 나온 것이나 마찬가지였다.
분명히 정보가 새어 나갔다는 증거였다. 동지들은 회영이 떠나기
전 행적을 파헤치기 시작했다. 규창이 석영에게 인사를 하러 갔
던 이야기를 했다.

"심지어 형제에게도 비밀로 해야 한다고 그렇게 말씀드렸는
데 영석 어른 댁엘 가셨더란 말이냐? 그리고 거기에 누가 있었느
냐?"

"나는 강가에서 아버님과 헤어져 혼자 집으로 돌아왔습니다."

동지들은 말이 없었다. 무슨 말인가를 하고 싶으면서도 마치 말
을 입 밖에 내지 못하는 표정이었다. 잠시 침묵이 흐른 뒤 두 사
람이 어렵게 말문을 텄다.

"영석 어르신도 배제할 수 없어요."

"그건 나도 마찬가지요. 요즘 너무 어려우니 그 점도 생각해야 할 것이오."

"지금은 말을 함부로 할 때가 아니니 모두 말조심하세요."

조용히 듣고 있던 유자명이 두 사람의 말을 막아버리고 말았다. 그때 규창이 비로소 부두에서 만난 뱃사공을 떠올렸다.

"참, 부두에서 망명 때 압록강을 건너줬다는 뱃사공을 만나 한참 동안 옛날이야기를 하셨습니다. 그가 유람선 선주 겸 선장이 됐다고 하면서 자기 배로 모시겠다고 했지만 아버님께서 사양하셨지요."

"나중에 뱃사공은 어디로 갔느냐?"

"그건 모르겠습니다. 나는 아버지를 배웅하느라 배에 올라갔다가 내려왔고 그땐 뱃사공이 보이지 않았습니다."

"뱃사공일 리가 없소. 뜻밖에 만난 뱃사공이 사정을 알 리가 없질 않소이까. 그리고 옥관빈과 뱃사공이 알 리가 있겠는가."

"그건 그렇지가 않아요. 옥관빈은 다양한 사람을 포섭하고 있다지 않소."

"가만, 뱃사공 이름이 뭐라고 하더냐?"

오면직 동지가 정색을 하며 규창에게 물었다.

"왜 그러시오? 오 동지."

"신문 기사가 떠오릅니다. 선생님께서 떠나시고 난 다음 날 신문에 유람선 선장이 총에 맞아 바다에 표류하던 걸 중국 공안이 발견했는데 강도 소행 같다고 했소."

"생각났어요. 아버님께서 마치 죽마고우를 만난 것처럼 첸징우!
라고 크게 불렀습니다."

"맞아, 첸징우!"

"죽은 그 뱃사공 이름도 첸징우란 말이오?"

"그렇소."

"선생님을 만난 다음 뱃사공이 죽었다? 뭔가 이상하질 않소?"

"그러나 선생님과는 무관한 듯싶소이다. 상해에 사건이 났다 하
면 강도 살인 아닙니까."

다음 날 오면직 동지가 급하게 뛰어 들어와 심각한 얼굴로 소문
을 전했다.

"규서와 연충렬이 윤락가를 돌다가 성병에 걸려 병원과 약국을
들락거린다는 말을 들었습니다."

"규서가 윤락가를 드나들다니요?"

"정통한 소식통입니다. 함병원이라면 상해에서 이름난 병원인
데 그곳에서 내 처가 쪽 사람이 사무를 보고 있습니다. 더욱 놀라
운 일은 두 사람이 옥관빈과 이용노와 동행하여 고급 요릿집에도
들락거린 걸 목격했다고 합니다."

옥관빈과 이용노의 말이 나오자 동지들의 눈에 불이 켜졌다. 교
민회 회장 이용노 또한 밀정으로 의심받고 있었고 옥관빈과 절친
한 사이로 알려져 있었다. 서둘러 규서와 연충렬을 유인하여 일

을 규명해봐야 할 것이었다. 그들을 유인하는 일에 규창이 나서기로 했다.

규창은 그들을 만나기 위해 석영의 토방을 지켜봤지만 토방에는 나타나지 않았다. 연충렬이 사는 곳을 탐문한 끝에 두 사람을 만날 수 있었다. 규서는 토방을 나와 연충열과 함께 기거하고 있었다. 규창은 무척 진지하게 다시 애국청년당과 소년동맹을 재건하자고 했다. 세 사람 모두 애국청년당과 소년동맹단원 중심으로 활동해왔으나 홍구공원 윤봉길 폭탄 사건이 터지자 일본에 쫓기면서 활동이 중단된 상태였다.

"백범 선생께서 자금까지 지원해주신단 말이냐?"

규창이 김구 선생께서 자금을 지원해주기로 했으며 남화한인청년연맹 백정기와 엄형순이 돕기로 약속했다고 거짓말을 하자 규서와 연충렬의 눈빛이 빛났다.

"그렇소. 앞으로 조선 독립은 우리 청년들 손에서 이루어져야 한다고 말씀하시면서 어서 서두르라 당부하셨소. 태공(규서의 호) 형님과 연충렬 동지와 내가 어서 일을 추진해야 다른 곳으로 자금이 빠져나가지 않을 것이오."

"맞는 말이오. 누가 먼저 일을 하느냐에 따라 자금이 좌지우지되는 것이니 태공, 한시라도 빨리 일을 시작합시다."

연충렬이 들뜬 표정으로 규서를 재촉했다. 세 사람은 당장 일을 추진하기로 결의하고, 규창은 백정기와 엄형순과 의논하여 바로

344

다음 날, 남상 입달농촌학교로 그들을 유인하기로 했다.

입달농촌학교는 유자명이 책임자로 있는 학교였으므로 윤봉길 홍구공원 사건 이후 일경에게 쫓길 때도 김구를 비롯한 임정원들과 많은 애국지사들이 몸을 숨긴 곳이었다. 규서와 연충렬은 김구 선생을 만난다는 걸 생각만 해도 가슴이 떨려 밤새 잠을 이루지 못했다. 다음 날 영웅이 된 기분으로 규창을 따라나섰다. 백정기, 엄형순은 남화한인청년연맹 동지들과 함께 학교로 향했다. 학교는 한적한 교외에 있는 탓에 학교에서 일어난 일은 외부에서 알 수가 없었다. 동지들은 밤이 되기를 기다렸다. 규서와 연충렬에게 김구 선생께서 밤이 되어야 도착을 할 것이니 기다려야 한다고 말했다. 두 사람은 동지들의 말을 충분히 믿었다. 홍구공원 폭파 사건 이후 일본은 김구를 검거하는 데 혈안이 되어 있고, 김구 선생은 대낮에 함부로 다닐 수 없다는 것을 잘 알고 있었다.

점점 밤이 깊어가고 있었다. 김구는 좀처럼 오지 않았다. 규서가 초조한 얼굴빛으로 창밖을 내다보며 고개를 갸웃거렸다. 밖엔 비가 오고 있었다. 연충렬의 얼굴에도 불안한 기색이 돌기 시작했다. 남화연맹 동지들도 밤이 깊어가자 마음이 급해져가고 있었다. 동지들이 어서 일을 시작해야 한다며 백정기와 엄형순을 재촉했다.

"더 이상 지체할 필요가 없습니다."

"조금만 더 지켜봅시다."

자정이 넘었는데도 김구가 나타나지 않자 눈치 빠른 연충렬이 규서에게 눈짓을 했다. 규서가 알아차리고 소변을 보러 가겠다며 자리에서 일어섰다. 연충렬도 함께 가겠다며 일어섰다. 화장실은 교사 뒤편에 있었으므로 교실을 벗어나면 그만이었다. 다섯 명의 남화연맹 동지들도 화장실에 간다면서 함께 일어섰다.

모두 복도를 벗어나 교사 뒤편 화장실로 갔다. 다 함께 소변을 보던 중 연충렬이 규서의 옷소매를 잡아끌었다. 두 사람은 남화연맹 동지들보다 먼저 화장실을 벗어나 운동장을 향해 뛰기 시작했다. 남화연맹 동지들이 그들 뒤를 추격했다. 비에 젖은 중국 특유의 차진 진흙이 발목을 붙잡듯 철떡철떡 달라붙었다. 남화연맹 동지들이 금세 앞질러 뛰고 두 사람은 진흙 때문에 발이 앞으로 나가지 않았다. 곧 붙잡히고 말았다. 진흙 위에서 한바탕 난투가 벌어졌다. 다물단으로 유명한 남화연맹 동지들이 그들을 간단히 제압했다. 둘을 결박하여 빗속에 꿇어 앉히고 취조가 시작되었다. 유자명이 물었다.

"이규서, 너에게 먼저 묻겠다. 왜 도망을 치려고 했느냐?"

"김구 선생께서 오시기로 한 것이 아닌 것 같아 그냥 집으로 가려는 것이었습니다."

"그렇다면 가겠다고 말을 하고 가야 할 것 아니냐."

규서가 입을 다물어버리고 말았다.

"옥관빈에게 동지들을 몇이나 팔아먹었는지 말해!"

성미 급한 백정기가 뺨을 후려갈기며 다그치고 나섰다. 규서의

입에서 피가 터지고 연충렬의 코와 입에서도 피가 터졌다. 유자명이 백정기를 자제시키며 다시 나섰다

"규서, 잘 들어라. 옥관빈에게 무엇을 말해주었느냐? 네 숙부에 대해서 말이다."

"천부당만부당합니다. 아닙니다."

규서가 펄쩍 뛰었다.

"이 짐승만도 못한 게 거짓말을 하다니."

동지들이 당장 요절을 내야 한다고 분을 터트렸다.

"다시 묻겠다. 너는 영석 어르신의 하나밖에 없는 자식이다. 그리고 어른께서는 독립운동을 위해 조선 제일의 재산을 모두 바친 분이시다. 설사 네가 옥관빈과 무슨 거래를 했다 하더라도 우리는 어른을 생각해서 너에게 관용을 베풀 용의가 있다. 다만 거짓 없는 정직한 자백일 때이다."

유자명이 차분하게 설득을 하자 규서의 표정이 변하기 시작하면서 입을 달싹거렸다.

"사실은……."

"안 돼!"

연충렬이 소리치며 말을 막았다.

"태공, 속지 마시오. 용서란 없소."

백정기가 연충렬을 후려치고는 다른 곳으로 끌고 가버렸다. 연충렬이 없어지자 규서가 벌벌 떨기 시작했다. 다시 유자명이 회유했다.

"너는 연충렬과 다르다는 걸 알아야 한다. 누가 뭐라고 해도 너는 조선 제일 가문의 후예일 뿐만 아니라 자랑스러운 독립운동가 후손이다. 그러니 모든 것을 말하고 용서를 빌어야 한다. 자 어서 말하라."

"혈통 때문이었습니다."

"혈통이라니, 그게 무슨 소리냐?"

느닷없이 혈통 때문이었다는 규서는 그동안의 일을 낱낱이 고백했다.

천진에서 상해로 온 규서는 애국청년당에서 활동하면서 연충렬을 알게 되었다. 비록 망명 생활을 하는 처지이지만 석영, 회영, 시영 형제들의 가문은 상해에서도 존경받는 가문이었고 규서는 가문 덕에 애국청년단에서 귀공자 대접을 받았다. 특히 연충렬에게 규서는 부러운 존재였고 선망의 대상이었다.

그때 연충렬은 유곽을 드나들면서 매춘 여성들과 접촉을 하는 등 문란한 생활을 하고 있었다. 그가 규서를 꼬드기기 시작했다. 이제 막 스무 살을 넘어 성년이 시작된 규서는 세상 물정에 대하여 아무것도 알지 못했고, 두 살 위인 연충렬은 세상사의 더러운 것에 물들어 있었다. 연충렬은 규서를 유곽으로 끌어들여 함께 문란한 생활을 하기 위해 갖은 애를 썼다.

"태공, 남자는 나이 스무 살을 먹었다고 하여 성년이 되는 것이 아니라, 여자를 경험해야 비로소 성년이 되는 것이오."

"우리 가문에서는 그런 걸 허용하지 않소. 듣기에 민망하니 나에게 그런 말은 하지 마시오."

"지금은 조선 시대가 아니오. 더욱이 애국운동을 하자면 통이 커야 하고 남자다워야 해요."

규서는 석영이 애지중지 키운 탓에 고집이 세고 자기중심적이기는 하지만, 그래도 보고 들은 것이 있어 가문 정신은 확실했다.

그런데 한 번의 실수로 하여 규서는 연충렬에게 의지해야 하는 신세가 되고 말았다. 어느 날 연충렬과 술집에서 술을 마시게 되었다. 처음 마시는 술이었다. 그때 어디선가 여자들이 다가와 규서와 연충렬 옆에 앉았다. 연충렬의 작전이었지만 규서는 알지 못한 채 당황했다.

"저리 가시오."

규서의 말에 여자도 당황하며 어쩔 줄을 몰랐다. 그러자 연충렬이 "상해는 북경이나 천진과는 다르다는 걸 알아야지요. 남자가 여자에게 예의를 지킬 줄 알아야 신사라는 말이오."라고 농담을 하며 자꾸 술을 마시게 했다. 규서는 금세 취기가 돌고, 옆에 앉아 있는 것만으로도 두려웠던 여자가 아름답게 보이기 시작했다. 손을 잡아보고 싶기도 하고 뺨을 만져보고 싶기도 했다. 여자가 붉은 입술을 살짝 벌리며 웃을 때마다 꽃을 보는 것만 같았다.

그런데 시간이 조금 지나자 여자가 어디론가 사라져버리고 말았다. 처음에는 화장실에 가겠거니 했지만 끝내 돌아오지 않았다. 마음이 허전해지고 말았다. 마치 손에 잡았던 아름다운 새를 그만 놓쳐버린 것만 같은 기분이었다. 그 후 며칠이 가도록 그 여자의 웃는 얼굴이 눈에 삼삼하여 견딜 수가 없었다. 길을 가다가도 비슷한 여자를 볼 때면 그녀인가 싶어 가슴이 뛰었다. 그렇게 규서의 몸이 달아오를 대로 달아올랐을 때 연충렬이 유곽으로 규서를 데리고 갔다. 지난번에는 서민들이 가는 보통 술집이었지만 이번에는 반드시 여자가 술을 따르는 고급 유곽이었다.

규서가 어리둥절하여 두리번거리며 쉬 앉지 못했다. 그때 나비처럼 사뿐 그녀가 들어섰다. 규서는 하마터면 소리를 칠 뻔한 걸 참으며, 아니 와락 끌어안고 싶은 심정을 참으며 자리에 앉았다.

"다시 봅니다. 도련님."

그녀가 웃으며 규서에게 인사를 했다. 그동안 미치도록 보고 싶었던 얼굴이 눈앞에 있었다. 도련님이라는 호칭은 상해 독립운동가들 사이에 오직 규서에게만 쓰는 말이었다. 연충렬이 시킨 모양이라고 규서는 생각했지만 그런 건 중요하지 않았다. 다시 그녀를 만났다는 사실이 중요했다.

"태공, 오늘은 명화에게 '저리 가라'고 하지 않으니 웬일이오?"

여자는 날아갈 것 같은 몸짓으로 술을 따랐다. 규서는 그녀가 준 술을 계속 받아마셨다. 그리고 집으로 돌아가기 위해 밖으로 나오자 그녀가 규서의 손을 잡고 어디론가 이끌었다. 그때 연충렬이 규서의 귀에 대고 "오늘이 태공의 총각 딱지 떼는 날이오." 라고 속삭였다. 연충렬 말대로 규서는 그날 밤 명화라는 여자에게 총각 딱지를 떼이고 말았다. 그런데 단 하룻밤의 대가는 혹독한 것이었다.

소변을 볼 때마다 심한 통증 때문에 신음소리가 나올 지경이었다. 점점 증상이 심해지면서 소변을 볼 때마다 불이 나듯 화끈거리고 요도 끝이 빨갛게 부어오르면서 농이 나오기 시작했다. 연충렬이 놀라 함병원으로 데리고 갔다. 의사가 성병이라고 했다. 여자와 성관계를 한 탓이라는 것이었다. 규서는 그때서야 그녀를 떠올렸다. 그동안 병을 앓으면서도 그녀를 전혀 의심하지 않았다. 사실 몸이 그 지경이 되자 그녀를 생각할 겨를이 없었고 만날 자신도 없었다.

그런데 그녀 탓이라는 것을 알고 나자 그녀가 혐오스럽기 짝이 없었다. 꽃처럼 웃던 얼굴이 이제는 더러운 벌레로 변해버리고 말았다. 의사는 치료를 제대로 하지 않으면 혈육을 남길 수가 없다고 경고했다. 규서는 하늘이 무너져 내리는 것만 같았다. 형님 규준이 비명에 가버렸기 때문에 이제 가문의 대를 잇는 것은 오직 자신에게 달려 있었다. 규서는 무슨 일이 있어도 가문의 대를 끊어지게 해서는 안 된다고 생각하며 만만치 않은 치료비를 연충렬에게 의지했다. 일주일 치료비가 가난한 독립운동가들 한 달 생활비였고, 연충렬은 어렵지 않게 치료비를 대주었다.

그러던 차에 연충렬이 규서에게 "우당 선생님이 요즈음 무슨 일을 하시는지 나에게 좀 알려주시오."라고 부탁했다. 규서는 자신의 가장 치욕스러운 병을 알고 있을 뿐만 아니라 치료비까지 대준 연충렬을 형제처럼 생각하고 믿은 탓에 무엇이든지 말할 수 있었다. 그리고 연충렬이 대준 치료비가 옥관빈으로부터 나왔다는 것을 뒤에 알게 되었다. 뿐만 아니라 연충렬이 옥관빈과 이용노의 사주를 받아 회영이 상해로 온 후 계속 회영의 동태를 살폈다는 것도 알게 되었다. 그쯤에서 만주로 가기 전날 회영이 집으로 인사차 왔을 때 연충렬과 함께 모든 것을 엿듣고 옥관빈에게 말해준 것이었다.

모든 상황을 알고 난 동지들이 경악하며 털썩 주저앉았다. 짐작했던 대로 회영이 일본 놈들에게 붙잡힌 것이 사실이고, 살아나기를 바란다는 것은 어리석은 일이었다. "충신의 가문에서 역적이 나고 효자 가문에서 패륜이 난다"는 말이 떠올랐다. 그러나 정작 일을 당하자 참혹했다. 유자명, 백정기, 엄형순이 무릎을 꿇고 앉아 선생님! 하고 통곡하기 시작했다. 모두 피체되어 일경에게 고문을 받아보았고 감옥살이를 해본 경험자들이었으므로 지금쯤 어떤 일이 벌어지고 있는지 눈에 선했다.

"그러나 숙부님 머리털 하나 건드리지 않기로 나와 약조를 했으니 너무 염려하지 않아도 될 것입니다. 숙부님 마음을 돌려 귀화시키는 것이 목적이라고 했습니다."

규서가 회영의 신변에는 별일이 없을 것이라는 뜻으로 동지들을 안심시키려고 했다. 그것도 연충렬의 말이었고, 규서는 그의 말을 믿고 있었다. 그러자 백정기가 규서의 입을 후려치며 분노했다.

"에라이 못난 것, 어디서 그따위 입을 놀리느냐. 우당 선생님이 일본에게 귀화를 할 분이더냐. 그분은 목숨이 열 개라도 다 내놓을 분인 줄 정녕 몰랐더란 말이냐."

"더 이상 지체할 것 없어요."

엄형순이 독촉하고 나서자 동지들이 연충렬을 규서 옆으로 끌고 와 목에 줄을 건 다음 마지막으로 용서를 빌 기회를 주었다.

"조국과 우당 선생님 앞에 사죄하고 가거라."

"우당 선생님께는 죽어도 죄를 씻지 못할 것이지만, 조국? 조국이 우리에게 무얼 해주었소? 옥관빈 사장님과 이용노 그 두 분 말을 나는 지금도 믿고 있소."

모든 것을 체념한 연충렬이 동지들을 빤히 쳐다보며 항의했다.

"놈들이 뭐라고 했느냐?"

"세상이 일본 천하가 될 거라 했소. 싫든 좋든 조선과 일본은 이와 잇몸이라 했소. 그러니 이제는 일본이 잘 돼야 우리도 잘 된다고 했소. 독립운동이 오히려 나라를 힘들게 한다고 했소. 일본을 배척하고 미워할 것이 아니라 오히려 일본을 돕는 것이 우리가 잘사는 길이라 했단 말이오."

연충렬은 동지들을 조롱하듯이 말했다.

"너를 조국의 이름으로 처단한다."

동지들이 벼락같이 달려들어 강력한 다물단의 규칙대로 일을 집행했다. 줄을 잡아챘다. 연충렬이 비스듬히 땅으로 누우며 몸부림쳤지만 곧 잠잠해지고 말았다.

다음은 규서 차례였다. 규서가 사시나무 떨듯 떨고 있었다. 동지들은 조금 머뭇거린 끝에 규서에게 줄을 던져주며 스스로 목을 매도록 명령했다.

"너는 네 손으로 목을 매거라. 이것이 너에게 베풀어준 조국의 배려다."

그것은 다물단의 규칙을 위반한 사례였다. 지금까지 다물단에서는 밀정으로 확인되면 즉시 처형하는 것이 엄정한 규정이었다. 그러나 규서는 독립운동 시작의 정점에 있는 이석영의 하나밖에 없는 혈육이었다. 그의 말대로 규서의 생명이 끊어지면 이항복 10손의 혈손이 끊어지고 말 것이었다.

"부디, 목숨만 살려주십시오. 다 말하지 않았습니까."

"이 가증스러운 것, 네가 조국과 천륜을 버리고도 어찌 태연하게 우당 선생님의 아들과 함께 항일운동을 하겠다고 여기까지 올 수 있더란 말이냐."

규서는 울부짖으며 매달리고 동지들이 유자명에게 규정대로 처단할 것을 독촉했다. 그때 규서가 입을 열었다.

"그렇다면 나도 할 말이 있소."

규서는 모든 것을 체념한 얼굴로 돌변하면서 거칠게 숨을 몰아쉬었다.

"나는 숙부님을 배신하고 싶지 않았소. 사람들에게 항의하고 싶었소. 선생님들도 말했듯이 나의 부친께서는 조선 갑부 재산을 독립운동에 다 쏟아붓고 중국 천하 상거지가 되었소. 그런데 아무도 알아주는 이가 없소. 알아주기는커녕 우릴 비웃고 있소. 우린 왜, 왜 이렇게 살아야 한단 말이오."

억수 같은 비가 그의 얼굴을 질타하기 시작했다. 유자명이 땅바닥을 치며 울부짖었다.

"규서야! 하필이면 네가 왜!"

유자명은 울면서 규서의 집행을 다음으로 미룬다고 선언했다. 동지들이 규서를 교실로 끌고 가 포박하여 가두었다.

여순 감옥에서는 상황이 급하게 돌아가기 시작했다. 항복을 받아내지 못한 후쿠다는 피의자가 죽어도 상관없다는 총독부의 차선책을 선택했다.

"내 할아버지에 이어 나의 자존심까지, 아니 우리 대일본제국의 자존심을 짓밟아버리다니. 나도 마지막으로 밀고자가 누군지 가르쳐주지. 인정상 그런 말은 하지 않으려고 했는데, 어쩔 수 없이 우리 충성스러운 밀고자의 이름을 대주어야 할 때가 온 것 같군."

"밀고자는 없다. 어서 뜻대로 하라 했느니라."

"흠, 그 말도 일리는 있지. 그동안 그런 충성스러운 밀고자가 있었더라면 영감이 지금까지 버티지 못했을 테니까. 자, 마음이나 단단히 먹어두시오."

후쿠다는 몽둥이로 제 손바닥을 탁탁 치며 먹이를 긴장시키는 맹수처럼 회영의 주위를 빙빙 돌았다. 그러더니 획 몸을 돌려 먹잇감을 향해 도전하듯 매몰차게 입을 열었다.

"바로 당신 조카 이규서와 그의 절친한 벗 연충렬!"

회영은 순간 정신을 차릴 수가 없었다.

"그들에겐 밥과 여자가 필요했소. 그들의 조국은 그들에게 밥과 여자를 주지 못한 탓이오. 한창 펄떡이는 젊음을 그렇게 낭비하게 버려둔다는 건 자연법칙에 대한 모독이란 말이오."

후쿠다의 잔인한 목소리가 전기고문을 받는 것처럼 전신을 타고 흘렀다. 그건 후쿠다가 퍼붓는 몽둥이 세례보다 천 배나 더 무서운 고문이었다.

"그동안 혁명투사들을 무수히 때려잡았지만 당신같이 용의주도한 인물은 처음이오. 이번에도 젊은 그들이 아니었더라면 어림없는 일이었지. 미래를 내다볼 줄 아는 젊은이들의 현명한 판단에 우리 일본은 기립박수를 보내고 있소. 핫핫핫."

후쿠다가 최후의 몽둥이를 휘둘렀다. 회영은 조국에 대하여 마지막 예(禮)를 갖추기 시작했다. 조국에 대한 마지막 예는 그런 것이었다. 아직 조국이 슬픈데 혁명가의 최후가 안락해서는 안 된다는 것이었다. 조선의 명문가로서 형제들의 선택은 당연하며 조국을 지키지 못한 것을 끝까지 미안하게 여겨야 한다는 것이었다.

"과연 조선의 명족이군."

후쿠다가 부지불식간에 독백하며 몽둥이를 내려놓았다. 역류하던 피가 목에서 쿨럭거렸다. 숨이 막혔다 터지기를 반복했다.

정녕 죽음이 임박한 모양이었다.

"형님!"

그의 입에서 형님이라는 마지막 말이 터졌다. 영하 40도 추위를 가르며 만주벌판을 달리던 서른여섯 대 마차의 말발굽 소리가 장엄하게 들려왔다. 다시 태어나도 그 길을 택할 것이었다. 심장박동이 점점 빨라지고 있었다. 회영은 있는 힘을 다하여 평생 가슴에 묻어온 철칙을 뇌기 시작했다.

"사람으로 태어나 반드시 이루어야 할 바가 있고, 그것을 성취한다면 그보다 더한 행복은 없을 것이다. 그러나 성취하지 못한다 하더라도 그것을 이루려고 애쓰다 죽는다면 그 또한 행복일 것이다. 그러므로 예로부터 우리 민족은 의롭게 죽을 곳을 찾았나니……."

청년 시절 조국의 고뇌를 안고 자주 오르던 남산이 보였다. 때마침 해가 지고 있었고 산봉우리에 걸친 해가 찬란한 빛을 쏘아보내고 있었다. 그때 죽마고우 이상설과 함께 남산에 올라 바라보았던 바로 그 햇살이었다. 여전히 장엄하고 아름다웠다. 회영은 그때처럼 "사람의 최후도 저렇게 아름다워야 하는데!"라고 독백하며 한복을 갈아입기 시작했다. 22년 동안 중국 땅에서 입었던 칙칙한 중국옷, 대포를 벗어버리고 연보라색 바지에 흰색 저고리를 입고 청색 마고자를 입었다. 마지막에는 옥색 두루마기를 입고 허리에 황금색 술을 매었다.

회영은 망명 이후 처음으로 그렇게 오색찬란한 조선식 한복을 갈아입고 급히 고향 땅 서울로 날 듯이 발걸음을 옮겼다. 동관서 순영 누이 집, 아내 은숙이 거처하고 있는 방문을 열고 성큼 들어섰다. 은숙이 깜짝 놀라며 맞이했다.

"세상에! 청아한 풍채가 과히 신선이십니다. 그런데 이렇게 잘 차려입고 어딜 가시는지요?"

"이곳에서 사명이 끝났으니 이제 다른 신지(新地)로 가야 하오."

"저도 함께 가렵니다.

"영구는 갈 수 없는 곳이오."

"이젠 저도 함께하렵니다. 영감님이 가는 곳이라면 어디든 따라가렵니다."

"그건 아니 되오."

회영은 그렇게 아내를 만나고는 다시 방을 나와 어디론가 황망히 사라져버리고 말았다. 은숙이 함께 가겠다고 소리치다 잠에서 깨어났다. 회영이 사라진 방문을 열고 뛰어나왔다. 밖은 눈보라가 날리는 캄캄하고 아득한 밤중이었다.

아내를 만난 회영은 이번에는 석영을 만나러 갔다. 황포강을 건너 토방집 방으로 들어섰다. 그가 들어서자 방 안이 대낮처럼 환해졌다. 그는 형님 앞에 절을 올렸다.

"우당, 어찌하여 이제야 온단 말이냐? 날마다 학수고대 기다렸느니라. 그건 그렇고 이렇게 잘 차려입으니 웬일이냐? 해방이라도 맞이한 게냐?"

"형님을 모시지 못해 죄송합니다."

"이제 아무 데도 가지 말고 함께 살자꾸나!"

"다시 신지로 가야 합니다. 그래서 형님께 인사드리려고 왔습니다."

"또 가려느냐?"

회영은 다시 방문을 열고 나와 어디론가 사라져버리고 말았다. 석영은 우당, 우당, 외치며 잠에서 깨었다. 길가로 나와 어둠 속을 더듬었지만 아득한 허공뿐이었다.

32
비탄

석영은 며칠 동안 꿈속을 더듬었다. 꿈은 금의환향하는 것 같은 느낌이 들었다. 어쩌면 만주로 간 아우가 일을 성사시키고 좋아서 소식을 미리 알려주는 것인지도 모를 일이었다. 그런데 어찌하여 얼굴은 그렇게도 슬퍼 보였는지, 마지막 하직인사를 하는 것은 무엇인지, 불안이 엄습했다. 석영은 불안한 생각을 지우려고 강가로 나갔다. 경만은 어디로 갔는지 알 수 없었다. 그날 붙잡지 못한 것이 후회가 되었다. 그러나 이제 경만이 토방을 알았으니 곧 돌아오리라 믿었다.

부두에서 신문을 주워 들었다. 아직까지 글을 읽을 수 있다는 것이 다행인지 불행인지 알 수 없지만 그래도 살아 있는 동안에는 소식이 궁금했다. 신문을 읽으며 놀람을 금치 못했다. "백정기, 이강훈, 이원혼이 주중 일본 공사를 홍구 육삼정에서 암살하려다 실패하여 붙잡혔다."는 기사였다. 그들은 모두 우당 아우와 함께했던 아나키스트 젊은 동지들이었다.

신문은 또 만주에서 조선혁명당의 한중연합군이 일만연합군의 공격을 받아 절반 이상이 죽었으며 나머지는 후퇴하고 있는데 일만연합군이 추격 중이라고 했다. 가슴이 철렁 내려앉았다. 아우를 만났던 꿈이 자꾸 떠올랐다. 노인은 애써 꿈을 지우며 '우당은 놈들에게 당하지 않아, 우당은 그림자도 지워버리면서 다니지 않나.'라고 스스로를 위로했다.

유자명이 의열단 청년 두 명을 데리고 석영을 찾아 황포강 가로 왔다. 유자명의 표정이 심상치 않았다. 가슴이 철렁 내려앉았다. 분명 무슨 일이 일어난 것이었다. 유자명 일행은 숨을 고르느라 안간힘을 쓰면서 석영 앞에 무릎을 꿇고 앉았다. 그리고는 어렵게, 아주 어렵게, 말문을 열었다.

"규서가."

그동안 규서 얼굴을 좀처럼 볼 수 없었다. 우당 아우가 만주로 가던 날 제 친구 연충렬과 함께 왔다 간 후에는 오지 않았다. 이제 갓 스무 살인 아들은 가끔 쥐가 돌아다니는 토방에서 더 이상 살 수 없다며 불만을 토해냈다. 규서는 마치 억울하게 옥살이를 하는 죄수처럼 미치도록 억울해했다. 그럴 것이었다. 하루하루 일상이 형벌과 다름없는 생활이고 보면 청춘의 피가 들끓는 젊은 청년은 그럴 수도 있을 것이었다.

규서는 "아무도 알아주지 않는 독립운동 죽어야 끝이 난다."면서 "이제 나라라는 말, 입 밖에도 꺼내지 말라."고 종종 소리쳤다. 독립운동 때려치우고 고국으로 돌아간 사람들은 다 떵떵거리며 잘살고 있다는데 우린 뭐냐며, 왜 아직도 우당 숙부 말만 하늘처럼 믿고 사느냐며 퍼붓는 것이 갈수록 늘어갔다. 그럴 때마다 해줄 수 있는 말은 "언제가 될지 모르지만 해방이 되는 날까지 참아야 한다."는 말뿐이었다. 언젠가 쌀과 고기를 가져왔을 때가 있었다. 깜짝 놀라 물었다.

"어디서 난 것이냐? 혹시 그들이 준 것 아니냐?"

그들은 부자 옥관빈과 교민회 회장 이용노를 말한 것이었다. 옥관빈은 재물이 많아 힘든 독립운동가들을 남몰래 돕는다는 말이 떠돌았다. 옥관빈은 특히 애국청년들을 격려하기 위해 술밥을 잘 사준다는 말도 있었다.

규서는 같은 또래 연충렬과 자주 어울렸고, 연충렬과 가까워지면서부터 달라지기 시작했다. 입성이 달라지면서 어느 날에는 술냄새도 풍겼다. 언행도 달라졌다. 만주에서 태어났지만 명문거족이라는 자부심을 가슴에 품고 있는 아이였다. 그런데 대뜸 아버지의 훈계에 토를 달고 나선 것이었다.

"지금이 어느 때냐. 임정이 일경을 피해 피난을 갔는데, 너의 숙부들을 생각해서라도 몸을 사려야지."

"임정도 곧 붙잡힐 거랍니다. 그러면 숙부님들께서도 온전하지 못하시겠지요."

"온전하지 못하다니, 말조심하거라."

"세상이 다 아는 일을 왜 말조차 못 하게 하시는지요. 아버지는 언제까지 저를 어린아이 취급을 하실 건가요. 저 이제 어린아이가 아니라니까요."

그는 비로소 깨달았다. 규서는 이미 품 안의 자식이 아니었다. 그리고 유자명이 찾아와 무릎을 꿇고 앉아 규서를 들먹인 것과 옥관빈과 이용노가 겹쳤다.

강가로 석영을 찾아왔으나 차마 말을 하지 못하는 유자명이 몸을 떨었다. 석영이 말을 재촉했다.

"지금 규서라 했느냐?"

"예, 어르신."

"규서가 밀정질이라도 한 게냐?"

"예, 어르신."

유자명은 묻는 대로 대답했다. 석영은 말이 없었다. 밀정질을 했다면 도대체 무엇을 누구를 밀고했는지, 알고 싶지 않았다. 두려워서 그것까지 물어볼 엄두가 나지 않았다. 이번에는 유자명이 먼저 입을 열었다.

"규서가 우당 선생님을 밀고했습니다."

석영은 순간 무서운 현기증과 함께 몸이 천길만길 깊은 계속으로 떨어진 것 같았다. 그런 가운데 성웅 이순신 장군의 『난중일기』 한 대목이 떠올랐다. 장군이 애지중지 사랑하는 부하가 전과를 올리기 위해 제 백성인 사량도 어부의 목을 잘라 조정에 바친

일이 있었다. 장군은 부하의 목을 단칼에 쳐 효수하면서 울었던
기록이었다.

　장남 규준이 만든 다물단 규칙을 석영은 누구보다도 잘 알고 있
었다. 천하 없는 애국자라 하더라도 밀정은 단칼에 치는 것이 다
물단의 엄중한 규칙이었다.

　"너희가 규칙을 어겼구나."

　"예, 어르신께서 말씀대로 저희가 지금 하고 있는 처사는 규칙
에 어긋나는 일입니다. 그러나 이번만큼은 차마 시행할 수가 없
었습니다."

　"나에게 묻기로 한 것이냐?"

　"그렇게 하기로 했습니다."

　"단칼에 치거라!"

　"어르신!"

　"규서를 당장 단칼에 치라 했느니라."

　유자명이 주춤했다. 하나밖에 없는 혈육이니 살려달라고 눈물
로 애원할 줄 알았던 유자명은 말을 잇지 못했다.

　"어르신, 차라리 규서를 살려달라고 애원이라도 하십시오!"

　유자명이 결국 소리치며 울부짖었다.

　석영은 유자명의 울음을 뒤로하고 자리를 떴다. 아들 규서는 마
지막 하나밖에 없는 혈육이었다. 규서가 사라지고 나면 가문의
혈통은 끊어지고 말 것이었다. 비록 망명자 신세이지만 눈에 넣

어도 아프지 않을 만큼 귀하게 키운 아들이었다. 그러나 지금은 변절한 독립운동가들이 같은 동지를 밀고하여 일경에게 넘겨주고 있었다. 알곡 옆에 기생하는 잡초처럼 처처에 밀정들이 숨어 있었다.

제 숙부를, 아니 독립운동 지도자 우당 이회영을 일경에게 밀고한 규서는 더 이상 아들이 아니었다. 아우는 일제의 손아귀에서 살아남기를 바라지 않을 것이었다. 그렇다면 이미 목숨이 끊어졌을 수도 있었다. 아우는 13년 손아래이니 65세였다. 예순다섯에 아우는 조국 앞에 기꺼이 목숨을 바칠 것이었다.

그는 무작정 걸었다. 평소처럼 한곳에 앉아 있지 못해 정처 없이 걸었다. 언젠가 아우가 일경에게 쫓겨 천진에서 상해까지 걸어가겠노라고 서너 달을 걸었다는 것을 떠올렸다. 아우는 그때 딸자식 둘을 빈민고아원에 맡기고 걸었다고 했다. 거대한 중국 땅에서 다시 돌아오기 힘든 어느 고아원에 아이들을 맡겼다는 것은 마지막 이별과 다를 바 없었다. 자식을 잃어버릴 수 있는 위험을 감수하면서도 아우가 일경을 피한 것은 제 목숨을 부지하려는 것이 아니었다.

얼마나 걸었을까 그는 힘이 모조리 소진되고 말았다. 걸음이 멈춰진 곳은 공원 그 소나무 앞이었다. 소나무를 바라보았다. 아우를 생각하며 핏자국을 더듬어보았다. 지금쯤 규서는 목숨이 달아났을 것이었다. 속에서 불덩이 같은 것이 꾸역꾸역 올라왔다. 숨이 막혔다가 터질 때마다 마치 용암이 터져 흐르듯 눈물이 흘러내렸다. 만주 그 척박한 땅에서 그 아이를 낳았을 때 나이 57세였으니 근 육십 줄에 얻은 아들이었다. 아내도 같은 나이였으니 기적 같은 일이었다.

젊은 시절에도 나이 40에야 장남 규준을 낳고는 좀처럼 아이가 생기지 않았다. 아내는 그때 기뻐하면서도 늦은 나이에 느닷없이 아이를 낳은 것을 부끄럽다고 했다. 그는 그때 나라 잃은 백성을 불쌍히 여겨 하늘과 조상님이 내려주신 선물이라고 하늘과 조상님께 감사했다. 만주에서는 그래도 아직 가진 것이 있었으니 하얀 쌀밥과 고기 반찬을 먹여 키웠다. 신흥무관학교 학생들이나 한족 교민들이며 동지들 자식들은 모두 옥수수밥을 먹고 살 때 규서는 하얀 쌀밥에 고기 반찬을 먹고 자랐다.

그런데 어느 날 규서와 같은 해에 태어난 규창이 마당을 파고 있었다. 왜 그러느냐고 물었더니 대답이 황당했다.

"규서를 묻어버리려구요."

규창이는 규서만 쌀밥을 먹는 게 샘이 나서라고 했다. 그때 어린 조카 규창을 불러 회초리 20대를 때렸다. 눈에 넣어도 아프지 않을 규서를 위해 조카 규창에게 매질을 했는데 돌이켜 생각해보니 그때 "규서를 땅속에 묻어버리고 싶다."는 말은 오늘을 예고하는 말이었다는 생각이 들었다.

그는 아내에게 규서가 밀정질을 했다는 말을 하지 못했다. 모든 것을 혼자 감당하기로 했다. 차라리 아무것도 모른 채 저세상으로 보내주고 싶었다.

순국 하

그는 아우를 만져보듯, 아들 규서를 만져보듯 소나무를 쓰다듬어보고는 발길을 돌렸다. 국숫집에 갈 힘은 사라지고 말았다. 그냥 집을 향했다. 아내에게 물만 며칠을 먹였다. 그리고 소원한 대로 아내가 먼저 죽었다. 그는 자리 밑에 넣어둔 돈 10원을 꺼냈다. 아우가 마지막으로 주고 간 돈, 아내가 목숨 걸고 사수한 돈으로 관을 구입하여 아내를 장사 지내주었다. 그런 다음 윗목에 모셔놓은 양부 이유원 신주 앞에 절을 올리고는, 가부좌를 틀고 앉아 눈을 감았다.

가부좌를 틀고 앉아 하루가 가고 이틀이 갔다. 눈을 감은 세상은 그저 암흑일 뿐이었다. 양부님 말씀이 떠올랐다. 보광사에 오를 때마다 양부님은 가부좌를 틀고 앉아 명상에 잠겼다. 양부님은 처음에 눈을 감으면 며칠 동안은 암흑일 뿐이라고 했다. 하루가 가고 이틀이 가면서 차츰 밝은 광명의 세계가 열릴 것이라고 했다. 광명이 열린 듯하지만 다시 암흑이 될 것이라고 했다. 그러다가 광명이 계속되면 다시 태어나는 것이라고 했다. 인간이 마지막을 마무리하는 것은 다시 태어나는 것이기 때문이라고 했다. 어머니의 태에서 태어나는 것보다 더 어려운 이유를 알게 되면 비로소 죽을 수 있다고 했다.

그렇게 며칠이 갔을까, 양부님 말씀대로 점점 눈 속이 밝아지기 시작했다. 마치 열반에 드는 스님이나 되는 것처럼 점점 환한 세계가 보였다. 졸졸 물이 흐르는 소리가 선연하게 들려왔다. 고국의 경기도 양주 천마산 중턱에 있는 보광사가 보이고 계곡의 청량한 물이 보였다.

"물도 제 마음을 씻느라 저리 흐르는 법이다."

"물도 마음이 있는지요?"

"천하 만물에 마음이 없는 게 있는 줄 아느냐. 곧 네 마음이 천지 모든 것의 마음이니라."

그때는 양부의 말씀이 무슨 의미인지 제대로 알지 못했다. 무슨 뜻인지 알 듯하면서도 영혼의 깊은 곳에는 와닿지 않았다. 천마산 물소리는 점점 더 크고 세차게 흘렀다. 세찬 물소리를 헤치며 이번에는 "나라를 위해 모든 것을 바치라."고 하셨던 양부님의 유언이 정수리를 쳤다. 백사 할아버지를 생각하라는 말씀이었다. 백사 할아버지가 노구를 이끌고 엄동설한에 유배를 떠나면서 고신원루(孤臣冤淚)를 뿌리며 마지막 철령위를 넘었던 일과 나라를 찾기 위해 형제들과 엄동설한 만주벌판을 달렸던 일이 함께 어우러졌다. 설령 모든 것이 비참하게 끝이 났더라도 그게 끝이 아니라는 것을 알 것 같았다.

울며 토방을 뛰쳐나갔던 경만이 다시 돌아왔다. 경만은 독립운동에 재산을 다 바치고 굶고 있는 석영을 원망하며 통곡하다가 토방을 나갔지만 실은 돈을 구하기 위해 나갔다가 다시 돌아온 것이었다. 가부좌를 튼 채 미동이 없는 석영을 발견한 경만이 정신없이 석영을 흔들었다.

"어르신!"

꼼짝하지 않는 석영이 마지막 숨을 끌어올렸다.

"아무에게도 알리지 말거라."

석영은 짧은 유언을 남기고는 더 이상 숨을 쉬지 않았다. 경만은 아무에게도 알리지 말라는 유언을 지키기로 했다. 혼자 장례 준비를 했다. 구해 온 돈으로 관을 사고, 쌀과 향을 샀다. 혼자 입관을 한 다음 향을 피우고 쌀밥을 지어 올렸다. 오랜만에 쌀밥 향기가 방 안에 퍼졌다.

"대감마님, 고향에서는 일 년 열두 달 흔하디흔한 쌀밥이었는데, 이제라도 많이 드세요."

경만은 봉긋하게 담은 쌀밥 위에 수저를 꽂고 절을 하며 토방이 허물어지도록 울었다. 경만은 호칭을 예전의 대감마님으로 바꾸어 불렀다. 옛날처럼 고귀한 대감마님으로 모시기로 한 것이었다. 찾아올 사람 한 사람도 없지만 오일장을 치르기로 하고, 5일 동안 끼니 때마다 새로 밥을 지어올리며 그동안 모시지 못한 것을 한탄하며 곡을 했다.

1934년 2월 28일, 상해는 아직도 한겨울이었다. 경만은 마차를 임대하여 관을 모셨다. 붉은 비단폭에 '경주 이씨 백사공파 백사 이항복 자손, 영석 이석영 애국지사 순국'이라고 쓴 명정(銘旌)을 마차에 꽂았다. 마차가 덜컹거리며 홍교로(虹橋路) 공동묘지를 향해 길을 잡았다. 앞뒤로 단 한 사람도 따르지 않는 마차는 드넓은 허공을 거느린 채 뚜벅뚜벅 묘지를 향해 걸었다.

함박눈이 펑펑 내렸다. 세상을 하얗게 덮기 시작했다. 눈꽃이 관을 소복소복 덮으며 아름답게 꾸몄다. 관을 끄는 말도 하얗게 변했다. 백마가 된 말은 석영이 젊어서 타던 유휘와 흡사했다.

"대감마님, 유휘가 왔습니다. 대감마님을 모시라고 아마도 큰사랑 대감마님께서 보내주셨겠지요."

경만이 울며 말을 몰았다. 말은 묵묵히 걷고, 갈수록 눈이 더 내렸다. 그런데 갑자기 말이 우뚝 걸음을 멈추었다. 경만이 말을 재촉해도 꼼짝하지 않았다.

"대감마님, 아직도 조국을 못 잊어서 그러시지요."

말은 고개를 숙인 채 움직이지 않았다.

"대감마님, 조국을 이대로 두고는 못 가시겠지요. 죽어도 못 가시겠지요."

말은 계속 움직이지 않았다.

"목숨까지 바치셨으면 됐지 무엇을 더 바치시려구요."

그래도 말은 움직이지 않았다. 눈만 하염없이 내려 쌓였다.

"예! 알겠습니다. 이놈도 목숨 바쳐 나라를 찾겠다고 약속하겠습니다. 이제 되셨는지요."

말이 다시 움직였다. 함박눈이 내리는 하얀 길을 따라 백마 유휘가 세상에서 가장 거룩한 장례를 끌며, 세상에서 가장 초라한 묘지를 향해 유유히 사라져가고 있었다.

순국 하

백사(白沙) 이항복(1556~1618 : 명종 11~광해 10)

고려 후기 대학자 익재 이제현의 방손 참찬공 몽량의 아들로 태어나, 선조 21년 33세에 이조정랑에 임명되어 임진왜란(선조 27) 중 병조판서에 올랐고, 선조 28년 이조판서, 선조 29년 우참찬, 선조 29년 병조판서, 선조 30년 1월 병조판서, 선조 31년 9월 병조판서, 선조 31년 우의정, 선조 32년 좌의정, 선조 33년 우의정, 선조 33년 6월 45세에 영의정에 오름. 광해 9년 12월 인목대비 폐비, 폐모의 부당함을 상소(계모도 母인데 母를 내침은 패륜이라고 왕을 꾸짖음)하고 유배를 당하여 엄동설한에 63세 고령으로 철령위를 넘어감. 광해 10년 유배지에서 사망.

구천(龜川) 이세필(1642~1718 : 인조 20~숙종44)

이항복의 4대손. 이조참판 이시술(時術)의 아들로 증영의정을 지냄.

양와(養窩) 이세구(1646~1700 : 인조 24~숙종 26)

항복의 4대손. 목사 이시현(時顯)의 아들로 증영의정을 지냄.

아곡(鵝谷) 이태좌(1660~1739 : 현종 1~영조 15)

항복의 5대손. 영의정 이세필의 아들로 영의정을 지냄.

입향(立鄕) 이종악(1668~1732 : 현종 9~영조 8)

항복의 5대손. 좌찬성 오릉군 이문우의 아들로 증영의정을 지냄.

운곡(雲谷) 이광좌(1674~1740 : 현종 15~영조 16)

항복의 5대손. 증영의정 이세구의 아들로 영의정을 지냄.

오천(梧川) 이종성(1692~1759 : 숙종 18~영조 35)

항복 6대손. 영의정 이태좌의 아들로 영의정을 지냄.

청헌(廳軒) 이경일(1734~1820 : 영조 10~순조 20)

항복 6대손. 이종악의 아들로 좌의정(증영의정) 지냄.

동강(東江) 이석규(1758~1839 : 영조 34~헌종 5)

항복 8대손. 이조판서를 지냄.

동천(桐川) 이계조(1793~1820 : 정조 17~철종 7)

항복 9대손. 이조판서 이석규의 아들로 증영의정을 지냄.

귤산(橘山) 이유원(1814~1888 : 순조 14~고종 25)

항복 10대손. 이조판서 이계조의 아들로 영의정을 지냄.

계선(啓善) 이유승(1835~1906 : 헌종 2~고종 34)

항복 10대손. 이조판서와 우찬성을 지냄. 석영, 회영, 시영 등 6형제의 부
친

영석 이석영(1855~1932 : 철종 6~일제강점기)

이항복 11대손. 이유원의 양자

귤산 이유원 연보

이유원(1814~1888)은 본관 경주(慶州). 백사(白沙) 이항복(李恒福)의 10
대손으로 자는 경춘(景春), 호는 귤산(橘山), 묵농(墨農). 이조판서를 지낸
계조(啓朝)의 아들이다. 시호는 충문(忠文)이며 75세의 일기로 생을 마감한
조선 말기 학자 겸 경세가(輕世家)로 헌종(1827~1849), 철종(1831~1863),
고종(1852~1919) 등 3대를 거쳐 국가의 중대사를 총괄했다. 고종은 공을
각별히 우대하여 '한충부정(翰忠扶正)'의 네 글자와 '귤산가오실(橘山嘉梧
室)'이라는 휘호를 친히 써서 돌에 새겨 하사했다.

이유원은 조선 시대를 통틀어 가장 화려한 경력을 자랑한다. 철종 시대
에는 거침없이 요직을 넘나들었지만 대원군이 정권을 쥐면서부터는 고난
을 면치 못했다.

저서로『금석록(金石錄)』이 있고 유고집으로『임하필기(林下筆記)』,『가오
고략(嘉梧藁略)』,『귤산문고(橘山文藁)』등이 있으며 특히 예서(隸書)에 능하
여 이름을 떨쳤다.

1841(헌종 7)	25세. 정시문과에 급제하여 예문관 검열, 대교(待敎) 등을 거침.
1845(헌종 11)	동지사(冬至使) 서장관(書狀官)으로 청나라에 다녀와 개화에 눈을 뜸.
1846(철종 1)	32세. 의주부윤, 이조참의.
1847(철종 2)	33세. 함경도 관찰사.
1848(철종 3)	34세. 홍문관 대제학.
1849(철종 4)	예조판서
1850(철종 5)	좌찬성, 병조판서.
1851(철종 6)	전라도 관찰사, 성균관 대사성.
1855(철종 7)	이조참판.
1858(철종 9)	사헌부 대사헌, 규장각 직제학.
1859(철종 10)	형조판서.
1860(철종 11)	의정부 참찬, 한성판윤, 예조판서.
1861(철종 12)	공조판서, 황해도 관찰사.
1862(철종 13)	함경도 관찰사
1863(고종 1)	49세. 좌의정.
1865(고종 3)	51세. 대원군의 반목(쇄국정책에 대한 반대)으로 좌의정에서 수원유수(水原留守)로 좌천당했다가 다시 영중추부사로 영전되어 돌아옴. 『대전회통(大典會通)』 편찬 총재관(摠裁官)이 됨.
1873(고종 10)	59세. 고종 친정 시작과 함께 영의정에 오름.
1874(고종 11)	친아들 이수영이 17세에 과거 급제(이유원은 아들이 비록 과거 급제를 했으나 나이가 어리므로 학문을 더 닦아야 한다는 이유로 10년 동안 휴가를 줄 것을 왕에게 상소함).

1875(고종 12)	61세. 주청사로 청에 가 이홍장과 세자 책봉 문제 논의.
1879(고종 16)	65세. 이홍장과 영국, 프랑스, 독일, 미국과 통상을 맺어 일본, 러시아를 견제해야 한다는 서신 교환.
	11월 10일 친아들 이수영 동부승지에 오름.
1880(고종 17)	6월 25일 친아들 이수영 이조참의에 오름,
	친아들 이수영 사망함.
	66세. 영의정 사임을 왕이 윤허함.
1881(고종 18)	67세. 치사(致仕).
1882(고종 19)	68세. 봉조하로서 왕명을 받아 전권대신으로 일본 변리공사 하나부사(花房義質)와 제물포조약 체결함.
1884(고종 21)	70세. 이석영을 양자로 들게 해달라고 왕에게 상소. 황현은『매천야록』에서 "이유원이 석영의 자질이 뛰어남을 보고 욕심이 나 빼앗아갔다."고 밝히고 있다.
1885(고종 22)	71세, 이석영 양자로 입적.
1888(고종 25)	74세로 사망, 시호는 충문(忠文).

이유원 수장비

귤산 이유원의 수장묘(壽藏墓)는 서예박물관을 방불케 한다. 수장은 살아 있을 때 만들어놓은 무덤을 말한다. 묘표는 이유원 자신이 스스로 쓴 것이며 글씨는 예서(隸書)체이다. 조부 이석규의 묘비도 이유원이 쓴 글씨다. 이유원의 예서체는 당대 최고로 평가 받았다. 이유원의 묘비 후기는 아들 이석영이 썼다.

이유원 수장비의 비문은 윤정현(尹定鉉 : 이조, 형조, 예조 판서를 역임)이 지었고, 후기는 김흥근(金興根 : 의정부 좌참찬, 좌의정, 판중추부사 역임),

김병학(金炳學 : 대사헌, 이조판서 역임), 남병철(南秉哲 : 이조판서, 부재학 역임, 천문학자), 조두순(趙斗淳 : 고종 때 영의정 역임), 김좌근(金左根 : 영의 정 세 번 역임) 등이 찬술했다.

김흥근, 김병학, 김좌근 등 안동 김씨와 남병철, 조두순 등 당대 권문세 가 8명이 찬술했는데 이들은 이유원과 함께 철종 대에서 고종 대까지 부와 권력의 중심에 있는 인물들이었다.

영석 이석영 연보

1856(철종 6) 11월 3일, 명례방 저동에서 이조참판 이유승의 차남으로 출생.

1885(고종 22) 1월 10일, 영의정 이유원(李裕元)이 양자로 삼게 해달라고 왕에게 상소를 올리고 왕이 이를 윤허함. 이때 30세였다.

9월, 증광별시(增廣別試) 문과 급제하여 예문관 검열로 관직생활 시작.

1886(고종 23) 31세. 12월 1일, 검열(檢閱) 및 기사관(記事官).

1887(고종 24) 32세. 3월 9일, 별겸춘추(別兼春秋) 및 전적(典籍).

5월 25일, 친군해방영(親軍海防營) 영사(營司).

6월 29일, 문신(文臣) 겸 선전관(宣傳官)

7월 19일, 동학교수(東學敎授).

8월 16일, 부수찬(副修撰).

12월 28일, 부교리(副校理).

1888(고종 25) 33세. 1월 1일, 선교관(宣敎官).

1월 24일, 이조참의(吏曹參議).

2월 10일, 예조참의(禮曹參議).

7월 30일, 동부승지(同副承旨).

9월 5일, 양부 이유원 전(前) 영의정 별세(3년 상. 관직 공백).

11월 23일, 부호군(副護軍, 조선 시대 5위(五衛)의 종4품).

1891(고종 28)   36세. 3월 16일, 형조참의(刑曹參議).

9월 1일, 동부승지.

9월 10일, 우부승지(右副承旨).

10월 1일, 좌부승지(左副承旨).

12월 14일, 참찬관(參贊官).

1894(고종 31)   39세. 2월 15일, 승지(承旨).

1896(고종 32)   41세. 5월 14일, 장자 이규준(李圭駿) 출생.

남산 홍엽정(紅葉亭)에 청년 지식인들을 위한 신학문 학습소 개설(현 중구 퇴계로 6길 36 (남창동 202)에 친제 이회영(李會榮), 이시영(李始榮)을 위시하여 이상설(李相卨), 이강인(李康演), 이동녕(李東寧), 여조현(呂祖鉉) 등이 모여 시대를 논하며 신학문, 신문명을 수학했다.).

1897(고종 33)   친제 이회영이 항일 의병 자금 목적으로 경영한 풍덕군(豐德郡) 삼포원(蔘圃園과) 양삼(養蔘) 기술학교에 자본 투자해 줌.

1898(고종 35)   43세. 윤 3월 10일, 비서원승(秘書院丞) 승진.

1899(고종 36)   44세. 친모(親母) 별세. 친모는 동래 정씨(東萊鄭氏)로 판서 정순조(鄭順朝, 1832~1899)의 딸.

1903(고종 40)   48세. 8월 17일, 정삼품(正三品) 중추원의관(中樞院議官)

9월 20일, 종이품(從二品) 비서승(秘書丞) 승진.

1904(고종 41)   49세. 3월 14일, 장례원(掌禮院) 소경(小卿).

1905(고종 42)   11월 17일, 을사늑약이 강제되자 벼슬을 버림.

1906(고종 43)	51세. 친부(親父) 찬성공 이유승(李裕承, 이조판서) 별세.
1910	55세. 12월, 이만 석 가산을 모두 팔아 형제들과 함께 만주로 망명.
1911	56세. 길림성(吉林省) 유하현(柳河縣) 삼원포(三源浦) 추가가(鄒家街)에 임시청사 신흥강습소 개교.
1912	57세. 길림성 통화현(通化縣) 합니하(哈泥河) 신교사 개축에 투자.
	차남 이규서(李圭瑞) 출생.
1913	58세. 요령성(遼寧省) 환인현(桓仁縣) 보락보진(普樂堡鎭)에 동창(東昌)학교 분교인 노학당 세움. 초대 교장에 막내 아우 이호영을 임명.
	10월, 마적단에게 납치되어 5일 만에 풀려남.
1913~1920	민족교육기관 설립 지원(유하현, 매하구시(梅河口市) 등).
1918	63세. 일제 불령선인(不逞鮮人) 명단에 포함되어 감시당함.
1920	65세. 신흥무관학교 폐교. 경신참변을 피하여 봉천(奉天, 현 심양(瀋陽))으로 피신.
1922	67세. 봉천에서 천진(天津) 장남 규준의 집으로 이거. 이때 규준은 신흥학우단을 중심으로 다물단 조직. 다물단의 선언문은 신채호가 작성.
1925	70세, 3월, 다물단이 밀정 김달하(金達河) 암살. 이규준과 우당의 장남 이규학 상해로 피신. 우당의 장녀 초등생 규숙은 공안에 구속됨.
1926	71세. 9월 천진에서 북경(北京) 우당 이회영 댁으로 이사.
1928	73세. 장남 규준(31세) 상해에서 활동.
	이규준의 희생(석가장(石家莊)으로 향발 이후).

10월 16일, 다물단원 이구연(李龜淵, 1896~1950) 박용만 암살 사건.

1931   76세. 차남 이규서, 연충렬(延忠烈) 등과 한인청년당(韓人青年黨) 조직.
김석(金晳), 서재현(徐載賢), 이규서, 연충렬, 한영려(韓英麗) 등이 조직[國史館論叢 제107집]

1932   77세. 신병 치료차 일시 귀국하여 치료 후, 일제 감시하에 금강산 관광 위장, 상해로 다시 돌아감.

1933   78세. 차남 이규서(21세) 이회영을 밀고한 죄로 다물단에게 처형당함.

1934   79세. 2월 28일, 상해에서 사망, 상해 홍교(虹橋) 공동묘지에 묻힘.

참고 문헌

1. 고종실록

『고종실록 1권』, 고종 1년(1864) 2월 28일 다섯 번째 기사

─────────, 고종 1년(1864) 6월 15일 두 번째 기사

─────────, 고종 1년(1864) 6월 16일 첫 번째 기사

─────────, 고종 1년(1864) 7월 16일 세 번째 기사

─────────, 고종 1년(1864) 7월 22일 첫 번째 기사

─────────, 고종 1년(1864) 8월 7일 다섯 번째 기사

─────────, 고종 1년(1864) 9월 4일 세 번째 기사

『고종실록 5권』, 고종 5년(1868) 윤4월 23일 세 번째 기사

『고종실록 10권』, 고종 10년(1873) 10월 25일 세 번째 기사

─────────, 고종 10년(1873) 11월 11일 두 번째 기사

─────────, 고종 10년(1873) 11월 14일 첫 번째 기사

─────────, 고종 10년(1873) 11월 17일 여섯 번째 기사

─────────, 고종 10년(1873) 11월 20일 첫 번째 기사

─────────, 고종 10년(1873) 11월 23일 첫 번째 기사

─────────, 고종 10년(1873) 11월 24일 세 번째 기사

—————, 고종 10년(1873) 11월 26일 첫 번째 기사

—————, 고종 10년(1873) 11월 26일 두 번째 기사

—————, 고종 10년(1873) 11월 27일 두 번째 기사

—————, 고종 10년(1873) 11월 27일 세 번째 기사

—————, 고종 10년(1873) 11월 27일 다섯 번째 기사

—————, 고종 10년(1873) 11월 28일 첫 번째 기사

『고종실록 11권』, 고종 11년(1974) 2월 5일 첫 번째 기사

—————, 고종 11년(1874) 3월 16일 두 번째 기사

—————, 고종 11년(1874) 4월 12일 첫 번째 기사

—————, 고종 11년(1874) 4월 29일 두 번째 기사

—————, 고종 11년(1874) 7월 30일 첫 번째 기사

—————, 고종 11년(1874) 8월 9일 첫 번째 기사

—————, 고종 11년(1874) 8월 11일 두 번째 기사

—————, 고종 11년(1874) 8월 20일 첫 번째 기사

—————, 고종 11년(1874) 9월 20일 첫 번째 기사

—————, 고종 11년(1874) 10월 6일 두 번째 기사

—————, 고종 11년(1874) 10월 7일 네 번째 기사

—————, 고종 11년(1874) 10월 8일 첫 번째 기사

—————, 고종 11년(1874) 10월 11일 두 번째 기사

—————, 고종 11년(1874) 10월 20일 세 번째 기사

—————, 고종 11년(1874) 10월 21일 첫 번째 기사

—————, 고종 11년(1874) 10월 21일 두 번째 기사

—————, 고종 11년(1874) 10월 22일 첫 번째 기사

—————, 고종 11년(1874) 10월 22일 두 번째 기사

—————, 고종 11년(1874) 10월 22일 세 번째 기사

——————, 고종 11년(1874) 10월 23일 네 번째 기사

——————, 고종 11년(1874) 11월 15일 첫 번째 기사

——————, 고종 11년(1874) 11월 28일 두 번째 기사

——————, 고종 11년(1874) 11월 29일 첫 번째 기사

——————, 고종 11년(1874) 11월 29일 두 번째 기사

——————, 고종 11년(1874) 11월 29일 세 번째 기사

——————, 고종 11년(1874) 11월 30일 두 번째 기사

——————, 고종 11년(1874) 11월 30일 네 번째 기사

——————, 고종 11년(1874) 12월 2일 첫 번째 기사

——————, 고종 11년(1874) 12월 2일 두 번째 기사

——————, 고종 11년(1874) 12월 3일 첫 번째 기사

——————, 고종 11년(1874) 12월 3일 두 번째 기사

——————, 고종 11년(1874) 12월 3일 세 번째 기사

——————, 고종 11년(1874) 12월 3일 네 번째 기사

——————, 고종 11년(1874) 12월 3일 여섯 번째 기사

——————, 고종 11년(1874) 12월 4일 두 번째 기사

——————, 고종 11년(1874) 12월 4일 네 번째 기사

——————, 고종 11년(1874) 12월 5일 첫 번째 기사

——————, 고종 11년(1874) 12월 5일 두 번째 기사

——————, 고종 11년(1874) 12월 8일 첫 번째 기사

——————, 고종 11년(1874) 12월 9일 첫 번째 기사

——————, 고종 11년(1874) 12월 11일 첫 번째 기사

——————, 고종 11년(1874) 12월 11일 두 번째 기사

——————, 고종 11년(1874) 12월 12일 첫 번째 기사

——————, 고종 11년(1874) 12월 14일 첫 번째 기사

순국 하

—————————, 고종 11년(1874) 12월 14일 두 번째 기사

—————————, 고종 11년(1874) 12월 15일 첫 번째 기사

—————————, 고종 11년(1874) 12월 15일 두 번째 기사

—————————, 고종 11년(1874) 12월 16일 첫 번째 기사

—————————, 고종 11년(1874) 12월 16일 두 번째 기사

—————————, 고종 11년(1874) 12월 16일 네 번째 기사

—————————, 고종 11년(1874) 12월 20일 두 번째 기사

—————————, 고종 11년(1874) 12월 20일 세 번째 기사

—————————, 고종 11년(1874) 12월 21일 두 번째 기사

—————————, 고종 11년(1874) 12월 22일 두 번째 기사

—————————, 고종 11년(1874) 12월 23일 두 번째 기사

—————————, 고종 11년(1874) 12월 24일 첫 번째 기사

—————————, 고종 11년(1874) 12월 24일 두 번째 기사

—————————, 고종 11년(1874) 12월 24일 세 번째 기사

—————————, 고종 11년(1874) 12월 24일 네 번째 기사

—————————, 고종 11년(1874) 12월 24일 다섯 번째 기사

—————————, 고종 11년(1874) 12월 24일 여섯 번째 기사

—————————, 고종 11년(1874) 12월 27일 첫 번째 기사

—————————, 고종 11년(1874) 12월 28일 두 번째 기사

—————————, 고종 11년(1874) 12월 28일 세 번째 기사

『고종실록 12권』, 고종 12년(1875) 1월 1일 첫 번째 기사

—————————, 고종 12년(1875) 1월 1일 두 번째 기사

—————————, 고종 12년(1875) 1월 1일 다섯 번째 기사

—————————, 고종 12년(1875) 1월 1일 일곱 번째 기사

—————————, 고종 12년(1875) 1월 1일 아홉 번째 기사

──────────, 고종 12년(1875) 1월 2일 첫 번째 기사

──────────, 고종 12년(1875) 1월 2일 두 번째 기사

──────────, 고종 12년(1875) 1월 7일 두 번째 기사

──────────, 고종 12년(1875) 1월 7일 세 번째 기사

──────────, 고종 12년(1875) 1월 12일 두 번째 기사

──────────, 고종 12년(1875) 1월 12일 세 번째 기사

──────────, 고종 12년(1875) 1월 15일 첫 번째 기사

──────────, 고종 12년(1875) 1월 17일 첫 번째 기사

──────────, 고종 12년(1875) 1월 19일 두 번째 기사

──────────, 고종 12년(1875) 2월 8일 첫 번째 기사

──────────, 고종 12년(1875) 2월 15일 두 번째 기사

──────────, 고종 12년(1875) 2월 15일 세 번째 기사

──────────, 고종 12년(1875) 2월 15일 네 번째 기사

──────────, 고종 12년(1875) 2월 16일 세 번째 기사

──────────, 고종 12년(1875) 2월 17일 첫 번째 기사

──────────, 고종 12년(1875) 2월 17일 첫 번째 기사

──────────, 고종 12년(1875) 2월 21일 첫 번째 기사

──────────, 고종 12년(1875) 3월 2일 두 번째 기사

──────────, 고종 12년(1875) 3월 4일 첫 번째 기사

──────────, 고종 12년(1875) 7월 30일 첫 번째 기사

──────────, 고종 12년(1875) 11월 20일 첫 번째 기사

『고종실록 16권』, 고종 16년(1879) 7월 9일 첫 번째 기사

──────────, 고종 16년(1879) 7월 16일 첫 번째 기사

──────────, 고종 16년(1879) 7월 18일 세 번째 기사

──────────, 고종 16년(1879) 9월 7일 세 번째 기사

──────────, 고종 16년(1879) 11월 10일 두 번째 기사

『고종실록 17권』, 고종 17년(1880) 2월 10일 첫 번째 기사

──────────, 고종 17년(1880) 6월 25일 두 번째 기사

──────────, 고종 17년(1880) 10월 16일 두 번째 기사

『고종실록 18권』 고종 17년(1881) 윤 7월 6일 세 번째 기사

──────────, 고종 17년(1881) 윤 7월 6일 네 번째 기사

──────────, 고종 17년(1881) 윤 7월 6일 다섯 번째 기사

──────────, 고종 17년(1881) 윤 7월 6일 여섯 번째 기사

──────────, 고종 17년(1881) 윤 7월 8일 두 번째 기사

──────────, 고종 17년(1881) 윤 7월 9일 네 번째 기사

──────────, 고종 17년(1881) 윤 7월 10일 세 번째 기사

──────────, 고종 17년(1881) 윤 7월 10일 여섯 번째 기사

──────────, 고종 17년(1881) 윤 7월 14일 첫 번째 기사

──────────, 고종 17년(1881) 윤 7월 14일 두 번째 기사

──────────, 고종 17년(1881) 윤 7월 14일 세 번째 기사

──────────, 고종 17년(1881) 윤 7월 25일 세 번째 기사

──────────, 고종 17년(1881) 10월 28일 두 번째 기사

──────────, 고종 17년(1881) 12월 11일 여섯 번째 기사

──────────, 고종 17년(1881) 12월 13일 첫 번째 기사

『고종실록 19권』 고종 17년(1882) 6월 15일 네 번째 기사

──────────, 고종 19년(1882) 6월 15일 여덟 번째 기사

──────────, 고종 19년(1882) 6월 17일 열두 번째 기사

──────────, 고종 19년(1882) 6월 17일 열일곱 번째 기사

──────────, 고종 19년(1882) 7월 1일 첫 번째 기사

──────────, 고종 19년(1882) 7월 3일 두 번째 기사

─────────, 고종 19년(1882) 7월 19일 두 번째 기사

『고종실록 22권』, 고종 22년(1885) 네 번째 기사

『고종실록 25권』, 고종 25년(1888) 9월 5일 첫 번째 기사

─────────, 고종 25년(1888) 9월 6일 세 번째 기사

─────────, 고종 25년(1888) 11월 7일 세 번째 기사

2. 단행본

김구, 『백범일지』, 진화당, 1993.

김상웅, 『심산 김창숙 평전』, 시대의 창, 2006.

김윤희, 『이완용 평전』, 한겨레, 2011.

김희곤, 『안동사람들의 항일투쟁』, 지식산업사. 2007.

남양주시 문화관광과, 『남양주시지』, 2000.

남양주시 수동사 편찬위원회, 『이야기 수동사』(재발행), 2014.

님 웨일즈 · 김산, 『아리랑』, 송영인 역, 동녘, 2005.

대한민국임시정부 옛청사 관리처 · 석월하 외 편, 『신보(申報)-대한민국임
　　　시정부관계기사선집』, 김승일 · 이은우 역, 범우사. 2001.

대한민국임시정부 옛청사 관리처, 『중국항일전쟁과 한국독립운동』, 김승
　　　일 역, 시대의창, 2005.

민족문화추진위원회, 『승정원일기』(고종 145편 : 고종 28년 신묘 191-광서
　　　17, 4월)

─────────, 『승정원일기』(고종 146편 : 고종 28년 신묘 191-광서
　　　17, 5월)

박정선, 『백년동안의 침묵』, 푸른사상사, 2011.

상동교회, 『상동교회 110년사』, 1999.

석파학술연구원, 『흥선대원군 사료휘편』(승정원일기 외), 현음사, 2005.

신명호, 『고종과 메이지의 시대』, 역사의아침, 2014.

외솔회, 『나라사랑 97호』, 부영문화사, 1998.

윤덕한, 『이완용 평전』, 길, 2012.

윤종일 외, 풍양문화연구소, 『남양주 독립운동가』, 경인문화사, 2007.

이규창(이회영 선생의 차남), 『운명의 여진』, 보련각, 1992.

이덕일, 『이회영과 젊은 그들』, 역사의아침, 2009.

이은숙(이회영 선생의 부인), 『서간도 시종기』, 일조각, 2017(1981년에 나온
　　『가슴에 품은 뜻 하늘에 사무쳐』 증보판).

임중빈, 『단재 신채호』, 명지사, 1999.

크로포트킨, 『상호부조론』, 김영범 역, 르네상스, 2005.

한국정신문화연구원, 『한국사연표』, 동방미디어, 2004.

한상도, 『중국혁명 속의 한국독립운동』, 집문당, 2004.

황현, 『매천야록』, 서해문집, 2006.

3. 논문

김해규, 「경주이씨 6형제와 평택지역」(이석영, 이회영 6형제의 민족운동과
　　평택). 2019년 평택학 학술대회, 2019.12.7.

성주현, 「이석영과 만주지역에서의 활동에 대한 고찰」(이석영, 이회영 6형
　　제의 민족운동과 평택). 2019년 평택학 학술대회, 2019.12.7.

왕현종, 「이석영 선생의 재산과 독립운동」(독립전쟁 전승 100주년의 의미와
　　신흥무관학교의 역할), 우당이회영선생기념사업회, 2020. 5.15.

허성관, 「이석영 선생의 독립투쟁과 고뇌」, 한가람역사문화연구원. 2015.5.

황원섭, 「경주이씨 우당 이회영 6형제의 가계와 독립운동」(이석영, 이회영
　　6형제의 민족운동과 평택). 2019년 평택학 학술대회, 2019. 12.7.

박정선 朴貞善

소설가, 시인, 문학평론가. 숙명여대 대학원 졸업(문학석사). 『영남일보』 신춘문예에 소설 당선. 장편으로 『백 년 동안의 침묵』(2012년 문광부 우수교양도서) 외 『동해 아리랑』 『가을의 유머』 『유산』 『새들의 눈물』 『수남이』 등이 있고, 소설집으로 『청춘예찬 시대는 끝났다』(2015년 우수출판콘텐츠제작지원사업 선정) 외 5권이 있다. 시집으로 『바람 부는 날엔 그냥 집으로 갈 수 없다』 외 8권, 장편서사시집 『독도는 말한다』 『뿌리』가 있다. 에세이집으로 『고독은 열정을 창출한다』 외, 평론 및 비평집으로 『타고르의 문학과 사상 그리고 혁명성』 『인간에 대한 질문 – 손창섭론』 『사유와 미학』 『해방기 소설론』 등이 있다. 심훈문학상, 영남일보문학상, 천강문학상, 김만중문학상, 해양문학대상(해양문화재단), 한국해양문학상 대상, 아라홍련문학상 대상, 부산문학상 대상을 수상했다. 명진초등학교 교가를 지었으며 현재 문예창작, 인문학 강사로 출강하고 있다.

승려 하

초판 1쇄 · 2020년 8월 16일
초판 2쇄 · 2021년 1월 15일

지은이 · 박정선
펴낸이 · 한봉숙
펴낸곳 · 푸른사상사

주간 · 맹문재 | 편집 · 지순이 | 교정 · 김수란
등록 · 1999년 7월 8일 제2−2876호
주소 · 경기도 파주시 회동길 337−16 푸른사상사
대표전화 · 031) 955−9111(2) | 팩시밀리 · 031) 955−9114
이메일 · prun21c@hanmail.net
홈페이지 · http://www.prun21c.com

ISBN 979−11−308−1694−4 04810
ISBN 979−11−308−1693−7(전2권)

값 20,000원